斎藤家の核弾頭

篠田節子

朝日文庫

本書は一九九七年四月に朝日新聞社より刊行され、
その後、九九年十二月に朝日文庫、二〇〇一年八月
に新潮文庫として刊行されたものです。

目次

斎藤家の核弾頭

序

成慶《せいけい》五十八年　五月十二日

きょう、パパが家の中に太陽の光を入れてくれた。

僕のうちは、高い建物に取り囲まれている。右隣は、どこかの会社のビルで二百十七階、左側は百二十六階建のアパート、前と後ろの建物もそのくらい高いらしい。

朝起きると、僕は窓から首を伸ばして、てっぺんをみる。黒い壁の遥《はる》かかなたに、ぽっつりと正方形に浮かんでいるのが空だ。ママの大切にしている化粧品の蓋《ふた》そっくりに青く透き通っていることもあるし、真珠色に光っていることもある。それから一年に何回か、金色に光る月が見えることもある。けれど、家の中に太陽の光が入っているのなんて、生まれてからずっと見たこともない。

東京の真ん中で、うちみたいに土の上の二階建の建物に住めるのは、すごく恵まれている、とパパはいつも言う。でもママは不満みたいだ。

ママは、頭痛持ちで、頭が痛くなるといつも、「太陽を見たいのよ」って怒鳴る。

それでパパは、きょう、「クリスタルファイバー」という不思議な糸を買ってきた。髪の毛みたいに細くて、透き通っていて、灯りにかざすと、きらきら七色に輝く糸だ。それが僕の腕くらいの太さにより合わさっていた。それの端を僕の家の茶の間に置いて、もう一方の端をパパが右側のビルの人に頼んで、二百十七階の屋上に取り付けさせてもらった。

そのとき僕はパパと一緒に、屋上に昇った。

風がすごく強かったけど、パパはすたすたと給水タンクの上に昇って、クリスタルファイバーの端っこを止めてきた。パパは全然、怖そうな顔をしなかった。パパは、とても勇気がある。

僕もパパのようになりたい。

屋上の周りは他のビルの壁で、その間から曲がった川が見えた。

「あの川は何」って聞くと、パパは「川じゃない。東京湾っていうんだ」って教えてくれた。昔は海だったそうだけど、今は、真ん中に、大きな島を作っているんで、残ったところが、川みたいに見えるそうだ。でもそのうち、そこも埋め立てて、東京湾は無くなるんだとパパは言っていた。

屋上からうちまで垂らしたクリスタルファイバーは、パパが、キラキラ七色に光る板にくっつけた。

それから板を一階の仏間に持ってきてテーブルに置いて、ママとおじいちゃんとおばあちゃんとおじいちゃんのお母さんと、弟や妹たちを集めた。

おじいちゃんのお母さんだけ寝てたけど、みんな正座した。

それからパパは「電気を消しなさい」と言った。弟が電気を消すと、部屋は真っ暗になった。庭を見ると、てっぺんから降ってくる光が、庭にある金魚の池にうっすら映っていた。

それから急に眩《まぶ》しい光が射《さ》した。

僕は、わっと言って目をかたくつぶった。部屋中真っ白になって、仏壇の金箔《きんぱく》が燃えてるみたいに見えた。

おばあちゃんが「ナムアミダブナムアミダブ」と呪文《じゅもん》をとなえ、弟や妹たちも、ギャーギャー言って逃げまわった。

「大丈夫、これが太陽の光で、とっても体にいいものなんだ」とパパは笑って言って、その眩しい板をテーブルから移して、隣のビルの壁に持っていって貼《は》りつけた。

ガラス越しに、ぱあっと光が差し込んできた。床の間の隅まで明るい。もちろん電灯だって明るいけど、なんとなく違う。透き通った、レモン色の、清潔な光だ。

僕は、瞬《まばた》きしながら、真っ白に光る眩しい板を見つめていたら、パパは「光の出る板をずっと見つめちゃ、だめだよ。目を悪くするから」と言った。

パパは本当に何でも知っている。何でもできる。

でも少し前まで、パパはあんまり家にいなかった。いたって、いつも自分の部屋でコンピュータばかりいじっていた。それが、今年はゴールデンウィークが終わっても、ずっと家にいる。

どうしてだろうって、ママに聞いたら「パパは裁判官を辞めたのよ」って、怒ったように言った。でも僕は、毎日、パパと遊べて、うれしい。弟や妹たちも、みんな喜んでいる。ときどき、だれがパパと遊ぶかでけんかしたりする。もっとも一番下の妹、小夜子《さよこ》だけは、まだ赤ちゃんだから何もわからない。

昨夜、パパは僕に聞いた。

「敬《けい》、おまえ、大きくなったら、何になりたい？」

僕は、困った。僕はパパみたいになりたいんだ。でもパパは裁判官を辞めている。でもパパみたいになりたい。

「パパになりたい」

そう言うと、キッチンにいたママが、ふん、と笑った。

「三分もあれば、なれるわよ」って。どういう意味なのかわからない。パパはちょっと、むっとしていた。

1

「もう、いや。ごめんだわ」

美和子《みわこ》は、下腹をさすりながら、我知らず甲高い声で叫んでいた。

「この三十坪の土地と二階家に、十人が住んでるのよ」

「狭いところとはいえ、家族揃《そろ》って地についた暮らしをするというのは、今の時代にはぜいたくであると同時に、美徳だ」

夫は、美和子の目を正面から見つめ、落ち着いた口調で答える。

「あなたは、毎日、鼻つきあわせてたって、そりゃいいでしょうよ。ご自分の両親とおばあさまなんだから。でもね、あたしはどうなるのよ。つぎつぎ子供産まされて、三十二で、五人の子持ち、そのうえ、秋にはまた一人生まれるわ。どうするの、五人で打ち止めのはずが、またできたなんて」

「状況が変わったのだ、いたしかたない。私なりに市民としての義務は全《まっと》うしなければ」

「わかってれば、小夜子にあんな処置はしなかったわ。たった四間だけの、トイレも風《ふ》呂《ろ》も玄関も、一つずつしかない家で、一家、十一人になるのよ。しかも一人はとてつもない怪物」

「怪物？」

夫、総一郎《そういちろう》は顔色を変えた。

「ばかな事を言うな。自分の子じゃないか」

「自分の子なら、なんだってかわいいって言いたいの。そうよ、母性愛は絶対ですものね。でも、もういやよ。光が欲しいのよ、清潔な3DKで二人くらい子供を産んで、一家四人で、人間らしい暮らしをしたいのよ」

「人間らしいって、これこそ人間らしい生活じゃないか」

美和子はかぶりを振った。腫《は》れぼったい瞼《まぶた》から涙がこぼれた。六人目の子供を宿してから、急に涙もろくなった。

「なあ、美和子」

総一郎の大きな柔らかい手が、肩を抱いた。

この温かさが素敵だったから結婚したのだ、と美和子は思った。たった十一年前のことだというのが、信じられない。甘く切ない思いに心を震わせたのが、あまりにも遠い日のことのような気がする。

あれは四カ月後に学校の卒業を控えた二十一歳の誕生日のことだった。家族でお祝いをした後、厚生労働省の相談所に行ってコンピュータ・デイティングをした。

星占いをするような、浮き浮きした気分だった。女の器官と人格が成熟したら結婚するというのは、四つになったらプレスクールに行くのと同じくらい、まともな家庭の子女にとっては、当たり前のことだった。しかしそれ以前に青春のただ中にいる娘が、いったいどんな人が自分の前に現われるのか、夢とも期待ともつかぬ気持ちを抱くのはごく自然のことだ。もちろん一部には、前世紀末の娘たちのように、紹介者もなしに相手のコンピュータにメッセージを入れて会ってみたり、道や公園で会った男性と関係を持ったりするケースもないことはない。しかし良識ある家庭の親は、子供たちのそうした不品行は許さない。三十年前から導入された国民能力別総分類制度、反体制派からは「国家主義カースト制度」と呼ばれて批判の対象とされている階級制度では、美和子の父親は並のDクラス市民だったが、家庭内の倫理規範はしっかりしており、美和子は正しく躾《しつ》けられていた。

自分のIDカードを差し込んで、いくつかの質問に答えた後、美和子は結果が出るのを待った。

相手はせいぜいCダッシュクラスかDクラスの男だろうと思った。まさかM級市民までは落ちないにしても、教員か自衛隊員がせいぜいかな、などという現実的判断は、甘い恋の期待とはまた別にあった。

美和子は自分の頭脳にも、家系にも、容姿にも格別自信は持っていなかった。ミドルクラスの男でも、いわゆる「ロウワー」でも、思いやりのある人ならそれでいい、と考えていた。

しかしその六分二十秒後に、ディスプレイに表示された結果に、美和子は声も出なかった。

喜ぶというよりは、何かの間違いではないか、と思った。

何度もディスプレイを見なおした。

しかしそこには、「斎藤総一郎　クラス　S・A」、すなわち特A級クラスの男がもっともふさわしい相手として、選出されていた。

当然のことだった。もしも美和子が、自分には特A級の男がふさわしいと思うような自信家であるなら、それは性格テストの大きな失点となっていただろう。特A級の男に、容姿端麗で知能が高く、しかも強い精神力を持った女が、振り当てられるはずはない。協調性、謙虚さ、優しさ、そして何よりも「母性愛」という項目が、女性の場合もっとも大きく重みづけされ、それについて美和子は高得点を獲得したのだ。そのときから、美和子は日本の超エリートの男と、理想的な家庭を築くことを義務づけられた。

斎藤総一郎は、最高裁の裁判官だった。グレードなどどうでもいいとは思ったものの、やはりそうした男性を紹介されたことが誇らしくもあり、うれしくもあった。そしてスクリーンの中の総一郎と言葉を交わし、直接出会った後は、その男らしさと優しさに引かれた。三十坪の家に、舅《しゅうと》、姑《しゅうとめ》、そして舅の母まで同居していることなど、ほんのささいなことに思えた。

しかしただでさえ狭い家で、息つく暇もなく子供を産まされるとは、知ってはいても実感はなかったのだ。

特A級市民の義務は、その職務を全うすることと、その優れた遺伝子を後世に残すことだ。同じように特Aに指定された学者や政治家、大企業の若手役員、特殊技術者のほとんどは、何人もの女に子供を作っていたが、総一郎は外に子供を作ったりはしない。そしてその自らの道徳観を誇りにしていた。

「僕は、斎藤家の家長だ。けじめのないまねはしない」と総一郎は胸を張る。

だからと言って、これは果たして幸せな状態といえるのかしら、と美和子は再びふっくりと膨らんだ下腹に手をあてる。お腹《なか》がもとに戻らないうちに、また次の子が入る。今どき自分の子宮で子供を育てる女なんてめったにいないのに、夫は、人工子宮妊娠には反対なのだ。おかげで結婚以来、美和子の腹が空になったためしはない。

隣の高層アパートに住む、C級、D級市民の妻たちが羨《うらや》ましい。同じ歳《とし》だというのに、ほっそりした腰をして、きれいに化粧して、二人、三人の子供を連れて、公園を散歩している。

最上階には、未婚の女さえいる。美和子から見れば、彼女たちは大空をはばたく鳥だ。自由がほしい。社会から、家族から、の自由がほしいなどというわがままを言うつもりはない。しかし飛び跳ね、走り回れるという、自分の身体《からだ》からの自由が欲しい。常に妊娠していて、なおかつ、一定の時刻になると乳房が岩のように固く張ってきて、子供に含ませなくては、ひどい痛みに襲われるという、身体的不自由さを総一郎は決して理解しない。

妻が訴えるたびに、総一郎は「最近の中級市民の、はき違えたリベラリズムに染まってはいけない」と美和子をたしなめる。

「君もちゃんと習っただろう、あの混乱と暗黒の今世紀初頭の日本社会のことを。君がこの正しい状態を捨てたいと思う気持ちが、あの時代の悲劇をもう一度繰り返すことを容認する危険な思想につながるのだ」

前世紀の中盤以降に日本を席巻《せっけん》した、稚拙で過激な民主主義の結果は、当時の教育を受けた親から生まれた次世代が成人に達したあたりから、様々な形で国家と日本人社会と、家庭を脅《おびや》かし始めた、というのが、広く流布《るふ》されている現代社会史のとらえ方だ。たとえば、話を教育に限っていえば、非行の低年齢化は進み、続出する登校拒否児童により学校教育制度は事実上崩壊した。

小学校教員の朝一番の仕事は、児童がランドセルに覚醒剤《かくせいざい》を入れてきてないか調べることで、一時、無人警備システムの導入された学校は、機械の代わりに麻薬犬を飼うようになった。出産による女子の中学中退者が続出した結果、女子の識字率が二十パーセントまで低下したと言われる。もちろん中学で出産する少女たちは、それ以前にも勉強などしたことがないからだ。映像情報が中心となったこの時代、別に文字など読めなくても、ゲームをしたり物を買ったりするのに支障はなかったのだが……。

そして平成十六年、ついに日本国政府は、いっこうに効果の上がらない麻薬の取締りを諦め、いくつかの麻薬を酒、煙草同様、合法化した。同時に、各小中学校には保育施設を設け、子供を持った小、中学生が安心して教育を受けられるようなシステムを整えた。

しかしそうした緩和措置は、さらに社会の混乱に拍車をかける結果になった。その五年後の平成二十一年の調査によれば青年層の自発的失業率は八十パーセントに上り、日本の労働市場から若い力は失われ、盛場は昼から酒を飲み、人前で性行為を繰り広げる若年層で溢《あふ》れ返った。

性病の罹患率《りかんりつ》は十代と二十代で六十パーセントを超え、高い乳幼児の死亡率と人口の高齢化によって、日本の健康保険制度と年金制度は破綻《はたん》した。十二歳で母親になり社会保障制度の下で一生生活する少女たちがいる一方で、国家が期待するような頭脳を持つ娘たちは結婚制度自体を否定する。彼女たちの中には未婚のまま出産して優秀な遺伝子を残す者もいないではなかったが、たいていは一代限りの輝きを残して孤独のうちに死んでしまうか、老衰国家日本を捨てて経済大国インドや中国に行ってしまう。

その直後から日本が大地震や出血性激症性感染症の大流行、経済混乱による超円安に端を発した物不足、食料不足等々に次々見舞われたのは、国家の立ち直りのためには、むしろ幸運だったと言えるかもしれない。

まず被災地や病気の流行地で未曽有《みぞう》の混乱と暴力事件が起き、事態が収拾される過程で、社会の病巣部はさまざまな圧力に耐え切れず、腐り落ちた。

特に平成二十三年に起きた首都圏大地震の後の四年は、ほぼ六週間おきに政権が交代し、国内でほとんど円が流通しないといった政治的経済的な空白期間が出現した。その前から日本では、「今の首相は?」と尋ねられ答えられる若者はほとんどいなかったのだが、この期間は普通の知能を持つ市民でさえ、ほとんどわからなかったし、関心も持っていなかったという。だれもが流通力のある中国の元《げん》を手に入れ、食料を買うことに汲々《きゆうきゆう》としていた。

そうした中でプリミティブな形での力の論理が見なおされ、同時に倫理規範を内包した家族主義、その家族主義を単位とする国家主義が約一世紀を経て復権してきた。そして前世紀の生んだ「悪平等主義」や「猿に導かれた民主主義」と呼ばれるものが駆逐された後に、世界に類を見ない超管理国家が出現したのである。

そうした意味での新しい教育を受けて育った最初の世代が、美和子たちの親で、その親に、大切に育てられたのが、美和子だった。心正しい良い娘であった美和子は、両親の価値観をそのまま受け入れて成長してきた。

しかし結婚という現実は、良い娘が想像した以上に、貧しく息苦しく、精神と肉体に負荷ばかりかかるものだった。自分が幸福な人生と信じた生き方はこれなのかという思いが、精神の悩みというよりは、頭痛とだるさなどの体の不調という形をとって噴き出してきた。

「子供なんか、二人いればたくさん。隣の高層住宅の奥さんみたいに、お友達と自由におしゃべりをして過ごしたい」

小夜子の巨大なおしめを取りかえながら、美和子は小さく洟《はな》を啜《すす》り上げた。丸々と太った足を持ち上げるだけで、背筋が痛み、汗びっしょりになった。

「隣のアパートの女？　彼女たちと自分を比較するとは、恥ずかしいと思わないか」

驚いたように夫は答えた。

「彼女たちは産みたくても、産めないのだ」

確かに一般の人々は、子供を産む数を制限されている。B級市民の男は四人まで、Cは三人、Dは、二人、それ以下は一人生まれたところで去勢される。もちろんこのことを定めた法律の制定と実施についての抵抗は一部にはあった。しかし観念的人権擁護論は、現実によってすでに破綻させられて久しい。

産業空洞化と空前の高失業率によって、前世紀末にはすでに日本型平等社会は崩壊し、「故《ゆえ》なき差別」は許されないが、「理由ある区別」はすべての人々にとっての幸福な社会を保証するものだという考え方が主流となった。それにそって出てきたのが俗に言う「国家主義カースト制」である。同時にヒトゲノムの解析が進み、ヒトの能力のみならず、考え方と行動パターンも遺伝子の機能に左右されるということが証明されるにいたり、国家にとっても産業界にとっても、そして市民社会にとっても好ましい人々の子孫である「麻薬や病気にむしばまれていない、障害を持たない、好ましい形質を有する国民」を増やすことこそが急務だという考え方は、説得力を持つに至った。

もちろん遺伝子自体が、ヒトの能力や考え方を左右するはずはない。精神活動を行なうヒトの神経回路の形成に関与する物質を作り出す遺伝子の「機能」が、人間の思考・行動パターンに影響を与えるということなのだが、政治家や政治家を選ぶ一般大衆に、そんなややこしい言い回しは理解できない。つまり能力ある親から、能力ある子供が多く生まれ、正しい考え方をする親からは正しい子供が生まれるという、十九世紀的な遺伝子決定論に落ち着いてしまったのだ。

しかしいくら優秀な遺伝子だって、こんなに立て続けに子供を産み、疲れた体では優秀な形質を発現できないだろうと、美和子は思う。

何より今、この、常に子供の入っている自分の体が耐えがたい。

「子供なんかいらない」

小夜子の特注おむつカバーのスナップをはめながら、美和子はつぶやいた。

「今、なんと言った?」

総一郎は、鋭い声で尋ねた。

「子供なんかいらない。このだぶだぶになったお腹《なか》の皮も、横に広がったおへそも。それどころか、まだ三十ちょっと過ぎなのに、足に静脈が浮いてしまって、焦茶《こげちゃ》のストッキング以外はけないのよ。隣の建物の最上階の人たちなんか、私より十も歳上だというのに、きれいなまま。あんなふうに、一人で仕事をして、好きな人と好きなときに愛し合って、すがすがしいくらい孤独で……」

言っているうちに、自分でも何が何だかわからなくなって、涙がこぼれてきた。

「いったいどうしたというんだ。いったい何があった？」

総一郎は、もはや叱《しか》り付ける口調ではない。心配そうに美和子の顔を覗《のぞ》き込む。

「君は理想の女性なのだ。君はだれよりも美しいし、私は誇りに思っている」

総一郎は、静かに美和子のワンピースのボタンを外すと、聖像でも見るような敬虔《けいけん》な眼差《まなざ》しで美和子の乳房をながめた。うやうやしい仕草で、そのせり出した腹の上に重たく垂れた乳房を両手で包み込む。

「いいか、最上階の独身女たちは、単なる雌だ。細い腰だの縮れた髪が美しいというのは、極めて二十世紀的な価値観にもとづくものだ。大きな腹と、垂れ下がった大きな乳、黒く肥大した乳頭。真の女性美は、それに集約される」

「そんな雌と、ときどき遊んでくるくせに」

美和子は、低い声でつぶやいた。とたんに総一郎は、毅然《きぜん》として顔を上げた。

「愛情や人間的な尊敬は抱いてない。何よりもレサに子供は作らない」

隣の高層アパートに住むレサと夫との付き合いは、ここ五年以上続いている。レサは東京メトロポリタンオフィスに勤務する地方公務員である。戸籍上の名はあるらしいが、三十過ぎても独身で自分で生計を立てる女を職場以外では、だれも本名では呼ばない。かわりに奇妙な愛称で呼ぶ。

前世紀オールドフェミニズムあるいは、ハードフェミニズム全盛の時代には、レサのような女がもてはやされたという。

しかし今では、女の真の解放は母性の回復にある、というライトフェミニズム、あるいは正しいフェミニズムが本流となった。姑はそのライトフェミニズムの洗礼を受け、美和子の世代は、それを常識として育ってきた。しかしイズムには必ず、対立する少数派が必要であり、レサを始めとする中級クラスの人々の中には、物珍しさや一種のファッションとして、ことさらそうした反主流、少数意見に流れる者が多い。

確かにレサは排斥されたり、蔑《さげす》まれたりするべきではなく、哀れまれるべき人なのだと美和子は自分に言い聞かせる。彼女は結婚を拒み、子供を産みたがらないという、人格障害を背負っているのだから。

ほんの少し落ち着き、美和子は傍らで眠る小夜子の頬をそっと撫《な》でた。小夜子は二カ月ほど前から、六十キロを超えているので、もう抱くことはできないが、柔らかくくびれた肘《ひじ》や、艶《つや》やかな瞳《ひとみ》の愛らしさは、二千八百グラムで生まれたときと変わらない。じっと見つめていると、その濡《ぬ》れた唇がかすかに緩み、笑みを浮かべた。

「ごめんね、さっきは怪物なんて言って」

美和子は、こぼれてくる涙を片手の甲で拭《ぬぐ》い、バスケットボールほどの大きさの顔をそっと撫でた。

ひどい喉《のど》の渇きを覚える。小夜子に乳を含ませるせいだ。キッチンに立っていくと、姑の孝子《たかこ》が、「あ、お水、飲まないでね。はい、これ作っておいたから」と冷蔵庫の扉を開けて、ボトルを取り出した。

「すみません」

美和子は、つっと体をずらした。この人口密度の極端に高い家の台所で、主婦二人がすれ違うには、互いに微妙なコツがいる。

母と祖母のやりとりを聞きつけて、次女の律《りつ》と次男の健《けん》がやってきた。

「ミルクシェイク、リーちゃんもほしい」と、律が美和子の腹に手を回す。

「ジュース、ジュース」と健も足にまつわりついてきて、台所は身動きもとれない。

「律、健、それはお母さんの栄養ドリンクだ。おやつの時間はまだなんだから、こっちにいなさい」

そのとき甲高い声が聞こえた。

敬だった。だれよりも父を尊敬し、父をモデルとして成長してきた長男は、兄弟の中ではいち早く自分の役割を認識し地位を確立した。未来の家長のプライドと自覚は、この家の長男の中にしっかりと芽生えている。

「そうそう、これはお母さんのよ。あなたたちには、こっちをあげましょうね」と姑は、子供たちのコップにビタミン入り栄養飲料を注ぐ。

素早く敬が手を伸ばしコップを受け取り、弟と妹に渡し、向こうの部屋に戻るように指示する。それから座敷で一人で本を読んでいる長女の歩《あゆむ》を呼んだ。

「歩、早く取りに来なさい。君の分もあるんだから」

口調は総一郎そのものだ。

「いらない」と歩は答えて、つかつかとこちらに来た。そして祖母の孝子と美和子の間をするりと通り抜け、水道の水をコップに注いで飲んだ。

「栄養飲料ってきらい。歩、お水の方が好き」

そう言い残して座敷に行くと、またぺたりと座って本を読み始めた。歩は幼い頃から、妙に自立心旺盛《おうせい》で、指図されるのが嫌いな子だった。特に敬の言うことは聞かない。たった一つ歳上というだけで、長男風を吹かしているのが、気に入らないらしい。しかし歩は女の子だ。しかもようやく八つになったばかりでこれでは先が思いやられると、家族にとっては頭痛の種だ。

飲み物一杯にも一騒動という中で、美和子は姑の作ってくれたクリーム色をした液体を飲む。

昔、お乳の出をよくするのに餅《もち》を食べたという言い伝えがあるが、平成生まれの姑が作るのは、ビタミンとカルシウム入りの乳飲料だ。お世辞にも美味とはいえないが、鼻をつまんで、一気に飲む。飲んで五分もすると、乳房が張ってきて、ほとばしるように乳が出る。牛の乳を赤ん坊に飲ませていた五十年くらい前までとは違い、保育用ミルクの品質は驚異的に向上している。しかし人工栄養は、総一郎が許さない。母親の乳が、子供には一番だと信じているのだ。

しかしこのまま何十年も小夜子に乳を与えるのか、と思うと美和子は憂鬱《ゆううつ》になる。気を取り直し三百ccの液体を飲み終え、小夜子のそばに行く。

そのとき、挨拶《あいさつ》もなく玄関の引き戸が開けられた。またいつもの無礼な客が来たらしい。

案の定、国土交通省の役人が二人、たたきに立っていた。ここ数カ月、日課となった交渉が始まるのだ。それにしても、毎日、数十秒と違《たが》わぬ時間に現われるのは、彼ららしい。「失礼」と、彼らは勝手に座敷に上がり込み、鎌倉彫りの座卓の前に座った。もともと狭い家のことなので、彼らにそこに入られると、一階部分は台所まで丸見えだ。授乳しようとしていた美和子は慌《あわ》てて胸を隠す。

総一郎と舅の潤一郎《じゅんいちろう》が、応対する。

総一郎はスーツを着て、舅は白の羽織袴《はかま》だ。二人とも決死の覚悟で臨んでいるのだ。

美和子はとりあえずお茶を入れて運ぶ。

「何度も申しますように、ここは文明年間に、当主斎藤正堂《しょうどう》が太田道灌《どうかん》より下賜《かし》され、かの東京大空襲のときには、斎藤輝《き》一郎《いちろう》が命にかえ、昭和末期のバブルの時代には、曽《そう》祖父《そふ》斎藤精一郎《せいいちろう》があらゆる脅しや懐柔策に対し敢然と立ち向かい、守り通したところです。成慶のこの時代まで、一度として人手に渡ったことはありません。私の代でここを立退《たちの》き、前後左右にあるような不粋なビルが建つとなれば、祖先に申し訳が立ちません」

総一郎がいつもの口上を言った。舅の潤一郎が大きくうなずく。

「ちょっと、失礼」

役人は、手にしたコンピュータ端末の蓋《ふた》を開けた。ボタンを押すと蓋の部分のディスプレイが大きく広がり、そこに都市計画図が映し出された。

円形を描いているのは、旧山の手線跡だが、その内側は、赤の立体像になっている。

「高度土地利用法によって、本来ならこの地域は百階建未満の建築物の建造は認められなくなっているんですよ」

役人は計画図の一部分を拡大して見せた。赤の中にぽつりと小さく緑の点が現われた。昔はかなりこうした緑が散らばっていたが、今は、ここ一カ所だ。

「高度土地利用法と、土地収用に関する条令と施行規則」

総一郎が言い直す。

「言っておくが、法律論議なら、私の方が専門だ。旧山の手ライン内の土地について、百階建未満の建物を認めないというのは、利用法の条文にはない。君は、国土交通省とは言っても、C級だな」

「はい」

役人は、生真面目《きまじめ》な顔でうなずいた。

「それは施行規則に定められていることだ。ちなみに施行規則では百階建未満の建築物を新たに建ててはいかん、と言っているのであって、既存の建物に関して、規制の枠ははめられていないはずだ」

役人は、ちょっと黙ったが、すぐに応戦に出た。

「それでは斎藤さん、この家は、この法律ができて四十年、屋根瓦《やねがわら》の補修、窓枠の修理、風呂場《ふろば》のタイルの張り替え、便器の詰まり修繕、ありとあらゆる補修工事を何もやってない、というわけですね。施行規則では、増改築に関して、制限を設けてあるはずですが」

「屋根瓦については五年前、窓ガラスは、一年前、タイルの張り替えは半年前、いずれも一回あたりの工事面積は、この建物の全体の八パーセント未満にとどまっている。ということは、利用法上の改築には当たらない、ということだ」

役人は再び黙った。そして美和子の入れてきたお茶を飲み干すと、美和子の方をちらりと見た。

「奥さん、八人目がお生まれになるそうで」

「六人目ですわ」

美和子は訂正する。

「そうですか、失礼。そうしますと、ご家族は、お父さま、お母さまとそれにお婆《ばあ》さま、さらにお子さんが六人、それにご夫婦と、合計十一人に増えるわけですな。確かこの家の間取りは、二階が六畳二間、一階がこの八畳と四畳半、台所、風呂場……。ここを百八十階建のビルにすれば、千人から住めるわけですが、このまま、十一人住むとすれば空間利用上は大いなる無駄、にもかかわらず驚異的な人口密度ということになりますな」

総一郎は、露骨にいやな顔をした。数カ月前、まだ現役の裁判官であった頃なら、下級役人にこんな口を叩《たた》かせてはおかなかった。しかし今の総一郎に、特A級市民の権威と名誉はあっても、権限はない。目に見える力を持たないものに対しては、敬意を払う必要などない、という傾向は、近頃の役人に顕著にみとめられる。

それまで黙っていた舅、潤一郎が口を開いた。

「M、N級の市民の住む、国営アパートメントがここに建つという話でしたな。なるほど高度土地利用法というのは、わしの先祖が太田道灌から譲り受けた土地を貧民どものスラムにするというわけですか」

「別にスラムなんかじゃありませんよ。ここはどちらかというと、日本の政治、経済、産業の中心地です。もちろん下層階はオフィスにするとして、上層の住居エリアには、そうしたオフィスに勤める人々が入った方が、合理的でしょう。現役を退いたご一家には、もっと快適な住居専用地があります」

役人は、キーボードを叩き、一枚のリーフレットをプリンターから出して見せた。

「ニューフロンティア、東京ベイシティ」とタイトルが見える。

「斎藤さん一家の移転先は、こちらです。ここからさほど離れていませんし、環境も遥《はる》かに良いかと思います」

舅が、顔を上気させた。

「ベイシティだと。あんた達は、わしらを島流しにしようというのか」

東京ベイシティというのは、東京湾中央に浮かんだ、巨大な人工島である。

「いえ、島と言いましてもですね」

役人はディスプレイに湾の画像を出して見せた。島は東京湾のほとんどを覆《おお》いつくし、海は、巨大な運河のように海岸線にそってあるだけだ。役人が小さなマウスを手の中で操作すると画像が動き、運河の一部がブロックをはめ込んだように切れた。さらに、また別のところが切れた。やがて、湾上から海は完全に消えた。

「要するに、成慶八十年には、完全に陸続きになって、やがて七十万都市ができあがるわけですから」

役人はもう一枚の計画図を出して見せた。

「住宅のイメージイラストです。どうです、高層ビルじゃありませんよ」

4LDKの二階建の家、居間だけで二十畳以上はありそうな室内では、若い夫婦と子供二人がソファでくつろいでいる。

キッチンは総電化されて、各部屋の壁には大きなコンピュータ・ディスプレイ兼テレビがはめ込まれている。

美和子は、つばを飲み込み、イラストを凝視した。

「親子、それぞれの世代が、独立して住めるようになっているんですよ。玄関やキッチン、風呂場など、パーツは自由に分離でき、お互い気兼ねなく、生活するというわけです。まあ、百年ばかり前にはやったライフスタイルではあるんですが、最近ではやはりこうした、昔の暮らしが見なおされているんですよ。独立は保ちながら必要なときはインターホンで連絡を取れます」

美和子は茶の盆を持ったまま、無意識に身を乗り出す。

「こういうことをやっておるから、まともな日本人が育たん。それぞれのわがまま勝手を、少しずつがまんし、いくつもの世代が一緒に住むところが、日本の良さではないか」

舅が言った。あわてて、総一郎は、美和子の方を向き直り「お茶を入れなおして来なさい」と湯呑《ゆの》みを差し出した。

役人の説明はさらに続く。人工島とは言っても、住宅の庭には土がある。コミュニティではバラ園や家庭菜園を作るのが流行《はや》っているという。

ゴミはそれぞれの家庭の排出口から島の端にある処理施設に送られ、そこで熱エネルギーに変換され、地域内の電力需要の三十パーセントを賄《まかな》える。

美和子にとってはすべてがバラ色の夢だ。

片手に盆を持って、美和子は無造作に台所の引き戸を開けた。とたんに異様な音がして真っ黒に腐りかけた桟が外れた。

「戸の開けたては、丁寧にね」と姑の孝子が、静かに言った。例の八パーセント改築基準にひっかかって昭和の時代から取り替えられたことのない戸である。開けたて以前の問題である。

再び、座敷に戻ってみると、役人は別の条件を持ち出していた。今度は、総一郎の顔色が変わっていた。

役人は、ここを立退けば、総一郎の年金受給額が四倍に引き上げられると言っているのだ。

総一郎は、この三月から三十七歳で年金生活者になっている。最高裁判所の裁判官だった彼は、コンピュータに職を追われたのだ。

ここ数十年、条文はプログラム言語に書き換えられ、書類審査はほとんど自動化され、裁判は迅速に低価格で行なわれるようになった。弁護プログラムがいち早く開発され、民事関係の弁護士は、もう二十年も前に姿を消した。まさか刑事裁判の分野までは大丈夫だろう、とたかをくくっていたら、その電算化も思いの外早く来た。

検察官という職名はそのまま残ったが、その実質的職務はコンピュータ・オペレーションになり、同時に刑事弁護士も法律家からオペレーターに変わった。

もともと裁判というものは、昔から法廷で訴追側と弁護側が、当事者同士にしかわからない準備書面を見ながら「第何項から第何項まで、証拠として採用します」などと延々と繰り返すだけの儀式で、生身の人間の法廷における攻防など、ドラマ以外では見られないものだった。だから、オペレーターが正面スクリーンに必要な画面を映し出し、問題をコンピュータ処理し、手順に従い論点を絞っていく方が、公開の原則には合致するのだ。

それでも事が人間の問題である以上、最終的な判断は、人がする、というのが人倫の道だと、総一郎は考えていた。

ところが公平で公正な判断の求められる裁判官の仕事こそ、生身の人間がするには、もっともそぐわないものだったのだ。裁判官の一斉解雇というのは数年前からささやかれ、民間企業の多くは裁判官たち特A級の頭脳を活用するため、つぎつぎに接触してきた。しかし総一郎は、彼らに近づくことは、利害関係に拘束され判決に支障をきたすという理由で誘いをしりぞけ、結局は次の仕事も見つけられぬまま、ある日飛び込んできた一通の電子メールによって職を解かれたのだった。

ずいぶん前から予想はついていたことなので、取り乱した様子もなく総一郎はメールを受け取った。

理不尽ではあるが、それが国の決定であるなら従うしかないだろう、と総一郎は静かに言って、二階に上がっていった。そのとき美和子は総一郎の肩がかすかに震えているのを見た。恨み言の一つ、愚痴の一言《ひとこと》も洩《も》らさず、国の決定に従った総一郎の胸中を思うと、美和子は潔《いさぎよ》いと思うと同時に、痛ましかった。

しかし再就職もしない夫が、生殖以外の仕事は何もせずに日がな一日、家にいるのに疎《うと》ましさを感じるようになるまで、二週間もかからなかった。

総一郎にしてみれば、今さらサラリーマンや弁護業務オペレーターになるのは、プライドが許さないのだろう。それに特A級市民は、普通、若くして退職し、繁殖に励むという、市民としての義務がある。ただしそれはあくまで、努力規定に過ぎないため、子供を養うための公的扶助は受けられない。しかし総一郎は、この三十坪の土地で、建前通りの子だくさんで清貧な生活を営みながら、誇り高く正しく生きていく道を選んだのである。

「それでは、すぐ、とは申しません。ご一考いただければ、ということで、ま、今日のところはこれで……」

役人は、のそりと腰を上げた。

「ご苦労さまです。しかし何回来られても、こちらの意志は変わらないということを申し上げておきます」

総一郎は役人を玄関まで見送っていって言った。

「強いんだ、パパは。強くて正しいから、だれにも負けない」

敬がつぶやくように言った。

新婚当初は自分も、敬のように無条件に総一郎を認めていた時代があった、と美和子はいくぶんかの懐《なつ》かしさをもって思い返した。家庭という現実によって、妻というのは否応《いやおう》なく成長させられ、歳《とし》に見合った分別を身につけるかわりに、可愛《かわい》げを失っていくものらしい。

台所には高価な野菜である里芋が、山のように積み上げられている。いったいいくらかかったのかしら、と美和子はため息をついた。年金暮らしだというのに、土つき野菜などという高級品を買い込んでくる姑、孝子の気が知れない。

孝子はせっせと芋の皮を剝《む》き始めた。この日の午後、嫁いだ総一郎の妹が、五人の子供を連れてやってくる。一族が集まる日は必ず、里芋料理が用意される。というのも、ここ、斎藤家のある旧文京区弥生町《やよいちょう》は、弥生式遺跡の最初に発見された場所ではあるのだが、それ以前の南方系照葉樹林文化の影響を色濃く残している地域でもある。明治の終わりまで、このあたりの旧家は、正月の雑煮に餅《もち》のかわりに里芋を使っていたという記録もある。もちろん、文明年間に移り住んだと伝えられる斎藤家が、縄文の昔からこの土地に伝わる食文化など継承しているはずもないのだが、おそらくはここの何代目かの当主が、旧家であることを近所や家族に誇示するために始めた風習であろう。

大量の里芋が、あるものは人工肉と炊《た》き合わされ、あるものは白く蒸し上げられる。蒸し上げた里芋を杵《きね》でつくのは、家長の仕事だ。

総一郎はポロシャツに着替え腕まくりしている。

裁判所を辞めてから、総一郎はますます「家の事」に熱心になった。仕事を通じて接していた社会と切り離されたとたん、彼の社会はこの家の中だけになったからだろう。今では、博物館でしか見られなくなった杵が、まだこの家にはある。それを床下収納庫から取り出し、敬に手伝わせて芋をつく。

「小夜子に食べさせられないかしら」

杵でついて餅のようになった里芋を見て、姑がぽつりと言う。

美和子はため息をついて首を振り、その場を離れた。授乳の時間がきた。

いくらつきつぶしたところで、小夜子が里芋など食べられるはずはない。彼女はこの先、二十年は離乳できないのだ。

第六子ができることがわかっていれば、小夜子にこんな処置はしなかった。苦い後悔とともに、美和子は目立ち始めた自分の腹を撫《な》でる。

女のライフサイクルから見て、適切な子供の数は、十人から十三人だと言われている。というのは、体の成熟する二十歳から産み始め、子供が少し自立し始める二、三歳に達したときに、次の子供を産んでいき、末子《ばっし》が成人するときに、母親が死ぬというのが、母にとっても子にとっても理想だからだ。

子供が少なく、若くして子供の手が離れてしまったとき、たいていの女は精神的均衡を崩し、激しい虚脱感に襲われアルコールや過食や各種の依存症に見舞われる。そうでなければ、二十世紀後半の豊かな社会に現われたような女の自立やら、不倫やら、母子癒着やらといった退廃的な現象を引き起こす。

ところがすべての女性が一生のうち、十人から十三人の子供を持つとしたら、社会的生産力は、人口圧力に耐えられない。しかも合法的にたくさんの子供を産めるのは、上級市民の妻だけだ。

そこで登場したのは、末子の授乳期を引き延ばすという処置だ。最後に生まれた子供は、母親が五十ないし六十になるまで乳児のまま過ごす。そうすれば女は、その生涯の大半を優しく愛情に溢《あふ》れた意義ある母という仕事を全うすることで費やすことができる。

乳製品製造会社と紙おむつを生産している化粧品会社が開発したこの授乳期引き延ば

し技術は、爆発的に広まった。

柔らかく、愛らしく、甘酸《あまず》っぱいミルクの匂《にお》いをさせて、やわやわと頼りなく、まだ自我が芽生えておらず、反抗したりしない赤ん坊。

幼稚園に行くようになり、わが子が覚えたての憎まれ口を叩いたとき、洗面所でせっせと髪にドライヤーをかける息子の後ろ姿を見たとき、なんと多くの母親が、淋《さび》しさにとらえられたことだろう。自分の腕の中ですやすやと眠っていた頃の我が子を思い出し、お願い、あの頃に戻って、とつぶやいたことだろう。

その夢は、そのホルモン処置技術によって叶《かな》えられたのだ。そして女にとって、ライフワークの完成と死の間のタイムラグはなくなった。

多くの母親たちは、末子が精神的にも経済的にも自立しつつあるのを見届けて、満足のうちに死んでいくことができるようになった。

しかし斎藤家の場合、二つの誤算があった。まず小さい方の誤算は、総一郎の退職だ。特Aの男が公的な職務を終えたとき、残された仕事は繁殖であったために、総一郎は一《いっ》旦《たん》完成させた、私的な仕事を再開した。つまり小夜子は末子ではなくなった。もう一つはさらに深刻な内容だ。一万分の一、というホルモン事故に出遭って、小さな小夜子は、大きな障害を負った。幼体成熟症候群、というのがその病名だった。成熟が止められたまま、異常な速さで成長していくのだ。

おかしいと気づいたのは、生後三週間くらいのときだっただろうか。体重の増加が他の子供の三倍にも達していたのだ。身長の伸びが追いつかないため、ボールのような異様な姿になった小夜子を抱いて、美和子は半狂乱になって総一郎とともに病院に駆け込んだ。

診断コンピュータ端末のグレーのディスプレイに病名が書き込まれたとき、美和子は意味がわからずうろたえた。ただ総一郎の頬だけが、ディスプレイの光を受けて真っ白に変わっていた。

「僕たちの子供なんだ。小夜子は、どんな姿をしていようと、僕たちの子供だ」

症候群の説明を終えると総一郎は美和子の手をしっかりと握りしめた。

ボールのようだった小夜子は、次の三週間で身長が二倍になることで、どうやら見た目のバランスは取れた。そして誕生から一年半たった今、体長は一・六メートル、体重は六十キロ、とほぼ大人並みになった。しかし成長はまだ止まっていない。いつ止まるのかは、わからない。小夜子は三カ月児の姿のまま、巨大化していく。

2

午後一番で、総一郎の妹が来た。彼女も特A級の男の元に嫁いでいるので、子供の数は多い。まだ二十九だが、五人の子持ちだ。しかし美和子と違って三人目以降は、人工子宮を使っているので、ペンシルパンツの腰は細くくびれている。

私だって、まだまだ流行のパンツをはきこなせる歳《とし》なのに、と美和子は、流行の毛染めで玉虫色の光沢が浮いて見える義妹の髪を眺めながら、二階に料理を運ぶ。

二階の六畳に座卓が置かれ、料理が並んだ。座卓は遥《はる》かな昭和の昔から、この家に伝わるものだ。一本の楓《かえで》材から彫り出してあって、人の目を思わせるいくつもの節が異様な模様を形作って表面に浮いている。とてつもなく重い代物《しろもの》で、掃除のときなど動かせずにいつも難儀する。

座卓を中心にして子供達が、すでに集まっていた。総一郎の妹の子供達五人を美和子の長男である敬が面倒を見ている。

久しぶりに出会った従兄弟《いとこ》同士は仲良く遊んでいる。同じ年代で横割りにされた学校の友達にはない、ほのぼのと親密な雰囲気がある。こんな光景を目にするにつけ、やはり兄弟は多い方がいいのかもしれない、とつい先程までの焦燥感も忘れて美和子は思う。

「やっぱり木造の家っていいわ。この畳の感触、実家《さと》に帰ってきたって感じがするのよね」

末っ子にミルクをやりながら、義妹はちょっと目を閉じ、畳の匂《にお》いを嗅《か》ぐように鼻をひくつかせた。

「私から見たら、気泡性プラスティック住宅の方が便利で、お掃除も楽だしよさそうだけど」と美和子が言うと、義妹は首を振った。

「やっぱり住むなら、木造に限るわ。何ともいえないぬくもりが感じられるもの」

まもなく料理が揃《そろ》い、総一郎や舅《しゅうと》も上がってきた。狭い六畳間に一同は肩を接して座った。と、そのとき美和子は床下で、何かがきしむ音を聞いたような気がした。

「お姑《かあ》さん」

美和子は姑《しゅうとめ》の脇腹《わきばら》をつつく。

「えっ」

「なんだか、妙な音がしません?」

姑は笑った。

「家鳴《やな》りですよ。古い家屋は、乾く季節にはこんな音がするものなのよ」

「そうですか」

何か不吉な感じがした。家が、斎藤という名の重みに耐えかねて悲鳴を上げている。

乾杯を始めようとして、総一郎が手を止めた。

「小夜子を忘れていた」

体重が六十キロもあるので、二階に連れてくるのも難儀で、階下に寝かせておいたのだ。

「敬、みんなに手伝うように言え」

「はい、パパ」

敬が兄弟や従兄弟を集める。子供たちは歓声を上げて階下に下りていった。大きな赤ん坊、小夜子はみんなの人気者だ。やがて数メートルの巨人となって成人するであろう娘の将来を思い、暗澹《あんたん》とした気持ちになるのは両親だけだ。

「敬、気をつけろ。歩、腰から手を離すな」

総一郎の声が登ってくる。小夜子は神輿《みこし》のようにかつがれ、隣の六畳間に入り、舅の母親、リエの寝ている脇に寝かされた。とたんに小夜子のおしめでふっくらと膨らんだ尻《しり》の下で、再びみしりと床がきしんだ。リエは寝返りを打って、小夜子に背を向けた。

昭和四十年生まれのこの曽祖母《そうそぼ》だけは、未《いま》だに小夜子に馴染《なじ》めないらしく、あやすことはもちろん、そばにも寄らない。彼女はもともと子供が嫌いなのだ、と美和子は総一郎から聞いたことがある。なんでも前世紀末というのは、ティーンで子供を持つ女が出る一方、子供を産み育てる女性の役割を著しく低く評価する不健全な風潮が蔓延《まんえん》し、地位や収入を求めて子供を産みたがらない女が多く出た、ということだ。リエもそうした一人で、そのために危うく斎藤家は血筋が絶えそうになった。なんとか子供は産んだものの、総一郎の父、潤一郎は、なんとリエが四十になったときの子供なのだという。

「そろそろ始めるか」と潤一郎は、総一郎は、親族、家族の杯を確認し、総一郎に目で合図した。

総一郎は軽くうなずく。

「それでは、斎藤家の」と杯をかかげ、言葉が止まった。ゆっくりした縦揺れのようなものを感じたのだ。

「地震か?」

潤一郎が独り言のようにつぶやいた。

「大したことはないでしょうけど」

義妹が、末っ子を抱き寄せた。そのときそれぞれの尻の下で、今度ははっきりと板の鳴る音がした。

座が静まり返った。だれもが聞き耳を立てている。総一郎は咳払《せきばら》いを一つした。

「それでは斎藤家の……」

きしみ音が、瞬間、バリッという木の裂ける音に変わった。

ゆっくり座卓の片方が、下がっていく。

何が起きたのかとっさにわからず、美和子は後退《あとずさ》りした。斜めに傾《かし》いだ座卓から里芋の皿が滑り落ち、茶碗《ちゃわん》が転がる。吸い物が飛び散り、畳の上にぶちまけられたビールが泡立つ。

世界がぐらぐらと揺れた。

数秒もしないうちに、六畳間の中央が折り畳まれるようにへこんでいく。昨日、姑の孝子が半日かけて拭《ふ》いた畳の表面を、芋が、こんにゃくが、人参《にんじん》が滑っていく。義妹が、狂ったように末の子の名前を呼んでいる。

敬が柱にしがみつく。床の斜度はさらに急になり、つぎの瞬間、板と柱と梁《はり》の折れる乾いた音とともに、十六人の人間と、重たい座卓と、半日かけて用意した料理がまとめて階下に落下した。

悲鳴と茶碗の割れる音、赤ん坊の泣き声、小夜子の吠《ほ》え声が、周囲のビルの壁に反響しあい、渦巻いた。

両手で腹をかばい、美和子は自分が滑り落ちていくのを意識した。大変なことが起きたというのはわかったが、何かやけっぱちな爽快感《そうかいかん》が、五体のどこかにあった。

終わりだ。大地震か、核爆弾が東京に落ちたのか、この世の終わりがきた。

絶え間ない出産もこれで終わり、子供六人と舅姑、小姑、舅の母まで揃った気骨の折れる関係も終わり。死ぬときは一人、死んだら一人。ようやく一人で眠れるのだと思いながら、固く目を閉じた。

うっすら視界が開けたのは、しばらくしてからだ。目の前に川も流れていなければ、数年前他界した祖父が迎えにきてもいなかった。

折れた汚らしい柱が、鼻先にある。肘《ひじ》を擦り剝《む》いたらしく、ひりひりと痛い。髪が乱れて、頬にかかっている。それだけだ。どこも打っていない。お腹《なか》の子供もなんともないらしく、相変わらず胃のあたりが圧迫されるように重たい。

もうもうと埃《ほこり》が舞い上がる廃屋のような家の中に、数日前、総一郎が取りつけた人工太陽の光が、大きな虹《にじ》を描いている。

腰をさすりながら総一郎が、最初に立ち上がった。

「敬、歩、律、健、小夜子、無事か」

「歩、律、健、小夜子、無事か」と、すぐに敬が繰り返した。

舅が、呻《うめ》き声を上げる。

「お父さん、待っててください。すぐに戻ってきます」

総一郎が足を引きずりながら、隣のビルに救けを求めに行く。

「小夜子」

美和子は叫んだ。意外なことに最初に気になったのは、小夜子のことだ。あのやっかいもの、モンスターの雛《ひな》のような子供が、こうなってみるとだれより心配になるのが不思議だった。

呼び声に答えるように、腹の底に響く低音の泣き声が上がった。体が大きいだけに泣き声は大人の男のように低く、しかも大きい。それに交じって、か細い呻きが聞こえた。

美和子はふらふらと立ち上がり、そちらの方に行った。

リエが、座卓と小夜子の間に入って潰《つぶ》されていた。曽孫《ひまご》にあれほど無関心だったというのに、とっさに小夜子を守ったらしい。

「おばあさま」

美和子は、叫んだ。

かさついた真っ白な皮膚をした老人は何かを言った。

舅の母は美和子が嫁いできたときから、青く膜のかかったような目をして、いつも黙っていた。すっかり言葉など忘れているように見えた。しかしこのとき、この総一郎の祖母は、何かを語ろうとしていた。

乾いた白い唇が、かすかに動いた。それと同時に血が噴き出してきて、美和子は後退りした。

「ああ、いやだ」

昭和生まれの老人は、弱々しく、しかしはっきりした声で言った。

「おばあさま……」

驚いて美和子は、その静脈の青く浮き出た手を握った。

老人は首を振って、美和子の手を振りほどく。

「いやだ、いやだ。こんな時代は嫌いだ。何が斎藤だ。あたしは男と結婚したんだ。家と結婚したわけじゃない。里芋なんか見たくもない」

「おばあさま……」

「うるさいね、あたしには、名前があるんだ。田中リエ。いい名前だろ。斎藤リエなんかじゃない。田中リエ、仕事じゃ旧姓で通すのが常識だったものさ。あの頃はよかった。右手に受話器、左手に男、懐《ふところ》に札束……いい時代だった。思い出すよ。夜中にニューヨーク支店から電話が入ったことがあった。ビルを落札したんだよ。それから電話をかけるんだ。『もしもし日本輸出入銀行ですか、二十六億、融資お願いします』ってね。財務部どころか、会社中探したって、あたしほど仕事のできる社員はいなかった」

「おばあさま、もうすぐ救急隊が来ます、がんばって。おしゃべりはやめて。ね、おばあさま」

「名前があるって言っただろ」

老人は、そこまで言って咳《せ》き込んだ。再び唇から血の泡が溢《あふ》れる。

「ドンペリでも、グラーブでも、持っておいで。今日はあたしのおごり」

どんよりとした目に光が射《さ》していた。

「こっちは体張って、仕事してるんだ。安物のオープンハートなんかで機嫌をとろうなんて、姑息《こそく》な真似《まね》はやめるんだね。そこの男、しゃべってるヒマがあったら、貿易統計の数字でも確認してな……」

いい夢を見ているのだろう。舅の母は、幸福そうな昔語りを止《や》めなかった。

美和子は、老人のそばを離れ、崩れた板や建材をどかしながら、子供たちの無事を確認する。不幸中の幸いということか、ひどい怪我《けが》をしているのは、リエ一人のようだ。

まもなく、総一郎が人を連れてきた。周りは無事なようだ。そのときになってようやく美和子は、地震が起きたのでも、核爆弾が落ちたのでもなく、単に老朽化した家の二階の床が、人の重みに耐えかねて落下したに過ぎないことを知った。

板や柱の山が取り除けられ、子供たちは次々に外に出て、精密検査のために隣のビルの二十八階にある病院に運ばれる。

しかし斎藤リエの行き先だけは、病院ではなく警察だった。すでに息がなくなっていたのである。

他の家族は、ちょっとした打ち身や擦り傷の他は、妊娠中の美和子も異常はなく、その日のうちに簡単な治療を終えて、家に戻ることができた。

しかし玄関の引き戸を開けようとして、家がもう元通りでないことを思い出した。屋根も壁も、無事だ。しかし一階の天井がない。

玄関を入ると吹き抜けで、そのまま二階の天井が見える。ただでさえ狭い家の面積はさらに半分になっていた。

一家が病院に行っている間に、災害救助隊が駆けつけてくれたらしく、落下した二階の床や畳は片付けられ、二階の家財道具は一カ所に積み上げられ、シートがかけられている。おかげで、布団《ふとん》を敷き詰め、一家がどうにか寝られる程度の空間は確保されていた。それでもお腹の大きな美和子を含め、九人が横になると、ビルの谷間の家はシーズン中の富士山頂小屋のような有様になった。寝返りを打つことさえままならない。

一刻も早く建て直したいところだが、高度土地利用法によって、この地区に百階建未満の建物は新たに建てられないことになっている。

しかし百階建のビルを建てようにも、すでに退職してしまった斎藤総一郎に融資してくれる金融機関はない。

「あなた……」

玄関の床に身を横たえ、美和子は言った。

「そろそろ、限界じゃない？」

ふうっと息を吐き出し、総一郎は「かもしれないな」と低い声で言った。こんなに素直に夫が答えるとは予想もしていなかった。

あんな事故が起き、ぼけていたとはいえ家族の一員だったリエを失い、弱気になっているのだ。

とたんに嗄《しわが》れた声が、部屋の端から聞こえた。

「ご先祖様は、終戦後、四畳半一間に一家六人で住んだことがある。小さな子供はハンモックで、大きな子は押し入れで寝た。それでも斎藤家は一家で仲良く暮らした」

舅の潤一郎だ。美和子の頭に血が上った。

「それで赤ちゃんが寝返り打てずに、窒息死したそうですね。いつか近所のお年寄りが言ってるのを聞いたことがあるわ」

総一郎が慌《あわ》てて、妻の口を押さえる。

「ばか、どうかしてるぞ」

そのとき、何か説教しかけた舅が悲鳴を上げた。姑の孝子が飛び起きて懐中電灯をつける。

潤一郎はじたばた手足を動かしていた。小夜子が動いた拍子に潤一郎の体の上に乗ってしまったのだ。潤一郎は、身動きが取れない。

「あなた、もしかして」

美和子は、寝ている子供たちを跨《また》ぎ越してそちらに行きかけた夫の腕を掴《つか》んだ。期待と、それ以上激しい不安におののいて、容易に声が出なかった。

それは潤一郎が潰されることより、重大な問題だった。

三カ月児の姿のまま、巨大化していく小夜子が、一人で寝返りを打った？

三カ月児が寝返りを打つはずがないではないか。

大人になりつつあるのか？　いや、小夜子は、体自体は巨大化するとしても、向こう二十年間三カ月児のまま、発達は止まっているはずだ。もしも何かの間違いで発達のスイッチが入ってしまった、とすると……。

次は、ハイハイが始まる。そしてつかまり立ち。

這《は》えば立て、立てば歩け、というのは普通の子供の場合だ。六十キロの小夜子にそれをやられたらどうなるのだろう。その先は、恐るべきことに、ギャングエイジを迎えるのだ。

「ダメッ」と叱《しか》り、腕を引っ張って言うことをきかせ、しつけなければならない時代を迎える。

　もし運動機能が発達し始めたとしたら、それはそれでかなりの覚悟がいる。素直に喜んではいられない。

「早くどけてくれ」

　潤一郎が、弱々しい声で言った。次の瞬間、それは絶叫に変わった。小夜子が片手を祖父の腹に、片手を股間《こかん》について立ち上がりかけたのだ。

「敬」

　美和子を振り切って、潤一郎のそばに行き、渾身《こんしん》の力を込めて小夜子を退《ど》かそうとした総一郎は、動かぬ美和子に業《ごう》を煮やし長男を呼んだ。

「はい」

　敬が素早く起き上がり、駆けつけた。

「そっちを」

　その一言で、敬は小夜子の左側を支えた。

　内臓破裂の寸前に、敬と総一郎は小夜子を祖父の体から離した。潤一郎は、呻き声を上げて気絶した。

「よし、偉いぞ」

　そしてそのとき、小夜子を支えていた総一郎は初めて気づいたように「立った」とつぶやいた。

「おい、美和子。小夜子が立った」

驚きと、あきらかな喜びのニュアンスがある。

「ええ、立ったわよ……確かに」

美和子はため息をついて、頭を抱えた。

「ママ、この頃ずっと不機嫌なんだ」と敬が父に言うのが聞こえた。

翌日の早朝、いきなり玄関の引き戸が叩《たた》かれた。

「どなた？」

「国土交通省です」

「国土交通省？」

玄関先で寝ていた美和子たちは慌てて起きた。

「なんなんです、この時間に」

ネグリジェ姿で戸を開けると、役人はにっこり笑って言った。

「夜討ち朝駆けは、この業界じゃ常識です。で、何かお困りの様子でしたので、まいりました」

この前の、ベイシティへ立退《たちの》く話だ。美和子は飛び付きたい心境で戸を開け、寝ている子供たちを押し分けて、役人を座敷に上げる。

「いやあ、全室、吹き抜けとは、ゴージャスですね」

役人は天井を見て、感心したように言った。こういう情報には彼らは敏感で、どこからか斎藤家の二階の床が抜けたことを聞きつけ、さっそく駆けつけてきたらしい。

総一郎が起き、唇を一文字に結び、役人に対峙《たいじ》した。

「あ、今日は、立退きの話ではありません。いくら悪名高き国土交通省とはいっても、こんなときに、そうした話は持っては、まいりません。その、これでは寝る場所にも、お困りかと思いましてですね、とりあえず、緊急避難所を用意させていただきましたので、どうですか、しばらくそちらの方に」

子供たちや姑の孝子の顔に安堵《あんど》の表情が浮かぶ。潤一郎だけが、眉間《みけん》に縦皺《たてじわ》を刻んだまま、苦しげに仰向いている。異議を唱えようにも、昨夜小夜子に乗られて肋骨《ろっこつ》が折れているので、呼吸するのがやっとで、口をきくことなどできないのだ。

「ビルの向こうに、バスが止めてあります。緊急援助物資も用意してありますから、どうぞ乗ってください」

総一郎が返事をする前に、姑と美和子はバッグに食物や小夜子のおむつを入れ始めた。

「いいんです、いいんです」

役人は、美和子達の手を止めた。

「奥さん、体一つでいいです。そういったものは、福祉局で用意しますから」

「まあ」

不愉快な早朝の訪問者は、実は救世主だった。さっそく寝呆《ねぼ》け眼《まなこ》の子供達を起こしにかかる。

「ちょっと待って下さい。この家は？」

総一郎が尋ねた。

「ま、ご主人が避難所から通って、なんとか使えるように工夫されたらいかがですか？どうせもうお仕事はなさってないんでしょう」

総一郎は、憮然《ぶぜん》とした顔で役人に念を押す。

「ここから出ていけ、ということではないんですね」

「そういう権限は、私にはありません。ただし、割れた板に充填剤《じゅうてんざい》を入れたり、簡単な補修はけっこうですが、二階の床を作るといった大規模な改築は禁止されていますので、そこのところはどうか、ひとつよろしく」

「法律は私の方が専門だ、と言ったはずだ。全面積の八パーセント以上の改築が禁止されているのであれば七・九パーセントのごく小さな二階を作ればいいということだ」

役人は、咳払《せきばら》いした。

「お互い、これ以上の不毛な議論はやめましょう。福祉局地方福祉課に申請していただければ、特製六段ベッドの貸し出しを受けられます」

「それはどうもご親切なことで」

役人の手を借りて、斎藤家の人々は、小夜子と動けない舅をかついで家の外に出た。

私道代わりの横手のビルの一階廊下を抜け、受付を通って一般道路に出ると確かにバスが止まっていた。

そのとたん、総一郎と役人と長男の敬に抱かれていた小夜子が、体をくねらせて起き上がった。そして唖然《あぜん》としている家族の前でハイハイしながらバスのステップを上り始めたのだ。

向こう二十年間、三カ月児のまま過ごすはずの処置をした赤ん坊が、今、確かに発達しつつある。それだけではない。昨日よりも、また少し背が伸びたようだ。

いったい何が起きたのか、まったくわからない。しかし美和子も総一郎も、この不幸な障害を負った子供の体で起きつつある変化を認め、驚きの視線を無言で交わしあっていた。

後部座席に小夜子を乗せ、斎藤家の九人は走り出したバスの車窓から、家の方向を振り返った。

「で、避難所はどこですか」

五分もしてから、総一郎は役人に尋ねた。

「ちょっと、遠いんですが」

役人は、言葉を濁した。

「それじゃ、すまないが第四街区にあるルーテル教会と斎場に半日ほど寄ってくれないか」

「どうぞどうぞ、ご用が済むまで、我々は待機しますので」

薄気味悪いほど親切に、役人は答えた。

この日、斎藤リエの葬式が行なわれることになっていたのだ。

小さな教会では、葬儀業者が、すべての手はずを整えて待っていた。着のみ着のまま家を出てきた斎藤家の人々は、業者が用意した喪服に着替えた。

雇われ牧師が祈りを捧《ささ》げ、こぢんまりとした葬式が執り行なわれた後、リエの遺体は業者の車で火葬場に運ばれる。百八十階建ビルの最上階にある火葬場で、リエが骨になるのを一家はロビーで待った。

「おばあさまって、ちゃんとお話できたのね」

美和子はリエの死ぬ間際《まぎわ》の昔語りを思い出し、ぽつりと言った。

総一郎はうなずく。

「そう、百十歳になっていたが、言葉を忘れたのでも、ボケたのでもなかったんだ。頑固な人でね、世の中の変化についていかれず、心を閉ざしてしまったらしい。あれも、昭和女の気骨というのかな。悪気はないんだが、価値観が古くて、どうにも僕たちとは歯車が嚙《か》み合わなかった。嫁に来た当時、おふくろもずいぶん泣かされたらしい」

ここに来る途中、応急手当てを受けて、胸にコルセットを巻いた潤一郎がうつむいたまま、一粒だけ涙をこぼした。

「美和子さん」

潤一郎は珍しく嫁に言葉をかけた。

「あんな母でも、母は母ですよ」

「はあ」

舅にとって、リエがどんな母親だったのか、美和子は何度か総一郎に聞かされていた。我が家の恥ではあるが、と前置きして語られたところによると、リエが斎藤家に嫁いできたのは、前世紀末のことで、そのときすでにリエは三十を過ぎていたという。当時東京三菱《みつびし》銀行に勤めていた七歳年下の総一郎の祖父が、国際会議の会場で見初《みそ》め追いかけ回した挙げ句結婚に漕《こ》ぎ着けたとのことで、相当の才媛《さいえん》ではあったらしい。しかし外資系コンピュータ会社の財務部にいたリエは、結婚後も家庭に入らず子供を産もうともしなかった。家族で説得した末、結婚七年目にようやく潤一郎が生まれ、斎藤家はどうにか存続することができた。しかし出産後も、リエは我が子を姑に預けて海外出張、海外勤務と飛び歩き、潤一郎は母の温かい手を知らずに育った。

老齢に達した潤一郎の祖父母は、リエが家にいないため、介護する者がおらず、自宅があるにもかかわらず伊豆《いず》山中の介護つきシルバーマンションに入居しなければならなかった。在職中、妻の協力が得られなかった潤一郎の父・英一郎は、出世もままならず支店の総務課長という不本意な地位のまま定年を迎え、失意のうちに亡《な》くなった。

「母親は港でなければならないのだ」というのが、潤一郎の口癖だった。

「それぞれの船が、海に乗り出し、疲れたら港に戻ってくる。そこで家族はいつも一つになる。家族を率いるのは父親だが、家族がいつでも戻ってこられるように待っているのが母親の役目だ。女は子供を産み、育てる者だ。子を胎み、育てている者は外敵に対して絶対的に弱い。男は男としての誇りを持ち、男としての務めを持ち、弱者である女には憐憫《れんびん》の情を持って守ってやらねばならない。一方女は、それに常に感謝するとともに、弱者としての慎みと恭順を忘れてはならない」

美和子は嫁に来た当時から、潤一郎からこの言葉を繰り返し聞かされてきた。

潤一郎は、自分の父親のような過ちは犯すまいと心に決めたのだろう。三十一歳のとき、両親の揃《そろ》った落ち着いた家庭から、世間擦れしていない十七歳の娘をもらった。そして自分が育った家庭とは正反対の家庭を作り上げた。しかしそれが必ずしも、潤一郎の個人的な生活史と心情からのみ生み出されたものとも言い切れない。

潤一郎がいくつかの家訓を作り上げる前に、日本の繁栄はとうに終わっており、高まる社会不安の中、いくつもの天災が立て続けに起き、危機管理の名のもとに戦後民主主義は終息していたのだ。国家に選ばれた「優秀な人々」により倫理と道徳の根幹が形づくられ、マルチメディアによって国の機関と直接結ばれた各家が、小国家として機能するシステムが開発され、制度としての地方自治も消えた。

波乱の時代から七十年、紆余曲折《うよきょくせつ》を経て現在の日本では独裁主義でも民主主義でも、資本主義でも社会主義でもない極めて日本的なシステムが作り上げられた。あえて主義という言葉を使うなら、国家効率主義とでもいおうか。

現在では産業界から行政府に至るまで、健全なるプラグマティズムが極限まで推し進められ、個人と各家のこれまた健全な倫理観を内包しつつ、人々は国家、社会、家族といった枠組とそれらによって提示された行動規範からはずれることなく平和に暮らしている。

もっともいかなる制度も、施行から六十年もすればほころびが見えてくる。倫理観や思想などというものは、さらに新旧交替が激しい。現在、都市のC・D・E級中流市民の間では、戦後民主主義回帰の声が聞かれ、家庭内には個人主義的ライフスタイルが再び流行の兆《きざ》しを見せている。それ以下のクラスでは、行動規範自体が、そろそろ形骸《けいがい》化しつつある。しかし斎藤家のように特Aクラスの家長を頂く家では、安易な復古主義は退けられている。しかも祖母リエが母であった頃の家庭を潤一郎が記憶に留めている限り、そうしたものにアレルギー的な拒否感を持つのは当然でもある。

「どうぞ、終わりました」

火葬場の係員が、報《しら》せに来た。棺はそのままで、内部のリエの体は真っ白な灰に変わっている。現在、火葬場とはいうが、本当に死体を焼いて処理するところはほとんどない。たいていは、電子レンジ方式で、人は約七分で骨になる。さらに散骨を希望する場合は、十分かけて、灰にまでするのだ。リエは散骨を希望していた。

斎藤リエの骨灰は、係員によって手際《てぎわ》よくケースに納められた。

それを持って、一家は再びバスに乗った。

葬式は白壁の教会で、骨は湘南《しょうなん》の海に流せ、というのが、リエの遺言だった。しかし白壁の教会はともかく、湘南の海は今や遺骨を流せる状態ではない。

地球温暖化防止のために、二酸化炭素を排出できなくなった各工場や火力発電所が、二十年ほど前からある技術を導入した。二酸化炭素に高圧をかけ、シャーベット状にして海に捨てるというものだ。そこで相模湾《さがみわん》と、富山湾が、捨て場所に選ばれた。ところが深度のある富山湾の方はよかったが、浅い相模湾の方に首都圏から近いという理由から二酸化炭素のシャーベットが集中して捨てられた。しかも中小零細工場やジャパニーズマフィアが介在しての不法投棄も相次ぎ、いつのまにかシャーベットは気化し、気づいたときには海中生物はほとんど死滅し、相模湾はコーラをいっぱいに注いだゴブレットのように、シュウシュウと音を立てて沸騰《ふっとう》する海に変わっていた。

「困ったものだ。いつまでも持っているわけにもいかないし」と総一郎は骨壺《こつつぼ》を膝《ひざ》に抱いたままつぶやいた。

「海に流すなら、いいところがありますよ」

そのとき役人が言った。

「深くて、潮の流れが速く、水のきれいなところがあるんです。私の郷里なんですがね。よかったら乗せていきましょう」

「いいのかね？」

総一郎は半信半疑の顔をした。

「もちろん」

「すまん。一日つきあわせてしまって。本来の君の業務ではないだろうに」

「いえ、行政マンの仕事というのは、本来的にはサービス業務です。施行規則によって決められたことを執行するだけなら、ロボットでことたります。困ったことがあれば遠慮なく相談してください」

役人は胸を張った。

まもなく前方に、東京湾と浮き島を結ぶ巨大な吊《つ》り橋が見えてきた。新東京ベイブリッジだ。歩とその下の六つになる妹、律が歓声を上げた。

ワイヤーに取り付けられた数万個の電球が暮れなずむ空を背景に輝き、宝石をちりばめた巨大な飾り櫛《ぐし》のようだ。

「この島の南端、三浦半島の剣崎灯台沖なら湘南にも近いし、絶好の場所かと思います」

役人はノートパソコンを開けて、地図を見せた。浮き島の南端は東は千葉県館山《たてやま》と細い水路を隔てて接し、西は三浦半島先端をすっぽり呑《の》み込むように取り囲んでいる。

橋を渡って少し行くと、バスの両脇《りょうわき》には、広々としたベイシティの風景が広がる。よほどの高級住宅地でもなければ現在は見ることのできない、平屋や二階屋が並んでいる。直線道路を一時間も飛ばすと、やがて海が見えてきた。

旧東京湾、浦賀水道のあったあたりを通り過ぎ、バスはやがて止まった。小夜子とコルセットをはめられてぐったりしている舅を残して、みんなで車外に出る。海風が頬に気持ちよかった。

島の南端は人工海浜が作られ、深い藍色《あいいろ》をした海は、遥《はる》かな水平線のあたりだけ残照の金色を滲《にじ》ませていた。

総一郎が骨壺を開け灰を流れに乗せ、姑の孝子が用意したバラの花を流した。美和子はもうじき四つになる健を抱き寄せ、小さな手を合掌させる。

ふと美和子は、この老女の人生を思った。繁栄から混乱、転落、そして再生という日本の激動の百十年をこの人はともかくも生きぬいてきた。そしてその人を沈黙の底に閉じ込めてしまったこの成慶の世の中というのは、どのようなものだったのだろう。

長い一日が暮れようとしていた。

海岸から避難所までは、車で二十分足らずだった。避難所というから、集合住宅のようなものを想像していたのだが、案内されたのは、広々とした庭のついた二階建家屋だった。

玄関を入ると、フローリングの二十畳間に、見慣れた座卓がある。美和子が結婚したとき持ってきたクローゼットも、敬の使っているコンピュータキットも、弥生町の家にあった家具がみんな揃っている。

「まあ、親切な」と言いかけ、総一郎を振り返ると、ひどく険しい顔をしている。部屋につかつかと入り、家具の一つ一つを点検し始めた。

それからくるりと役人の方を振り向き、「ちょっと、君」と呼びかけた。

「いつまでいても、かまいません。どうぞ、こころゆくまで、東京ベイシティの生活をお楽しみください」

役人は答えた。

「どういうことですか」

「バス代、避難所使用料、昼食代、紙おむつ代、それから家具運搬費、その他もろもろの費用を、支払っていただかなければならないんですが、ご主人が裁判所を辞められてからは、給与振込み口座が閉鎖されてるんで、支払い不能になっていました。そこであちらの土地と家屋を処分させていただきました」

「なんと」

総一郎の顔から血の気が引いていく。

「しかも、お宅は危険物と見なされる半壊建物を丸一日、放置されましたので、取り壊させていただきます上、処分費用と罰金についてもその土地の売却代金から充当させていただきます」

「謀《はか》ったな」

総一郎が詰め寄るより早く、役人はきびすを返しバスに飛び乗り、勢いよくドアを閉めた。

「ちょっと待て」

叫んだ総一郎の顔面に排気ガスを吹きかけ、バスは勢いよく走り去った。

広々としたリビングルームのソファに横たえられた舅は、しばらくの間、事態を呑み込めず茫然《ぼうぜん》としていた。

「孝子……おい、孝子」

「はいはい、どうなすったの？」

「総一郎、美和子、敬、歩、律、健」

次々と家族を呼んだが、小夜子の名だけは、呼ばない。

大人は、すぐに潤一郎の周りに集まったが、子供たちは敬以外は広い部屋に興奮して、走り回っている。

「歩、律、健」

総一郎が鋭い声で呼ぶ。

「歩、律、健」

甲高い声で敬も呼ぶ。

「見ろ、家族がバラバラだ」

潤一郎はぽつりと言った。

「広い部屋、家族を隔てる壁、そして親子の暮らしを隔てる間取り、ここにはわしの子供の頃流行《はや》った、悪《あ》しき二世帯住宅の復活を思わせるものがある。総一郎、この不便な避難生活の間、一部屋ないし二部屋のみ使用し、常に家族は集まって暮らすことにしよう」

「それがお父さん」

総一郎は、うなだれて言った。

「これは一時の避難生活ではありません」

「どういうことだ」

長椅子《ながいす》から体を起こし、骨折箇所が痛んだらしく潤一郎は顔をしかめた。

「我々は、あの土地を、太田道灌《どうかん》から譲り受けた弥生町の土地を追い出されたのです」

総一郎は、先程の役人の言葉を父に伝えた。

「ばかな……」と潤一郎は力無く言った。

「そんな理不尽なことがあるか……」

「私だって、そんなことは許したくありません。できることならなんとか阻止したいが、しかし」

舅の目が大きく見開かれ、混乱と興奮の入り交じった表情に崩れた。そして次の瞬間、吠《ほ》え声とともに、涙が溢《あふ》れた。

「パパ、ほんとにこのうちを出ないでいいの?」

敬が、尋ねた。

「たぶん、出られないだろう」

苦渋に満ちた顔で、総一郎は答える。

敬は一瞬笑いかけ、すぐに父の心中を悟ったように神妙な顔をした。しかし律と歩は歓声を上げ、舅の咆哮《ほうこう》と複雑なハーモニーを奏《かな》で始める。

「おい、やめろ」

敬が生真面目《きまじめ》な顔で妹に言った。

「なんで？」

歩が、顎《あご》をつっと上げて、一つ上の兄を見た。

「パパは、弥生町の家に帰りたいんだ」

「パパが帰りたくたって、歩ちゃんは帰りたくないもん」

「パパには深い考えがあるんだ」

「だって歩ちゃん、ここの方がいいもん」

潤一郎の額に青筋が立つ。

「あなたたち、二階に行ってなさい。大人だけでお話があるから」

孝子が慌《あわ》てて、孫たちに言った。

「歩は、死んだ母にそっくりだ」

潤一郎が、ため息をついた。

「目元、口元、顎を上げてしゃべる癖……、あれでえらが張ってきたら瓜二《うりふた》つだ」

子供たちは、ばたばたと足音をたてて二階に駆け上って行き、美和子もその後を追った。広々としたフローリング風樹脂の床に、月光の淡い光が差し込んでいた。夜風が頬を撫《な》でる。久しく感じ取ることのできなかった、大気の感触だった。

走り回る子供の足音を聞きながら、美和子は目を閉じ甘い夜の空気を胸いっぱい吸い込んだ。海の匂《にお》い、緑の匂いがした。

ベランダに出ると、南の空に上弦の月がかかっている。手摺《てす》りから身を乗り出し、あたりの緑の木々や、月の光に手をさしのべた。遠くに聞こえる太平洋の波の音を聞いた。

何もかもが、嫁いでから十一年、忘れていたものだ。目眩《めまい》がしそうな幸福感があった。もうクリスタルファイバーの太陽光はいらない。姑と体を横にしてすれ違わなければならないキッチンもない。何よりこれだけ大きな部屋があれば、当面、小夜子を育てるには好都合だ。

そう、小夜子の心配があった。

「あなた」

美和子は、階段を駆け下りた。

小夜子はソファの上でゆったりした寝息を立てている。そしてすばらしいことには、義父母の姿がそこにない。この典型的な二世帯住宅は、親世代の住まいが玄関を別にして独立しているのだ。

「弥生町の家の取り壊し中止の仮処分申請は、裁判所にお出しになるの？」

美和子は尋ねた。

夫は悲痛な目をまっすぐに美和子に向け、首を横に振った。

「無駄だろう。昔のように生身の人間がやっていれば、情理をわきまえた判決も期待できたが……」

「その情理って、偏見や思い込みや気分の問題とどう違うのかしら。私には単に、生身の人間の限界のように見えるけど」

総一郎は、戸惑ったように美和子を見つめた。

「君は、僕が仕事を辞めてから、言うことがきつくなったな」

「いいえ、小夜子が巨大化し始めてからですわ」

「巨大などという言葉を使うな。あの子はステゴサウルスじゃない」

「ごらんになったでしょ。あの子はハイハイするのよ。それどころか、立ったの。やがてわがままが出てくるわ。そして少女になって……その先は考えるのはやめましょう。でも、ちゃんと躾《しつ》けをしなくちゃいけないのよ。あの子より小さく、非力な私たちが躾けるの。猛獣使いよりも、厳しい仕事になるわ」

「なんて言い方だ」

「実際、そうよ。だから、お願い。次々、子供を作るのは止《や》めて、あの子を一緒に育てでちょうだい」

総一郎は、少しの間黙りこくった。

「僕には、日本国民としての義務がある。特A級市民としての努力目標がある」

「あなた、日本国家に何度裏切られたの？」

総一郎の頬が白くなった。眉根《まゆね》をひくつかせながら、低い声でつぶやくように言う。

「裏切られなどしていない。解雇は司法改革の一環として執行されたものだ。今回の強制退去については、高度土地利用法などという悪法が、議会制民主主義のもとに制定されたことによる」

「法律はどうでもいいの。七人目の子供は、私、もう産めない」

「わかってくれ。私は、日本国民であると同時に斎藤家の家長だ。家長の誇りと良心にかけても、斎藤家の嫁以外の女に子供は作らない」

「そんな問題じゃないのよ」

美和子は、叫んだ。

「自分で作った責任は取ってちょうだい。何人作ろうと、できた子供を一人でも犠牲にはできないわ。あなたの義務は、小夜子を立派に成人させることよ。小夜子を育てるのは十人分の体力と気力がいるのよ、わかってるわよね」

「君は強くなったな」

総一郎はため息をつき、ふと首を傾《かし》げた。

「しかし小夜子は、なぜ発達を始めたのだ。大きくなったのは、ホルモンミスだったが、それでも発達段階は三カ月の赤ん坊のまま、あと二十年は留まるはずじゃなかったのか？」

「わからないわ。でも人のやることですもの。たまには、失敗もあるでしょう」

そのとき玄関のドアをノックする音がした。ドアを開けると姑が立っていた。

「不便なお家《うち》ねえ。お台所が二つに分かれていたんで、奥の方に入ってドアを閉めたら、押しても引いても、こちらに来られなくなってしまって、仕方ないから向こうのお玄関から出て、庭を回って来たのよ。いったいなんなんでしょうねえ」

「さあ、きっと、プライバシーっていうものなんですわ」

美和子は微笑《ほほえ》んだ。

姑は、ジョッキを差し出した。例のクリーム色の液体が入っていた。

「ちゃんとしたお乳を出してちょうだいね」

と言うと、すぐに玄関から出ていった。

「あたしはホルスタインじゃないわ」

グラスの液体をちょっと覗《のぞ》き込み、美和子はつぶやいた。それからジョッキの中身を一気に飲む。お腹《なか》の子供が胃袋を押し上げる感じがして、吐き気がした。

飲んで五分もすると、ひどく乳房が張ってくる。しかも出てくる乳が、白ではなくクリーム色をしている。

小夜子の隣に行って、前あきブラジャーのホックを外す。乳房は何人もの子供を育てているので、腹の中途まで垂れ下がりしかも大きく膨れている。結婚以来、マタニティドレス以外着たことはほとんどないが、そのマタニティドレスでさえ、今は既製服では合わない。胸というよりは、腹のあたりに特殊なダーツを入れて、乳房を収めるような形に、孝子が仕立ててくれる。

緑色に血管を浮き立たせて、固くなった乳房を小夜子に含ませる。

奇形だ、と自分の姿を鏡に映すたびに悲しくなるが、総一郎は女として、これほど美しいプロポーションはないと断言する。

乳首から唇を離した小夜子の口元をそっと拭《ふ》くと、タオルは母乳のクリーム色に染まった。総一郎は、それを凝視していたが、はっと気づいたように言った。「おふくろ、あのドリンクに何を入れてるんだろう?」

「体にいいとお姑《かあ》さまが信じているものでしょう」

醒《さ》めた声で、美和子は答える。その成分を知りたいと思ったことはあったが、尋ねたところで、姑自身がよくわからないらしい。確かに効果もあるので、美和子は素直に飲んでいる。

「君だっておかしいと思うだろう。小夜子は、生後三カ月で成長を止めたんだ。確かにホルモン事故で、サイズは大きくはなったが、発達段階は三カ月児のままだ。それがここで急に寝返りを打ち、ハイハイして、つかまり立ちをした。普通なら一年はかかることを数日でやったんだ」

「それが、あのドリンクのせいだっていうことですか?」

返事をする前に、総一郎は立ち上がり、両親のいる隣の部屋に行こうとしてドアに手をかけた。しかし押しても引いても開かない。

「あなた」

美和子は声をかけた。

「あなた、これは二世帯住宅なのよ。そのドアは災害時以外はロックされてるのよ」

舌打ちして、総一郎はインターホンを手にする。隣の部屋の母親を呼び出し、ドリンクの中身を尋ねる。

受話器を置き、戻ってくると総一郎は説明した。

「ベースはプロテインミルク。それに各種ビタミン、それからピラルクという魚の脳下垂体から抽出した酵素だ」

「ピラルク？」

「昔、頭が良くなるっていうんで、健康食品として売り出されたが、アレルギーで何人か死んだために、販売禁止になった。しかしそれを飲ませた僕が無事に育って、特Aクラスになったので、おふくろは未《いま》だに、それを信奉している。それが小夜子になされたホルモン処理の効果と干渉しあっていることが考えられる」

「でもあのミルクは、小夜子が生まれる前から飲んでいるわ」

「成分が体内に蓄積して、その量が限界を超えたので、効果が表われたのだろう」

まあいい、と美和子は思った。体重六十キロの三カ月児を持った後では、何が起きたって驚きはしない。

3

成慶五十八年　六月十八日

今日は学校で運動会があった。今度の小学校の校庭は、前にいた弥生《やよい》第三小学校の十倍くらい広い。走っても走ってもビルの壁にぶつかったりしないので、なんだか調子が狂ってしまう。

みんなの家では、お母さんとお父さんが応援に来てくれたのに、僕のところはパパだけしか来なかった。ママとおばあちゃんは、うちで小夜子の面倒をみなくてはいけないんだと、パパが言った。でも僕は淋《さび》しくない。パパはＰＴＡのリレーでアンカーをやって、一等賞を取った。なにしろ最後の一周で三人も抜いたのだ。

パパはいつも「ぶんぶりょうどう」と言う。男の子は勉強ができるだけではだめで、スポーツも得意でなくちゃいけないし、そうでなくては大きくなって特Ａ級市民にはなれないのだそうだ。だからパパは頭がいいだけでなくて強い。

みんなに拍手されてパパがゴールしたときは、最高の気分だった。強くて正しいパパは僕の誇りだ。

でも最後のクラス別対抗リレーは最低だった。僕は二番目に出て、四人に抜かれてしまった。もともと僕は、運動は苦手だったんだ。どうしてパパと似なかったのだろう。

パパはいつも「けんぜんなるせいしんは、けんぜんなるにくたいにやどる」と言う。ということは、運動が苦手でふけんぜんな体の僕は、ふけんぜんな心を持っているってことだ。そう考えるととても情けない。

それをパパに話したら、「悔しいと思ったら、一生懸命練習して、来年一等賞をとればいいんだよ。過ぎたことはくよくよするな」と言った。やっぱりパパは偉い。

でも不思議なのは、僕がみんなに抜かれてしまったというのに、新しい学校のクラスメートは、だれも僕をいじめない。前の学校でリレーで抜かれてしまったときは、蹴倒《けたお》されてシャツの背中に「僕はふんころがしです」と書かれたりしたのに、「残念だったね」って言われただけだ。先生は、「青空と広々した大地があるので、すとれすがたまらないから、この学校でいじめは起きない」と言った。おっしゃった。

僕も青空がたくさん見えて、学校も家もどこもかしこも広いので、ここが好きだ。ここに引っ越してこられてうれしい。あしたはクラスのみんなと新団地の造成区に探険に行く約束をした。

青空がたくさん見えて、学校も家もどこもかしこも広いけれど、でも僕はここではなく、パパもおじいちゃんも、そのまたおじいちゃんも住んでいて、斎藤家の歴史を築き上げてきた弥生町に帰りたいと思う。日本の中心にある古くてでんとうのある町を、こうりつがいいからというだけで、ビルだらけにしてしまうと、日本人の心も失われてしまうと思う。

引っ越してからの、三カ月はめまぐるしく過ぎた。さまざまな引っ越しの手続きや、コミュニティグループへの加入手続きなどをしているうちに、斎藤家の家族は、三人減った。まず、潤一郎の体調が思わしくなく、本郷にある東大病院に入院した。

大病院は、ベイシティに六つもあったが、彼はどうしても昔から診てもらっていた東大病院でなければいやだ、と言い張る。

あの地区では、唯一《ゆいいつ》東大だけが、高層校舎建て替えを拒んでいるという。だから付属病院も建て替えられていない。昔から斎藤家では、東大病院に入院することに決まっていた。

付き添った美和子は、壁の剝《は》げ落ちた廃墟《はいきょ》のような建物の天井をやもりの這《は》い回る様を見たとき、あやうく気絶しそうになったが、そこの大部屋に寝かされた潤一郎は、ベイシティでは、決して見せなかった安堵《あんど》の表情を浮かべた。

医者の診断によると、潤一郎はもともとの高血圧と肝臓障害に加え、環境の変化による強いストレスで、体の各所が傷《いた》んでいるという。療養もかねてということで、しばらくの間、そこに入院することが決まった。

その一週間後、長女の歩がベイシティを去った。

少し前にテレビで徳島の山村《さんそん》留学の様子を見ているうちに、自分も行きたいと言い出したのだ。美和子も総一郎ももう少し大きくなってからにしなさいと止めた。ところが歩は子供用リュックサックに身の回りの物を詰め込んで、出ていくと言ってきかない。母親に「山村なんて、淋しいところだし、周りは知らない人ばかりなのよ」と言われれば、「歩ちゃん、すぐお友達できるもん」と答え、敬に「女の子は、結婚するまでちゃんと家にいなければいけないんだ」と言われれば、「歩ちゃん、結婚しないから関係ないもん」と答えて、父の総一郎を絶句させた。あげくの果てに、勝手に徳島の山村留学センターのホームページにアクセスし、ホームステイ先を確保してしまった。総一郎はもちろんのこと、美和子にも、歩の固い決意と異常に強い独立志向を変えることはできなかった。

結局、出発の日、車で空港まで歩を送った総一郎は、飛び立つ飛行機を眺めながら、「あの子は祖母に似て、頑固者で手がつけられない」と寂しげにつぶやいたものだ。

さらに次男の健が、四つの誕生日を迎えたこの夏、情操教育のつもりで習わせた電子楽器のコンクールに優勝した。そしてその後の検査で音楽に関してすばらしい潜在能力があることが認められた。喜んだのもつかの間、検査の翌日、一台のヘリコプターが斎藤家の庭に舞い降りた。降りてきた文部科学省の役人が、今後、健は筑波《つくば》にある「超優秀児能力開発センター」で育てられることになったと告げた。

何が起きたのかほとんど意味がわからないまま、美和子は「こんな小さな子を親から奪っていくなんてあんまりです」と、半狂乱になって我が子を取り戻そうとした。しかし役人は「この子は日本の宝です」と言うと、小さな斎藤家の次男を平然とヘリコプターの中に押し込んでしまった。

「私の子よ、返して」と叫ぶ美和子に、役人は諭した。

「特A級市民の子供は、障害を持ってないかぎりは、政治的、文化的指導者となるべく育てられるべきです。あなたは偏狭で利己的な気持ちを捨てて、我が子の可能性を信じ、広く深い愛情を持って、遠くから息子さんの成長を見守らなければならない。母親の愛情は、離れていても伝わります」

「ふざけないで。だれが十カ月もお腹《なか》に入れて、だれが産んで、だれがお乳をあげたと思っているの。私の子なのよ、返して」

透明なキャノピーの向こう側で、健は不思議そうに首を傾《かし》げ、その顔はすぐに崩れて、泣き出しそうなものに変わった。

泣き声は聞こえなかった。プロペラが回り始めたからだ。

「危険だから離れてください」とスピーカーががなりたて、総一郎が無言で美和子の肩を摑《つか》み、ヘリコプターから引き離した。

「しかたがない、親として、国民として、大局的な見地に立たなければ」

静かに言った総一郎の手も震えていた。

「冗談じゃないわ、健は私のものよ」と美和子は叫んだ。

「男の子が欲しければ、また作ればいい」

遠ざかっていくヘリコプターを見上げ、苦しげな顔で総一郎は言った。

「絶対作らない」

小さな声で、美和子はつぶやいた。

まさかこんなことになるとは知らず、親の見栄《みえ》から息子を音楽の全国コンクールなどに出した軽率さをどれほど悔いても遅い。

そのとき敬が父の手を握り締め、青空を見上げて言った。

「パパ、僕はもうすぐ十歳になるのに、だれも連れていかないのは、才能も運動神経もないため？」

「いや」と総一郎は、次男のことをふっ切るように笑顔を作り、長男に言った。

「人の能力はさまざまだ。君の能力は一人前の男になって、初めて発揮される。大人になれば、だれよりすぐれていることがわかるんだ」

「ほんと？」

「ああ、だがそのためには、努力を怠ってはいけない」

敬はまっすぐに父親を見上げてうなずいた。

総一郎と違って、美和子には「健は斎藤家の誇りだ」などと心と裏腹の建前論を貫くことはできない。美和子はそれから三日間、泥遊びをした健が白い壁に残していった小さな跡を眺めては、涙にくれていた。

「健ちゃんは？」と孝子が尋ねた。

文部科学省の役人に連れていかれた、と美和子は答える。「あ、そう」と孝子はどんよりした目で言う。そして五分後、同じことを尋ねる。

孝子は、この土地に引っ越してきた直後から、わずか五十六歳という若さで認知症を発症した。初めのうちは、二世帯住宅ということもあり、物忘れがひどいな、という感じしかなかったが、少しずつ何かおかしいと美和子は気づき始めたのだ。

最近では太陽を避けるように両手で顔を覆《おお》ったまま、広い部屋の隅に体を寄せて震えている。壁を伝って歩き、美和子が無理に手を引いて部屋の中央に引っ張ってくると恐怖に顔を歪《ゆが》ませ、泣き出してしまう。

少し前に、総一郎が医者に連れていくと、開放的な空間に対して不適応を起こしたのが原因の認知症と診断された。

斎藤家の主婦として、空間的にも精神的にもごく狭い範囲で生きてきた女にとって、歳《とし》がいってからの環境の激変は、想像以上にストレスがかかるものらしかった。そんな状態でありながらも、姑《しゅうとめ》は律儀《りちぎ》に例のクリーム色のドリンクを日に三回作って届ける。

そして小夜子の方は、というと、ここに来て二週間目、ついに言葉を発した。

「ママ」という、一般的な子供が最初に発する言葉は滑らかなバリトンだった。

そして今、語彙《ごい》の数は目を見張るばかりに増えている。

身長、一・八七メートル、体重は九十キロに達した。伝い歩きをするのに掴まった壁の棚は落ち、クローゼットはひっくり返る。そして総一郎が約束通り調教師を務めている。体の大きさは小夜子に劣るが、さすがにその知性と気迫と家長ならではの威厳で、辛うじて言うことを聞かせることができている。ただし今のところは、だ。

夢にまで見た太陽の拝める広い家で、舅姑と別々の生活を営めることにはなったものの、美和子にとっては悲しみや不安や気忙《きぜわ》しさの中で、過ぎた三カ月だった。

いつになくすがすがしい気分で目覚めたのは、夏も終わりに近づいた日曜日の朝のことだった。懐《なつ》かしく馥郁《ふくいく》とした香気が、部屋の中に流れ込んできたのだ。いったいなんの香りなのかと外に出て、ふと思いたちインターホンで孝子を呼び出した。普段は広い空間を恐がる孝子が、こんな良い匂《にお》いにならさそわれて出てくるかもしれない、と考えたのだ。六つになる律を連れて庭で待っていると、やがてきれいに髪を整えた孝子が、直射日光と外気にびくつきながら現われた。

律の手を引き、孝子をかばうようにして、美和子はゆっくりと庭から細道に出る。踏みしめる土はベージュ色に乾いて、サンダルの踵《かかと》の下で心地よく崩れる。海に浮いているベイシティの基盤は多孔質の樹脂で、その上数メートルはこの人工土で覆われているのである。

庭を回り込み、背中合わせに建っている隣の家の正面に行くと、庭に一面、菊の花が揺れているのが見えた。

白、薄紫、金茶、さび朱……。

洋花にはない微妙な色合いと、幻惑的な香りに、美和子は息を呑《の》んだ。

「きれい」

律が、歓声を上げた。

その声に応《こた》えるように、丈高い菊をかきわけ小柄な男が出てきた。ここの家の主人で有賀《ありが》大介《だいすけ》という退職校長である。挨拶《あいさつ》回りをしたときに聞いた話によれば、十年ほど前に妻を亡《な》くし、定年退職と同時にここに移ってきたのだという。

「や、おはようさん」

有賀は、禿《は》げ上がった額を撫《な》で上げながら挨拶した。

「きれいに咲かせてありますこと。お手入れ大変でございましょう」

めっきり口数の少なくなった姑が、夢でも見ているように言った。

「いやあ、ようやくですな。まあ、どうぞ」

有賀は門扉《もんぴ》を開けて、美和子たちを庭に招き入れる。

小さな両手で管物《くだもの》咲の菊の長く垂れ下がった花弁に触れ、鼻をつっこむようにしてにおいを嗅《か》いでいる律に、美和子は「触っちゃだめよ」と注意する。

「あ、いい、いい、そうっとな。そうっと触れば大丈夫」と有賀は笑って律の頭を撫でる。「芽ざしって、知ってますかな？　鰯《いわし》の干物じゃありませんよ。菊の新芽を差して根を出させるんですがね、なんとここの土は、芽ざしに使う鹿沼土《かぬまつち》とそっくりなんです。昭和の終わりから平成頃の旧夢の島あたりの地層から持って来たものなんで、当時のゴミなんですが、すっかり発酵してしまって、細菌が少なくて、水捌《みずは》けがいいでしょう。そこで苗木をたくさん作ったんですが、それを大きくしようとすると、なかなかホネなんですね。見てくださいよ」

有賀は、庭の土をつかんで突き出した。ふわふわした真っ黒な土だ。そして指の間からミミズが、体をくねらせ逃げ出してきた。

美和子と律は、悲鳴を上げて飛び退《の》く。

有賀は、笑った。

「ミミズは、小さなお百姓さんですよ。土を耕し、生命を与えてくれる。この養分も何もない土にせっせと肥料をやって、ここまでしたんですよ」

彼は鋏《はさみ》を取ると、かたわらで咲きほこっている中輪の菊を数本切った。白い花弁の中央部に紫がかった淡い紅色を滲《にじ》ませているのが、清楚《せいそ》な中にもどこか官能的だ。

「富士のあけぼの、と言いましてな、上品で、香りも良い。あんたにぴったりだ」

美和子はうろたえ、律の手をしっかりと握りしめて後退《あとずさ》りした。

有賀の手の中の花束は、しかし美和子の前を素通りし、姑の前でぴたりと止まった。

「はあ、え、あの……」

姑の頬が、ぽっと染まった。片手を胸元に当てて、しなを作った姑の顔が生き生きと輝き、十も若返ったように見えた。

「また、遊びに来てくださいよ」

有賀は、人なつこい目で、正面から姑を見つめた。


朝の食卓に活《い》けられた白菊はひときわかぐわしい香気を放っていた。

「失われた日本の秋を感じるよ」

寝呆《ねぼ》け眼で起きてきた総一郎が、微笑《ほほえ》む。

「お隣の元校長先生がお作りになってるの。土を耕して」

「耕して？」

「ええ。ミミズを使って土作りもされたとか」

総一郎が、瞬《まばた》きした。

「ということは、畑もできるってことか」

「里芋、できるかしら？」

姑の孝子が独り言のように言う。ベイシティの食料品店では、組織培養の工場野菜しか手に入らない。水耕栽培のものさえ、かなり高価で、ましてや里芋のような特殊な野菜は、この人工島から都心の商業区にあるデパートまで、二時間近くかけて買い出しに行かなくてはならないのだ。

隣の庭を見て、ここで作れるかもしれない、と孝子が期待したのも無理はない。斎藤家の人間はここまで来ても、里芋に執着している。

「げっ」と声を出したのは、律だ。

「リーちゃん嫌い。ぬるぬるしてて気持ち悪いんだもの」

「食物のことをそんな風に言うもんじゃない。食物の好き嫌いはわがままの第一歩だ」

総一郎そっくりの口調で、敬が言った。

「でも里芋なんか嫌いだもん。そんなんじゃなくて、メロン作ろうよ。中が黄色と緑の縞模《しま》様《もよう》になったあれ」

総一郎は苦笑した。

「中が縞模様になったメロンは工場でないと作れないんだ。でも畑ではもっとおいしいメロンが作れるぞ」

「わ、本当」と、今度は敬も無邪気な歓声を上げた。

本気だろうか、と美和子は首を傾げる。昔、まだ子供が五人も生まれる前、東京の郊外のリゾート農園で、トマトを植えたことがある。趣味の土いじりというのは、乗馬と並んでエリートの教養の一つである。しかし生産のための労働ではない。たまに行ってすでに実った野菜を収穫させてもらったり、スポーツウェアに着替えてうねを作ったりしたことはあるが、土作りから収穫までの一貫した作業を、総一郎はしたことがないはずだ。

しかし総一郎は「お父さんがおいしい野菜を作ってやるから、おまえたちも手伝え」

と子供たちに号令をかけると、さっさと食卓を立って部屋を出ていってしまった。いつまで続くかわからないが、もとより失業中の身だ。妻が妊娠中では、繁殖に励むこともできない。やることといったら、せいぜい退職裁判官を対象にしたネットに雑文を寄稿するくらいしかない。それが元法律家の自己満足に過ぎないことくらいは、総一郎もわかっていたらしい。ここに来てやることができたということは、精神衛生上いいことに違いない。

いったん決めると、何事にも一生懸命、完璧《かんぺき》に仕上げたくなるのは総一郎の性分だ。彼はまず電話で有賀にアポイントを取り、教えを請《こ》いたいと申し出た。

おやすい御用、とばかりに、まもなくツナギ姿で首にタオルをかけ、有賀はやって来た。年代物のツナギは色あせ、ところどころ穴が開き、胸には「世田谷区立第六中学校」というロゴが入っている。退職した学校の体育着だ。

「どうも、こちらからうかがおうと思ったのですが」と総一郎は頭をかいた。

「いや、それにはおよびませんよ」と有賀は、手にした鍬《くわ》を土の上に置いた。

「何、それ?」と敬は、鍬を見て首を傾げた。

「土を耕す道具だよ。弥生時代から昭和の頃まで使われてた鉄器だ。ここの人工土は軽いからね。こういう手農機で十分なんだ」

有賀は説明しながら、まずは庭に出てそれの握り方から教える。次に振り上げ、庭の土を浅く耕してみる。

スポーツはできても、肉体労働に慣れていない総一郎は、二うね作っただけでのびてしまい、有賀に笑われながら手にできたマメを治療している。

庭を一通り耕した後、有賀は直径七十センチほどの円盤形の容器を自宅から持ってきた。この中に家中の生ゴミを入れるようにと言う。しかし生ゴミは、台所のパイプから直接、処理場に送られてしまっているので家にはためてない。

それでは、糞尿《ふんにょう》を、と言うが、そちらも同様だ。しかたないな、と言いかけたとき、隣の部屋で小夜子がむずかり始めた。

「あれだ」と、まず敬が駆け出した。

そろそろトイレットトレーニングを始めなければ、と言いながら、その体重の重さ、排泄物《はいせつぶつ》の多さから、美和子はなかなか始める気になれないでいた。

それ、とばかりに、敬と総一郎が、両脇《りょうわき》から抱えて小夜子を居間に連れてきた。

有賀は巨大な赤ん坊を見て、目をぱちくりさせた。

「発育停止処置で、失敗しましたの」

美和子は手短に説明し、屈《かが》んでおしめを外す。

「それは気の毒に」

小柄な有賀は、反り返って少しの間小夜子を見上げていたが、すぐに例の円盤形の物を持って来て小夜子の両足の間に置く。小夜子は、蒙古斑《もうこはん》を地図のように青く浮きたたせた大きな尻《しり》をどさりと円盤の上に載せた。

「あっち行ってなさい。潰《つぶ》されたりすると困るから」

ものめずらしそうに寄ってきた律を美和子は、遠ざける。しかし律は離れない。彼女はこの巨大な妹を大好きなのだ。

「小夜子ちゃん、シー、シー」

小夜子の前にしゃがみ込み、見上げて声をかける。母親が弟や妹を躾《しつ》けるのを見ていて、覚えてしまったらしい。

おしめを外されて、尻にわずかな風が当たると排泄する癖がついていたのが、幸いした。すぐに滝のような音がして、円盤に溜《た》まり始める。続いて排便を始めた。

「わっ」と敬が逃げ出す。少し前から離乳食を始めたので、臭《にお》いがきつい。

「敬、脱臭装置を回せ」と総一郎が声をかける。

終わると有賀は容器の蓋《ふた》をしめ、スイッチを入れた。まず、ヒーターのランプがついた。ランプは十秒ほどで消え、次にモーター音がして、中のドラムが回り始めた。

全部終えるまで、約一分ほどだっただろうか。蓋を開けると中身は、ベージュ色の臭いも何もないふわふわした物に変わっていた。

「驚きましたね」と総一郎は感心した様子で言った。

「実は、調味料を作る高速発酵装置を、私が改造したんですよ」

有賀はいくぶん得意げに胸を反らせた。

総一郎と美和子は、思わず胃のあたりに手をやって顔を見合わせた。そういえば、昔は醤油《しょうゆ》やみそを何カ月もねかしていた時代があったらしいが、今では工場のタンクに数秒通せば、発酵は完了する。

「どうも、お世話様でございます」

そのとき姑が、お茶を入れてやって来た。有賀に向かって丁寧に挨拶した。

「やっ、どうも」

有賀も薄くなった頭を下げる。

「あら、なあにこれ」

姑は、よそ行きのオパールの指輪をした手を円盤に突っ込み、中の物を握りしめた。

「温かくって、ふわふわして、まあ、いい気持ち。糠《ぬか》かしら、たぶんそうね」

「ええ、まあ」

有賀は艶《つや》のいい額を撫で、美和子は急いで、小夜子にパンツをはかせようとした。しかし小夜子は抱き寄せたとたん、体をくねらせて逃げた。

「小夜子」

美和子は呼んだが、小夜子は辛うじて体のバランスをとりながら、母親が驚くほどの速さで逃げる。パンツを振り回しながら、追いかけ捕まえたが、今度は両手を振り回した。美和子は悲鳴を上げた。

肩に当たった小夜子の手は、脂肪が乗っているので、やわやわとしていたが、その力は美和子の体を部屋の端まで突き飛ばすには、十分だった。片手で腹をかばいながら、美和子は壁に激突した。

「こらっ、小夜子」

総一郎が慌《あわ》てて、タックルする。とたんに小夜子は顔を真っ赤にして泣き出した。

火がついたように、という形容はあたらない。ガーッ、ともゴーッともつかない、家を揺るがせるような重低音が、響いた。

「よしよし、ごめんごめん、さっ、パンツはこう。な、女の子だろ、小夜子は」

美和子が壁に手をついて、ふらふらと立ち上がりかけたとき、総一郎が一瞬の虚をつかれた。弓なりに体をくねらせた小夜子にふっとばされて、サイドボードに勢いよくぶつかり、反動で美和子の足元まで転がってきた。

顔を覆って、細い泣き声を上げた姑をとっさに有賀がかばうように抱き寄せ、小夜子から遠く離す。

「小夜子」

肩で息をし、鼻血を袖《そで》で拭《ふ》きながら、総一郎は家長の威厳を全身にたたえて、よろよろと立ち上がった。

「小夜子、おまえ、今、悪いことしたんだぞ。わかったか。小夜子」

言いかけてよろめいた。横から有賀が支える。

「大丈夫です、ありがとう」

総一郎は、再び床を踏みしめる。小夜子はきょとん、として立っている。

「小夜子ちゃんて力持ちなんだ」

律が、感心したように言った。

「力というのは、正義のために使わなくてはならない」

総一郎は律に向かって鋭く言った。

「それに女の子に、そんなものはいらないんだ」

それから息を弾ませて小夜子の方に向かい、ゆっくり歩いて行った。

「あなた、気をつけて」

「自分の子供だ」

低い声で言い、小夜子の肩を両手で抱く。

「小夜子、自分で何したか、わかるな。おまえは女の子だ。素直ないい子に育ってくれ。少し大きくたって、優しく愛らしい女の子に育ってくれればいい。力持ちは自慢にならんぞ」

「正義のために使うなら、いいんじゃなくて」

美和子は、冷めた声で言った。

「小夜子、いいか」

すっかりおとなしくなった小夜子は、パンツをはかされながら、いくらか悲しそうな顔をした。

「パパ」

そのとき律が、総一郎のシャツの裾《すそ》を引っ張った。

「パパ、パパ。小夜子ちゃんをいじめちゃ、だめ」

「いじめてなんかいないよ。パパは小夜子が悪いことをしたから叱《しか》ってるだけだ」

敬が言った。

その日、有賀と総一郎、そして敬も手伝って夕方までかかって土に肥料を混ぜ込んだ。

しかしその最中、小夜子が美和子と姑をふりきって、畑によたよたと歩いていくと、泥遊びを始めた。

柔らかな人工土に両手と鼻先までつっこみ、ハイハイする。土が盛り上がり、あっと言うまにうねができる。恐ろしいほどの速さとパワーで、肥料と土がかき回される。それからいきなり立ち上がりよたよたと走り出した。両手で土を摑《つか》んで放り投げる。

美和子と総一郎は、もう諦《あきら》めたようにその行動を止めなかった。

敬と律も一緒になって遊び始め、やがて飽きた頃には、肥料と有賀の土壌改良剤と人工土は、見事に混ざりあっていた。

美和子は庭にホースを持ち出し、子供たちにぬるま湯をかけて、泥を落とした。それから巨大な猪《いのしし》のように、全身泥だらけになった小夜子を洗いにかかる。

「ちゃんとお手伝いしたねえ、小夜子。あなた一人いれば、広い畑だってすぐに耕せるわ」

意味がわかったのかわからないのか、小夜子はくるくると丸い目を動かして笑っていた。

「僕は、自分の娘をトラクターだとは思いたくないよ」

総一郎が哀《かな》しげに笑った。

苗は、明日、有賀が静岡まで行って、買ってきてくれると言う。とはいっても、今年は土を作ったばかりなので、里芋は植えられない。一年目は豆を植えるようにと、言い残し有賀は帰りかけた。

そのとき「どうぞ。お夕飯用意いたしましたのよ」と孝子が声をかけた。

「そうですか、せっかくですから」と、孝子の世帯の入り口から有賀は中に入る。

「じゃ僕らも」と総一郎が続こうとしたときだ。

姑は、総一郎の鼻先で、ぴしゃりとドアを閉めた。

「待て、どういうことだ」

ドアを叩《たた》いたが開かない。

「ちょっと、お母さん、なんのつもりですか」

美和子は夫の腕を摑み、こちらのドアの前まで引っ張ってくる。

「あなた」

「僕たちは親子だぞ」

「親子だって、けじめは必要ですわ」

「ばか、親父《おやじ》が入院中だ。あっちはおふくろ一人だ。いくら年寄同士だって、世間はそうは見ない」

「ここのどこに世間があるんですの？　だれが見てます？」

ベイシティにも隣近所はあるが、一軒あたりの敷地が広いので、互いの家庭の事情まではわからない。

「だれが見た、とか、何かあった、とかそういう問題じゃない。人の道として」

「だれが見ようと、何かあろうと、かまいませんでしょう」

美和子は遮《さえぎ》った。

「おまえ、いったいどうなってしまったのだ」

「じゃあ、あなたはお姑《かあ》さまがお友達もなく、慣れないこの場所で、つい昨日までのように泣いたり、震えたりしているのを平気で見てらっしゃるおつもりなの？」

「友達なら、コミュニティの婦人会にでも入ればいいことじゃないか。何も隣の親父と友達にならなくたって」

「女は死ぬまで女ですわ」

総一郎は、首を横に振って黙りこくった。

4

翌日、斎藤家の当主と幼い子供たちは、庭に豆を植えた。まいてから収穫までがわずか二カ月という驚くべき速さで生長するバイオいんげんの種を有賀が分けてくれたのである。種まきを終えると、総一郎は家の前の空き地を耕し始めた。いつ新しい住人が来て、そこに家を建てるかわからない。それでも手にマメを作りながら土を耕している。その後ろ姿を見ていると、美和子にもその精神と肉体の充実感が伝わってくる。何件もの裁判をかかえて、コンピュータ端末機の前に一日十四時間はりついて判例検索していたときさえ、総一郎がこれほど生き生きとしていたことはない。

「農耕民族、日本人としての家長の原点はここにあるのだ」

鍬《くわ》の柄の上に両手を重ね、真っすぐに耕したうねを見渡しながら、総一郎はそう言った。そして小さく息を吸い込み、厳《おごそ》かな口調で宣言した。

「ここは斎藤家の土地だ。ここに斎藤家の新しい歴史が始まる」

「ああ、そう」と、美和子は肥料代わりの台所の生ゴミを夫に手渡しながら同意した。

とにもかくにも弥生《やよい》町の、太田道灌《どうかん》から下賜《かし》されたあの土地、ビルに囲まれ一日中陽の射《さ》さない、じめついた土地に戻ることを夫はようやく諦《あきら》めたらしい。

「過ぎたことを思いわずらうな、後ろを振り返り涙するのは、女のすることだ、というのは、幼い頃から父にいつも言われていた」

「ああ、そう」

今度も、美和子は我知らず気の無い返事をしていた。

数日して秋の訪れを告げるように細かな雨が降り始め、長雨が上がった二日後には庭の土の間から、目を凝らさなければ見えないほどの、小さなエメラルド色の芽が顔を出した。

美和子の腹はかなり目立ち始め、小夜子の発達は、さらに目立っている。ここに来る前、下顎《したあご》にかすかに頭をのぞかせた歯が、この頃にはしっかりと生え揃《そろ》っていた。

わずか数日で完全に離乳し、姑《しゅうとめ》の持ってくるクリーム色のミルクをおいしそうに喉《のど》を鳴らして飲んでいる。それだけではない。「ママ」という言葉を初めて発してから、堰《せき》を切ったように単語の数は増え、とうに本来の年齢である一歳九カ月の発達段階を通り越していた。

ここのコミュニティの学校に転校した敬や律も、陽に焼けて一回り逞《たくま》しく、動作も機敏になってきた。

子供たちは順調に成長し、ここの環境に適応しそこなった古い世代を除いては、新しい土地の生活は軌道に乗りつつあった。

そうなるはずだった。そのつもりでいた。九月の半ばに、総一郎が自分のコンピュータの中に、一通の電子メールを発見するまでは。

メールを読んだ総一郎の顔が曇った。そして「敬」と息子を呼んだ。美和子が呼ばれたのは、その後だ。

長男の頭越しに覗《のぞ》き込んだ画面の、発信者名に「国土交通省」という文字を見たとき、なんとなく嫌な感じがした。役所のくせに、総務省メールを使わずにコンピュータネットを通じて通知をよこすというのも、違和感がある。ろくな内容ではないと直感的に思った。

果たしてそうだった。

それは再度の立退《たちの》きを迫るものだった。斎藤家だけではない、驚くべきことに、このできたばかりのニュータウン、いや、これからできようというこの町の人々全員に、立退きを要求してきたのだ。

国家的なプロジェクトのため、ここの人工島が撤去され、もとの東京湾に戻ることになったと、そこには書いてあった。

ばかな、とディスプレイを見ながら、総一郎がつぶやいた。

人工島が撤去されるということ、立退き料の算定基準、立退きの期限、そして代替用地がすでに用意されていること、さらに説明会の日程。そうしたことがそこに記されている。

来年の三月三十一日までに、ベイシティはその都市計画図そっくりそのまま、住民ごと他の土地に移されることになったのである。

「いったい、今度はどこに立退けというの？」

美和子は夫の顔を見た。

「わからない」

総一郎は、沈鬱《ちんうつ》な表情で首を振る。

「説明会の会場で発表されるのだろう」

「まさか、また弥生町に戻れなんて言わないでしょうね」

「この人工島全部が引っ越すということは、あの土地ではない。少なくとも旧市街地は無理だから、どこかの山を切り開いて、別のニュータウンを作るのだろう」

「そんな……」

「ああ、心配するな。追い出されたりするものか」

低い声で総一郎は言った。

「本当に？」

総一郎は、淡く静脈の浮いた美和子の手を握り締めた。

「人も家も、土地と、その所属するコミュニティに根を下ろしてこそ、安定を得るし発展もする。伝統の継承も可能だ。人はキャスター付きユニット家具ではない。空いたところに好きなように動かすとは何事だ。今度ばかりは、私も容認できない」

黙って両親の会話を聞いていた敬も、神妙な顔でうなずいた。

「私はここが好きよ。本当のところ、嫁いでから十一年住んでいた弥生町の家より、ここが好き。動きたくありません」

美和子は、そっと総一郎の手を振りほどき、ふと気づいた。

「大きな手をしていたのね……」

「ああ、いざというときには、家族全員を包み込まなければならないから」

そっとその掌《てのひら》をなぞってみる。

「マメができてるわ」

総一郎は微笑した。土を耕してできたマメは、つぶれてはできて、今はプラスティックのように固くなっている。美和子にはそれが自分と家族をここの土地に結びつけている証拠であるように思えた。と同時に、総一郎が国家の方針にどこまで抵抗できるのか、はなはだ心許《こころもと》ない気もしていた。

立退きに関する説明会が行なわれたのは、二日後の夜だった。会場はベイシティの中央にあるコミュニティセンターである。

総一郎が、車に乗り込み、「敬」と呼んだ。美和子は長男がやってくる前に、その助手席に、腹の大きくなった体を押し込んだ。総一郎は慌《あわ》てた。

「私も説明を聞いておきたいんですの」

「ばかな。主婦がそんなところに顔を出すものではない。君はＢＣ級の女じゃないんだぞ」

「でも我が家のことですもの」

「降りなさい」

総一郎は、長い手を伸ばし、助手席のドアを押し開けた。

「僕が出るんだからいい。息子ならともかく、そんなところに妻を連れていったら、笑いものだ」

「私はそんなにみっともない女ですか」

美和子はへそのあたりまで下がって、大きく膨らんだ自分の乳房に触れた。

「そういう問題じゃない。みっともないから妻がそんなところに出ていくな、と言っているんだ。それに子供たちはどうする」

「お姑《かあ》さまにお願いしました」

「小夜子が、暴れだしたらどうする気だ？」

「ですから昼間いくら眠たがっても、揺すって起こして、畑で遊ばせましたでしょ」

総一郎は、やにわに両手で美和子の肩を掴《つか》んだ。

「君は自分の都合で子供を扱う、そんな母親になってしまったのか」

「しかたありませんわ」

「二十世紀の終わりの西洋では、自分が夜遊びしたいという母親が、子供に睡眠薬を使って寝かしつけたという戦慄《せんりつ》するような話があった。君のやったのは、そういう行為に通じるんだぞ」

そのとき後ろでクラクションが鳴った。有賀だ。スカGという愛称の赤い色をしたクラシックカーの運転席から顔を出し、腕時計を指差した。

「どうしました？　行かないんですか？　もう時間ですよ」

「行きますよ」

総一郎はそう言うと、美和子の方を振り返り「さ、降りなさい」と低い声で言った。

美和子は、黙って正面を向いたまま、シートベルトを大きな乳房の谷間に食い込ませ、カチリと止めた。後ろでスカGのクラクションが、「急げ」というように、奇妙なメロディを奏《かな》でた。

総一郎は、いらついたように舌打ちを一つして車を発進させた。

美和子は、無言でハンドルを握っている総一郎の横顔を見た。

不安だった。総一郎は口では確かに抵抗するが、基本的には常に体制側の人間であり、国家の側に立つ男として生きてきた。

斎藤家の家長としての責任を果たそうとするのと同様に、彼は常に市民としての義務を、そして日本国特A級市民の責務を忠実に果たしてきた。

今回の国家的プロジェクトの内容いかんによっては、彼は斎藤家のパパの視点をさっさと捨て去り、「大局的見地」に立ってしまう恐れがある。

そのとき自分たちは腰を落ち着ける暇もなく、また別の土地に移らなければならなくなるかもしれない。美和子は総一郎と違って、特定の土地への執着はない。しかしこの先、新しい場所をつぎつぎに与えられては移っていくことになるのではないか、という不安があった。小夜子のことや、新しく生まれてくる六人目の子供のことを考えると、腰の据わらない生活は不安だった。

コミュニティセンターまでは、三十分足らずで着いた。プラネタリウムを思わせる半球の巨大な屋根に見覚えがある。初めてベイシティに来たときに、バスの窓からちらりと見えたものだ。

車を駐車場に入れると、総一郎は彼について降りようとした美和子を手で制した。

「ここに残るんだ。会議場に入ってはならない」

そう言うと、人工砂利を踏みしめ、大股《おおまた》に建物の方に歩み去っていった。

植込をすかして、人々が建物の中に吸い込まれていくのが見える。

意外なことには、女の姿がけっこうある。Dクラスから下の階層の主婦たちは、こういうところに平気で出入りするのだ。垂れ下がった乳房を上着で隠し、彼女たちに紛れ込んでしまえば、総一郎にはみつからない。美和子は決心して車を降りた。

コミュニティセンターの玄関ホールの天井は高く、ゆうにビルの四、五階分はある。そこにステンレス張りの柱が林立し、やはりステンレスの梁《はり》からまばゆく光る電灯が下がっている様は、さながら銀色の森に迷い込んでしまったようだ。

ベイシティの人口は、今はまだ三千人程度だが、完成すれば七十万人の人々が住みつくはずだ。コミュニティセンターは、それぞれの家の世帯主が全員集まれるように設計してあり、昔、ペキンにあったと伝えられる人民大会堂を彷彿《ほうふつ》とさせる広大無辺の規模である。

美和子は円筒形の建物の中の側面を螺旋状《らせんじょう》に上昇する廊下を歩いて行く。しかしなかなか説明会の行なわれる議場へは辿《たど》り着かない。途中からエレベーターに乗り、ようやく最上階に着いた。

重たい扉を開けると中は暗かった。もう説明会が始まっている。

手探りで傍らの椅子《いす》にかける。とたんに椅子の背もたれが倒れ、美和子の体はほとんど仰向けになった。腹の重さが身にこたえる。

と、ドーム状の天井から、三次元映像が飛び出してきた。

まっすぐな広い道路、向こうから子供が走ってくる。両脇《りょうわき》はテニスコートで、その先は豊かな緑をたたえた公園が広がっている。

テラスのついた広々とした家が見える。町だ。ベイシティとよく似た町。いや、ベイシティをそのまま移した町だ。

しかし今どき、こんなに空間をぜいたくに使った都市作りをするのは、人工島でもなければできないはずだ。

いったいどこの地方だろう、と美和子は首をひねった。

緩やかなカーブを描くリニアモーターカーの線路の脇には、白亜の高層建築が一つある。病院だ。その隣は学校。そしてこのコミュニティセンターそっくりの形をしたコンサートホールやビデオセンター等の文化施設。カメラはその建物の内部に入り、案内していく。

ベイシティをそのまま移したとはいっても、ここよりさらに施設が整っている。緑も濃い。

非の打ち所のない設計によって建設された都市の映像が、スクリーン上に現われた。

やがて天井の映像は消え、椅子の背もたれはもとの角度に戻った。

明かりがついたとき、美和子は自分が擂鉢状《すりばちじょう》の議場の縁にいるのに気づいた。

擂鉢の底は、演台のようになっていて、今、そこに男が一人歩いてくるのが見える。

しかし、何かおかしい。

擂鉢の底には、ドアがあって、人はそこから出てくるのだろうが、彼はドアを開けず、幽霊のようにドアを摺《す》り抜けた。というより、ドアの表面からわいてきたように見えた。

次の瞬間、彼は正面にあった机をまたぐでもなく通り越し、滑るように中央に立った。

彼は擂鉢の側面に張りつくようにして自分を取り囲む、コミュニティの人々に向かい、一礼する。

「どうもこのたびは、お忙しいところをお集まりいただきまして……」

一世紀半もの間変わらぬ挨拶《あいさつ》を終えた後、男は自分は国土交通省都市計画局、住宅供給課主査だ、と名乗った。

それからおもむろに、この人工島の下の東京湾の海底で、レアメタルであるバナジウムが発見されたことを伝えた。その採掘作業のために、この浮き島を撤去する必要が生じたのだ、と言う。

バナジウムって、そんなに高価なものなのかしら、と美和子は思った。

土地収用法による明け渡しの採決の結果はすでに出ており、工事は来年四月から始まるので、住民はすみやかに千葉県側に用意されたニュータウンに移るように、と役人が言いかけたとき、会場がどよめいた。擂鉢の壁面のあちらこちらから不満の声が降ってくる。

やがて一人の中年の男が名乗りを上げた。マイクがその男の元にセットされた。男は座席から立ち上がった。

「あ、お座りになったままでけっこうです」と、擂鉢の底にいる役人は言った。

中年の男は、ごく穏やかな調子で尋ねた。

「事情はわかりました。しかしそれはいつの時点で決定された話ですか？」

「ですから、ご存じだと思いますが、先月、閣議決定されまして」

役人の口調にはいくぶん横柄《おうへい》なものが感じられる。

「その前から、そういった話はあったと思うのですが」

「もちろん、ありましたが、あくまで地下資源に関しての調査報告という形でしたので」

「にもかかわらず住民は何も知らされなかった。そして事前の説明もなくですね、いきなり立退いてくれとは、どういうことですか」

「だから、この説明会を開いたわけです」

男は、片手で椅子の手摺りを叩《たた》いた。鈍い音が議場に反響した。

「こんなのは説明会ではない。事後承諾じゃないですか。だいたい住民に対して一言《ひとこと》の相談もなく、決まったことだからどいてくれ、というのは、筋違いじゃないですか」

役人は、ちらりと笑うと「バナジウムは、私たちに一言の相談もなく、海底に眠っていたのですよ」と答えた。

「ふざけるな」と声が飛ぶ。

別の男が、質問をする。

「家のローンが残っているのに、どうしてくれるんだ」

「何かお間違えではありませんか？」

役人は、眉《まゆ》をひょいと上げた。

「あなたの家と土地を接収するわけではありませんよ。固定資産税の算定基準となる不動産評価額とまったく等価の不動産と交換するということになるんですよ。その上、補償金も出させていただこうというわけですから、不満はないはずです」

「ゼニ・カネの問題じゃない」

「千葉県なんかに行かれるか。こちとら二十三代続けて江戸っ子だい」

野次が入る。

「ま、新たな土地の上に新たな地域文化を築き、町を活性化させていけるかどうかは、皆様方の意欲次第でしょうね」

役人は鼻先で笑った。その態度からして、彼は特A級らしい。

と、そのときだ。

「きさま、その住民をなめた態度はなんだ」と数人の男が、擂鉢の底に下りて、役人に詰め寄った。役人は顔色一つ変えない。

「と、いうことで、まず、ベイシティの北側ブロックの住民の方から順に、千葉の方に移っていただくということでございまして」

「こっちは、動きたくないと言っているんだ」

別の男が立ち上がる。

「うちはつい四日前、リニアの駅を作るからっていうんで、二カ月住んだ町から立退《たちの》かされてここに来たばかりだ。その前はオフィスビルを建てるっていうんで、追い出された。将棋の駒《こま》じゃぁあるまいし、今日はあっち、明日はこっちって、動かされてたまるか。いくら金積まれたって、今度って今度は動かないぞ」

「そうだ、そうだ、ふざけるな」

男たちが、口々に叫びながら、椅子から立ち上がり擂鉢の底に駆け下りていく。

男たちに取り囲まれた役人は、落ち着き払って「取りあえず、時間ですので質疑応答はここで一旦《いったん》打切りまして、三十分後の午後九時から再開したいと思います」と言った。

「逃げるのか」

「尋ねられたことに答えろ」

男たちが罵声《ばせい》をあびせかける。そのとたん役人は幾重にも取り巻いた男たちの体を通りぬけ、ゆっくりドアに向かって歩いて行った。

「卑怯者《ひきょうもの》」

だれかが、折畳み椅子で背後から役人の頭を力任せに殴るのが見えた。椅子は役人の体を通り抜け、床を叩いた。合金の床に火花が散り、乾いた音が議場一杯に響いた。

ホログラムである。役人の本体がこんなところにいるはずはない。彼らは、わざわざ説明会のために現地におもむくほど暇ではないし、そんな非能率的なことはしない。三次元映像と音声だけで、本体は役所のコンピュータ端末の前に座っているのだ。

説明会は三十分後に再開された。今度は役人は先程のように礼儀正しくドアから入っては来ず、いきなり擂鉢の底にレーザーの光とともに現われた。

「で、先程の続きで、何かご質問等がございましたらどうぞ」

役人は青白く尖《とが》った鼻先をハンカチでこすった。

夫の総一郎が質問に立った。

「ベイシティK ブロック在住、特Aの斎藤総一郎と申しますが」

初対面の者同士のごく常識的な自己紹介をまず総一郎はした。

役人のホログラムは、総一郎の方を向いた。特Aと名乗ったにもかかわらず、役人の態度にさほどの敬意は感じられない。

「意図はわかりましたが、先程から肝心の情報が与えられておりません」

「は？」

「移転先について、千葉県というだけでなく、市町村名及び正しい地番をお教え願います」

「現在、開発中の地域のため、まだ地名等はついておりません。住民の方が移られました段階で決定する予定ですので」

「町名のない地域が、日本に存在するわけはないでしょう」

「どこなのか、肝心の地図を出せ、地図を」

野次が飛ぶ。

「お静かに」と総一郎が振り返り、がらの悪いここの住民たちをたしなめ、それから改めて役人に質問した。

「千葉県のどのあたりなのでしょうか？」

「それはまだ発表の段階ではありません。一応、住民の方のためには、現地見学会の機会を設けさせていただいてますので、その折にご確認いただくということでいかがでしょう」

「あ、はい」

「なんで今、言えないんだ」

「もったいつけてるんじゃねえ」

男たちは再び擂鉢の底になだれ込んだ。次の瞬間、役人の三次元映像は、忽然《こつぜん》と消えた。同時に、議場の照明はすべて消え、墨汁を流したような濃い闇《やみ》の中に、艶《つや》やかな女声の電子音が流れた。

「九月二十三日、月曜日、ニュータウンの現地見学会が開催されます。世帯主の方及び、ご家族の方も、どうぞご参加ください。集合はAブロックの住民の方は、午前九時二十分、新東京ベイブリッジ管理センター前、Bブロックの住民の方は……」

説明会は閉会した。場内に再び照明がつき、膨大な不満の声とともに人々が一斉に椅子から立ち上がる音がした。

美和子も、釈然としないまま、のろのろと出口に向かう。

どこに移るにしても引っ越し自体がなんだか億劫《おっくう》でもあり、憂鬱《ゆううつ》だ。

もちろん家は用意され、必要な運送はやってくれる。コミュニティ丸ごと引っ越すのだから、人間関係もゼロからやりなおし、ということではない。しかし居着いたところから動きたくない、という思いは、多くの日本人が農耕を営み定住生活を始めた弥生の昔から、体にしみついたものなのだ。

気力の充実した自分たちはまだいい。しかし老人たちにとっては、度重なる引っ越しは、精神的な負担が大きいだろう。現にこの前の引っ越しだけでも、舅《しゅうと》は体調を崩し、姑《しゅうとめ》は精神の平衡を失った。

玄関ホールに向かう螺旋状の廊下は、一千人ほどの人が一斉に議場から出たというのに、人影が疎《まば》らだった。いくつものドアから平均して人が吐き出されるように設計されているせいもあるが、美和子は改めてこのホールの大きさを思った。同時に、これほどの大規模なベイシティを再び元の海に戻しても、採算が採れるほど貴重なバナジウムとはなんなのだろうと思った。

まだベイシティが出来上がっていなかったからいいようなものの、予定通りに七十万の人々が住み着いた後だったら、どうする気だったのだろうか。いや、まだほとんど人が住み着いてない段階だからこそ、政府は住民一斉退去という決定を下したのだろうか。

廊下を下りかけたときだ。総一郎の後ろ姿が見えた。車の中で待っているように、と言われたことを思い出して、美和子はとっさに言い訳を考えた。

そのとき総一郎は、ふと横を見ると歩みを止めた。そしてくるりと体の向きを変えるとつかつかとそちらの方に向かって歩いていく。

女が立っていた。筋肉質な肩に波打つエナメルブラックの髪と、引き締まった腰に見覚えがあった。

レサだ。

総一郎の背中に緊張感が走るのがわかる。不自然なほど真っすぐに首を起こし、相手の視線を強烈に意識しながら、近づいて行く。いつになく若々しい上半身の動きだ。特Aクラスの男の誇りと気取りをみなぎらせて、総一郎は何か呼びかけた。

愛情も人間的な尊敬も何も抱いていない、という言葉とは裏腹に、その態度には好きな女の前で、精一杯魅力的でありたいという涙ぐましいばかりの努力が見える。

美和子は唇を噛《か》んで、足早に総一郎の後を追う。肩を触れ合うほどの、すぐそばを通り越したというのに、総一郎は妻の存在に気づかず、甘く緊張感に満ちた声で、レサを口説いていた。

いったいなぜ彼女がここにいるのかわからない。総一郎は、レサがいることを知って、ここにやってきたのだろうか。

美和子が、一人で車に戻ってから少し経《た》って、総一郎はやってきた。

「待たせたな。手洗いは大丈夫か?」

総一郎は尋ねた。妊娠すると小用が近くなる。彼は妊娠、出産に関係したことについては、驚くほど思いやりが深い。

総一郎の表情は、大荒れの説明会の後だというのにふやけていた。

「あなた……」

総一郎は、はっとしたように、いつものパパの顔に戻った。

「しかたない」

「えっ?」

「しかたないことだ」

沈鬱な顔で総一郎は言いながら、エンジンをかけた。

「何がしかたないんですか？」

「ここから引っ越す」

いきなり宣言した。

「ここの下にレアメタルが埋まっているんだ。バナジウムといってジェットエンジンのタービンブレード等に使う物で、現在は中国からの輸入に頼っているが、供給は不安定で対策に苦慮している」

「だれが、苦慮しているんですか？」

また、この人は「大局的見地」に立ってしまった、と舌打ちしながら美和子は尋ねた。

「だれって、日本政府に決まっているだろう」

あなたは、日本政府なんですか、という言葉を呑《の》み込む。

「しかも中国国内の需要も急速に高まっている。今、レアメタル全体が二十世紀中頃の石油のような戦略物資の一つになりつつあるんだ。自給できるようになれば、産業構造が変わる。停滞している日本の経済力が戻る。再び前世紀末の頃のような繁栄が戻ってくる」

「前世紀末って、退廃的な時代だとおっしゃっていませんでした？」

「国民の精神は荒廃していた。しかし今は違う。倫理と秩序が戻っている。こうしたときに経済力が伴えば、日本の国力も国際的地位も再び上昇に転じる」

「日本はともかく、それで私たちはどうすればいいんですの？」

「引っ越す。あの映像で見た限り、新しい土地は交通システムも教育文化施設もここより充実している」

「まっ」

美和子は、口を開けたまま、夫の顔を見上げた。それからどうせこんなことだと思った、という腹立たしさとも諦《あきら》めともつかぬ気持ちに捕らえられた。

「あなた、本当に引っ越したいんですか」

総一郎は黙った。そしてほんの少し悲しそうな目で美和子を見て、首を振った。

「個人的感情ということで言えば……動きたくはない」

「そうでしょう」

「が、しかたない」

総一郎の表情は、再び元に戻っていた。

「やり直そう。こういうことは個人の好き嫌いで判断すべきことではない」

「そう言うと思った」

美和子は口の中でつぶやいた。

「で、今度は、どこの土地なんでしょうね。房総半島の向こう側に太平洋の荒波にもまれる人工島でも作る気なのでしょうか」

「いずれにしても、現地見学会に行かなければなるまい」と、総一郎は気を取り直したように言うと、ゆっくりアクセルを踏み込んだ。

5

成慶五十八年　九月二十三日

きょう、パパとニュータウンへ行った。隣の有賀さんやコミュニティの人たちも一緒だった。ベイブリッジを渡って、大川端《おおかわばた》というところまでバスで行って、そこからリニアモーターカーでニュータウンまで、七分四十三秒だった。この電車に乗ると肩凝りが治るんだと、有賀さんは言っていた。電車の中に磁気があるからだそうだ。

でもせっかく外が見られると思っていたのに、途中で公団の人が窓にスクリーンを下ろしてしまった。パパも有賀さんも、他の人たちもみんな怒っていた。大人もきっと外の景色を見たかったのだ、と思っていたけど、なんか別の理由があるらしい。

ニュータウンは、すごくきれいな町でびっくりした。僕たちの住むことになっている家は、リニアの駅からモノレールに乗り換えて少し行ったところで、大きな公園のそばだ。

テニスコートもコンピュータソフト・ライブラリーも近くにあって、公園には大きな木が生えていて、有賀さんに尋ねたら、ブナという木で、昔、山で見たことがあると言っていた。

僕の家の庭は、ベイシティよりも広くて、見たこともないほどきれいな緑色をした芝が生えていた。

家の並び方は、ベイシティと同じなので、有賀さんの家は隣だ。有賀さんちの芝生もうちと同じくらい青い。

着くとすぐに有賀さんは、ここに菊を植えるのだ、と言って、芝の根元をちょっと手で掘った。

パパも里芋を植えるんだと言った。

でも芝生には根っこがなかった。キラキラと緑色に光る葉っぱは茎のところで全部つながって、カーペットみたいになっていた。

「なんだ、人工芝だ」とパパは言って、芝をバリバリと剝《は》がした。下の土は、真っ白ですごくきれいだった。

パパは、ここの土をまた耕すんだと言って、両手で掘って、有賀さんに色々相談していた。すると僕たちをここに連れてきたおじさんが、慌《あわ》てて駆けてきて、パパと有賀さんをいきなり怒鳴った。僕はびっくりして腰を抜かしそうになった。

おじさんは「地面を掘っちゃいけませんと書いてあるでしょう」と、バスの中で配った紙を見せて言った。

ここの土の下には、シートが敷いてあって、もしもそのシートを傷つけると大変なことになるんだそうだ。何が大変なのか、僕にはさっぱりわからない。

パパは、それじゃあの木はどうやって植えたんだ、と公園の木を指して聞くと、あれは人工木だと言うのでまたびっくりしてしまった。一年中緑色で、水もいらないし虫もつかないし、地震でも倒れないと言う。木も草もニュータウンの植物は水耕栽培の花以外は全部、人工草木っていう物なのだそうだ。

人工土に何かをうめたり、いろいろな物を混ぜるのは、シートを傷つけるかもしれないので、禁止なのだそうだ。

僕はもうじき十歳だから、言われたことはちゃんと守れるし、泥遊びなんかしなくてもいいけれど、妹たちはつまらないと思うと、おじさんに言ったら、子供の国があると教えてくれた。

きょうは、大人の人を案内する日なので、そこへは行かないとおじさんは言ったが、僕やコミュニティの人の連れてきた子供たちが行きたいと言ったら、おじさんはどこからお姉さんを連れてきて、お姉さんが子供たちだけ「子供の国」に連れていってくれた。

「子供の国」には、バーチャルゲームといろいろな乗り物があった。「昔の乗り物」というコーナーで、僕は「かんらんしゃ」という丸い輪にゴンドラがたくさんついた乗り物に乗った。ゴンドラがゆっくり回って上の方に行くと、ニュータウン全部が見える。

僕は目がいいからニュータウンのもっと向こうも見えた。町や公園やビルがあって、その中にお寺みたいな古い建物があったのがおもしろかった。屋根が三つついてる細長いのが、三重の塔だと思う。屋根が五つあれば五重の塔だと学校で習った。

それからお姉さんは子供の国のカフェテリアを見せてくれた。まだニュータウンに人が住んでいないので、お店はやっていなかったけれど、お姉さんは特別に事務所からおやつを持ってきて僕たちにくれた。おやつはようかんだった。僕はケーキとかクッキーは好きだけど、ようかんは好きじゃない。好き嫌いをしてはいけないとパパは言うけど、ようかんは僕よりおばあちゃんの方が好きだから、おばあちゃんのおみやげにすることにした。それからまたパパたちと一緒に、ニュータウンを見た。

僕がパパに「さっき子供の国のかんらんしゃに乗ったら、三重の塔が見えたよ」と言ったら、「そうか、よかったな」と笑って、それから急に恐《こわ》い顔になった。どうしてなのかわからない。でも僕に怒っているわけではないみたいだった。それでパパと歩いてて、ポケットに入れてたようかんを落としてしまった。僕は慌てて「さっきお姉さんがくれたんだけど、おばあちゃんが好きだからおみやげにするんだ」と言ったら、また恐い顔になった。「食物の好き嫌いをしちゃいけない」って叱《しか》られると思ったが、パパは叱ったりしないで、有賀さんや他の大人と何か難しい話を始めてしまった。今日は、パパはとってもしんけいしつになっている。

なんだかよくわからない一日で、僕も疲れてしまった。ニュータウンはやっぱりあんまりおもしろそうじゃない。初めはいろんな物があって、きれいなところだと思ったけれど、やっぱりベイシティの方がいいなと思った。パパや有賀さんや他の大人たちは、帰りのモノレールの中でも、リニアモーターカーの中でも、恐い顔をしてずっと黙っていた。みんなニュータウンが好きじゃないのかもしれない。

車の止まる音がした。美和子は飛び出していってドアを開けた。

総一郎の車から敬が転がるように出てきた。

「どうだった？　新しい町は」

息子は首を振った。

「あんまり良くないよ」

変声期独特のかすれ声で敬は言った。大人びた表情が、ちらりと見える。

「どこが良くなかったの？」

そう尋ねると、「なんとなくね」と言ったきり、肩をすくめた。

この時期の子供は、大人と子供がモザイク状に交ざっている。青年のように憂鬱《ゆううつ》な顔で何か考え込んでいるかと思えば、幼児のあどけない笑顔で甘えてくる。

最近では、青年の面影がしだいに濃くなっていく。敬は長男で、やがては斎藤家の家長になるので、総一郎はあえてそうした躾《しつ》けをしているのだ。しかし美和子の方は、息子が一人前の男になっていくのは、うれしいというよりはむしろ自分の手の中からするりと出ていってしまうような淋《さび》しさを感じる。敬だけではない。それぞれの子供がみんな自立して、外に関心を持ち始めたら、自分は何を拠《よ》り所に生きていったらいいのかわからない。

急に息がつまるような苦しさを感じた。天も地も壁もない、無限に広がった真っ白な空間に、たったひとりで膝《ひざ》を抱えて浮いているような、不安定な気分だった。

小夜子のことや、やがて生まれてくる子供のことを考えようと、自分の膨らんだ腹に手を置く。そうしていると少し落ち着いてきた。

末っ子を長い間、乳児のまま止めるという処置は、やはり母親にとっては必要なのだ、と実感した。たまたま小夜子が不幸な事故に見舞われてしまっただけで。

「どうも、おじゃましますよ」

有賀が総一郎の後に続いて、居間に入ってきた。いつもと様子が違って、深刻な顔で総一郎とひそひそ話をしている。

美和子がお茶を運んでいくと、二人は居間のコンピュータの前で、額を寄せ合って相談をしていた。

美和子は、「何かあったんですか？　今日の見学会」と尋ねた。

「あ……いや。君は子供たちを連れてあっちの部屋に行ってなさい」

総一郎は言った。

「何か、問題があるのね、新しい引っ越し先に」

ぴんときて、美和子は尋ねた。

「いや、心配しないでいい。これは僕たちが考える問題だから」と、ディスプレイに目を凝らし、キーボードを操作する。

「これから住む家に問題があるなら、私が心配しないでどうするんですか」

美和子は、そばにある椅子を引き寄せて座った。

「ママはあっちで小夜子の面倒みてればいいんだよ。僕もいるんだから。この家に何かあったら僕とパパがちゃんと守ってあげるから」

敬が父と母の間に入った。

「子供は、あっち行ってなさい」

思わず美和子は怒鳴っていた。総一郎がびくりとして、画面から妻に視線を移した。

「君……」

「いや」と有賀が穏やかな仕草で、総一郎の肩を叩《たた》いた。

「奥さんの言うとおりだ。一家どころか、コミュニティ全体の問題だ。主婦が知らないでどうする?」

「いや、我が家では」

「我が家じゃなくて、コミュニティの住民、一人一人の問題なのだよ」

そう言うと、有賀は美和子に小さな菓子を見せた。アルミ箔《はく》で包装されたようかんだ。

「これ、敬君が出されたおやつを孝子さんのお土産にと、持ってきたものなのだが」

「まあ、おばあちゃんに」

「包み紙を見てごらん」

なんの変哲もない、ずいぶん昔から変わっていない、ようかんだ。ずいぶん昔から見てきた包み。そう、正月の二日になるといつも茶の間にあって、孝子が楽しみにしていたようかんだ。舅《しゆうと》の潤一郎が、明治神宮から成田山新勝寺へと回って買ってきた土産だった。成田土産の柳屋のようかん。

「懐《なつ》かしいわね、おばあちゃん喜ぶわ」と言ってから、総一郎の深刻な顔に気づいた。

「敬が、観覧車から三重の塔を見たんだよ」

「あら、そう」

それが何か問題なのだろうか、と美和子は首をひねる。だからこいつに話してもしかたないのだ、と言わんばかりに、総一郎は美和子から視線をそらし腕組みした。

「奥さん、我々の新しい移転先なんですが、どうやら大変なところかもしれないんですよ」

有賀が説明して、キーボードを操作した。千葉県の地図が画面に出た。まず房総半島、カーソルを上に動かすと次第に、茨城県側に向かっていく。

「引っ越し先は、これです。千葉県成田市。新東京国際空港跡地、つまり航空自衛隊成田基地跡地らしいんですね」

「成田……そんな、ばかな」

美和子は、息を呑《の》んで画面を見つめる。

「いや、乗り物の所要時間からしても、間違いない」

いくぶん青ざめて、総一郎は言った。

昭和の中期、あわや内乱にも発展しようかという農民・学生を巻き込んだ闘争の果てにできあがった新東京国際空港は、完成してまもなく滑走路が手狭になり、平成十年代に航空機の接触事故を連続して起こした。さらには都心から離れていて不便だという利用者からの苦情も無視できなくなり、ついに平成末期に羽田沖に移転した。そしてその跡地は、一時米軍基地となっていたが、ほどなく日本最大の自衛隊基地として整備された。

そこに核爆弾や毒ガス兵器やらBC爆弾やらが、ひそかに保管されているという噂《うわさ》は、米軍基地として使用されている時代からあったが、ことが明らかにされたのは、二〇一一年に、首都圏大地震が起きたときだった。

メガトン級の水爆にも耐えられるはずだったその保管建物は、談合排除、建設市場開放で痛手を被《こうむ》った国内建設会社やその下請け会社の報復によって、実は手抜工事が行なわれていた。そして震度8のかつてない揺れによって、施設のほとんどはボール紙の城のようにぐしゃりと潰《つぶ》れた。

しかし壊滅的打撃を受けた自衛隊基地で、核爆発は起こらなかった。また、家を失い、難民となった地区住民の間で、異様な病気が流行ることもなかった。つまり壊れてみせることによって、自衛隊は核とBC兵器については潔白であることを証明してみせたのである。

しかし毒ガスについては、別だった。鉄筋の建物の地下に厳重保管されていたガスは、容器についていた安全装置が作動して、気化することはとりあえず避けられた。しかしその液化ガスは、ひび割れた壁から流れ出し、土に吸収されたのだ。土にしみ込んだのは、ガスだけではない。特殊燃料や各種の薬品も同様で、この成田の一帯は、六十年以上が過ぎた今も、近隣には異様な臭気が立ちこめ、うっかり煙草《たばこ》を吸えばたちまち大爆発が起きる状態といわれていた。

「なんでそんなところに町を作ったんですか」

美和子は息を呑んだ。

「ちょうどここの下の海底にバナジウムが埋まっていることがわかり、ベイシティをそこに移せば、規模からしてぴったりだと、役所のコンピュータがはじき出したのでしょうな」

有賀が言う。

「いやよ、そんな……」

美和子は、身震いしながら画面の中の地図に見入っていた。

「どうです、斎藤さん、取りあえずこの情報を一刻も早くここのコミュニティの人々に流しましょう」

「いや、私はそれには反対です」と総一郎は、首を振った。

「これはあくまで推論に過ぎません。『かもしれない』というだけで、感情的に反応し、適切な行動を取れなくなるのが一般大衆です。まずここに住む特A級市民を探し、そのメンバーで事実を確認し、どう対処すべきかというプログラムを作り、マニュアルを下ろしてやらないことには、彼らは暴れ回り仲間割れし、最後には全員反逆罪で逮捕されて終わりです」

「そうですか」とC級市民である有賀はさすがにいやな顔をした。しかしそれには構わず、総一郎はコンピュータのシステムを立ち上げ、コミュニティ名簿の検索を始める。特A級ないしは、A級の市民を選び出し連絡を取ろうとしたとき、画面に「検索不能」の文字が出た。

「どうやら、名簿は公開されてないようですね」

有賀が言う。

「なぜだ?」

「理由はわかりません。住民管理上、横の連絡を断った方が効率的だと、当局側が判断したのかもしれません」

総一郎は検索をやめ、通信に切り替えた。このコミュニティ内の特AないしA級市民は、重要な連絡があるので、すぐに連絡をくれるようにと緊急メッセージを入れた。

こうした呼びかけには、彼らはすぐに答えるはずだった。しかし三十分過ぎても、一時間過ぎても連絡がない。

「なぜだ?」

いらいらした様子で、総一郎はつぶやいた。

「いないってことじゃ、ないでしょうか?」

醒《さ》めた声で、有賀が言った。

「いないはずがないじゃないか」

それから総一郎は、はっとしたように遠くを見た。

「もしかすると、ここは非知識人、非エリート、非ホワイトカラーの居住地区なのか……」

有賀は、返事をする代わりに、ひょいと肩をすくめた。

「なぜ、私が、そんなところに住まわされた……いったいそんな判断を下したのは、だれだ」

「内閣府の国勢管理コンピュータじゃないんですか」

総一郎は、へたへたとその場に膝をついた。

「落ち込んでる場合じゃないでしょ」と有賀は画面を切り替え、住民にこの日、彼らが知った事実を伝えるために、メッセージを入力しようとした。そのとたん、画面は真っ黒になった。「通信不能」と文字が出た。だれかが、いや、システムのどこかの部分が、今流そうとした情報を「不適切」と判断したらしい。

「なあに、困ることなんか何もない」と有賀は笑って、傍らの紙に文字を書き始めた。

「回覧板、というやつがあります。百年前には隣近所の通信手段はこんなものだった。どうも人間の根本的な知性のレベルが変わってないというのに、小手先の技術だけ発展するものだから、いろいろ面倒なことになる」

そう言いながら、有賀は紙に政府の用意した移転先が、成田航空自衛隊基地跡地らしいということを書き連ね、最後に「まだ確認は取れていないので、次の説明会で問い質《ただ》すこと」と結んだ。それをバインダーに挟み、自宅に持ち帰った。


二回目の説明会は、住民見学会の二日後の午前中に行なわれた。

すべての案件は政策決定された後、すみやかに実行に移される。二度目の説明会の目的は、ベイシティから千葉への引っ越しに当たっての具体的手順についての説明と、住民への引っ越しマニュアルの配布である。しかし主催者側のそうした意図と反対に、有賀が事前に回した回覧板によって住民は新たな土地での生活に対する危機感を強めていた。

しかし説明会に美和子は出席できなかった。

出かけようとした矢先に、東大病院から電話があったのだ。舅の容体が良くないという。逡巡《しゅんじゅん》した末、総一郎は説明会に行くことにし、そちらが終わり次第、直接、病院に向かうことにした。孝子は、すぐに病院に行くことになったので、結局美和子が家で子供たちを見ながら留守番しなければならなくなったのだ。しかし説明会の様子は、コミュニティネットワークを通じて、テレビ中継されることになっているから、特に意見を述べるのでなければ、出席する必要はない。

敬と律を、それぞれ学校とプレスクールに送り出し、小夜子にどんぶり二杯分の離乳食を作って食べさせると、美和子はもう一日分の仕事をしたような疲労を感じた。ふうっと一息ついてテレビをつけたときは、説明会が始まっていた。

ちょうど総一郎が質問に立ったところだった。夫は、移転先が成田航空自衛隊基地跡地であることを確認していた。

意外なことに役人は、あっさりそれを認めた。次に質問をしたのは女だった。骨格ばかり大きく、背丈の高い、痩《や》せてギスギスとした感じの、典型的な下層階級の主婦だ。おそらく亭主は、Mクラスだろう。

「移転先のナリタニュータウンについて質問いたします」

女は言葉を切って手元のコンピュータディスプレイに視線を落とし、キーボードを操作した。擂鉢《すりばち》の底にあるスクリーンに草木一本ない赤茶けた砂漠のような光景が映った。

「これが二〇一二年、地震から一年後の成田航空自衛隊基地跡地ですよね。土中から噴き出す有毒ガスで、半径二十キロには、生物は何も棲《す》めない状態になっています。また少しでも火気があると大爆発を起こすので、摩擦で火花の散るものは持ち込めないと言われていました。いくら六十年を経ているとはいえ、あのとき土中に吸収されたガスは、きわめて安定的な物質で、半永久的に分解しない、すなわち毒性がなくなることはないと言われています。そうした場所に都市を作るということは、安全性という面から考えても、納得できません。私たち、『母親の会』では次の世代を担《にな》う子供たちをこんな危険な場所で遊ばせるわけにはいかない、と考えています」

美和子は、思わずその言葉に聞き入り、唾《つば》を呑み込んだ。

同時に最初の説明会で見た、広々としたニュータウンの景観が脳裏によみがえった。空間をぜいたくに使った都市作りは、そうした「死んだ土地」だからできることだったのか。

「はい。はい。はい、はい、はい」

役人は、主婦の言葉にうるさく相槌《あいづち》を打って聞いていたが、主婦が話し終えて座ると、余裕たっぷりに笑った。それからスクリーンに別の映像を出した。成田の地層図である。

「えー、ご心配は、もっともであると、思います。しかしですね、さまざまな有毒物質を含んだ土はですね、実はこれだけ、こんな深いところにあるわけです」とパンケーキのように重なった地層の上から四つ目のあたりを指した。

「そして、ここ、この四つ目の地層と三つ目の地層の間にある、これです。これが樹脂シートで、大変に丈夫なものでございまして、これで完全に密封してあるわけです。そしてその上に人工土Iと人工土IIを二重に敷きつめて、完璧《かんぺき》な地盤を作っているわけでありまして、有毒物質の上で暮らしているというには当たらず、毒ガスが噴き出す、爆発が起きるというのは根拠のない恐怖、都市伝説の類である、と申し上げなければなりません。おっしゃるような危険性は実際にはないし、理論的に見てもありえない、ということになりますね」

女は再び、立ち上がった。

「あの、お立ちにならないでけっこうですよ。マイクでお声は聞こえるので」

「理論的にありえないと言ってもですね、我々が独自に調査したところでは、現に事故は起きているわけですよ。五年前に三件、二年前に二件」

「過去に、事故が起きたという報告は我々はまったく受けていません」

役人は遮った。

「報告がなくたって、事故は起きているんです。たまたま工事中にシートを破ってしまい、破れ目から噴き出したガスで、現場作業員が八人死亡。それからもう一つは、穴を掘って遊んでいた小学生がシートを破って、こちらは奇跡的に一命を取り留めましたが、全身びらんで、未《いま》だに入院中」

「それは土中のガスによるものではなく、たまたま近くの家で保管していた除草剤の原料が漏れだしたものだったということが、後に判明いたしました」

「うそです、情報操作です」と主婦は金切り声を上げて、マイクを殴った。くぐもった音が会議場いっぱいに響いた。役人のホログラムは、ひょいと眉《まゆ》を上げ、肩をすくめた。

「草の根、木の根が、シートを破ると困るという理由で、一切植栽を禁じられている土地で、除草剤を使うわけがないじゃないですか」

「ですから、その草が生えないようにまこうとしたんでしょう」

「それでは五年前に、起きた中毒は？」

「あれは」

延々とやりとりは続く。ついに業《ごう》を煮やしたように女は言った。

「とにかく、シートの下にそんなものが埋まっていて、うっかり破れば有毒ガスが噴き出す可能性のある土地に、こんな大規模な町を作るなんて、むちゃくちゃです」

「はあはあ、はい、はい、はい、はい」

役人は、なおうるさく相槌を打つ。

「とにかく我々は、そうした毒ガス噴出事故が起きたという事実自体を否定しますんで、一つここでは安全性、という考え方についてご説明いたしたいと思います。いいですか、ここ」と役人は足の下をとんとんと叩《たた》いて見せた。

「この下はなんでしょう？　コンクリート、そうですね。それじゃその下は、土、はいそうです。その下は、ベイシティの発泡性樹脂地盤ですね。それじゃその下は？　そう、海ですよ。実際に皆さんが住んでいるこの場所の下は、海なんです。昔の人は言ったものでした。板子一枚下は、地獄。海という危険極まりないところの上に皆さんは浮いている。これは危険ということにはならないでしょうか？　それでは、陸《おか》の上の人々はどうでしょうか、ということになりますと、コンクリートの下には土がある。これは安全というか、安心なものでしょう。が、その下は何か、地殻っていうのがありまして、その下にマントル、そのはるか下は、マグマという、とてつもなく熱いどろどろしたものがある。これは危険などというものではない。そこに落ちれば、人などたちまち溶けて死んでしまう、そんな危険な物の上で、人間が、いや、すべての生物は生きているわけです。わかりますね、危険ということを言ったら、我々を含めすべての生き物が、とてつもない危険物の真上で暮らしているわけですよ」

「問題のすりかえじゃないですか」

女は、怒鳴った。

「詭弁《きべん》だ、詭弁だ」

「我々の質問に答えなさい」

「母親の会」の鉢巻きをした女たちが、一斉に摺鉢の底になだれ込んだ。

同時に、映像は突然乱れ、画面は黒く変わった。スイッチが自動的に切れたらしい。

美和子は暗澹《あんたん》とした思いで、何も映らなくなったテレビの画面をしばらく見つめていた。どんなに理論的に説明されても、どんなに丈夫なシートで覆《おお》われていたとしても、そんなところに行くのはいやだ。生理的に不安なのだ。草や木の根でシートが破られ、ガスが噴き出すところになど住みたくはない。

テレビを消すのと同時に電話がかかってきた。総一郎からだ。

説明会が終了したので、これから家に寄らず、直接父親の入院している病院に行くと言う。

「お帰りは夕方ですか?」

美和子は尋ねた。

「ああ、六時くらいまでには帰れるだろう」

「あの……早く帰ってきてくださいね」

美和子は哀願するように言って、小夜子の方を見た。

小夜子は傍らの大人用のダブルベッドで、すやすや眠っている。現在、体重九十五キロ、身長は二メートル十センチだ。背が伸びて、全体のバランスから見れば頭が小さくなった。

顔ははっきりと女の子だとわかる。乳児から幼児への変わり目に一瞬見せる、天使のような愛らしい容貌《ようぼう》だ。

だが行動も、乳児から幼児に変わりつつある。

それは一つの危機を意味している。恐れていた第一次反抗期に入ったのだ。

危険はこれから移転するかもしれない町にあり、同時にまた家の中にも確実にある。

少し前に、「ママ」という言葉を発した小夜子は、つぎつぎに語彙《ごい》を増やしてきたと思ったら、昨日の午後、「いやっ」という言葉とともに他のすべての単語を忘れた。

「小夜子ちゃん、これ、飲もうね」

「いやっ」

「小夜子ちゃん、ネンネしよう、ネンネ」

「いやっ」

「小夜子ちゃん、シーシー」

「いやっ」

こうなったら頼りは総一郎しかいない。しかしこの日、小夜子の「いやっ」は、その四十分後、まだ総一郎が戻ってくる前に始まってしまった。

普通の幼児なら、抱っこさえすればどうにかなる。抱っこはできないけれど、聞き分けのないことを言ったとき、抱き締めて言い聞かせればなんとかなる。小夜子だってサイズが大きいだけ、そう自分を励ましてみたが、それが甘かった。四人の子供を育てた自信が裏目に出た。

美和子は、娘の丸太のような腕を摑《つか》んだそのとたん、頰に強烈な肘《ひじ》打ちを食らった。「何をするの」と叫んで、その体に手を回した瞬間、ぶん、と風を切って小夜子の腕が小柄な美和子の体を薙《な》ぎ払った。両手で腹をかばいながら、美和子は床の上を飛んでいって、背中から壁に叩きつけられた。

瞼《まぶた》の裏に星が散った。痛みは感じなかった。しかしお腹《なか》の中で、びくりと子供が動いた。ショックでしばらく口もきけなかった。

そのとき敬が学校から帰ってきた。玄関に立った敬が、「小夜子っ」と総一郎そっくりの口調で叫んだまではよかった。しかしくるりと体の向きを変えて、小夜子がそちらにゆっくりと歩き出したとたん、敬の顔色は青ざめ、後は口をぱくぱくと開いたり閉じたりするだけになった。

小夜子は玄関のドアノブにしがみついている兄から、再び視線を母親に移した。

「いやっ」

小夜子は、壁の前に転がったままの母親を見下ろして、もう一度言った。

美和子は怒りで吐き気がした。

小夜子を睨《にら》みつけながら、美和子は片手を壁について、よろよろと立ち上がった。

「生まれてこなければよかったのよ」

震えながら叫んでいた。

「なんで生まれてきたのよ」

育児ノイローゼの母親が子供を殺したという半月ほど前のニュースが頭をかすめた。あのとき自分は口を極めてそのB級市民の母親を非難した……。最近、幼児虐待《ぎやくたい》のニュースも聞く。母親が子供を虐待するなどというのは、悪魔がとりついたという以外考えられなかった。女は母になるために生まれてくるものだから、本能的に子供が好きだし、それが自分の子供となれば自分の身を犠牲にしても守りたいと生理的に思うものと、信じていたからだ。しかし今、そうなる母親の気持ちがわかる。

娘の顔は頭上遥《はる》かにあって、不思議そうに美和子を見下ろしている。大きな、よく太った掌《てのひら》が、分厚い足が、目の前にあった。

我が家では、幼児虐待なんかありえないのだ、美和子は痛感した。

そんなことをしようとしたら、反対に親が殺されてしまう。

小夜子の掌が、顔をかすめて下ろされた。ひっと悲鳴を上げて後退《あとずさ》る。黒くよく光る目に、快活な光が見える。いつかビデオで見たライオンの子供は、ちょうどこんな風に、鼠《ねずみ》をなぶって遊んでいた。

怒りは萎《な》え、恐怖だけが体を支配した。ずるずると壁に倒れかかりながら、美和子は叫んでいた。

「この化物。お願い、もうどっか行っちゃって」

わめくだけわめくと、今度は涙が溢《あふ》れた。自己嫌悪《けんお》が襲ってきた。母親失格だと思った。もう自分は生きていてもしかたない、と思った。

この社会で母親失格ということは、人間として失格、ということだ。

小夜子はちょっと、首を傾《かし》げた。邪気のない黒い瞳《ひとみ》の底に同情めいた色が見えた。

何か言いたげに、濡《ぬ》れた唇を動かした。

美和子は息を呑《の》んだ。

大きな手が、つるりと美和子の肩を撫《な》でた。

「ママ、痛い?　ママ、泣いてる、痛い?」

とたんに娘に駆けより、一抱えもある胴体を抱いて啜《すす》り泣いた。

「ごめんね、小夜子。こんな風にしたのは、ママだったんだものね。好きでこんな風になったんじゃないものね」

二女の律が、部屋に入ってきたのはそのときだった。

「あそぼ」と律は小夜子の大きな手を取った。

「だめ、危ない」

はっと我に返り離そうとしたが、律は平気な顔で小夜子の手を引く。

「ねえ、どろんこしてあそぼ」

小夜子の瞳は、利発そうに左右に動いた。止める暇もなかった。涙のあとを頬につけたまま壁に張りついている母親を置き去りにして、どたりどたりと足音をとどろかせて小夜子は姉の後を追って出ていった。

そして三十分ばかりして律に連れられ、全身泥だらけになって、無事に戻ってきた。まだ家が建ってない空き地のあちらこちらが、小夜子によって一メートルもの深さで土が掘り返されている。総一郎は「小夜子のことをトラクターのように言うな」と言ったが、今、彼女はトラクターからブルドーザーに昇格している。

戻ってきた泥だらけの我が子を風呂《ふろ》に入れる気力はなく、美和子は庭にホースを引き出して、我が子をそれで洗った。水をかけられて子供たちはしばらく歓声を上げていたが、きれいな服に着替えると、二人とも居間の床で体をくっつけて眠ってしまった。

総一郎と姑《しゅうとめ》が戻ってきたのは、夜も十一時を過ぎてからだ。

「どうでした？」

玄関に出迎えた美和子は、総一郎の夏物ジャケットを受け取りながら尋ねた。

「だめだ、やるだけのことはやるが、まもなくだろう」

総一郎は沈鬱《ちんうつ》な顔で答えた。

「まもなくだ、なんて、私、そんなところに行きたくありません」

総一郎は怪訝《けげん》な顔で、美和子を見る。そのときになって、美和子は自分がベイシティ移転について尋ねたのだが、総一郎は父親の病気のことを答えたのだ、と気づいた。

「それじゃ、私はここで」

孝子が向こう側の入り口へ立ち去りかける。

「まあ、母さん、今夜はこっちで過ごしたらどうですか」

総一郎が言った。

「ええ、何か軽いものでも召し上がっていって」と美和子も声をかける。長年連れ添った夫の容体が悪いのだから、その心細さは察して余りある。

「いえ、いいのよ」

姑は首を振ると、総一郎が止める間もなく、足早に親世帯の玄関に向かって歩いていく。玄関に突っ立ったまま、総一郎は息を一つ吐き出した。

「やはりまずいな、この家は。いらない遠慮をしながら、家族がばらばらになっていくようだ」

「もしかすると、一人になりたいのかもしれませんわ」

美和子は姑が隣のドアから中に入るのを見届けながら言った。

「女は外に秘密を持てませんものね」

「そんな状態じゃないんだ」と、総一郎は怒ったように言った。

「親父《おやじ》は、本当にだめらしい。心臓の血管を樹脂のチューブにつけ換えて、肝臓をバイオ物にすればまだもつが、親父は拒否している。それに内臓は取り替えがきくが、気力の取り替えはきかない」

「気の毒に」

我知らず感情のこもらぬ声で美和子は言った。二年前、総一郎に家督を譲るまで、潤一郎は、美和子にとってただの権力者に過ぎなかった。隠居後も株式会社の会長のようなもので、「わしが斎藤家の憲法だ」と言う通り、斎藤家で何かを決定するときは、潤一郎の鶴《つる》の一声で決まっていた。たぶん今度の病気は、ついに自分の意見が受け入れられず、家と土地を離れることになったために精神の平衡を崩したのが原因に違いないと思った。

「往復二時間もかけて、東大病院まで通うのはホネなんで、この近くに入院させたかったが、親父は納得しない」

沈痛な声で総一郎は言った。

「でしょうね」

「それにおふくろが、心配だ。何もかも親父に頼りきって、親父のために生きてきた。生きる支えを失った後どうなるのか……」

「あなた、やっぱりお姑《かあ》さまをお呼びしましょう」

決心して、美和子は言った。いくらわずらわしくても、こんなときに孝子を一人にするのは酷というものだ。

「そうしてくれ。今夜あたりは一人にするのは忍びない」

総一郎も同意した。

美和子はインターホンの受話器を取った。何回か呼び出し音が聞こえたが、だれも出る気配はない。

「どうした？」

総一郎が心配気に手元を覗《のぞ》き込む。

「出かけられたのかしら？」

「おふくろは夜、外出するような女じゃない」

「もしや」

二人いっぺんに同じ言葉を言い、美和子は慌《あわ》てて受話器を置いた。

総一郎と美和子は家を飛び出し、同じ家屋のもう一つのドアのところに行ってノックした。

「お母さん、開けてください」

総一郎が大声で叫ぶ。しかし何の返事もない。ノブを回す。鍵《かぎ》がかかっている。

「お母さん」

ドアに耳を当てる。しんとしている。総一郎の顔が、すうっと青ざめてくるのが夜目にもわかる。

「合い鍵は?」

「無いわ」

「何が、プライバシーだ」

総一郎は、舌打ちした。それから家の横に回り、ガラス戸を叩《たた》いた。

「お母さん、大丈夫ですか。いるなら返事をしてください」

カーテンがかすかに揺らいだ。

そのとき、かちりと玄関の鍵の外れる音がした。総一郎が慌ててそちらに走る。ドアが開いたとたん、かぐわしい菊の香が漂ってきた。

孝子が、いくぶん上気した顔を出した。化粧気はないのに、どこか華やいでいる。身にまとっているのは、朱鷺《とき》色《いろ》のバスローブだ。

美和子の心にぴんと来るものがあった。

「あなた、戻りましょう」

総一郎の腕を摑んだ。しかし夫は美和子の腕をふりほどいた。

「なんです、さわがしい」と孝子は、ちょっと眉根《まゆね》に皺《しわ》を寄せた。

「すまなかった母さん。僕たちの配慮が足りなかった」

母の両肩に手を置いて、頭《こうべ》を垂れた総一郎の言葉が、急に止まった。何度も瞬《まばた》きしたと思うと、鋭い声を発した。

「ちょっと、どういうことですか。おたくは、いったいどういう……」

部屋の中央には、抱え切れないほどの白菊の束が活《い》けてあった。そしてその脇《わき》で、こちらは紺のバスローブ姿の有賀が、薄くなった頭をかきながら、いくぶん気まずそうな顔で総一郎に笑いかけていた。

総一郎は目を白黒させながら、何度となく言葉を吞み込んでいる。

「母さん、今、お父さんがどんな状態かわかるでしょう。いや、有賀さんとどうのなんてことは、そんな不純なことは僕は何も考えてはいません。一切考えていません」

この状態を見て、ほかにどう考えようがあるのだろうか、と美和子は首をひねった。

「しかしですよ、世間の目とか常識とかからすれば、これはつまり」

「自分の子供にいちいち指示される筋合いはありませんよ」

姑はぴしゃりと遮った。

「いろいろなことがあって、とても疲れたの。そうしたら有賀さんが、菊を持ってきてくださったのよ。お花を見ると心が安らぐわ。もうじきお庭とも、菊ともお別れなんですってね。向こうでは、お庭を作れないそうだから」

「菊がどうこうじゃないでしょう」

総一郎は言った。

「待って、庭を作れないって、どういうことです？」

不安にかられて、美和子は尋ねた。

「ああ、つまりですね」と有賀が紺のバスローブの紐《ひも》を締め直して、美和子に説明した。

「ナリタニュータウンでは、土を耕すことはできないんですよ。汚染された土の上を樹脂シートで覆《おお》い、その上に人工土を被《かぶ》せてあるんです。人工土の深さはわずか三十センチしかないんで、木々は根を張れないし、シートの人工樹脂を変質させるので、耕作するのも危険です。万一樹脂が破れた場合には、有毒ガスが噴き出てきて、あたり一帯は再び人が住めなくなる」

あの説明会で、質問に立った主婦の言っていた通りだ。

「どうしてそんなことがわかるんですか？　説明会で国土交通省の方は安全だと言ってましたが」

有賀はあきれたように肩をすくめた。

「あのナリタの跡地ですよ。常識で考えればわかるでしょう。説明会にやってきて、危険だなどと言う役人はいませんよ」

「そんな……」

悲鳴のような声で、美和子は言った。

「あなた、私たちはそんなところに移転するの？」

「そんなことはともかく、今は母さんが……」

「ちょっと来てください」と美和子は総一郎の手首を摑《つか》み、引きずるように近所の空き地に連れていき、地面を指差した。

「なんだ、これは？」

月明かりが、道端の小山を照らしている。テニスコートほどの大きさの隣の空き地に、うねと呼ぶにはいささか太過ぎる溝が何本もできていた。

「うちのブルドーザーの入った跡ですわ」

ここの軽い人工土の下は、岩状の樹脂が入っているのだが、小夜子のバカ力はそれさえ掘り返していた。ここはただの樹脂だからまだいい。しかし有毒ガスを遮断するシートだったら……。

総一郎の顔が、険しくなった。

小夜子がいるかぎり、ナリタニュータウンに、引っ越せない。ものがわかって聞き分けがつくようになるまでは、せめてあんな危険な地盤でないところに住めないものか。

憲法二十二条に保障された居住・移転・職業選択の自由は、文言としてはまだ生きてはいる。しかし優秀な官僚と優秀なプログラムによって策定された綿密な都市計画によって、一般の人々が気ままに移り住めるような場所は、この日本からほとんどなくなっている。

「わかった。何か方法を考えよう」

頭を抱えたまま、総一郎は部屋に戻った。二世帯住宅の孝子のいる部分の灯りはすでに消えている。有賀が帰ったのかどうかはわからない。

総一郎と孝子が見舞いに行った日から、潤一郎の症状は固定してしまったらしく、回復の兆《きざ》しもなければ悪化の様子も見せず、一週間が過ぎた。

その間に美和子は奇妙な噂《うわさ》を聞いた。バナジウムの採掘予定が早まったというのだ。反対派住民は、早急な立退《たちの》きを迫る国土交通省に対し、立退拒否の行政訴訟を起こして対抗した。しかし総一郎がそれに名前を列《つら》ねることはしなかった。

「彼らのやり方は、大いに疑問だ」と、総一郎は言う。

「なぜ、どんな風に疑問なの？」

美和子が尋ねると、「土地収用法によれば、訴えを提起しても収用の停止はできないのだ。勝訴したところで、できるのは損害賠償を請求することだけだ。わかっただろう。数を恃《たの》んだところで、総合的知性の程度で計ってみれば、ここの住民の考えることはその程度なのだ」と夫は答えた。

総一郎にとっては、どういう理由からか下級市民ばかり住んでいるベイシティに強制移住させられたことが不満を通り越して、決定的な痛手になっているらしい。これは事実上特Aクラスの身分を剝奪《はくだつ》されたということに等しいからだ。

業績はそれなりだが、過《あやま》ちはほとんどなく、品行については正し過ぎるくらい正しく裁判官を勤め上げた男に対し、こうした事実上の懲罰的処置が行なわれた理由は、一つには弥生町の立退きを要請されたとき、総一郎がそれを拒み続けたためだ。しかしそれより遥《はる》かに大きな理由がある。彼は裁判官職を解かれたからだ。いや、彼だけでなく日本中の裁判官が職を失った。

国家にとっての斎藤総一郎は、一人の人間ではなく、一人の裁判官だった。今や国にとって必要のなくなった裁判官に対し特Aの扱いをする必要はないが、一旦《いったん》、決定したランクを正当な理由なくして変更することはできない。だからベイシティのような非エリートばかりで構成されたコミュニティに放り込み、特Aクラスの格付けを、事実上無意味なものにしようとしているらしい。しかし総一郎はそうした措置をした中央政府を恨む代わりに、コミュニティの住民に対して、冷ややかな一線を引き、孤立しようとしている。

その姿はいらなくなって山中に捨てられた後も、主人を慕って探し続ける血統書付きのアフガンハウンドにも似ていて、美和子からみれば切なくも情けなかった。

その日、総一郎たちが潤一郎の見舞いに出かけた後、電源を落としておいたコンピュータが、自動的に起動した。勝手にプログラムが立ち上がり、メッセージ音とともに、ディスプレイ上に文字が打ち出された。

何か緊急連絡が入ったようだ。美和子は白く光る文字に目を凝らした。

本日より二日以内にこの土地を立退くように、という土地収用委員会からの命令だった。もし従わない場合は、行政代執行が行なわれる、とある。

「明日いっぱいに……」

あまりの性急さに美和子は驚いた。

昨日、たった一時間の裁判で判決が出て、住民側の訴えが却下されていたということを美和子はこのとき初めて知った。

昔、裁判に持ち込まれたら解決は十年先と言われた司法の迅速化は、すべてのプロセスをコンピュータ化することによって、飛躍的に進んだ。また「お役所仕事」と呼ばれた、国家及び地方自治体によるのんびりした事業も、昭和時代以後の数百回に及ぶ行政改革を経た上、六十年あまり前の首都圏大地震の教訓もふまえ、効率性と即時性を世界に類をみないほど高めていた。

一方、昔の「公正と公平」という行政対応の原則は、現在、実務上は無視されている。それは「崇高な理念」とみなされ、公務員の心得として残っているのみだ。多少の不正と能力選別主義のもとに、役所の中の課という課は、大昔流行《はや》った「すぐやる課」に変わり、その迅速さは目を見張るばかりになった。強大な官僚機構とコンピュータシステムが、それを支えている。

そんなわけで、バナジウム発見から、採掘決定、住民への立退き要請、説明会、裁判、行政代執行までが半月ほどで一気に進んだわけだが、それにしても国土交通省によるべイシティの撤去及び移転地・ナリタの開発計画の決定から、ベイシティ上の土地あけ渡しの採決に至る経過は通常の案件よりも早い。

画面の文字は、勝手に記憶装置に落とし込まれた。それに続き「住民は一両日中に、健康診断を受けるように」と、コミュニティ内の病院の診療時間が表示された。

最後に「新天地移転の足」と称して、ここを出るバスの時刻が示された。斎藤家の人々がここにやって来たときと同様、体一つでバスに乗り込めば、専門業者が家財道具から車まで、新居に運んでくれるという。それにしても、運んでくれるというのはわかるが、なぜ健康診断が必要なのかわからない。質問の受け付けをしていたので、美和子は「なんのために健康診断を受けなければならないのですか」と尋ねた。

「あなたの健康を守るためです」と当たり前の答えが音声で返ってきた。

「なぜ、出発前に健康診断を受けるのですか」と質問し直すと、答えは「コミュニティの住民は半年に一度、地区の病院で健康診断を受けることを義務づけられています。このコミュニティはまもなく閉鎖されるので、地区の病院は半年に一度の健康診断を確かに行なったという実績を残しておかなくてはならないからです」とのことだ。

確かにいかなる事情があるにしても、統計上の数字がゼロではまずい。それにしても心理的に落ち着かないときに、あまり健康診断を受ける気になれない。

立退き期限の明日の午後四時まで、六便のバスが用意されている旨《むね》が、駄目押しのように大きく出る。

美和子は大きくため息をついた。シート一枚下は地獄のような場所、ひとたび小夜子がどろんこ遊びをしたら、あっという間に死者が出るようなところに移れと言われても、そう簡単に移れるはずはない。

何をどうしたらいいのか途方にくれても、総一郎がいなければ、家の外のことは美和子には判断できない。しかたなく野菜をピュレにして、小夜子のための離乳食を作っていると、敬と律が、学校とプレスクールから帰ってきた。なんでも、住民の立退き命令が出ると同時に、教員はさっさと授業をやめ、学校が閉鎖されてしまったという。とりあえず美和子は子供たちの昼食を作り始める。

食事を終えた後、他の住民がどうするのか気になり、美和子は家から二百メートルほど離れたところに止まっているナリタニュータウン行きバスのところに行ってみた。

意外なことに、この第一便のバスはほぼ満席になっていた。老夫婦だけとか、子供が一人の三人世帯、夫がいなくて母子だけ、といった下層市民がほとんどだ。

「あの……やはり行かれるの?」

若い母親が、子供を抱いてバスのステップを上ろうとしているのを見つけ、美和子は尋ねた。

「そりゃ行きたくないけど、いやだって言ったってどうせ追い出されるんだし、居住権を闇《やみ》で買うお金なんか持ってないし、国が住めっていうところに住むしかないのよね」

母親は、すみれ色に染めた髪をかきあげながら答えた。

そのとき妙なものが見えた。髪をかきあげたその母親の左腕の内側が、蛍光を発するように光ったのだ。瞬きしたときには、光は消えていた。しかし今度は母親の首にしがみついている子供のやはり同じ部分が、蛍光を発した。M19-……。枝番がついているが読み取る前に、蛍光は消えた。

「あの」と美和子は呼び止め、「それ……」と子供の腕を指差した。また蛍光が浮かび上がった。「あら」と母親は首を傾《かし》げる。

「あなたの腕にも、同じものが」と美和子は言った。

そのときバスの座席に座っている老婦人が網棚に何か載せようとした。その拍子に彼女の腕の裏側にも、同じ光が浮いてすぐに消えた。L471-32……。

「やだ、光っちゃうんだ……」と若い母親がそれを見て言った。

「なんなんですか、それ?」

美和子は、母親の腕を指差した。

「おたく、まだ健康診断受けてないの?」

「ええ」

「早くしないと、出発間際《まぎわ》になると診療所も病院も混んで大変よ。それに子供連れじゃよけいに」

「はあ」と美和子は、そばでぽかんとしている敬と律を抱き寄せた。

「それでここに、なんというか、スタンプを押されたのよ」と母親は子供の腕の裏側を指差した。

「健康診断の方法が今度から簡単になって、このスタンプみたいのに、その人の体の情報が全部書き込まれるんですって。リーダーを当てて読み取ると過去の病歴とかが全部わかるから、いちいちデータを取り寄せる必要がないそうよ」

「で、そのスタンプがぴかぴか光るわけね」

「私も知らなかったけど……」と若い母親は、子供を抱き直し「それじゃ」とバスに乗り込んでいった。

走り去っていく第一便を見送って戻ってくると、国から事業を委託されたレアメタル採掘公団の職員が近付いてきた。

「いいですか、このあと、バスは五便出ます。明日の十六時が最終ですから、それ以降は自分の車で行ってくださいよ。家財道具の運搬と据え付けサービスもそれで打切ります。それからもし、明日、十六時以降もここに残っていた場合、移転の意志なし、とみなされて行政代執行の対象になりますから注意してください」

「はあ」とあいまいに返事をして、美和子はそそくさとその場を離れた。

電話の呼び出し音が鳴ったのは、夜も八時を過ぎてからだった。敬と律と小夜子は仲良くコンピュータの前で、妖精《ようせい》の遺伝子解析ゲームをして遊んでいる。

受話器を取ると、総一郎からだ。

「ちょっと、あなたたち、そこ退《ど》いて。パパとお話するから」と言うと、くるりと振り返った敬が、「パパから電話?」と顔を輝かせた。そして美和子が言う前に、コンピュータのゲームの画面を電話に切り替えた。

総一郎の顔が画面いっぱいに映る。確か家を出るときは、ビジネススーツを着ていたのに、なぜかブルーのパジャマ姿だ。背景は白のカーテンと白いベッドだが、舅の寝ている姿はない。まるで総一郎自身が入院しているようだ。それに総一郎の顔も、目の下が黒ずみ、ひどく憔悴《しょうすい》して見える。

「どうなさったの?」

美和子は尋ねた。

「インフォームドコンセントを行なった」

沈鬱《ちんうつ》な調子で、総一郎は言った。

「あなた、なんの病気になったの?」

「私じゃない。父のことだ」

「だって……」

「いよいよ、明日だ」

敬が顔を上げた。

「ねえ、ねえ、おじいちゃん死ぬ日、明日に決まったの?」

こうした場合のインフォームドコンセントとは、単なる「説明と同意」ではない。いよいよ死を待つばかりとなった患者に、医師が知り得た当人に関するすべての情報を提供し、死の時期を選択してもらう手続きのことを言う。患者は薬で一時的に意識を明《めい》瞭《りょう》にされ、それを行なう。

「明日、死ぬ手続きをなさったの？　ずいぶん、急じゃありません？」

「しかたない。親父《おやじ》の希望だ。決まったらぐずぐずしていたくない、と言うんだ」

ため息をついて、総一郎はうつむいた。

インターホンが鳴ったのはそのときだ。律が出ていってドアを開ける。

いつもドアを開けるときには、相手を確かめて、と教えているのだが、律はなかなか覚えない。

「失礼、電話中でしたか？」

振り返ると、訪問者は勝手に部屋に上がり込んできて、美和子の後ろに立っていた。

美和子は悲鳴を上げた。先程、バスの発着所で会った公団の職員だ。

「なんだね、君は、失敬な」

画面の中で、総一郎が言った。

「まだですかねえ、このブロックじゃ、残ってるのはお宅だけですよ」

職員は、コンピュータの台に片手をついて、画面の中の総一郎に言った。

「即刻、家から外に出たまえ。女房と子供だけのところに上がり込むとは何事だ。不法侵入で通報するぞ」

パジャマの腕を振り上げ、総一郎は抗議した。その拍子に袖《そで》がめくれ、腕の裏側に蛍光の文字が光るのが見えた。ＳＡ‐１３６と読める。どうやら初めのアルファベットは、クラスを表わすらしい。美和子が画面に目を凝らしたとき、職員は言った。

「残念ながら、不法侵入にはならんのですよね。昨日、立退き命令の無効を求める訴えが却下された段階で、住民はここの土地建物の所有権も居住権も失ってますんで」

職員は横柄《おうへい》な動作で、耳の後ろをかいた。

「土地建物の権利関係をめぐる問題と土地収用法によるあけ渡しの問題は別だ。そんなこともわからないとは、君はＤ級市民か。とにかくこちらは、取り込んでいるんだ。即刻、家から出ていってくれ」

「あのね、さっきも奥さんに言ったんですがね、こちらでお送りするのは、明日の十六時が、最後なんですよ」

「自分の家の引っ越しだ。自分達で荷物ぐらいまとめて運ぶ。さっさと出ていけ」

「それでは一応、私は個別訪問をして出ていってくれるようにと、今、確かに要請しましたからね。いきなり行政代執行を行なったわけではないということですよ」

脅すように画面に向かって言いながらドアを開け、公団の職員は尻《しり》から外に出ていった。

ふうっとため息をつき、美和子は再び、画面の中の総一郎と向き合う。

「で、あなた、今夜は何時頃、帰ってこられるの？」

「それが帰れないんだ」

「なぜ?」

「父の病室に入るのに、細菌検査をされたのだが、皮膚からなんとやら、というバクテリアが検出されてしまった。先程精密検査が終わって、結局今夜一晩は隔離消毒されることになってしまった。まったくどこで感染したのかわからないが……母も同じで隣の病室に隔離されている」

総一郎のパジャマ姿はそういうことだったのだ。

「それじゃ、今夜は私一人?」

「しかたがない、くれぐれも男を家に入れないように。顔見知りであっても油断は大敵だ」

「そんなことじゃなくて、小夜子が何かの拍子で暴れ出したら、私一人じゃ……」

「君は母親だろう」

厳しい口調で総一郎は一喝した。

美和子はこめかみのあたりに疼痛《とうつう》を感じた。世間も、子供の父親さえ、何かがあれば「君は母親だろう」で済ます。

「それで明日の父の臨終だが、時刻は十一時と決まった」

臨終に際しては、病院に家族全員が集まって、最後の別れをすることになっていた。

「けれどあなた、小夜子は?」

総一郎は、沈鬱な顔で腕組みした。

最後の別れは、人の一生のうちでも、一番荘厳《そうごん》で深刻な儀式だ。もしもその場で小夜子が暴れ出したりしたら、それこそ斎藤潤一郎の人生はぶち壊しになるだろう。

「どうしましょう」

総一郎はうなった。子供は母親が面倒を見るべきだ、として彼はベビーシッターを雇ったり保育園を利用するということを許さなかった。

「緊急避難だ」

「緊急避難？」

「ベビーシッターを雇う」

「どうやって？」

このブロックで人が残っているのは、斎藤家だけだ、と先程の公団の職員は言っていた。するとどこか遠くから来てもらうしかない。しかし来てもらうにしても小夜子は普通の子供ではない。

「とにかく小夜子のことは母親の責任として、なんとかしてくれ」

「あなた」

不満の言葉を呑《の》み込み、美和子は電話を切った。総一郎の表情は画面の中で静止し、淡くなって消えた。

そのとき再び、インターホンが鳴った。受話器を上げると有賀の声が聞こえた。

「どうも、孝子さんはこちらですかな。ブルーベリーが少しですが、実りまして」

「いえ、今いないんですが」と言いながら、ドアを開ける。

律が駆け寄っていく。敬は「パパが男を上げてはいけないって、言ったよ」と美和子を見上げた。

「よく知ってる人だからいいのよ」

「顔見知りでも油断大敵って、パパは言った」

「有賀さんは、男じゃないのよ」

「いや」とブルーベリーの包みを美和子に渡しながら、有賀は敬に向かって言った。

「私は男ですよ。ご婦人方への作法を心得た男です」

それから美和子に向かって「どうも。いや、秋だというのに暑いですな」と、言いながら、ハンカチで頭の地肌の汗を拭《ぬぐ》う。

「どうぞ、おかけになって。今冷たい飲み物でも」

「それは、どうも」

眠っていた小夜子が目を開けて、きょとんとした顔で有賀の方を見た。

有賀は近寄っていくと、「ほお、また大きくなったな」と小夜子のふっくらした頬を撫《な》でた。

「気をつけてください。不意に抱きつかれると背骨を痛めますから」と美和子は注意する。

「大丈夫。私は昨年の四月まで、狂暴な中学生たちを扱っていたんですから」

そのときはっと思いついた。

「実はお願いがあるんですが」

美和子はあらたまって言った。

明日、潤一郎の臨終式があるので、一日だけ小夜子の面倒を見てくれないか、と美和子は頼んだ。

「お安いご用ですよ」

有賀は快く引き受けた後、何かあったときのためにと、互いの携帯番号とメールアドレスを交換した。

「必ず、最終バスが出る時刻には、戻ってまいりますので」と美和子は頭を下げた。

「おや、あのシート一枚下は地獄、のニュータウンに素直に行かれるのですか」と有賀は尋ねた。

「それは……」と美和子は口ごもった。

「主人がなんと言うかわかりませんが、でも、もうここのブロックの人はみんないなくなったということですし、行政代執行が行なわれれば、いられないですから」

そこまで言って、気づいた。

「このブロックで、まだ残っているのは、うちだけと、さっき聞いたんですが、そういえば、有賀さんもまだ残ってらっしゃる」

有賀は快活に笑った。

「私も同じことを言われましたよ。ようするに一刻も早く追い出したいので嘘《うそ》をついたのでしょう。さっき確認しましたが、この地区だけでも反対派住民が十二家族、六十人強、残っています」

「まあ」

急に心強い気分になった。

「義父《ちち》がまもなく亡《な》くなるというときに、すぐに出ていけと言われても、主人も義母《はは》もとてもそんな心境にはなれませんわよね」

「当然でしょう」

有賀はうなずいた。

「どこの家にも事情はあります。第一我々は家具ではない。向こうの都合で、勝手に模様替えをされたら困る。ここを出ていけという事情がわからないことはない。しかし我々に住む場所を選ぶ権利を与えるか、そうでなければもう少しまともな土地を提供するくらいの誠意を見せるべきですよ。これは許せませんな。暴挙、と言っていい」

有賀はポケットから袋を二つ出して見せた。それぞれ、片方ずつの手に中身をあけた。右手にあるのは、黒っぽい土だ。そして左はキラキラと光る真っ白なガラス粒のような美しい砂状のものだ。

「私はね、最初にこの土地に来たんですよ。フロンティアです。まわりには一軒の家もなく、人工土の上にハマヒルガオの花だけが咲いていた。それから丸一年、土作りから始め、毎日毎日、肥料を鋤《す》き込み土壌中和剤をまき、花を育てる前に土を育てた。それがこれです」

有賀は右手を握りしめた。湿った黒土が少しばかり床にこぼれた。

「ところが、新しく用意してくれたナリタニュータウンの土はこれですよ」と左の手の方を見せて、かぶりを振った。

「想像してくださいよ。こういう真っ白で無機質な人工土をびっしり敷きつめた町を。もはや鋤くことも耕すこともできない土地です。太陽が照れば焼けるように熱くなり、木枯らしの季節には氷よりも冷たくなる白い土、いや、こんなものは土とも呼べませんな。毒ガスの上には、これがまかれている。人間どころか、虫一匹住めるところじゃありません」

ため息をつきながら、有賀は土を袋に戻し、汚れた右手をズボンで拭った。

翌日は、朝からよく晴れ上がり、十月初旬とは思えない、汗ばむような陽気になった。美和子たちは、小夜子を有賀にあずけて本郷に向かった。

ベイブリッジを渡り、久しぶりに見る東京の風景は、隙間《すきま》なく建った高層ビル群が、巨大な要塞《ようさい》のように見えた。

その要塞の谷間を抜け、三十分も走り、車は黒ずんだ四階建の建物の前で止まる。昼なお暗いビルの森の中に、東大病院はあった。壁は今にも崩れ落ちそうに無数の亀《き》裂《れつ》が入り、そこから背中をてらてらと光らせた平べったい甲虫が出入りしている。屋根の上にはおそらく土が積もっているのだろう。日陰を好む植物の類が繁茂して、細長い葉が二階の窓まで垂れているのが、下から眺められた。

玄関を入り、蛍光灯で照らされたリノリウムの廊下を抜けると、舅のいる個室があった。舅は一本の管を腕につながれ、干涸《ひから》びたような目を天井に向けて横たわっていた。

窓の外は、隣のビルの壁で夜の底にいるように暗い。天井に張りついた電灯が病人の顔を紫がかった白に浮かび上がらせている。

傍らの椅子《いす》に座っている孝子と総一郎は、もうパジャマを着ていない。スーツ姿で居住まいを正している。

「それでは、どうぞご挨拶《あいさつ》なさってください」

看護婦が、厳かな口調で言った。

総一郎が、まず一礼した。

「お父さん、斎藤家の血と伝統は、私が守ります。どうか安心してください」

舅はかすかにうなずいた。次の挨拶は長男の敬だ。

「おじいさん、私も父の後を継ぎ、立派な斎藤家の家長になれるように、努力します。安心して死んでください」

「死んでくださいじゃないの。お眠りください、だって言ったでしょう」

慌《あわ》てて美和子は、注意した。車の中でさんざん練習させたのだが、緊張すると敬は必ずこういう失敗をする。

次に姑が挨拶し、美和子、律と続く。これが斎藤家の順位である。

すべての挨拶が終わると、医師が入ってきて患者に向かって合掌し、ゆっくりと舅の腕からチューブを抜いた。

斎藤家の人々は、合掌した。

とたんに舅の体が、びくりと波打った。

「あっ」と声を上げて、ベッドの上を凝視した敬と律を美和子は叱《しか》り、もう一度しっかり合掌させる。

まだ十分に枯れきっていない舅の体はベッドの上で跳ね、痙攣《けいれん》し、数十秒後にようやく静かになった。

顔を上げた総一郎の目は涙で濡《ぬ》れていた。敬も人の死という厳粛な事実に感動したのか、それとも少しは祖父に愛情を持っていたのか、泣いていた。

しかし姑の顔には、ほっとしたような、脱力感が漂っている。悲しみの極致がこういうものなのか、それとも解放感なのか、美和子には判断がつかない。

五分ほどそうしていた後、総一郎が病院のスタッフの一人一人に礼を言い、斎藤潤一郎の人生最後の通過儀礼は終了した。

葬儀の準備のために、一行は病室を出た。

潤一郎の遺体はストレッチャーに乗せられて病院の玄関先の待機室に送られた。ここから遺体は菩提寺《ぼだいじ》に運ばれる。葬式はそこで営まれるのだ。

彼は、元住んでいた弥生町の近くの寺に葬《ほうむ》られることを希望していた。この菩提寺はすでに高層ビルになっていたが、そこに斎藤家先祖代々の墓があることは間違いなかった。

ストレッチャーの傍らで立ち尽くしていた総一郎は、やがて顔を上げると、「弥生町の家から、葬式を出してやりたかった」と呻《うめ》くように言った。

運搬車が着くまで、ひどく時間がかかった。ベイシティに残してきた小夜子と有賀のことは気掛かりだったが、それを言い出す雰囲気ではなく、美和子はじっと待っていた。

秋の陽がだいぶ低くなった頃、ようやく車がやってきて、潤一郎の体は棺《ひつぎ》に納められ荷台に載せられた。

作業員と一緒に形だけ棺を担《かつ》いだ総一郎の腕を美和子はそっと見る。もちろんスーツに隠され、昨日、電話したときに見た蛍光はそこになかった。

「バクテリアの検査は、いかがでした？」

美和子は、姑に尋ねた。

「ええ、眠っているうちに全部済んだから、ぜんぜん辛《つら》くなかったんだけど」

「眠っているうちに、検査されるんですか？」

「ええ、何かあられもない姿をしたのではと思うと、恥ずかしかったわ。昨夜は一晩個室から出してもらえなくて不安だったし」

「それはそうでしょうね。こんなときですもの」と美和子もうなずいた。

6

遺体運搬車は、十分ほどでビルの前に着いた。斎藤家の菩提寺《ぼだいじ》、「極楽寺《ごくらくじ》」は、ここの百八階にある。棺が入るように作られた奥行の深い直通エレベーターを下りると、ホールには金箔《きんぱく》を張った飾り屋根が張り出している。

その下に総一郎の妹一家や、叔父叔母など分家筋の者たちが集まっている。夫が短く挨拶《あいさつ》するのを美和子はホールの隅にひかえて聞いている。まもなく、棺が線香の香りの漂う廊下を通り、つきあたりにある葬儀場に運ばれていく。そのとき、「もうしわけないんですがね、斎藤さん」とここの住職が、祭壇の裏手のドアから入ってきた。

「うちじゃあ、このお葬式、お引き受けできないんですわ」

「はぁ?」

「今、埋葬許可が下りないことがわかりまして」

「どういうことですか?」

住職は、そこにいる斎藤家の人々の顔を順繰りに見た。

「いったい、おたくたち、何をやったんですか？　戸籍が無いですよ。いや、仏様だけでなく、おたくたち、全員の」

総一郎の顔色が変わった。

「ちょっと失礼」と寺務所に駆け込み役所に電話をかける。

受話器を置いて、信じられないという顔で首を振っている。

「うちの家族全員のデータが住民ファイルから消えた」

「まさか……戸籍抹消」

美和子は時計を見た。時刻は四時を過ぎている。

美和子と総一郎は同時に「あっ」と声を上げた。

立退《たちの》きの時刻が過ぎていたのだ。彼らは東京、ベイシティの住民ではなくなった。一昔前と違って、本籍、現住所といった区別はなくなっていたから、彼らがもしも引っ越していれば、自動的に千葉県ナリタニュータウンの住民として登録されているのだが、この時間、未《いま》だ引っ越さぬ彼らは、そのどちらにも属していなかった。

総一郎はもう一度電話に飛びつき、役所に電話をする。その顔に、初め困惑の表情が見え、しだいに怒りに変わっていった。数十秒後、斎藤家の家長は受話器を叩《たた》きつけて戻ってきた。

「どうなさったの？」

「嫌がらせだ」

総一郎は、唇を震わせた。

「時間になっても出ていかない者への嫌がらせだ」

「どうしましょう」

「埋葬ができないならしかたない。落ち着くまで、骨を我が家に置いておくほかはないだろう」

死んだ後まで、睨《にら》みをきかされているようでいやだわ、と美和子は思った。

総一郎は、気をとりなおしたように、住職の方を向いて言った。

「すみません、とりあえず父の魂が安らかにあの世に旅立ってくれるように、葬式だけはお願いします」

「え……」

濃い眉《まゆ》を寄せ、顔の前で片手を振って、住職は後退《あとずさ》った。

「埋葬許可のない仏さんの葬式なんてできませんよ」

「なぜですか、関係ないでしょう。法律上の規制は何もありませんよ」

「いや、とんでもない」

住職はくるりと背を向け、渋茶色の法衣《ほうえ》の裾《すそ》を翻《ひるがえ》して、大股《おおまた》で寺務所の方に去っていく。

「待ってください。うちは代々、おたくの檀家《だんか》ですよ。法会《ほうえ》だの、寺の建直しだのと、何かにつけて、お布施《ふせ》を払ってきたはずです」

「お布施は払うもんじゃありませんよ。だいいち、国家が死んだと認めない人の葬式などできるわけないでしょう」

そう言うとさっさとオフィスに引っ込み、シャッター状の黒白の幕を下ろし、鍵《かぎ》をかけてしまった。

「どういうことだ」

「義兄《にい》さん、何をやったんですか？」

分家の人々が、寄ってきて総一郎に向かい口々に尋ねる。

「事情があって、斎藤家本家の人間は、行政上は浮いてしまった」

「なんで？」

総一郎は、簡単に事情を説明する。

「どうして、そう簡単に弥生町《やよいちょう》の家を離れてしまったのだね」

叔父の一人が、咎《とが》めるように言う。

「いずれにしても、菩提寺でも、国民データにない人間の葬儀はできないそうだ」

「まるで役所じゃないか」と親戚《しんせき》の間から、非難の声が上がる。

そのとき律が退屈したらしく、祭壇に上って如来像《にょらいぞう》の頭を撫《な》で始めた。美和子は飛んでいって、慌《あわ》てて引きずりおろす。

「それじゃ、どうも」と棺を運んできた運搬会社の作業員が、挨拶をして立ち去ろうとした。

「ちょっと待ってくれ」

総一郎が呼び止め、少しためらってから言った。

「すまないが、火葬場に行ってくれないか」

作業員は不思議そうな顔をした。

「霊柩車《れいきゆうしや》でなくていいんですか？」

「いいんだ」と言うと、彼らは再び棺を担《かつ》いで下に持っていった。

「どうなってるんだ？」

叔父が尋ねた。

「父には気の毒ですが、この暑さだから、骨になってから葬儀をさせてもらいます。葬儀は先に延びることになると思いますので、また連絡をします」と総一郎は親戚の者に向かって一礼した。

一同は、なんとなく納得しかねたまま、ぞろぞろと棺の後についてエレベーターを下り、火葬場に向かった。

菩提寺のあるビルから、車で三十分ほどのところにある白亜の建物が火葬場だ。

屋根はタジ・マハールを模して、真珠色に輝く半球をしている。火葬場にも流行があって、二年ほど前はチベット風のチョルテンに鳥を放し飼いにしたところが多かったが、最近ではインド風に人気が集まっている。川の流れを表わすネオンを取り付けたところもあるが、さすがに夫の死体と一緒に焼いてくれ、という妻はいないらしい。

火葬場の入り口に、棺を運んだときだ。上から音もなく半透明のシャッターが下りてきて、行く手を遮った。

「ちょっと」

総一郎は、シャッターを掌《てのひら》で叩いた。

シャッターの窓に、文字が浮いた。

「埋葬許可のない死体は焼けません」

「もしもし、だれかいませんか？」

総一郎はシャッターを叩く。シャッターにマイクが取り付けられているのに気づき、そこに向かって叫んだ。

「事情があって、埋葬許可が出ません。季節はずれの暑さで衛生上の問題もありますからお願いします」

「埋葬許可のない死体は焼けません」

シャッター上にメッセージが出る。

「なんとか、お願いします」

「だめなものは、だめです」

いきなり濁声《だみごえ》がスピーカーから響いた。拒否ではあるが、肉声である分だけ、まだほっとさせられる。

「だめって、どういうことなんですか？」

「許可証が無ければ、死体か、生きている人間か判断がつきません」

「あんたが出てきて確認すればすむだろうが」

疲れといらだちから、総一郎も尖《とが》った声を出した。スピーカーの声が答えた。

「どうやって、生きているのか、死体なのか、私に判断しろっていうんです？　百年前ならいざしらず、息が止まったの、心臓が動かないの、瞳孔《どうこう》の反応がないのなんて単純なことで死んでるか否《いな》かの判断など下せないんですからね。政府発行の埋葬許可証がなければ、素人《しろうと》に死の確認などできませんよ」

「許可はなくても、死亡診断書があるんだからいいでしょう」

「死亡診断書は、病院が発行する私的文書ですから、効力はありません」

総一郎は、「うっ」と一声発したまま、黙り込んだ。

途方にくれた斎藤一家を残して、親戚の者は一人、また一人と帰っていく。残された家族は再び、東大病院に戻った。火葬場の職員が、東大病院内にはデータのない人々でも葬《ほうむ》ってくれる機関があると教えてくれたのだ。

病院にたどりつき、総一郎は病院の事務室にいき、美和子たちは外で待った。まもなく総一郎が戻ってきた。先程より、もっと険しい顔をしていた。

「どうなさったの？」

「確かに身元不明者、自らデータ破壊をした犯罪者に葬式を出してくれるそうだが、条件は献体をすることだそうだ」

「いいじゃありませんか」

美和子は言った。

「献体だぞ、わかっているのか、だれが自分の父親の死体をいじらせたいと思う?」

「しかたないじゃありませんか」

「君には親子の情はないのか」

あなたの夫婦の情よりはあるつもりよ、という言葉が喉《のど》まで出かかった。

結局、舅《しゅうと》の死体は保冷装置を詰め込んだ棺に移され、ベイシティの家まで、一旦《いったん》戻ることになった。

遺体運搬車の運転手にチップを渡し、車はベイシティに向かった。

ビル街を抜けて、旧晴海埠頭《ふとう》のあたりまで来たときだ。夜空を照らしている新東京ベイブリッジのイルミネーションが見えないのに気づいた。

「運転手さん、道、間違えてませんか?」

総一郎が尋ねる。

「いや。確かにこの道です」

「何か事情があってライトアップしてないのかしら?」

美和子が、そう言いかけたとき、闇《やみ》の中で車は急停車した。律の小さな体が、美和子の隣からふっとんでいき、前の座席の総一郎が、とっさに手を伸ばして抱き止めた。荷台の棺桶《かんおけ》が滑ってシートの背もたれにぶつかる。

背中に衝撃を感じて、美和子は振り返った。「何をしておるのだ」と潤一郎が棺桶から立ち上がり、今にも怒鳴り出すのではないかと思われ、背筋が寒くなる。

運転手が車から飛び降りた。

「どうしたんです?」

尋ねながら、総一郎が続いて降りた。

「なんだ、これは」という二人の声に、美和子は窓の外の闇に目を凝らした。

油とベンゼンの混じったような刺激臭が車の中に入ってくる。潮のにおい。これがこのあたりの海のにおいなのだ。においと同時に、ぴしゃぴしゃという水音が聞こえた。

ベイブリッジに向かい上っていくはずの道路は、車の前で切れていた。正面には黒い水路が横たわっている。水路の向こうはベイシティだ。しかし向こう岸にも灯はない。ベイシティには、家々の明かりも道路を照らすハロゲンランプも灯《とも》っていない。

美和子ははっとして隣にいる敬の手を握った。

「橋がなくなってる……」

茫然《ぼうぜん》とした顔で、敬がつぶやく。美和子は唾《つば》を呑《の》み込んでうなずいた。

車の後部ドアの開く音がする。運転手と運搬係が、棺桶を外に出している。

「ちょっと待って。何を?」と美和子は、言いかけた。

「すみませんが、ちょっと降りてくれますか?」と運転手が今度は脇《わき》のドアも開けた。

季節はずれに暑い夜の空気が流れ込んでくる。

「え、どこへ？」

「ともかくいったん降りて」と促され、孝子や子供たちとともに、美和子も車から降りる。一家が岸壁に降り立ったとき、運転手はさっと車に乗り込みドアを閉めた。

「待ってくれ」

総一郎が、閉まったドアに飛びつく。

「それじゃ、お元気で。ここから先は船か何かで行ってください」

相手は窓ガラス越しに言った。

「船か何かって、そりゃなんだ?」

「橋がなければ、車は渡れないでしょ」

「ちょっと、待ってくれ」

「それじゃ」

遺体運搬車は排気ガスを固まりにして一家に吹きかけ、走り去った。

「あなた」

美和子は、つっ立っている総一郎に声をかける。

「連絡船発着所か何かがあるかもしれないわ。探しましょうよ」

総一郎はかぶりをふって、向こう岸に見えるベイシティの黒々とした影を指差した。

「最後のバスが住民を運び、午後四時以降残っている者は、移転の意志なし、とみなす。確か、そういうことになっていた。つまりベイシティを本土からもう切り離してしまうってことだ。もうこちらから向こうへは、渡さないつもりなんだ」

「つまり私達はナリタニュータウンの住民になるしかないってこと？」

「理不尽な」

総一郎は唇を噛《か》んで、真っ暗な対岸を見つめている。

「あなた、小夜子が……」

美和子は総一郎の両腕を摑《つか》み揺すった。

「小夜子が残ってるわ。有賀さん、どうなさったかしら。最後のバスで小夜子と一緒にあそこを出たのかしら」

携帯端末を取り出したが画面が開けない。

数秒後に暗い画面に、流れるように文字が表示された。

「この電話機のすべての通信サービスは終了しました」

「どういうこと？」

「やられた」と総一郎は自分の携帯端末を取り出し、自分のものを確認する。

同様の状態になっている。携帯電話会社が、無戸籍のどこのだれとも知れない国民に通信サービスを提供することは禁止されている。

辺りを見回すと、二百メートルほど戻ったところにレストハウスが見えた。夜なので閉まっているが、ハロゲンランプの青白い光の中に電話機が見える。

美和子は走っていって受話器を取り、カードを差し込んだ。買物や電話、交通機関など何にでも共通に使える「斎藤総一郎」の家族カードだ。しかしいくら差し込んでも、カードは戻されてくる。首を傾《かし》げふと電話機の横腹を見ると、「このカードは使えません」と表示が出ていた。戻ってきたカードを確認するが、更新時期はまだ過ぎていない。裏返しに入れてしまったのか、と確認するが間違っていない。何度か試してから、ようやく気づいた。「斎藤総一郎」の基礎データが抹消されてしまった以上、できないのは葬式だけではない。預貯金はもちろん、斎藤総一郎の信用のすべてが無くなってしまったのだ。

美和子は事態の深刻さにあらためて気づいた。

幸いサイフにはコインがあった。それを投入口に入れる。長い間使ったことのない現金は、錆《さび》が浮いていたが、電話機はちゃんと作動した。美和子はベイシティの我が家の電話番号を押す。しかし通じない。何度ボタンを押しても、つながらない。何かあったのだろうかと、次に、隣家の電話番号を押す。

総一郎が、こちらにやってくる。隣の家にも通じない。さらにベイシティオフィスの夜間緊急窓口に電話をする。やはりつながらない。

「回線を切られてしまったのだ」

受話器を置くと、傍らで総一郎が呻《うめ》くように言った。立退《たちの》きの時間は過ぎた。ベイシティにもう残っている者はいない、建前上は。だから電話の回線も切ってしまう。

こうした方法は、都市開発や区画整理、その他の大規模工事に伴う立退き交渉が難航し大幅に着工が遅れた過去のいくつもの苦い教訓から、導き出されたものだ。この強引なやり方を黙認することによって、今の整然として機能的な都市が出来上がってきたのではある。大局的見地に立てば、正しく効率的な方法だが、追い出される当事者としてはたまらない。

今度は総一郎が、移転局の夜間受付窓口に電話をすることにした。

「あなた」

美和子は呼び止めた。

「あなた、カードは使えないわ」

総一郎は、ちょっと怪訝《けげん》な顔をしたが、すぐに事態を了解して片手を出した。その大きな掌に美和子は錆付いたコインを数枚載せた。

相手と二言《ふたこと》、三言《みこと》話すうちに、冷静な言葉づかいと裏腹に、総一郎の顔色は青ざめていった。

「何も知らない、そうだ。斎藤総一郎という世帯主は、コンピュータには出てこないので、そういう人物は日本に存在しないと言っている。それからナリタに今日、転入した者の中には、アリガダイスケとサイトウサヨコはいないそうだ」

「そんな……」

総一郎は、うなずいて、対岸の暗闇に目を凝らしていた。

「小夜子は、あそこに残っているんだ。橋も電話回線も切られたところに」

美和子は、二人の子供を抱き寄せて震えた。

「あなた、あんなにそばに見えるのよ。あんなに」

総一郎はうなずいた。

「近い。もしもこれが普通の海なら下水だろうが、汚水だろうが、泳いででも渡る。しかしここの水に十分も浸《つ》かっていたら、全身の皮膚が侵されて、向こう岸に着く前に沈没だ」

そのとき、姑《しゅうとめ》の孝子がはっきりした口調で言った。

「船を探しましょう。諦《あきら》めずに探せばきっと見つかるわ」

孝子は口元に小さな皺《しわ》を刻み、毅然《きぜん》とした表情で対岸を見つめていた。

東京湾が次第に浮き島に覆《おお》われ、海上交通路としての機能を失い始めてから、このあたりで船は滅多に見られなくなったが、前世紀には盛んに航行していた。今運河のように狭まった東京湾を通るのは、正規のルートからは国内に入れない不法入国者を積んだ艀《はしけ》や麻薬船などだが、この際ぜいたくを言ってはいられない。そうした船を見つけて、現金を積んで交渉するしかない。

「敬」

総一郎は、厳しい声で息子を呼んだ。

「おまえはまだ小学生だが、男だ。ここにいて、パパが戻ってくるまでママたちを守るんだ。いいね」

「はい、パパ」と敬は直立不動で答えた。

自分と自分の子供の身くらい守れるわよ、と美和子はつぶやく。

総一郎は、サイフを取り出し現金の数を数えると、闇の中に消えていった。

三十分もしてから、「あった。こっちだ」と声がした。海岸に、この日の午後まで新東京ベイブリッジを吊《つ》り上げていた巨大な橋梁《きょうりょう》が、うっそりと立っている。闇を透かして手招きする総一郎のシャツの白だけが見える。美和子たちは、そちらに向かって下っていった。

夜目にも薄汚れているとわかる平たい船が、その橋梁の影に、打ち捨てられたようにあった。大きさはバドミントンコートほどだ。

「ゴミ運搬船だ。海上不法投棄に使っていた船だ。船頭は見つからない。悪いが、この際、黙って借りよう」

「げっ、ゴミ運搬船、やだ」

律が舌を出し、後退《あとずさ》った。

「わがまま言うんじゃない。妹が、真っ暗なベイシティで待ってるんだぞ」

「そうだ、わがまま言うんじゃない」

敬が父親そっくりの口調で繰り返した。

「ところで、お父さんは?」と総一郎が、言った。

「あら、忘れてきたわ」と孝子が、慌《あわ》てて先程の場所に戻る。総一郎は棺《ひつぎ》の頭側に回った。

「敬、そっちを持ちなさい」と足の方を指す。

「はい」と敬が言われた通りに、足の方を持ち上げようとする。美和子が手を貸そうとすると、「お母さんはあっち行ってて。これは男がすることだから」と言い終える間もなく、重さに耐えかねよろめいた。孝子が脇から支えて、美和子に言った。

「お腹《なか》の子に障《さわ》ります。持ってはいけません」

一家と棺一つは無事に船に乗り込んだが、それにしてもひどい臭《にお》いだ。確かにゴミ投棄船らしい。中央は、プールのようにへこんでいて、シートで覆われている。ここにゴミを積んでいたのだろう。

敬と律は鼻をつまんで、船縁《ふなべり》で向こう岸を見ている。

総一郎は、操舵《そうだ》室《しつ》に入り機械をいじっている。

しばらくの間、試行錯誤を繰り返していたが、まもなくエンジンがかかった。しかし船はうまく向きを変えられず、あちらこちらにぶつかり揺れた。そのとき甲板にかかったシートの下から、何かがごろりと転がり出てきた。

敬が、怪訝《けげん》な顔をした。そしてちょっと首を傾げていたが、そのまま、表情が凍りついた。美和子は二、三歩近づき、とっさに両手で顔を覆った。指の間から自分の悲鳴が洩《も》れた。

臭いの元は、ゴミではなかった。

美和子はくるりと向きを変え、子供二人をしっかり抱きよせ、その場から離れた。

「どうした?」

総一郎が、操舵室から顔を出した。

「いいから、あなたは船をお出しなさい」

孝子が言った。その平静な口調に美和子は仰天した。近頃孝子は、すっかりボケが治っただけでなく、妙に度胸が据わっている。

平たい船がゆっくり水路を横切り始めると、美和子が止める暇もなく敬が操舵室に駆け込んだ。

「パパ、パパ、この船に死体が乗ってるよ」

泣き出しそうな声で報告する敬に、総一郎は落ち着いて答えた。

「ああ、おじいちゃんも一緒にベイシティに帰るんだ。それからどこへ行くにしても、おじいちゃんは、ずっと家族と一緒だ」

「そうじゃなくて」

敬は震える声で訴えようとするが、言葉にならない。

「甲板に腐乱死体があったのよ」

美和子が言った。前方の海面に視線を据えたまま、総一郎は驚いたように瞬《まばた》きした。

「いったい、なんなの。この船は」

「わからんが、ここを航行する船なんだから、まともなものではないだろう」

「ねえ、ねえったら、あそこに何があるの？」

そのとき律もやってきて、好奇心たっぷりの目で甲板のシートを指差す。

「なんでもいいの。行っちゃだめよ」

美和子は、律の腕を握りしめ、厳しい声で言った。

そのとき、総一郎は「なるほど」とつぶやいた。顎《あご》で後ろのドアを指す。シートのようなものがぶら下がっていて、そこに直径五センチくらいの頭蓋骨《ずがいこつ》とぶっ違いの骨が描いてあった。

「あ、海賊のマーク」

律が目を輝かせる。

「ああ、海賊マークで、しかもこれは『放射性物質取り扱い注意』のマークだ」

「どういうこと？」

「アトミックマフィアの船だ」

美和子は息を呑んだ。

「抗争用の小型核弾頭でも売りに来たところを、ライバル組織に急襲されたんだ。後で回収するつもりで、ゴミ投棄船に見せかけて隠しておいたものだろう」

「すると、これに核兵器が積んであるというの？」

「たぶん。気味が悪いが、向こうに渡るまでの辛抱だ」

ベイシティの栈橋がしだいに近づいてきた。総一郎はゆっくりと出力を落としていく。

少しばかり振動して、まもなく船は止まった。

「敬」

敬は操舵室の壁に背中を丸めて張りついている。

「敬、手伝え」と総一郎は声をかける。

敬の小さな顔は、まだ血の気がない。先程見た死体がよほどショックだったらしい。

「もう大丈夫。ママと降りましょう」と美和子は、幼子にするように神経質な長男を抱き締めた。

「平気だよ。何も怖くないもん」と敬は震えた声で答えた。

総一郎は敬に手伝わせて、岸壁との間に板を渡す。

始めに棺桶《かんおけ》を降ろした。それから家族が降りようとしたときだ。

律の姿が見えない。

「律」

美和子は呼んだ。返事はない。

「たいへん、律が……」

半狂乱になって甲板を探す。足にからまるシートを蹴《け》飛《と》ばすと別の死体が出てきた。

喉《のど》の奥から悲鳴を上げたとたん、目の前が暗くなった。

そのとき「はあい」と、真ん中の荷物置場のプールのシートの下から、律の声がした。

「律、なんてこと」

美和子は駆けよって、シートをはね除《の》ける。

「ママ、鉛筆がいっぱい。大きい鉛筆、ほら」

確かに、直径十センチ、長さ二メートルほどの〝鉛筆〟が立っている。その間を走り回り、律ははしゃいでいた。

「律」

総一郎が、鋭い声で呼んだ。律は、膨れっ面《つら》をしてすごすごと甲板に上がってきた。

美和子は律を抱いて、ベイシティの岸壁に上がる。

全員が岸に上がると、総一郎は律を指差し美和子に言った。

「この子は、家に帰ったらすぐに風呂《ふろ》に入れて洗うんだ。放射能に汚染されている恐れがある」

「えっ？」

「あれは、巨人の鉛筆じゃない。金属ウランのペレットの入った燃料棒と、黒鉛なんだ」

「ウラン？」

「ああ、ＲＢＭＫ型と呼ばれる恐ろしく原始的な原子炉で使うものだ」

「何それ」

敬が尋ねる。

「今みたいに、常温核融合炉が普及する前の大昔のことなんだが、当時の科学でも簡単に作れる原子炉があったんだよ。ところがその頃はまだ、技術が追いつかなくてね、事故を起こしてしまったんだ。それでそのＲＢＭＫ炉全体をコンクリートで固めて埋めたんだけど、それを今、掘り出しては、余ったまま捨てられた燃料や設備を武器として売る悪い人たちがいる」

敬は怯《おび》えたような目を降りたばかりの船に向け、うなずいた。

美和子はあたりの暗がりに目を凝らす。

新東京ベイブリッジのこちら側にあった繁華街は、息を止めてしまったように見える。商店のネオンを映してきらめいていた付近の海面も、今は闇《やみ》に沈んでいる。

商店も学校も病院も金融センターも、ベイシティオフィスの出張所も、何もかもが丸ごとナリタニュータウンに移ってしまった後なのだ。

「ここまで来たけど、どうやって家に戻ったらいいのかしら」

美和子は途方に暮れた。ベイシティには上陸できた。しかし人工島中央部にある我が家までは、四十キロ以上ある。電話も通じず車もない。

いや、車はある。全長、二十メートルはあろうかと思われるトレーラーやブルドーザー、ボーリング機械やクレーンを取り付けた工事用複合車両などが、塗装も剝《は》げたまま、至る所に置き去りにされていた。

ナンバーがないところを見ると、廃棄車両だ。処分に金がかかるので、ここの工事を請け負っていた業者が、橋を落とす直前のどさくさまぎれに、ベイシティに捨てたものだ。

総一郎がそちらに走っていって、すぐに戻ってきた。

「まあ、しかたない」とつぶやいた。

「どうなさるの？」と尋ねた美和子に答えず、敬に向かって棺を指差した。

「そっちを持つんだ」と、棺の片方に手をかける。

「どうするの？」

美和子が尋ねる。

「もちろん帰るんだよ」

短く答え、総一郎は、棺を持って、いちばん端にある巨大なロードローラーの方に歩いていった。「わあ、すごいすごい」と律がはしゃぎながら、直径四メートルはありそうなローラーを撫《な》でる。

「まさか、これを運転して帰る気？」

「ほかになければしかたない」

総一郎は、答えた。

「もう少し乗り心地よさそうなものは、ないかしら？」

疲れと緊張でひどく張ってきた腹を撫でながら、美和子は尋ねる。

「ママ、こんなときにぜいたくを言ってはいけないよ」

敬が言った。

「しかたない。燃料が入ったまま捨てられてたのは、これだけなのだから」と総一郎は運転席によじ登り、ドアを開けた。

透明な樹脂に囲まれた運転席は普通の工事車両よりかなり広く、ファーストフードの食べがらや土で汚れ、安物のヘアトニックの匂《にお》いが充満している。ほんの少し前までこの車は、運転手を乗せ現役で働いていたらしい。無人型車両に切り替えるため、まだまだ使えるのに廃棄されたものだろう。

「この運転手さんも、機械に追われて職を失ったのね」

美和子がつぶやくと、総一郎は不愉快そうに眉《まゆ》をひそめた。

運転席に総一郎が座り、余った空間に家族が体をぴたりと寄せればなんとか全員乗れそうだ。総一郎の指示でまず棺を運び込む。そして運転席に総一郎が座り、その膝《ひざ》に律が、脇《わき》に敬が体を縮めて立つ。他にスペースのないことを知ると、孝子が躊躇《ちゅうちょ》しながら棺に腰を下ろした。美和子が続いて姑の隣に座る。尻《しり》の下でみしり、と板のきしむ音がした。こちらは舅の足なのだろうか、それとも頭なのだろうか、と美和子はふと思った。

美和子は工事用車両の運転席を生まれて初めて見た。ハンドルやギアなどの代わりに、コンピュータのキーボードのような操作板がついている。

総一郎がスイッチを入れ、手垢《てあか》で真っ黒に汚れたキーボードを叩《たた》いて運転プログラムを立ち上げると、床下からゆっくりした振動が伝わってきた。さらに総一郎はキーボードを叩き続ける。

動かない。総一郎にしても工事用車両を運転するのは初めてなのだ。

「あなた……」

心配そうに美和子が手元を覗《のぞ》き込む。

敬が、総一郎の手元に見入る。

「パパ、僕もやっていい？」

「だめだ。これはゲーム機ではない。事故でも起こすと危ない」

敬は、出しかけた手を素直に引っ込めた。

まもなく車体はうなりを上げながら、横揺れや縦揺れを繰り返した。そして数分後、斎藤一家と死体と胎児、計七人を乗せたロードローラーは、力強く走り始めた。

総一郎は、まったく見たこともない車両を、見事に動かすことができた。初めて出合うことに対し、すみやかにその法則性を理解し、意味ある行動をとれるか否《いな》か。これが総合知的能力と呼ばれる特A級の評価基準となるものなのだ。

ロードローラーは、思いの外揺れなかった。しかしゴーという音が足元から上がってくる。

総一郎は、ヘッドライトに照らされる白い路面を見ながら、キーを叩き続け、スピードを上げる。

人々は、すでに立退《たちの》いた後だ。無人の町を巨大なロードローラーは時速百二十キロで、爆走していく。道路に捨てられたブロックや小型バイクを真っ平らに轢《ひ》き潰《つぶ》しながら進む。窓の外を闇が流れていく。

「まるでゴーストタウンだわ」

美和子はため息をついた。

「ここにいるのは私たち一家だけになってしまったのね」

不安が襲ってくる。戻ってきたのはいいが、本当に小夜子たちはここに残っているだろうか。

総一郎は「ナリタニュータウンに入っていないんだ。とすれば、ここにいるはずだ。そう信じるしかない」と低い声で言った。

しかしすでに最後のバスが出て、橋が落とされた。行政代執行は行なわれてしまったのだ。本当に無事にここに残っていることなどできるものなのだろうか。

「大丈夫、有賀さんがついてます。余計な心配しないで先を急ぎなさい」

姑がきっぱり言った。

床下から聞こえる低音はさらに大きくなった。

「何かしら、この音」

「原子炉だよ」

総一郎が、説明した。

「工事用車両は、車体が重いんで普通の燃料だともちが悪い。だから核燃料を使う。それに核燃料は空気の無いところでも動くから、地下工事にもつごうがいい。昔、潜水艦で使われた技術の転用だよ。何も工夫らしいものはない」

そのとき、窓の外の闇が変化した。建物が途切れ、月が見えた。月だけではない。夜空の半球があった。町は無くなり、暗い海が広がっている。

「海だ、パパ、海がある」

敬が声を上げる。

「Dブロックだ。もう処分が済んだのだ」

美和子は息を呑《の》んだ。住民が立退いた後の町は、切り離され処分されてしまうのだ。

そこD7ブロックは土地ごと無くなっていた。

東京湾上に突如できたニュータウンは、都市計画の変更に伴いすこぶる簡単に処分されつつある。

「もしや私たちの家も、今頃は……」

総一郎はそれには答えず、じっと前の路面を見つめていた。

遠くに明かりが見えたのは、そのときだ。

夜空に巨大な建物がそそり立っていた。コミュニティセンターだ。丘の上の黒々とした影に、一点だけぽつりと明かりが見える。

「人がいる」

美和子は叫んだ。

「ねえ、人が残っているわ。あなた止めて」

「非常灯か、そうでなければ、国土交通省か公団の監視所になっているのだろう」

総一郎は、丘の上を一瞥《いちべつ》しただけだった。

「でもあなた……」

美和子は身じろぎした。尻の下で、棺の白木がきしむ。慌《あわ》てて腰を浮かす。

「ちゃんとおかけなさい。お腹《なか》に力を入れちゃいけません。棺が壊れたら壊れたときです」

孝子が威厳ある声で注意した。

7

斎藤家に向かう直線道路に遮蔽物《しゃへいぶつ》はなかった。

「ママ、あれ」

敬が前方を指差した。

「えっ」

工事用車両の汚れたフロントガラスの向こうには、闇《やみ》が広がっているばかりだ。しかし目を凝らすと夜空の五等星と見まごうばかりに淡い光が、遥《はる》か先にぽつりと灯《とも》っているのが見えた。

紛れもない我が家の灯だった。

ああ、いるのだ、と美和子は両手を胸に当てて安堵《あんど》のため息を洩《も》らした。小夜子は無事に残っている。

総一郎は無言のままロードローラーを運転している。

家から百メートルほどの距離に近づいたとき、明かりは消えた。

「寝たのかしら?」

不安な思いにかられて美和子は夫に尋ねた。総一郎は答えない。

家の前でローラーを止め、路上に降りる。道路際《ぎわ》のハリエンジュの茂みが月明かりでうっすらと明るい。隣家で今を盛りと咲いている菊が濃く香った。

車から降りた美和子は、流れる夜気に不思議な感動を覚えた。今まで、夜通し町を照らすLEDランプのために希釈された月の光しか見ていなかったということをあらためて知った。

人がいなくなった町には、遠い祖先が目にしていたに違いない神秘に満ちた闇が広がっている。こんな晩は、幻じみた物を見そうだ。

そんなことを思ったとたん、それは現われた。幻というよりは妖怪《ようかい》だった。大地母神像を思わせる大きく、重量感のある影が、目の前にぬっと立った。

我が子とわかるまで、一瞬の間が必要だった。

小夜子は、わずか一日の間にまた成長していた。サイズ自体はそれほど変わってはいないが、玄関に片手をかけて立っている足元はしっかりして、少し背が伸びたせいか、すらりとして見える。短く柔らかい髪が頬にまつわりつき、膝《ひざ》や肘《ひじ》のくびれは消えていた。

何かがあった、と美和子は直感した。

月の光の中に立った姿からは、今朝までの赤ん坊の面影は消え、幼児期さえ一気に駆け抜けて、小夜子は限りなく少女に近づき、その巨大さはどこか神々《こうごう》しささえたたえていた。

「遅かったですね」

有賀が、小夜子の脇腹《わきばら》のあたりから顔を覗《のぞ》かせた。

「ごめんなさい。むこうで大変なことがもちあがって……」

「とにかく中へ」と有賀は、小夜子をどかして、美和子を室内に入れながら言った。

「いや、ゴーッてものすごい音をさせて帰ってくるから、てっきり戦車か何か来たものかと思って、家の電気を消して息をひそめてましたよ」

ロードローラーの内部は二重窓なので気づかなかったが、かなりの騒音を出していたらしい。

「橋が撤去されたときには、もう戻ってこない、と諦《あきら》めました」

そこまで言いかけ、有賀は表のロードローラーに目をやると、慌《あわ》ててそちらに駆け出した。

総一郎と孝子、それに敬の三人がかりで棺を下ろそうとしているところだった。

「あんた、いいから。私がやる」と孝子をどかして、棺桶《かんおけ》に手をかけた。

車から下ろした棺は居間に安置された。孝子は総一郎にうながされ、律を風呂場《ふろば》に連れていき、放射能を洗い落とす。

その間に、美和子は夜食の準備を始める。

幸い冷蔵庫の中は、食物でいっぱいだ。小夜子が離乳してから、大量の食物備蓄が必要になって、いつもこんな状態なのだ。

そのとき重たい足音が聞こえた。振り返ると小夜子がキッチンに入ってきて盆を手にしている。

「お手伝いしてくれるの」

「あのね、小夜子、丸いのもっとほしい」

太く長い人差し指で、プラスティックトレイに入ったおかずを指す。

「え……」

美和子は瞬《まばた》きして、我が子の顔を背伸びして見上げる。言葉は今朝ほどより、格段とはっきりりしている。

それより昨日は「いやっ」しか言わず母親をてこずらせたのが、急に語彙《ごい》が増え言葉が日本語文法になっているのはどういうことか。

間もなく二歳の誕生日を迎える小夜子の発達段階は、どう見ても幼稚園の年長組くらいに達している。

生後三カ月で、むりやり成熟を止められた小夜子は、ピラルクの脳下垂体入りのミルクが引き金になって、今度は急に成長を速めてしまったらしい。しかし成長はしても、さほど巨大化していないことはありがたい。

先程玄関で見たときは、また背が伸びた、と思ったが、あらためて見るとせいぜい二メートル十五、六センチ程度だ。このくらいなら、パリコレのステージモデルにいるし、プロバスケットの選手なら普通だ。何より二メートルの女と、二十メートルの乳児では、前者の方がいいに決まっている。

トレイに入ったおかずをレンジに入れて、四秒間温めれば、食事は出来上がる。それを食卓に並べていると、有賀は何か言いたげに、美和子を見た。

そのとき部屋の中央に置いてあった総一郎のコンピュータに、いきなり電源が入った。ディスプレイに「警告」という文字が出て、点滅を繰り返し、数秒後に色が反転した。

「斎藤家、世帯主、斎藤総一郎殿

あなたは、ブロックの滞留制限時間をすでに、六時間四十二分過ぎています。これより六時間以内に必ず退去してください」

電話回線は切られていたはずだが、衛星を使ったコンピュータ用の通信回線だけは確保されているのだ。総一郎は、唇を引き結んで、ディスプレイを睨《にら》みつけた。

「少しは人間らしい対応ができないのか。こちらは父親が死んだばかりだというのに、血の通った行政も司法も、こうして消えていくのか」

低い声でつぶやいて、返事を打ち込んだ。

「こちらも、居座るつもりはない。諸々《もろもろ》の事情で、立退《たちの》き時刻に間に合わなかっただけだ。準備が整い次第、立退くつもりだが、その前に故斎藤潤一郎の埋葬許可を申請する」

すぐに返事が入った。

「現在、葬儀と埋葬を担当するシステムは起動していません。明朝、十時以降にお願いします」

舌打ちして、総一郎はスイッチを切った。

「まず、何から話しましょうかね」

待ちかねたように有賀が口を開いた。

「今日の午後、四時に最終バスが行きました。しかしそれでもかなりの数の移転反対派住民が残っていました。しかしその四十二分後に代執行が行なわれて……ほとんどの世帯が立退きました」

「代執行？」

総一郎は、びくりと背筋を伸ばした。

「背広姿のロボットが来ましてね」

「ロボット？　代執行に産業用人型ロボットの使用は禁止されているはずですが」

「失礼。正確にはロボットではないが、そんなようなものですよ。住民が何を言おうと、泣きつこうと、一切の日本語を理解しないような連中です。家に踏み込んで、さっさと荷物をトラックに載せて、家の柱に抱きついたまま離れない住民を剥《は》がして外に放り出し、それから家のドアをしっかり溶接して開かなくするわけで。実によどみなく、手際よくやってのけました。慣れてるんでしょうな。うちもやられて、あたしはもう帰る家がありません」

「それではなぜ、我が家だけ免れたのです？」

総一郎が尋ねると、有賀は視線をゆっくり小夜子の方に移した。

「小夜子が何か？」

「あれ、なんだと思います？」と、有賀は玄関の壁にある飾りタイルを指差した。二、三枚割れている。さらにその横の合金でできたドアにも、へこみがある。

「いいですか、聞く耳を持たぬ者が、常に強いとは限りません。小夜子ちゃんは片言しか話せない。だから言葉は彼ら同様、意味を持たないわけですな。八十年ばかり前に、暴力はコミュニケーションだと言った小説家がいましたが、まさにその通りでした。いや、私はそういう考え方には反対です。しかし小夜子ちゃんの身になってみれば、畑を掘り返して遊んで、気持ちよく昼寝しているところを起こされたんですよ。体こそ大きいが幼い子なんです。ぐずって当然でしょう。しかも気に入ったぬいぐるみを彼らは、無造作に摑《つか》んで運搬車に放り込んだのですよ。そうしたら猛然と執行官の一人に突進しましてな……」

「それで……」

総一郎は、緊張した顔で、小夜子を見つめている。

「ブン、とこういう具合に」と有賀は、腕を振り回して見せた。

「執行官を薙《な》ぎ払ったわけです。相手は色の浅黒い逞《たくま》しい男でしたが、一たまりもありません。空気入りの人形みたいに、ほら、そこのドアのところまで飛んでいって、激突しましてね。慌てたもう一人が、スタンガンを取出しましたが、それより早く小夜子ちゃんに足を踏まれて動けなくなり、残りの一人は、玄関のたたきで頭を抱えて震えながら蹲《うずくま》ってました」

「他人に暴力を」

沈痛な表情で、総一郎は呻《うめ》いた。

有賀は笑った。

「いやあ、暴力なんて生易しいものではありませんでしたな。私どものじいさんの時代に流行《はや》った、B級アクションという平面映画があったんですが、それがやたらに人はぶん殴るわ、車はぶつけるわの大暴れするヒーローが出てきましてね。あれを彷彿《ほうふつ》とさせましたよ」

「ちょっと、待ってくれ。小夜子は娘なんです。息子なら、よくやった、と言えるでしょうが。大きいというハンディを背負っていたって、心根だけは優しく育ってほしいんです」

「大きいことをハンディだなんて言わないで」

美和子は、とっさに言った。

「まあいい、しかし有賀さん、中学校の校長まで務めたあなたがついてて、なぜ小夜子の暴力を止められなかったのですか」

「あなた、そんな平和主義者でしたっけ」

美和子は再び、口を挟む。

有賀は、言い訳するでもなく答えた。

「斎藤さん、この小さな体で、しかもいいかげんガタのきている私が、どうやって小夜子ちゃんを止められるんです？　小夜子ちゃんの筋肉神経組織や機能がどうなっているのかわかりませんが、とにかく我々が束になったって、力じゃかないませんよ。それにあの子がいなかったら、この家はとうに特殊合金でドア封鎖されてました。今夜あたり、私どもは棺桶ともども野宿することになっていたんですよ」と、そこまで言って、有賀は棺の方に目をやった。

「におい始めましたな」

「確かに……」

時間が経《た》って、保冷装置の電池が切れたのだ。総一郎は棺の蓋《ふた》を開けた。そのとたんに水の腐ったようなにおいが、室内に流れ出した。美和子は思わず鼻を覆《おお》った。水の腐ったにおいが、魚の腐ったにおいに変わるのはまもなくだ。

有賀が立ち上がり、部屋を出ていき、すぐに白菊の花を両手一杯抱えて戻ってきた。

棺に詰め込むと少しにおいが薄らいだ。

「おそれいります」と総一郎は頭を下げる。

「いずれにしても、早く骨にしてやらないといけません。ここのところひどく暑い」

有賀は、厳しい表情の斎藤潤一郎の死に顔に視線を落として言った。

「私もそうしたいのですが」

総一郎は、今日あったことを話し始めた。

「知ってますよ。何もかも」

有賀は遮った。

「どういうことですか？」

「斎藤さん一家の今日の行動はモニターされていたんです。埋葬を断られ、葬式を出してもらえず、火葬場で追い返されるところまで、我々は一部始終を見ましたよ」

「我々？」

「ええ、反対派住民のほとんどは、ドアを合金で溶接された後は、抵抗を諦めましてね、荷物と一緒にトラックでナリタに運ばれていきました。しかし一部は難民となって、コミュニティセンターに集まってます」

あっ、と美和子は声を上げた。ここに戻ってくる途中、丘の上のコミュニティセンターに明かりがともっていたのは、そういう理由だったのだ。

「あのセンターの館長が寝返ってくれて、住民側についたのです。建物を住民に開放してくれたのですよ。いや、なかなか女気《おんなぎ》のある人物ですな」

「女気？」

「ええ。ちょっと小夜子ちゃんを寝かしつけた後、私もコミュニティセンターに行ってみたんですよ。それで我々、難民が集会室にいたところ、公団側が映像を送ってきましてね、それが斎藤さん一家のことなんです。『そんなことをしていると、家族が死んでも葬式も出せないよ』っていう、まあ見せしめというか、脅しをかけてきたわけです」

「すると、なんですか。人が棺桶を持って右往左往しているところを見せたわけですか?」

「病院で、お父上が亡《な》くなるところから、新東京ベイブリッジが無くなって、一家が茫《ぼう》然《ぜん》と立ち尽くす場面まで、一部始終が映し出されました。『彼らは父親の遺体を抱えて、これからもさまようのでしょう』というテロップが出て終わりです」

「なんということ……」

総一郎は唇を噛《か》んだ。いったいどこにカメラがついていたのだろう。しかし驚くにはあたらない。こんなことは日常茶飯事だ。

「そこまで斎藤家を侮辱し、晒《さら》し者にしたとは。何より生きているものならともかく、弁明の機会のない死者を侮辱するのは許せない」

総一郎の怒りというのはピントがずれているのではないか、と美和子はときおり思うことがある。

有賀は、とりあえずこれからコミュニティセンターに行ってみよう、と総一郎に提案した。

公団側と話し合いを進めるにせよ、徹底抗戦を行なうにせよ、残った仲間同士、連絡を取り合い手を携えていく必要があるだろうと言う。

総一郎は、首を振った。

「自分の利害だけで、物事を判断するのはD級E級の市民の発想だ。私の一家は、出て行かない、と言ってるわけではない。私たちは常に国家目的や市民の義務ということを心に置いて行動しなければならない。国の政策は理解できる。バナジウムの重要性も知っている。問題は、ここに残るとか出ていくということではない。人の死という厳粛極まる事実に対しての、官僚どもの無神経さ、配慮の無さに怒りを禁じえないというだけだ」

「わかりました、わかりました」

有賀はうなずいた。

「しかし現に、おたくたち一家は立退き期限を七時間以上も過ぎているのに、まだここにいる。しかも小夜子ちゃんが、昼間あれだけの抵抗運動を一人でやったわけです。おたくの心情はどうあれ、今の世の中、問題にされるのは何をしたかという事実だけですよ。いいですか、孤立はしないことです」

「しかし」

「何よりもここには情報がありません。入ってくるのは向こうからの一方的な警告だけです。情報がないというのは、武器がないより危険なことではないですか」

「それは……事実だ」

総一郎は、しぶしぶ腰を上げ、美和子の方を振り返った。

「僕が帰ってくるのを待っている必要はない。早く子供たちをベッドにやって、君も寝なさい」

「あなた……」

美和子は、出ていきかけた総一郎に声をかけた。奇妙なひっかかりを感じた。それが何によるものかわからない。なんとなく、この家から夫が出ていくのが心細く感じられた。

「大丈夫ですよ。奥さん」

有賀はにっこり笑って、スカGの鍵《かぎ》を手の中で玩《もてあそ》び、総一郎の背中を押した。

そのときそれまでソファで寝息を立てていた敬が起きた。目をこすりながら総一郎のそばに行った。

「僕も行く」

「何言ってるの。大人たちの集まりなんだから、あなたは寝なさい」

美和子は階段を指差して言った。しかし総一郎は、じっと敬を見つめている。

「おまえは斎藤家の長男だな」

無言でうなずき、敬は父親を見上げている。

「何かあったとき、パパの代わりをしなければならない」

うん、と敬は目を輝かせた。

「僕、パパになれるの？」

「いや、パパみたいになれる」と総一郎は厳かな声で言った。

「それじゃ、一緒に来い」

唖然《あぜん》として、美和子は総一郎と敬を見た。まもなく十二時、子供は寝る時間だ。彼らが出ていくと家の中は静まり返った。

それにしてもひどく暑い。日差しが強かったせいか家全体に熱がこもっているようだ。エアコンがいかれたのか、電圧が下がったのか、よくわからない。通常室内温度は自動制御されていて、素人《しろうと》にはそのしくみが覗《のぞ》けないのだ。

疲れたが今夜は眠れそうにない。

国の決定に対して抵抗するなどということを、美和子は今まで、現実のこととして考えたことはない。そんなことをしなければならない事情などどこにもなかったのだ。

総一郎は、常に公平で公正な裁判官として職務を全うし、その任を解かれたときも何一つ抵抗せず従った。彼は市民としての義務を精一杯果たし、斎藤家の人々もそんな家長に従ってきた。

それがどこでどう間違って、棺桶《かんおけ》を持ったまま彷徨《ほうこう》することになったのだろうか。死体の転がった核マフィアの船なんかに乗るハメになったのか。

成慶五十八年　十月三日

僕はきょう、ベイシティに来て初めて、コミュニティセンターに来た。パパが連れてきてくれた。なんだか知らないけれど、僕の家はたいへんなことになっているらしい。本当は僕の家だけでなくて、この町全体がたいへんなことになっているんだ。

それで今日、パパは僕を連れてきてくれた。車の中で、パパは僕に言った。

「敬、君は今日までは、子供としてわがままが許されてきたけれど、今、たいへんなことが起きている。だから、普通の子より、少しだけ早く男にならなければいけない。パパは、今日から君を一人前の男として扱うかもしれないが、いいか？」とパパは尋ねた。僕はうれしかった。うれしくって、体全体がぴりっとひきしまるような気がした。

それからパパは「男になるってことは、辛《つら》いこともあるが覚悟はできているか？」って尋ねた。

「はいっ」って僕は答えていた。パパみたいになれるんだったら、どんなに辛いことがあっても僕はがまんできると思う。

コミュニティセンターまでは、三十分くらいかかった。普通の車なら二十分でついてしまうとパパが言っていた。有賀さんの車はクラシックカーなので、趣味で乗るためのもので、実用ではないので速く走るのは苦手なのだそうだ。

コミュニティセンターは筒みたいなかっこうの面白い建物だ。中は蒸し暑くて、空気が悪い。エアコンが故障してしまっているのだろうとパパは言った。

エレベーターで一番上まで上がると、大きな会議場があった。扉を開けて中に入ったけど、会議もビデオの上映会もコンサートも何もしていなかった。椅子《いす》や通路で、人がいっぱい寝ている。パパは僕に、そこの椅子に座って待っていなさい、と言った。

つまらないので、僕はノートパソコンにこうして日記を書こうとすると、パパは「敬、きょうからはあったこと、思ったことをまんぜんと書くのではなく、やるべきこととやったことをきちんと書くようにしなさい」と言った。まず一生の計画書を作って、それからこの五年の計画を立てる。それから一年の計画を立て、月、週と割っていって、きょうやるべきことを考えて、左ページにかじょうがきする。もしそして一日の終わりにそれができたかどうかてんけんして、右のページに書く。もしできなかったらどうしてできなかったのか、できなかったのか、もしできたら、それはどのくらいうまくいったのか、きゃっかんてきにじこひょうかして書かなくてはいけない。それが男の書く日記なのだそうだ。だからこんな風に、日記を書くのは、これが最後だ。僕はもう男なんだ。

ノートパソコンに何か打ち込んでいる敬を残し、総一郎は会議場の外に出た。有賀が顔見知りの男と話をしている間に、螺旋状《らせんじょう》の廊下を足早に下りていく。建物のどこに行っても生温《なまぬる》い空気が淀《よど》んでいる。議場にも、廊下にも、家から放り出されて逃げてきた住民が、身の回りの物だけを持って、放心したように座っている。

「君たちの代表者はだれだね？」

総一郎は廊下に毛布を敷いて横になっている男の一人に尋ねた。

「代表者……そんなのは、特にいない」

男は答えた。

「ここに集まっている以上、統括する人間がいるはずじゃないか」

総一郎は少し苛立《いらだ》って言った。

「いるわけないでしょ」

まだ十代と見える妻と双子の乳児を抱えた、若い男が口を挟んだ。

「僕たちは、家を追い出されて逃げてきたばかりですよ。これからどうしようかってことも決まってないっていうのに」

「それでは君たちはなぜ、バスに乗ってナリタに行かなかったんだ？」と総一郎は尋ねた。

「君たちって言われても……」と男は口を尖《とが》らせた。

「病院で健康診断を受けろって言うから、受けにいったら待たされてる間に子供の一人が、具合が悪くなってしまって、それで薬飲ませたり寝かせたりしてるうちに、退去の時間を過ぎてしまっただけの話で、別に日本国政府に逆らおうなんて、考えてませんよ」

男は、けだる気に伸びをした。ゆったりした綿シャツの袖《そで》がずるりとまくれあがり、二の腕から腋毛《わきげ》まで丸出しになった。そのとき男の腕の裏側に奇妙なものが見えた。蛍光を発して皮膚の上に文字が浮かび上がったのだ。

Ｌ３８２‐６４。

総一郎は、瞬《まばた》きした。あらためて見直すと何もなかった。一瞬光る文字が現われ、消えた。いったいなんなのか尋ねたかったが、体のことをやたらに尋ねるのは、失礼に当たるので、思い留まったそのとき、背後で声が聞こえた。

「住民の意向を無視した、強制移住ということ自体が納得できんね」

黒縁眼鏡をかけた男が、寝ていた段ボール箱から上半身を起こして言った。

「私が、ナリタ行きのバスに乗らなかった理由は、それだ。私たち、とは言わない。あくまで私は、なのだが」

それだけ言うと、男は汚れた頭をひっかいた。

「おたくは？」と総一郎は尋ねた。

「ホームレスだ。名前は忘れたんで、ホームレスと呼んでくれればいい。六年前から、新宿の高層ビルの非常階段で暮らしていたんだが、この浮き島ができたとき、フロンティアとして入植させられた。ホームレスになる前に何してたかって？　なんであんたに話さなきゃならん。哲学の教師だよ、大学の。クビになったがね」

「なるほど」

高校、大学の教育カリキュラムの中から、哲学という学問が著しく客観性を欠き科学とは言い難く、何より学んだところで役には立たないという理由から削除され、倫理道徳学として再編成されたのは、六年前のことだ。そのときほとんどの学者が職を失い、代わりに退職政治家や成功した企業のトップ、勲章を受けた老俳優などが、教師として採用されるようになった。

「効率性概念のもっとも馴《な》染《じ》みにくい学問分野に、彼らは効率性を持ち込もうとする。存在の意義を問う学問に彼らは実用性を要求する。ねずみを取る猫はいい猫、役に立つ学問がいい学問ということだ。二十世紀末から始まった産学協同の行き着いた果てがこれだ」

「はあ」

どこかにもう少し話になる男はいないものか、と総一郎はきょろきょろと見回した。

ホームレスは眼鏡のレンズを磨きながら話を続けた。

「いいかね、行く先は新天地だと、退去させる側はいつでも言う。しかし代わりの土地が新天地だったためしなど歴史上ありえない。以前と同じ待遇を受けるという保証だってない。連れていかれる先は常に不毛の地であったり、言語を絶する強制労働が待っている鉱山や建設現場だ。現に、今回だってシート一枚下は、毒ガスの充満する地獄が我々には用意されているではないか。何も知らないやつだけが、素直に出ていく。そして向こうに定住してみて、初めてこんなはずではなかった、と気づく」

「子供たちは、土と緑のあるところで育てたいんです。人工土だってかまいません。でも危ないところはいやです。伸び伸びと遊べるところじゃなくちゃ」

子供を寝かしつけていた主婦が、急に口を挟んだ。

「で、問題は、今後どうするか、ということだな」と総一郎がつぶやくと、廊下の端で、ほつれたネクタイの端を指で直そうとしていた若い男が、顔を上げて答えた。

「僕はベイシティの規模や設備の縮小、いくつかの生活上の不便、それに応分の負担について譲歩できるところは譲歩したらどうか、と思います」

それから総一郎の方に向かい一礼して、こういうものです、と名刺を差し出した。

名刺には大手エネルギー開発会社の社名が印刷されており、そこの技術開発部の藤原とある。しかしそのプラスティックの名刺はひび割れ、変色しかけている。

「ええ、二年前まで、そこにいましたが……その、解雇になりまして。ええ、国のエネルギー政策のちょっとした変更がありましてね。それで今までの発電設備の規格の変更をしたんです。それで以前の規格で仕事をしていた技術部門の人間は、新しい炉やタービンと一緒に取り替えられました。で、社員寮を追い出されてここに来まして。収入はほとんどありませんが、土地はあるんでそこを耕せばなんとか……。ええ、結婚とかしてないですから、自給自足は可能なんですが、ナリタは庭には何も植えられないということになると、食料確保が難しいので。僕としては、ごく小さなコミュニティとしてここが存続されて、このまま住み続けることができれば、それでかまわないんです。今は東京湾のほとんどを占めているベイシティを削っていって、小さなコミュニティの小さな島にして、どうせ浮き島なんですから、それを移動させながらバナジウムを掘るのは、技術的に可能です」

欲望も人間のスケールも小さそうな奴《やつ》だと、総一郎は哀れみをこめて男を見た。藤原は続けて説明した。

「それでですね、明日、また国土交通省の役人が説得にやって来るとのことですから、そういった代案を我々の方から提示しつつですね、静穏に交渉を進めていくという方法もあろうかと思われるんですが……」

「静穏? 交渉? そういった非効率的なことを当局側がするとは思えませんな」

先程のホームレスが口を挟んだ。

「なんだか知らないけど、子供は安全なところで育てたいのよ」

先程の女が言った。

「で、政府は、僕たちのように、乗り遅れた住民のために、またバスを出してくれないのかな」

双子の子供と若い妻を連れた先程の父親が言った。

「どうせ政府の決めたことだし、いくらがんばったって、最後には決められたところに行くしかないんですよ。ただ、動くなら動くでそれなりの補償はないとね。まあ、補償といっても、こういう場合、金銭による補償しかないんだが」

四十がらみの青白い顔をした男が言った。

「君は？」

総一郎は尋ねた。

男は名刺を出した。過去にあった大手都市銀行の名前が印刷されている。その上にもう一枚、名刺を重ねた。さらに二枚、三枚、四枚……。

「いいよ、君。一枚で」と総一郎は返そうとした。

「よく見てくださいよ」

男はうっすらと笑った。

名刺には銀行の支店名があった。日本国内ばかりではあったが、日本の北と南、それも県庁所在地からはほど遠い、辺境の地ばかりだ。

「これが私が二カ月の間、勤務したところです。二週間に一度、転勤してた計算になりますね。そして最後は、銀行自体が無くなって終わりです。そうご存じの通り、金融再編成ですよ。証券、保険、カード会社を吸収していったまでは、銀行もよかったんですがね、ついに総需要管理まで一手に引き受ける金融センターができたときに、銀行なんて時代遅れのものはなくなってしまいました。まあ、優秀な行員はそちらに移ったんでしょうな。で、晴れてこの地に安住できたというわけですが、また動けって話でしょう。どこ行ってもいいけど、ただではね」

「そういう問題ではないでしょう」と今度は中年の女が叫んだ。

烏合《うごう》の衆だな、と総一郎は思った。

澄んだ足音を響かせて、だれかが近づいてきた。総一郎は振り返ってその顔を見て、おっと声を上げた。

「知り合いなのかね、ここの館長と」

ホームレスが、総一郎に尋ねた。

「君……館長だったのか？」

額の汗を拭《ふ》きながら総一郎は、目の前の人物のエナメルブラックの髪に囲まれた顔を見つめていた。

「パパ、パパ」という声とともに、腕を揺すられたのは、そうして数十秒経《た》ったときだった。

「パパ、どうしたの？　さっきからずっと呼んでいるのに、ぜんぜん気づいてくれないんだもの」

敬が不思議そうな顔で立っていた。

クラシックカー独特の、けたたましい排気音が近づいてくるのを美和子が聞いたのは、深夜の二時を回った頃だった。慌《あわ》てて起きていき、玄関の鍵《かぎ》を開ける。

車から降りてきた夫の顔を見て、美和子はちょっと首を傾《かし》げた。

出ていったときの厳しい表情とは打って変わり、ふやけた笑みが両頬に浮かんでいる。

「あなた」

「ん？」

「あなた、何かあったんですか？」

上着を受け取りながら尋ねると、総一郎は慌てて表情を引き締める。

「いや、とりあえずは、ここに留まれるように静穏に交渉していくことになった」

「で、あなたはどうなさるおつもりなの？」

「だから、静穏に」

「ここに残った他の人々と、行動をともにされるの？」

「彼らは彼らだ。それにコミュニティに集まっているのはただの難民であり、彼らに主張などない」

「でも反対運動はなさるんでしょう」

「反対運動などとおぞましい言葉を使うな。あくまで交渉だ」

「でも、ここには、病院はありませんわよね。もし、その交渉が長引いたら……」

美和子は自分の腹を撫《な》でた。総一郎は、うなずいた。

「実家《さと》に帰りなさい」

「子供たちを置いてですか」

「大丈夫だ。おふくろがいる」

「お姑《かあ》さんがいれば、私はいりませんか？」

「瑣末《さまつ》なことを」

総一郎は、軽く息を吐き出した。

「第一、どうやって、向こうに渡ればいいのかしら。橋もないし船もないわ」

「明日、役人が再び交渉に来るそうだ」

「どうせホログラムでしょう」

「いや、本物が霞《かすみ》が関《せき》からヘリで飛んでくるらしい。私から事情を話せば、妊婦の一人くらい人道上の配慮から、運んでくれるはずだ」

そのとき隣の部屋で電話が鳴った。

「まあ、電話が使えるの」

美和子は驚いた。

「ベイシティ内部では、通じるそうだ」

答えながら総一郎が走っていき、受話器を取った。

総一郎の低い声が、ドア越しに聞こえてきた。言葉までは聞き取れないが、くぐもった響きはどことなく甘ったるい。

何かありそうだ、と美和子は唇を噛《か》む。こんなときに……。

「じゃ、奥さん」

先程から玄関に突っ立っていた有賀が、声をかけて出ていく。

「待って」

美和子は、この日の代執行で有賀が家から締め出されたことを思い出した。

「泊まっていってください、狭いですけど」

「それには及びませんよ」

そう言うと、有賀は笑いながら出ていった。その行き先に思いあたり、美和子は肩をすくめた。

翌朝、けたたましいジェットヘリの音で美和子は飛び起きた。時計を見るとまだ六時だ。

飛び起きると、前の道路にヘリコプターが止まっている。ローターの風を受けて木々の枝が引き千切《ちぎ》れんばかりに揺れている。

孝子の部屋のドアが開き、有賀が飛び出してくるのが見えた。

「昨日は、どうも。子供がやったことです。勘弁してやってください」

ヘリコプターから降りてきた男に、有賀は薄くなった頭を何度も下げる。

「いや、あんなことはどうでもいいですよ。下級公務員が骨折しただけですから」

役人は答えた。

スーツに着替えた総一郎が玄関に出てきて、「どうも。ご苦労様です」と型通りの挨《あい》拶《さつ》をした。

「で、今日は、話し合いにいらしたわけですね」

「は?」と役人は首を傾げた。

「互いに譲歩しながら、合意できるラインを探っていくことにしましょうか」

「すでに判決は出ているんですよ」

役人は怪訝《けげん》な顔で言った。

「だから、昔あった控訴という方法を取り、最終的には和解という形をとることも可能であると……」

「それは私の管轄外《かんかつがい》ですので」と役人は遮った。

「私は、あなた斎藤総一郎氏、個人の説得のために派遣されましたので、本来の仕事をさせていただきます。まずここを退去されないというのが、あなたの意志であるわけですか。ここのC級D級市民と歩調を合わせて、意地でも動かないと、こういうことですか？」

「だれがそんなことを言いましたか」

総一郎は、憮然《ぶぜん》として言った。

「私個人、否《いな》、斎藤家の意志で言えば、そちらが『即時退去か否か』『バナジウムか居住権か』という、二者択一的見解を捨て、こちらの条件さえ呑《の》んでくれれば立退《たちの》きに応ずる用意はあります」

「いいでしょう。条件とは？」

役人は、姿勢を正した。

「まず身重の妻をヘリコプターで、ここから東京に運んで欲しいのです」

「人道上の理由から、検討の余地は十分あるでしょう。なんとかやってみましょう」

役人は大きくうなずいた。

「二番目は父、斎藤潤一郎の埋葬許可をお願いします」

「それは管轄外ですのでできません。ただしその件については、お宅がナリタに引っ越ししだい、向こうのシティオフィスにデータが登録され、自動的に許可が下りるはずです」

「だから、すぐナリタへ行く、というのが、無理なのですよ」

「理由は？」

「あと、一週間でかまわないのです。ここに居させてください」

「理由は？」

役人は、一度目とまったく変わらない調子で尋ねた。

「一週間の猶予《ゆうよ》をください。どうしても、と言うなら、一週間だけ、ナリタ以外の他の場所を確保してください」

「理由は？」

役人の声は、まったく抑揚がない。総一郎は、黙って役人を家の外に押し出し、ヘリコプターの止まっている道路際《ぎわ》に連れていった。

美和子は不安にかられて後を追った。

総一郎は空き地を指差した。先程のヘリコプター降下で、だいぶ土は吹き飛ばされているが、それでも一メートルほどの深さで掘られた跡はくっきり残っていた。

「子供のやったことです」

総一郎は重い口を開いた。

「同じことをナリタニュータウンでやったらどうなりますか」

「確かに」

役人はうなずいた。

「シートが破れ、空前の規模の汚染事故につながるでしょう。しかし娘を危険物として扱われ、檻《おり》に入れられるようなことになるのは心外です。事情があって発育し過ぎ、普通より少しばかり力があるだけです」

「少しばかりね。お気持ちはわかります」

「聞き分けのない年頃なのです。ちょうど自我が芽生えてね」

「ええ」

「だから少しばかり時間を欲しいのです。娘の発達はここ一週間ほど、すばらしい速さで進んでいる。たぶんあと一週間で、話して聞かせればわかるようになるはずです。それまでは、向こうには行きたくないのです」

「しばらくの間別の土地に、と言われても、お宅の場合、戸籍が現在ありませんので、IDの確認もできませんし、一家で移り住めるようなところは、日本国内にはありません。外国へというのも、戸籍がなければ出入国手続きは不可能ですし。しかし事情は理解できます。ただし、それは、『行きたくない』ではなく『連れて行きたくない』と表現していただきたいんです」

「はあ?」

「だからお嬢さんを連れて行かなければ、いいわけです。実は、私が今日、ここに来たのは、家長であるあなたにそのことを納得していただくためなのです」

総一郎は何かを悟ったように顔を上げた。そしてしばらく役人の顔を見ていたが、やがてゆっくりかぶりを振った。

「だめです、絶対に」

そのときヘリコプターのドアが開いた。そして中から大柄なタイガーストライプの制服を着た男が降りてきた。

「陸上自衛隊、総務部人事課の橘《たちばな》といいます」と不自然なくらい背筋をぴんと伸ばして男は言った。

美和子は後退《あとずさ》った。総務部人事課といったら、別名スカウト部隊と言われるところだ。志願者の少ない自衛隊員を求め、日本全国スカウトに駆けめぐっているのだ。

「すばらしいお嬢さんです」

橘は、短く言った。

「大きさ、体力、瞬発力、申し分ありません。何よりも昨日、執行官を襲ったときのアグレッシブな行動パターンは天性のもので、ドーベルマンピンシェルを思わせます」

「ドーベルマン、だと」

娘を犬にたとえられ、総一郎は頭に血が上ったらしくスカウトマンの方に一歩踏み出した。

「すぐに私たちにお預けください。筑波《つくば》の超優秀児能力開発センターで鍛えさえすれば、優秀な特殊戦コマンドになります」

「帰ってくれ」

総一郎の長身の背中がぶるぶると震えていた。

「小夜子は女の子なんだ。それをアグレッシブだと？　コマンドにするだと？」

「斎藤さん、特A級市民らしく、ちょっと冷静になってください」

役人が口を挟んだ。

「彼女のカルテは昨日検索させていただきました。今後、ステゴサウルスのように大きくなったお嬢さんが、どうやって結婚します？　子供を産み育てますか。母親としての人生を歩めないのなら、別の道を与えてやるのが、本人のためではありませんか？」

総一郎は、こぶしを握りしめた。

「帰れ。さっさと帰るんだ」

総一郎は、役人とスカウトマンを乱暴にヘリコプターの方に押しやり、斎藤家の敷地へは一歩も入れない、とばかりに、足を開いてその場に立った。

「斎藤さん。奥さんはいいんですか？」

役人は、自分の腹を大きく突き出し、手で撫でて見せた。からかったつもりではないらしいが、美和子はひどく侮辱されたような気がした。

「結構ですわ。小夜子を取られるくらいなら、あたくしもこの場に残ります」

そう叫んでいた。健を取られ、このうえ小夜子まで連れて行かれるのは耐えられない。それに能力開発センターで特殊戦コマンドになれるのは五割で、残りの半分は厳しい訓練や筋肉増強剤の副作用に耐え切れず廃人になる。仮に生き残ったとしても、娘が兵士になって前線に派遣されるなんて、考えただけで気が変になりそうだ。

「わかりました。まもなく二度目の代執行にかかります」

役人は抑揚のない口調で言い残し、ヘリコプターに乗り込んだ。ドアを閉めたとたん、けたたましい音とともにローターが回り始め、機体はふわりと浮いた。

「二度と来るな」

総一郎は、頭上高く上っていくヘリコプターに向かって怒鳴った。

美和子はしばらくそのまま立ちつくしていたが、まもなく総一郎に近づき、そっと後ろから両手を回した。

逞《たくま》しく、温かい背中だった。裁判官という典型的な頭脳労働者をしていたにもかかわらず、特A級市民らしくテニスで鍛え上げ、見事な背筋が二本通っている。美和子は出会ったばかりの頃の甘く切ない思いがよみがえってくるような気がした。

そう、私はこの人に恋をして一緒になったのだ、と自分に言い聞かせる。決して国策たわけでもなければ、特A級市民の妻になって同窓会で見栄《みえ》を張りたかったわけでもない。

「大丈夫だ。守ってみせる」

総一郎は、青空の一角に消えようとしているジェットヘリを睨《にら》みつけながら、つぶやくともなく言った。それから美和子の方を振り向き、ちょっとその腹に視線を止め、「すまないことをしたな」と低い声で言った。

「いえ」

美和子は首を振った。

「ここに病院はない。辛《つら》いことになるかもしれない」

「私は小夜子から離れません」

「その決意があれば大丈夫だ。君は日本の女だ。出産は女の仕事だ。昔から女達だけでちゃんと産んできた。子供を産むというのは、当たり前の行為だ。病気ではないんだから、病院で麻酔を打ったり、ましてや人工子宮などというのが異常なのだ。幸い母がいる。彼女だって日本の女だ。二人でできる。大丈夫、うまくいく」

「ちょっと違うんじゃありません？」

美和子は白けた気分で、総一郎の体から手を離した。

そのとき、居間から孝子が飛び出してきた。

青ざめた顔色をしている。

「総一郎さん、お父さんが……」

そう言ったまま、息子の腕を握りしめた。

「お父さんが、どうかしたんですか?」

姑は総一郎の腕を引っ張って、家の中に連れていった。

ドアを開けたとたん、ドブのような、廃物パイプが詰まったときのようなひどい臭《にお》いがした。

それだけではない。音がした。

棺桶《かんおけ》からだ。昨日、有賀が白菊を詰め込んだ後、ボルトで止めたはずの棺の蓋《ふた》が、浮いている。臭いはそこから洩《も》れていた。

そしてもう一度、何かがきしむ音がした。蒸し暑い室内で、じっとり流れた汗が、腕で凍った。喉《のど》に悲鳴がからみつく。

燦々《さんさん》と降り注ぐガラス越しの朝日の中で、ゆっくりと棺の蓋が、持ち上がった。

美和子の気が遠くなりかけたとき、総一郎が意を決したように大股《おおまた》で近づいていった。

「お父さん」

かすれた声で棺に向かって語りかけた。

「無念の気持ちはわかります。かならず極楽寺の先祖代々の墓に葬《ほうむ》りますから、どうか少しの間、待っていてください」

が、蓋はさらに持ち上がった。

「お父さん、あなたはご自分で選んで、生存装置を外してもらったのです。後は私に任せて、安らかに眠ってください」

生まれた子供が、三カ月児の姿のまま、二十年も過ごす時代だ。そしていったんホルモン事故が起これば、巨大な赤ん坊が出現する。死人が生き返ったとて、なんの不思議があろう。美和子は片手で蓋を持ち上げた潤一郎が上半身を起こす光景に出くわすことを覚悟した。

「ちょっと、ごめんなさいよ」

そのとき有賀が美和子の横を摺《す》り抜け、総一郎をどかし棺に近づいていった。

「やれ、臭いのなんのって」

片手で鼻の前をあおぎながら、浮いた蓋をつかみ、ぐいと引き上げる。

総一郎が、覗《のぞ》き込み目を背けた。

「どうなさったの?」

「見るな」

総一郎は、短く言って母親と美和子を遮った。

そのとき、律と敬が起きてきた。

「あっちへ行ってなさい」

鋭く言う。父親のいつになく厳しい顔に出会って、子供達は二階に戻っていった。

「腐敗が始まった」

総一郎は唇を噛《か》んだ。

「病院でしてくれた葬儀用全身化粧があだになった。腐敗ガスの出口がなくなって、ビニール人形のように全身が膨れたのだ。破裂したら手に負えない」

「焼きましょう」

有賀が促し、庭を指差す。

「しかし私のスカGのガソリンを抜いて使ってもいいが、少し足りない」

「ガーデンバーベキュー用燃料があります」

総一郎は粛然として答えた。

「では、始めましょうか」

その場にいた斎藤家の人々は、顔を見合わせ、厳粛な表情でうなずきあった。

8

斎藤潤一郎の棺は、隣の空き地に運び出され、積み重ねられたバーベキュー用固形燃料の上に安置され、さらに上からガソリンがかけられた。

一家の見守る中で、総一郎が火をかけ、立ち昇る炎に向かいみんな手を合わせた。合成白木の棺が、刺激臭を出して燃え、取り囲む家族が、目と鼻を押さえたとたん、ドーンという音とともに棺の中から潤一郎の体が跳ね起きた。

美和子は悲鳴を上げた。

総一郎が合掌したまま、必死の形相で般若心経《はんにゃしんぎょう》を唱えている。

「腹の中のガスが温められて破裂しただけですよ」

有賀が説明した。天を焦《こ》がす勢いで立ち上がった炎は、意外に早く勢いが失《う》せてしまった。総一郎が駆けより、息を吹きかけたりあおいだりしたが、おき火のようになってしまった炎は再び燃え上がることはなかった。燃料になるものは見当たらない。

「あら、どうしましょ。骨を拾うっていってもあれじゃ……」

孝子が、おろおろしている。

「あ、学校にあるのと同じだ」

律が歓声を上げる。

明るくなったり暗くなったりする固形燃料の炎の中に、理科標本のような骸骨《がいこつ》が身を横たえていた。

好奇心いっぱいの視線で祖父の骨を見つめ、熱気をものともせず近寄ろうとした律を「こらっ」と敬がたしなめ、小さな手をつかんで合掌させる。

突然、あたりの空気を揺るがすような、重低音が鳴り響いた。

人の耳には聞き取れないほど低い音は、振動として全身の皮膚に感じられた。

美和子はとっさに、子供たちの手を摑《つか》み、空と足元を交互に見た。

地鳴りだ。地下の奥深くでマグマが活動し始めたような……。

しかしこのベイシティには地下などない。特殊合成樹脂の地盤の真下は、東京湾の水があるだけだ。いったいこの音はなんなのだろう。

重低音は、ほどなく鼓動を思わせる規則正しいエンジンの音に変わった。

区画の外れに、動くものが現われたのは、その直後だ。巨大なショベルが最初に見えた。その端についた爪《つめ》はチタンのアマルガムで、太陽の光に金色に輝いている。キャタピラが路面を嚙《か》みながら近づいてくる。

「逃げろ」

総一郎が、叫んだ。

「まさか、なぜ、どうして？」

美和子は震えながら、律を抱き締め、小夜子の腰に腕を巻き付けた。

「あれが……代執行だ。くそ、二十世紀後半に流行《はや》ったというジアゲヤというものの手口とそっくりだ」

「あああ……」

有賀が、棒立ちになって指差した。

キャタピラは、咲き誇っている大輪の菊を踏みしだいて有賀の家に接近した。そしてそのまま、少しのためらいもなく、金色に輝く鉄の爪を壁に突き刺した。

金属の割れる音がした。断熱材が霧のように白く巻き上がり視界を塞《ふさ》いだ。それを吸い込み、美和子たちは一斉に咳《せ》き込んだ。ぜいぜいと喉《のど》を鳴らし、涙を拭《ふ》いて顔を上げたとき、晴れかけた建材の霧の間から、ゆっくりと屋根が傾《かし》いでいくのが見えた。

有賀は目をしばたたかせた。

パワーショベルはいったん二十メートルほどバックした。急にエンジン音が高くなった。助走をつけてつっ込む気だ。

総一郎がそのとき「あっ」と声を上げた。

「人が乗ってる」

「なんですって？」

運転席を凝視すると、はっきりと人影が見えた。コンピュータによる自動運転や、リモートコントロールではない。

「よかった。私たちが間違って潰《つぶ》されることはないわ」

「甘い」

総一郎は怒鳴った。

「彼らは、ここの地区にはすでに人がいない、という前提の下に行動しているんだ。いつ潰されても文句は言えない」

それから有賀の方に顔を向けると、「すまん、うちの女子供を避難させてくれ」と言い残して駆け出した。

「あなた、待って」

後を追おうとした美和子の腕を有賀が摑む。

「さ、こっちへ」と、引きずるようにして家と反対の方向へ連れていく。

エンジンの音と地響きが耳を打った。向こうに行きかけた総一郎が凍りついたように立ち止まった。パワーショベルが道路の向こうから、有賀の家をめがけて、すさまじい勢いで走ってくる。そして大音響とともにそのショベルを外壁にぶつけた。

断熱材と土煙がもうもうと上がる。咳き込みながら、涙にぬれた視界の向こうに、そのとき美和子は不思議な光景を見た。砕けて粉々になった壁の向こうから、ある光景が転がり出してきた。

白く小さな食堂テーブルと菊の花、位牌《いはい》がぽつりとある金色の仏壇、二脚の椅子《いす》、古びたパッチワークキルトの壁掛、有賀の亡《な》くなった妻の思い出のしみついた生活が、ばらばらになった家からこぼれだし、ショベルの金色の爪の先にひっかかって、サイコロのように転がっていった。

同じ幻視は有賀にもあったのだろう。

「ああ、ああ」と有賀は哀《かな》しげに呻《うめ》いた。

頭上で、小夜子が低い唸《うな》り声を発した。くっきりと通った鼻筋の上で、すでに少女の面影を宿した切れ長の目が、怒りにきらきらと光っていた。

「いい子にしてここにいるのよ。今だけは……お願い」

美和子は、小夜子の大きな手を握り、座らせた。

パワーショベルが隣の空き地に入った。放置された潤一郎の骨をパワーショベルが無慈悲に噛み潰しながら、斎藤家に接近していく。

ショベルがゆっくりと上がる。チタンの金色の爪が壁を引《ひ》っ掻《か》こうとしたそのときだ。

パワーショベルのエンジン音を圧するような重低音が耳を打った。

横手から、長さこそパワーショベルにはかなわないが、幅と重量を遥《はる》かに凌《しの》ぐかと思われる車体が飛び出してきてぶつかった。一家が乗ってここまで来た、あのロードローラーだ。

双方の脇腹《わきばら》から火花が散って、地面がぐらぐらと揺れた。パワーショベルはショベルをかかげ、大きく振った。ロードローラーの運転席にいる総一郎が身を屈《かが》めるのが目に入る。美和子は悲鳴を上げて、両手で目を塞いだ。しかしそれは狙《ねら》いを外れ、頑丈なローラーに火花を散らして激突した。次の瞬間、凶暴な爪を光らせたショベルがちぎれ飛び、土煙を上げながら地面に落ちた。

ロードローラーは、いったん後退し、狙いを定めパワーショベルのキャタピラにぶつかる。金属の嚙み合うすさまじい音がして、キャタピラから火花が散った。パワーショベルの車体は、ぐらぐらと不安定に揺れた。ロードローラーは停止した。が、すぐに前進する。

金属が折れる音とともに、パワーショベルの運転席が歪《ゆが》み潰れた。

「やった」と美和子が叫んだとたん、運転席の強化ガラスが血飛沫《しぶき》に染まった。思わず口元を押さえる。

それからパワーショベルの黄色の車体は傾き、ゆっくり横倒しになった。倒れた後もキャタピラは激しい勢いで回り続け、黄色の車はそのまま円を描いて地を這《は》い回り続けていた。

ロードローラーのエンジンを止め、運転席を降りてきた総一郎は肩で息をして、しばらくそののたうち回るパワーショベルを見つめていた。やがて体の向きを変え、空き地に向かい、美和子たちもその後を追った。

キャタピラの跡のついた土の上に、粉々になった舅《しゅうと》の骨が散乱していた。

総一郎は屈んで、土と骨粉の入り交じった物を握りしめていた。

「許さない。私は決して、彼らを許さない」

乾いた唇から、低い声が洩れた。

「どうやら家は守れたようですな」

有賀は、汗を拭《ぬぐ》った。

敬が飛び出していって、黙って総一郎の横に並ぶ。総一郎は、長男の顔を少しの間見つめていたが、やがて静かな口調で言った。

「おじいちゃんはここの土になった」

敬は神妙な顔でうなずく。

「私達はここを守る。この土地を守る。苦しいこともあるかもしれない。でも、おまえも男だ。耐えられるな」

「そりゃいいんですけどねえ」と有賀は総一郎の肩を叩《たた》いた。

「すぐに彼らは次の手を打ってきますよ。ここまでしちまったら、とりあえずコミュニティセンターに行って他の住民を味方につけて一緒に行動した方がいい。不本意かもしれんが、孤立したらあんた達一家、奥さんや子供も含めて危ない」

「わかった」

総一郎は、有賀と横倒しになったパワーショベルの脇をぬけて、ガレージの方に行った。

「あなた、私も……」

美和子は後を追う。

「何を言うんだ」

うろたえた様子で、総一郎は片手を振った。

「女がコミュニティの会合なんかに顔を出すものじゃない」

美和子は顔を上げて、総一郎を見つめた。

「うん。パパの言う通りだよ。ああいうところに来ている女の人は、あんまり品が良くない。僕たちが行くからいいよ」

敬も立ちふさがった。

「あ……いや、おまえも来なくていい」

慌《あわ》てふためいて、総一郎は言った。

「あの、その……ママやおばあちゃんを頼む。パパがいない間、それが君の役目だ」

「あなた」

総一郎は有賀の方を向き直り、「急ぎましょう」と声をかけるとすばやく運転席に乗り込んだ。

「いや」と有賀は首を振った。

「今日中に次の代執行があるとは思えんが、ま、何があるかわからない。こんな年寄りでも、ここにいないよりいる方が安心だろう」

「大丈夫だよ、僕がいるから」と言う敬の肩を叩きながら、総一郎は「それではよろし

く お願いします」と有賀に頭を下げた。

「パパ、行っちゃやだ」

そのとき後ろで、バリトンが響いた。小夜子だ。

「おまえ……」

総一郎は窓から首を出し、当惑した笑みを浮かべた。

「帰ってくるよ。必ず、すぐに帰ってくるから、いい子でな」

美和子は黙って小夜子を抱き寄せ、精いっぱい背伸びしてそのごわごわとした太い髪を撫《な》でた。

小夜子は、そうされながら、総一郎から射るような視線を外さなかった。整った顔立ちをした巨大な幼女は、北欧の女神のように見えた。

「ママ、大丈夫?」

少しあって、小夜子はくるりと母親の方を向き、その体を抱くようにして尋ねた。美和子は驚いて体を離す。急に涙が溢《あふ》れそうになった。

大丈夫? と尋ねた。それが総一郎を見送る美和子の不安を見抜いたものなのか、それともこの場の雰囲気から反射的に出た言葉なのか、わからない。いずれにしてもほんの短い間に、小夜子の心は人を思いやることができるほど成長してしまったのだ。姑《しゅうとめ》の与えたミルクの効果は絶大だ。成熟にともなう知的発達が著しく促進され、人間としての情緒が充実してきた。

「小夜子」

美和子は呼びかけた。

「ママは、あなたをどこにもやらない。パワーショベルも、お医者さんのいないところで赤ちゃんを産むことも、もう恐くないわ。本当は恐いけど……」

「ママ、大丈夫？」

小夜子は、先程とまったく同じ調子で尋ねた。

「大丈夫よ。大丈夫」

美和子は、涙を拭いてうなずいた。

「美和子さん、家に入りましょう。お腹《なか》の赤ちゃんに障《さわ》るわ」

孝子はそう促し、今度は小夜子の方を見上げ、毅然《きぜん》として言った。

「あなたもお入りなさい。ミルクの時間よ」


コミュニティセンターの前で総一郎が車から降りたとき、ばらばらと数人の男が飛び出してきた。

「お疲れ様でございました」

男たちは、総一郎の前で最敬礼した。

「お待ちしていました。さあ、どうぞ中に」と一人がドアを開ける。

「どうなってるんだ？」

総一郎は、うろたえながら中に入る。

男たちは無言で、議場の中央に通じるドアを開ける。

「待て、どうしようというのだ？」

「いえ、ただ、そこにおられればいいのです」

議場に入ったとたん、どよめきがわき起こった。廊下にいた者たちも総一郎が中に入るのを見守っていた。

「英雄だ」

「我々のリーダーが来た」

期待と救いを求める視線が、波のように自分に押し寄せてくるのを総一郎は感じた。

「どういうことなんだ、いったい？」

「今日の、あのたった一人の戦闘を見ました」

階下から案内した男が、生真面目《きまじめ》な顔で言った。

「戦闘」

「ええ、ロードローラーで、当局側のパワーショベルを粉砕したあの映像ですよ」

「なんであれを？」

総一郎は驚いてあたりを見回した。擂鉢状《すりばちじょう》の壁面に貼《は》りついた人々の尊敬をこめた眼差《まなざ》しを感じるだけだった。

「そこの天井いっぱいにあれが映ったのです。当局側は、まさかああいうみっともないことになるとは思わなかったのでしょう。見せしめのつもりで生中継をやってしまったのですよ。あれは我々に勇気を与えてくれました」

「しかし……」

戸惑いがあった。弾みとはいえ、もはや後戻りできないところに追い詰められていくような気がする。

男は、必要とあれば闘わねばならない。しかし日本国相手に闘うことなど、思いもよらなかった。

「実は、あれから我々は大幅な譲歩をすることを決定したんです。それで妥協案を出したのです。つまりシート一枚下は地獄の、草木も生えない、ナリタニュータウンではなくどこか別の土地を用意して欲しい、あるいは国土の用途地域区分を緩和して、金さえ払えば好きなところに住まわせてもらえるような特別措置をして欲しいと」

昨日会った、元エネルギー会社の技術屋、藤原が言った。

「甘い、甘い」とホームレスが、擂鉢の壁面のどこかで叫んでいる。

「しかし『認められない』というすこぶるそっけない通知が、ここの端末機に打ち出されただけだった。理由は、『すでにナリタに移住した住民との間に不公平が生じる』でした。それではと、次の妥協案を出しました。とにかくベイシティは面積にして現在の六十分の一にまで、縮小する。その狭い面積に、とりあえず我々のコミュニティを集中させ、島を移動させながらバナジウムの採掘作業を行なう。これも大きな譲歩だと思ったのです。だってそうでしょう。採掘という国家目的と居住権の双方を満たし、技術的にも可能な唯一《ゆいいつ》の解決法だし。しかしそれもまた、『前例がない』の五文字で却下されました。行政訴訟を起こそうとしたのですが、だめでした」

「ああ、すでに裁判は終わっている。判決に不満だから控訴するなどという、まだるっこい制度は、四十年前に廃止された」と総一郎は、悲痛な調子で言った。あの頃、裁判官は多くの案件を抱え、寝る暇もなかったと聞いたことがある。

マイクを引きずる甲高い音が、議場一杯に響いた。ホームレスがマイクを握った。

「我々は、地下資源を優先し、国民の生活権を踏《ふ》み躙《にじ》る日本国政府に抵抗し、ここを最後まで死守することを」

「ちょっと待って、ちょっと」と別の男がマイクをひったくる。

「我々は今日まで、確かに死守してきました。しかし死守の限界に来ているのです。コミュニティセンターでは、今のところ、食料は確保しています。炭水化物合成装置も働いていますし、蛋白質《たんぱくしつ》合成装置も機能しています。しかし食物と屋根があっても、現代人は生きていかれないのです。会議室にも、議場にも、仕切りはありません。常に他人の目があるんです。反対派の同志だと言ったって、プライバシーのないところでは、みんな神経をすり減らし、消耗しています」

「じゃあ、どうすりゃあ、いいんだ」と野次が飛ぶ。

マイクを持った男は、急に自信のない口調になった。

「一応ですね……あの……家が、壊されてない方は家に帰ったらいいんじゃないですか？」

「どうやって家に入るんだ？」とホームレスが、怒鳴った。

「ドアが溶接されただけなんだから、窓でも壁でも壊せばいいだろう」

総一郎は言った。

「国がやることなんです。そんなに甘いはずはないです」

藤原が力なく言った。

「ドア溶接っていうのはね、まず透明な充塡剤《じゆうてんざい》をドアから家の中一杯に吹き込んでから、ドアを閉め、その隙間《すきま》を特殊金属で埋めることを言うんです。家の中は……」

技術屋はちょっと涙ぐみ、言葉を止めた。

「僕が初任給で買った机、亡《な》くなった母の写真、母に買ってもらったテディベア、初めての職場旅行で買ってきたボーンチャイナの皿、それに食べかけのパン。大して長くはないですが、あれは僕の歴史です。それが一瞬のうちに、固められて手の届かぬところに行ってしまったんですよ。透明な樹脂に空間を固められ、目には見えても、決して触れることのできないところに行ってしまった。しかしあの家の中の風景は、皮肉なことに僕たちが死に絶えても、残るんですよ。半永久的に、僕たちの生活は樹脂によって保存されてしまうことになった。この事実を突き付けられたら、どれだけ心理的に動揺するか、わかりますか？」

総一郎は、はっとした。

昼間に有賀の家が粉々にされたときに、地面をサイコロのように転がった不思議な風景、あれは固められた有賀家の生活だったのだ。

「死守……か」

沈鬱《ちんうつ》な思いで、総一郎は目を閉じた。だれもが半ば意地になっている。政府側が地道に交渉すれば出ていったかもしれない人々まで、ドア溶接という強硬手段によって、態度を硬化させてしまった。

「無理だ。そんなの非現実的だ。意地を張ってどうなるっていうんだ」

またがれかが、マイクを握った。あの日本全国の支店をたらい回しにされた挙げ句、解雇された銀行屋だ。

「なんとか補償金の交渉に持ち込んで、ナリタニュータウンでもどこでも行こうじゃないか。とりあえずの現金があれば、どんなところに連れて行かれても、多少のリスクは回避できる。このまま一円も取れずに、強制排除されたら元も子もない」

「そういう問題じゃない」

「この期《ご》に及んで金の話をするな」

野次が飛ぶ。

「我々、一般市民に武器はありません。粘り強く、この土地に留まり、生存権をかけた戦いを勝ち取らねばなりません」

摺鉢壁面のどこかから、若い声が聞こえてきた。

「そうだ」も「がんばろう」もなかった。代わりに同意と共感を表わす無数の息遣いだけがさざなみのように広がっていく。そのただ中で、総一郎は奇妙な不安を覚えて立っていた。

知らないうちに、自分がとんでもないところに足を踏み入れたような気がする。

そのときポケットに突っ込んでいたモバイル端末が小さな音を立てた。そっと取り出すと、館長室からメッセージが入っていた。


夕方、一台のトラックが斎藤家の前に横付けされた。トラックは、ベイシティの中央にある大手スーパーマーケットのものだ。

有賀が、様子を見に飛び出していった。トラックから降りて来たのは若い男一人だった。

有賀は顔見知りらしく、彼と何かひそひそ話をしている。

美和子が近づいて一礼すると男は話をやめて古ぼけた名刺を出した。

「藤原と申します。解雇されましたので、肩書きはもうないんですが、何しろ二万枚も刷ったので余ってますので」

「主人は？」

藤原という男の言葉を遮り、美和子は尋ねた。

「ええ、ご主人は」

藤原が答えかけたのを有賀が止める。

「主人は、無事なんでしょうね」

美和子はうわずった声で、もう一度尋ねる。

「もちろん。少し取り込んでるそうで、まもなく帰って来るでしょう」

有賀が代わりに答える。

「それでですね、我々はここを最後まで死守する、という決議をしました。集まった人々が心を一つにしてそれができたというのは、ご主人のおかげです。彼の英雄的行動が、絶望的な気持ちになりかけた我々に勇気を与えてくれました」

藤原は説明した。

「そうですか。で、主人は？」

「つまり彼は、我々のリーダーになるのです。彼は英雄です。今、館長室で労をねぎらわれているでしょう。館長は」

「と、いうわけなので、まもなく帰ってきますよ」

有賀がいきなり藤原の話の腰を折った。

「君、センターでみんなが心配しているよ」と、藤原を立たせ、何か言おうとしているのを遮り、車に押し込む。

事情がわからないまま、美和子は走り去っていくトラックを見送る。

それから、ふと、気づいた。

館長、と言った。館長にねぎらわれている、と男は言って、有賀は何かを隠そうとした。そういえば、昨夜もコミュニティセンターから戻ってきた総一郎の様子が、落ち着かなかった。妙に浮き浮きしていなかったか？

「有賀さん、主人は……」

「あ、いや」

「ねぎらわれているって？」

「あー、よくわからんが」

美和子はコンピュータのスイッチを入れた。シティ情報の窓口は開いていた。コミュニティセンターの館長名は、すぐにわかった。

「西村サキ」とある。

とたんにこめかみがずきずきと痛み出した。レサの本名だ。いや、本名というよりは職場におけるコードネームだ。

なんと彼女の職場は、ベイシティのコミュニティセンターだったのだ。どうりで、いつかの説明会で出会ったはずだ。

美和子は片手で乱暴にマウスを操作した。

画面に議場の様子が映し出された。階段状の通路に、一面シートが敷いてある。家族ごとに一まとまりになってはいるが、住民は一様に疲れた顔をしていた。

しかし同情している余裕はない。画面を館長室に切り替える。が、画面には何も出ない。シェードをかけてあるのだ。

どういうことだ、と唇を噛《か》んだ。プライバシー皆無の難民をよそに、館長室だけは、しっかりと守ってあるのか。そして総一郎はそこにいるということなのか。

「奥さん……」

有賀が後ろから屈《かが》み込んでディスプレイを見た。

「彼はリーダーになったんです。ひとかどの人物としての振る舞いを要求されるんですよ。本人の意志にかかわりなく。館長の誘いに関しても、もし断れば偏屈者という烙印《らくいん》をおされます」

「こんなときに……」

美和子は、有賀をその場に残し隣の部屋に入ってドアを閉めた。先程まで、算数のドリルをやっていた敬が、ソファにもたれて眠っている。その体に自分のカーディガンをかけてやり、床に座り込んだ。足がむくんで体がだるかった。

これから生まれよう、というときに……。医者もいないところで、命がけで産もうとしているこのときに。出産は女の仕事だなどと言って……。

美和子は、両手を腹に置いたまま、つぶやいていた。

「公務は辞めた。後は市民としての義務を果たさなければ」

そう言って、今年の二月、すこぶる事務的に体を入れてきた総一郎の顔を思い出した。

楽しみのセックスは、低級な遊びで、妊娠のためのセックスは気高い行為だ、と彼は言った。

襟元までしっかりボタンをかけたまま、ちょっと下着をずらしただけで交わった。

そうよ、敬。

眠っている息子に語りかけた。パパになることなんか、簡単よ。三分もあれば、なれるわ。でもね、母親になるのは、命がけなのよ。しかもこんな状態ではね。

障害のある子を産むことも、生まれた子供をちゃんと躾《しつ》けられないのも母親のせい。これが私のライフワーク……。

美和子は両手で頭を抱えて、ぐったりとソファに体を投げ出した。

暑いというわけでもないのに、室内はひどく蒸す。死体を焼いてしまったので、ひどい臭《にお》いからは解放されたが、じっと座っていると息苦しさを感じる。空調は完全に止まった。手足が冷たいのに、子供の入っている腹は、まるで暖房の吹き出し口に押しつけたように熱い。

美和子は窓を大きく開いた。パワーショベルの横倒しになったままの空き地を、律が上半身裸で走り回っている。その後を小夜子が追う。小夜子も裸だ。自分でボタンを外して脱いでしまったらしい。その体つきが、昨日とまた違っている。体が引き締まっている。腹が出て、尻《しり》のあたりに笑窪《えくぼ》のできた幼児の体形ではなくなっている。もう普通のサイズにしても、律より年長に見える。足取りもしっかりしている。

ふと気がつくと、孝子が途方にくれた様子で庭を行ったり来たりしていた。

「どうなさったの？　お姑《かあ》さま」

美和子は窓から身を乗り出して、叫んだ。

「いえ」

手にしているティッシュに気づいた。

「トイレ？」

「ええ、排水パイプが吸い込んでくれないの」

「まあ」

エアコンの次は、トイレだ。電圧が下がってしまうと、日常生活がたちゆかない。コンピュータによる情報が一切入らなくなり暗くなっても照明はつかず、鍵《かぎ》はかからずキッチンは使えなくなり、備蓄食料は腐り始める。

大人だけなら、こんなサバイバルもたまにはいい。しかし子供がいては、どうにもならない。

「とりあえず、あちらの方でなさったら」

美和子は、パワーショベルで踏み荒らされた空き地を指差す。

「え、ええ」

姑は、ちょっと唇を引き締めるとティッシュペーパーを握ってそちらの方へ行き、パワーショベルの陰に、身をひそめた。

深夜になって、総一郎は帰ってきた。

やに下がって、くたびれた顔をしているか、それともわざわざ不機嫌を取り繕うか、と待っていると、驚くほど生き生きとした声が聞こえた。

「なんだ、まだ寝てなかったのか。だめじゃないか。今は非常時なんだ」

きびきびとした足取りでキッチンへやってくる。

「真っ暗にしてどうしたんだ」

興奮しているというわけではない。生きている、という張りが体に溢《あふ》れているのが、闇《やみ》の中でもわかる。裁判官時代に、大きな仕事をした後だって、こんな風ではなかった。命がけの戦いと勝利、称賛、そして好きな女、これがワンセットになったとき、男というものは、これほど生き生きと輝いてくるのだろうか。

「暗い理由はわかってるでしょう」

美和子は、押し殺した声で言った。

「どうしたんだ……」

「停電してるのよ。ずっと電圧が下がっていて……七時ちょっと前にとうとう」

「ああ。わかってる」

「わかっていたけど忘れたの？　今までは部屋の中で電気をつけてなかったからでしょう」

美和子は立ち上がって、突き出た腹を押しつけんばかりに、総一郎に近づいた。

「つまらないことを言うな。ちょっと気分をほぐしただけだ」

「あなたが気分をほぐしている間に、排水管から汚物が逆流しトイレの床を汚したわ。冷蔵庫の食料が腐り始めたわ。飲み水も出ないし、このとおり、明かりもつかない」

総一郎はうなずいた。

「それだけじゃない。センターでは炭水化物や蛋白《たんぱく》の合成装置が動かない。なんとか電力を確保しないと、我々は餓死する」

「センターの難民のことを心配する前に、私たちのことを心配してください」

「一蓮托生《いちれんたくしょう》だ」

低い声で言って、総一郎は美和子の目を見つめた。窓から入る月明かりに、総一郎の両目が熱を帯びて光っている。愚かな情熱がそこにほの見えて、美和子は視線をそらせた。

あのレサなんて女と同じ蓮《はす》に乗るのなんかごめんだわ。

心の内で、そうつぶやきながら、美和子は手の中の非常用蛍光棒を折った。折れ目にホタルほどの明かりがともり、それは次第に棒の端まで広がって、部屋全体を青白く照らした。ひどく寒々しい照明だ。

翌朝、まだ外が薄暗いうちに、コミュニティセンターから総一郎宛《あ》てに通信が入った。

地区に備えつけられた予備の発電装置が動き出し停電は免れたが、電圧が十分ではなく、画像は出ずに、音声だけだ。

「すぐ、来てください」

藤原が、緊迫した声で叫んでいた。

「どうした、何があったのだ」

寝呆《ねぼ》け眼でコンピュータの前に座った総一郎の耳に、「先方が条件を出してきおった。抵抗運動の分断をはかるという、権力側の古典的手法だ」という、ホームレスの皮肉っぽい声が聞こえてくる。

「わかった、すぐ行く」と答えると、隣の部屋から有賀が顔を出した。

「どうやら、新局面を迎えたようだね」

「ええ」

有賀は着たきりすずめのジャージの裾《すそ》を引っ張り下ろし、総一郎の後に続いて玄関を出る。心配気に見送る美和子を残し、総一郎は前の空き地に止めてあったロードローラーに飛び乗った。彼の車も有賀のスカGも燃料を使いきってしまい動かないのだ。いずれにしてもコミュニティセンターに行って、燃料を分けてもらってこなければならない。

早朝の六車線道路を走っていると、桟橋の方向に向かい疾走していく車とすれ違った。

「あれ？」

有賀が首を傾《かし》げて振り返ったが、たちまち豆粒のようになって視界から消えた。それからもう一台。さらに大型バス、人を荷台に満載したトラックも続く。

「なんだ、どこへ行くのだ」

首をひねった総一郎に答えるように、有賀が低い声でつぶやいた。

「自衛隊か公安が反対派排除のために上陸したのかな？」

「で、抵抗することもなく、逃げ出したというわけか」

「抵抗などできるものかね。自衛隊はともかく、公安は怖い。国際条約に縛られて軍隊になれない自衛隊と違って、人材も予算も武器も潤沢にあるから何をするかわからん」

総一郎は呻《うめ》いた。まさに抵抗運動の限界を見せつけられたようなものだった。ペンや口や、裁判によって権利を守れるというのは、銀行券という紙と物が交換できるのと同様、国家によって保証された約束事の一つに過ぎないのだ。その国家に逆らったとき、そうした約束事が幻想に過ぎないことを思い知らされる。

コミュニティセンターに着いて、廊下を駆け上ったとき、何か空気が変わっているのに気づいた。昨日までの難民のひといきれ、風呂《ふろ》に入れぬための体臭や疲弊した者達の無数のため息は感じられず、代わりに何か不穏な寒々しい雰囲気が漂っている。

廊下に、シートや壁紙を敷いて横たわっている人々の数は、明らかに減っていた。

足元に血痕《けっこん》が散らばっているのに気づいたのは、そのときだ。カーブした廊下から藤原がこちらに走ってきた。

「お待ちしていました」

泣きそうな顔で彼は言った。着替えもないせいか、ワイシャツの袖口《そでぐち》はあかで黒く光り、目の下には隈《くま》が浮いている。

「これは」と総一郎は、足元を指差した。

藤原は、無言で総一郎の背中を議場に向かうドアの方に押した。ドアの手前に男がねじれて倒れ、双子の赤ん坊を抱いた女が放心したようにうずくまり、男の真っ白に変わった手を握り締めていた。男の頭は、二倍ほどに膨れ上がっていた。

総一郎は、立ちすくんだ。

「とにかく、中に」と藤原が急《せ》かす。

「あれはどうしたのだ」

それに答えず、藤原は議場のドアを開ける。天井の大スクリーンの紺地に銀で文字が点滅していた。

「消そうとしても、消えないんですよ」

悲痛な声で藤原は言った。

「通知、625号
移転反対派住民殿
ナリタニュータウン以外の土地への転入については、混乱が予想されるために、これを認めない。代替用地の確保については、前向きに検討中であるが現時点では非常に困難である。

ただし特例措置として、日本国内に一親等以内の親族が土地を所有し居住している場合、あるいは二親等以内の血族が土地を所有し居住している場合に限り、その土地への転出と居住を認める。ただしその所有地がマンション、ビル等の一室である場合はこの限りではない。

なお嫡出子《ちゃくしゅつし》に関しては、その両親ないしは父か母のいずれかとともに転出し居住することを認めるものとする。

転出を希望する住民については、基準額相当分の立退《たちの》き料を支払うものとする。

なお富津《ふっつ》行きのフェリーボートの乗船場所と出発時刻は、下記の通りとする。

第一便　十月五日　六時
第二便　…………」

「なんだ、これは？」

総一郎は腕組みをして呻いた。

「ごらんの通り、住民の切り崩しだよ」といつの間にかそばにやってきたホームレスが言った。

「つまりこの条件を出すことによって、やつらは抵抗勢力の一部を優遇し、対立させることができる」

ホームレスは言った。

「卑劣な……」

低い声でつぶやきながら、総一郎は、はて自分の親類で、どこかに土地を持っている者はいなかったかな、などと考えていた。

「するとそうした優遇された難民は出ていったわけですか」

ホームレスは肩をすくめた。

「無事、出ていかれたものは、出ていきました」と藤原が、軽く前歯を震わせた。

「凄惨《せいさん》な光景でした。この情報が代表者宛てに来るのでなく、いきなり難民全員に開示するというのは、狡猾《こうかつ》な手段です。失望する人と、ゴネ得だったと喜んで出口に駆け出す人、二親等以内血族だけという条件があるので、そのうち、夫や妻を捨てる人、それから何もかも諦《あきら》めてナリタに移ることを承諾する人、そのうち、裏切り者という声とともに、あちらこちらで小競《こぜ》り合いが始まり……何人くらいの犠牲者を出したのでしょうか……。ここは斎藤さん、英雄であるあなたが、みんなのリーダーになってくれないと。あなただけが頼りだ」

総一郎は、深刻な状況にあることを理解しながらも奇妙に華々しい気分になりつつあった。ここに来て以来、いや、裁判所を解雇されて以来、まったく無意味になってしまった特Aという階級、しかし今、それの代わりに、ここでだけ通用する「英雄」という確固たる地位が与えられたのだ。

しかしここの烏合《うごう》の衆と行動をともにするのに、まだ少しばかりの躊躇《ちゅうちょ》があった。総一郎は無言で、天井いっぱいに掲示された通知を凝視していた。

そのとき首筋のあたりにむず痒《がゆ》さを感じた。強い視線が自分を捕らえているのを感じた。いったい、自分がどんな男なのか、自分は勇気ある男なのか、ためされているような気がする。

総一郎は振り返った。

非常電源の淡いライトに、見事にカールしたエナメルブラックの髪を虹色《にじいろ》にきらめかせて、レサが微笑して立っていた。

ためらうことなく、総一郎はマイクを握った。

「諸君、諸君らが、ここに残るという選択をして、最終バスを見送った以上、我々の運命は一緒だ。ともに戦おう。日本には、もともと一蓮托生という言葉がある……」

美和子は、またもや勝手に電源の入って起動したコンピュータのディスプレイを睨《にら》みつけていた。空調は完全に止まり、冷蔵庫も水道も使えなくなったというのに、こんなときだけ非常電源が入る。

「通知、625号

移転反対派住民殿

ナリタニュータウン以外の土地への転入については、混乱が予想されるために、これを認めない。代替用地の確保については、前向きに検討中であるが現時点では非常に困難である。

ただし特例措置として、日本国内に一親等以内の親族が土地を所有し居住している場合、あるいは二親等以内の血族が土地を所有し居住している場合に限り、その土地への転出と居住を認める。ただしその所有地がマンション、ビル等の一室である場合はこの限りではない……」

ここを出てもナリタに行かなくていいという報《しら》せだ。ただしこの条件に合う親、兄弟、祖父母がいればの話だ。美和子の実家は、東京都内にあるがマンションなので、そこに身を寄せるわけにはいかない。祖母は八王子の大地主だが、その場合総一郎は姻族になるので、つれて行かれない。

夫の親戚《しんせき》は、と考えていたとき、総一郎たちが帰ってきた。

「ね、あなた」

ドアを開けるなり美和子は、総一郎の腕を摑《つか》んだ。

「おじいさんかおばあさんの家なんて、どこかにないの?」

総一郎は一瞬、美和子の顔を正面から見ると、厳しい顔で首を振った。

「だめだ。僕はここに、自らの意志で留まった。留まった以上、責務は果たさなければならない」

「責務?」

「ここの反対派住民のリーダーとして」

「C・D級市民とは、違うんじゃありませんでした?」

総一郎は苦しそうな顔をした。

「第一うちには受け入れ先がない。我が斎藤家は文明年間から、あの弥生《やよい》の土地に住んでいるのだ。親戚もみんなマンションか、テラスハウス。妹のところは二百階建のマンションのペントハウスだ」

美和子は舌打ちした。すでになくなってしまったあの弥生の土地と家が、今になると恨めしかった。

「その話なんだが……」

有賀が背後から声をかけてきた。

「他人が口を挟むことでもないが」と、有賀は総一郎の肩を叩《たた》き、ソファに座らせた。

「あんた、あの場ではみんなに乗せられて、何か宣言していたが」

「乗せられたわけではない」

総一郎は憤然として遮った。

「失礼、かつがれてここに留まろうなどと言っていたが」

「かつがれたわけでもない」

ますます憤然として、総一郎は言った。

「いや、まあ、動機はどうでもいいが、ここには身重の奥さんがいる。幼い子供もいる。しかも子供の一人は、障害を背負っている」と隣の部屋のドアを顎《あご》でしゃくった。

「別に障害ではない」と総一郎は、言った。

「そこで提案なのだが、実は私も田舎に移ろうか、と思っている。心情的には留まりたいが、おたくにこうしていつまでも居座っているのも、気が引ける」

「別にかまいませんが……」

「いや、そうもいかん」と、有賀は首を振った。

「紀伊半島に九十になる母が住んでいる。で、もしよければ、おたくもどうか、と思ってね。エネルギー供給もカットされたし、今後、当局はさらに陰湿な攻勢をかけてくるだろう。気持ちはわかるが、意地と恨みでいつまでも持ちこたえられるとは思えない」

「意地とか恨みとかいう次元ではありません」

毅然《きぜん》として総一郎は答える。有賀はかまわず続けた。

「どうかな、熊野《くまの》で百姓をするのは。森は深く、水はきれいだ。人間の心ものびのびしてのどかだ。小夜子ちゃんを育てるには、絶好の環境だと思うんだが」

「しかし赤の他人の親のところに、どうやって私たちが移れるんですか？」

「お上《かみ》の用意した船に乗ってここを出ていこうとすれば、新天地はナリタニュータウンか、親かじいさんばあさんの家に行くしかないかもしれん。しかし、ちょっとした手漕《てこ》ぎの船を作れば、神奈川にでも千葉にでも渡れるんだ。そこからリニアでも電車でも乗り継げばいい。我々は別に犯罪者じゃない。居住の自由はなくても、旅行の自由はある」

「しかし住むところはありませんよ。家も借りられないし、上下水道もゴミも、行政の恩恵はまったく受けられない。それにそんなことをしたら我々は、このまま戸籍を失い、宙に浮くことになる」

　有賀は笑って首を振った。

「別に戸籍がなくても、人間の体は宙には浮きません。今の世の中、戸籍を失い内閣府のコンピュータから抹消されたら、買物から葬式まであらゆる不自由が付きまとうのは確かです。しかしうまいことに、熊野の有賀家にはちょうど戸籍が余っておるのです。二年前、私の弟と甥《おい》っこが一家を挙げて、非合法的手段で経済大国、中国に逃げ出しましてね。上海《シャンハイ》でぜいたくな暮らしをしているので、故郷の山の中に帰る気は毛頭ない、と言ってます」

「つまり、私たちに有賀になれ、ということですか？」

「今まで世話になったことですし、せめてそのくらいの役には立ちたいんですよ」

「ありがたいことですが、お断りします……」

　総一郎は躊躇する様子もなく答えた。

「あなた」

　美和子は思わず叫んだ。

「多少抵抗があるだろうが、書類上の事だ。斎藤さんは斎藤さんのままだよ。私らがそう呼べば済むことだ」

「いや……」

　視線を宙に留めて、総一郎は低い声で言った。

「戸籍というのはそんないいかげんなものではありません。アイデンティティにかかわるものなので、単なる形式ではなく本質的な問題です。私が斎藤の名を捨てるという事は、斎藤家自体がなくなることです。民主的に考えてみるとして、それは我々の世代で合意すれば済むことかもしれません。しかし今まで続いてきて、そしてこの先も連綿とつながっていく血筋のことを考えた場合、我々の代だけでなされた合意というのが、合意として成立するのかという問題になるのです。先の世代から受け継いだのが斎藤の家であり血筋なわけです。それを次の世代につなげていく責任があるわけですからね。斎藤を捨て、有賀に吸収合併されるということは許されないでしょう」

「私はかまわないわ」

美和子は叫んだ。総一郎は、憤慨とも失望ともつかぬ視線で、妻を見つめ、無言で鼻から息を吐き出した。

「別にあんたの遺伝子を持った人間が、この先、存在し続ければいいというだけのことじゃないか」と有賀は子供たちのいる隣の部屋を顎で指した。

「しかし……」

夫は何も家や戸籍にこだわっているわけではない、と美和子は直感的に理解して、薄寒いものを感じた。夫、総一郎は、この状況に心地良さを感じているのだ。子供たちのためにも一日でも早く逃げ出したいこの緊迫した事態に、何がしかの生きがいめいたものを見出《みいだ》してしまっている。

「それで、有賀さんは、すぐにここを離れられるの？」

美和子は尋ねた。有賀はかぶりを振った。

「あんたたちが、ここに留まるというなら、私はここにいるが」

「別に私たちに遠慮はいらないんですけど」と美和子は言った。

「いや……」と笑うと、有賀はドアを開けて出ていった。

美和子は、腹に手を置いたまま、目を閉じた。

「何を考えている？」

総一郎が、少し憔悴《しょうすい》した顔で尋ねた。静かな口調に、思いやりと潤《うるお》いが感じられた。

美和子は黙って総一郎の手を取ると、静かに自分の腹に触れさせる。

一瞬、総一郎は泣き出しそうな顔をした。

「温かいでしょう」

「偉大だよ。女性というのは」

総一郎は無邪気で、真剣な目をした。

「女が偉大なわけじゃないわ。あなたの子供なのよ。わかる？」

「君は、子供たちを連れて、明日のフェリーで君のおばあさんの家に行きなさい」

美和子は、総一郎を見上げて首を振った。総一郎同様、美和子にだって意地はある。

一家で熊野の田舎に引っ込むならともかく、この期《ご》に及んで自分だけ安全な場所に行く気にはなれない。何より、夫がレサのような女と、苦しみや危機をともにして行くというのが許せない。あってはならないことだ。

「いやよ。ここに留まるわ。あなたが離れないと言うなら」

ふうっと、息を吐き出し、総一郎は言った。

「大丈夫だ、と断言することはだれもできないが、そう信じたい。出産は病気とは違う。人間の本来的な営みであり、昔から女たちが女の仕事としてやってきたことだ。できないはずはない。おふくろがいる。おふくろが救《たす》けてくれるはずだ。彼女は優しいが芯《しん》は強い女だ。おふくろを信じて、産んでくれ」

美和子は、総一郎の手を握り締めた。

「お姑さんの子じゃなくて、あなたの子なんだけど」

「ああ、僕の子だ」

総一郎はうなずく。この人は、わかっているのだろうか、と美和子は心の中で首を傾《かし》げた。

「明日から、僕は用意にかかる。ちょっと考えている事があるので」

「考え?」

「いや、君は知らないでいい。それは我々の仕事だ」

危機を迎えた今こそ、夫婦で手を携えることができるかと思えば、どこかですれ違っている。不安と不満を抱えて、美和子は、その場を離れた。

翌朝、コンピュータにスイッチが入った。けたたましい警告音に続き、スピーカーから声が流れてきた。

「こちらレアメタル採掘公団です。島内に残留している住民の方に連絡します。本日、午前十時、東京芝浦行きシーバスが出航します。離島する方は、遅れないように乗船ください。尚《なお》、このフェリーが出航した後、島内残留人口は0《ゼロ》とみなされます」

言葉遣いが丁寧で事務的なことが、かえって不気味だ。すでにここは「島」と呼ばれている。「東京ベイシティ」という町は、行政上から消えた。

残留人口0の意味が、美和子にもわかった。もうここにはだれもいないのだ。住民がパワーショベルで轢《ひ》き殺されても、火をかけられても、食料供給がストップして緩慢な死を迎えることになっても、その事実は無いものとして処理される。

二時間後、ディスプレイに双胴船の平たく大きな影が映った。まだベイシティのような人工島で、東京湾がふさがれる前に、湾内を横断して人々の通勤の足であった文字通りの海のバスだ。

「たかだか川のようなところを渡すだけなのに大仰な物を用意したものだ」

吐き捨てるように総一郎が言う。

カメラが後退し、船を中心に桟橋を映し出す。手提げ荷物一つを提げた人々で埋めつくされている。

「みんな出ていくわ」

美和子は、総一郎の腕にすがりつく。

「落ち着け。見ろ」

総一郎は画面の右端を指差す。

荷物を持った女が、人に押されて顔をしかめている。

指を移動させる。左上に、もう一人女がいる。服装も手にした荷物も違う。しかし顔は同じだ。同じ顔立ちで、まったく同じように眉《まゆ》に皺《しわ》を寄せ、口を引き結んでいる。

「合成画像で、実際にいる人数の数倍に見せているだけだ」

それからちょっと微笑《ほほえ》んで、美和子の手をしっかり握り締めた。

「逃げる必要はない。大丈夫だ」

温かく大きな掌《てのひら》の感触が、心を落ち着かせた。

「ええ」

美和子は総一郎の体に身を寄せた。懐《なつ》かしい匂《にお》いがした。電圧が下がりシャワーが使えなかったせいで、少し体臭が強くなっている。

そのとき桟橋を渡っていく子供の腕に光る文字が浮かび上がった。

「あら……」

総一郎も、同じ物に目をとめたらしく、不思議そうな表情をした。

「思い出したぞ」

総一郎が立ち上がった。

「コミュニティセンターでも、あの文字を腕につけていた人間がいたが、思い出した。あれは、実験動物の体に付ける装置だ」

「実験動物？」

美和子は、首を傾げた。

「私、ここをバスで出ていく人に聞いたんだけど、あれは健康診断をしたときにスタンプを押した跡ですって。そのスタンプみたいなものに、その人の体の情報が全部書き込まれていて、リーダーを当てて読み取ると過去の病歴とかが全部わかるんで、治療に便利なんだそうよ」

「違う、あれは実験動物の体内データを読み取るための物だ」

「でも、同じしかけで健康診断にも使えるんでしょう」

「人間ならIDカードに書き込めば済むじゃないか。なぜ体に情報を埋め込む必要があるんだ？」

「でも、あなたにも、同じ物が……」

総一郎の顔色が変わった。慌《あわ》ててシャツを脱いで、自分の腕の裏を点検する。何もない。

「あのとき、お父様が亡《な》くなるっていうとき病院に泊まって、病室から電話してきたときよ」

総一郎は、しばらくの間、自分の腕を見つめていた。

「なんてことだ。時間が経《た》ったんで、光が消えただけか」

総一郎は呻《うめ》くように言った。

「おまえと子供たちは、まだ、健康診断には行ってないな」

「ええ、そんな暇はなかったから」

「それでいい。僕と母は、やられてしまった。あのときだよ。バクテリアに感染したから、検査すると言われて、やられてしまったのだ。体の中にチップを埋め込まれ、体内データが、厚生労働省とつながってしまった」

「それで、あなたの体は、厚生労働省から操作されてしまうわけですか？」

「できるわけないだろう、そんなこと」

総一郎は呆《あき》れた顔で、美和子を見た。

「僕の体の変化が自動的に計測されて、血圧が高いとか、血球数が増えたとか減ったとか、骨髄に変化が見られるとか、厚生労働省の中央のコンピュータに送られるんだ」

「それで国民の健康管理を一括してやるのね」

総一郎は、目を閉じて首を振った。この女には何を説明しても無駄だ、と言わんばかりの顔だ。

「データを取るんだよ。実験動物として」

「じゃ、私たち、いつまでもここにいると捕まって、大学の実験室にでも送られて檻《おり》に入れられて……」

「それなら出ていく人間にまで全部チップを埋め込むはずはない。別の理由だ」

「別の理由って？」

「いや、確認してみなければなんとも言えないが」

確認しなくても、話してくれればよさそうなものなのに、と思いながら、美和子は脱出する人々の腕のあたりに無言で目を凝らしていた。

今、カメラは広角に変わって、画面はより広い範囲を映し出している。

「あなた、あれも合成画像なの？」

美和子はふと気づいて指差した。

手前の桟橋、平たく、窓の大きなシーバス、その向こうに広がっているのは、海だ。

「いや」

総一郎は、頭を左右に振った。東京ベイシティは、東京湾にすっぽりはまり込んでおり、本土とは運河ほどの幅の海に隔てられているだけだったはずだ。しかし画面には、突然、大海原が出現した。

「ここの地盤は、気泡性の特殊樹脂で五百メートル四方のブロックをボルトでつなげただけだ。だからその気になれば、切り離して処理できるんだ。つまりベイシティは、次第に周りから削り取られて……細い水路に過ぎない海は、本来の海に戻った」

そこまで言うと、総一郎はコンピュータのところに行った。

「やあ、どうしていた？」

いつになく甘い声色に、通信している相手がだれなのか、美和子にはすぐにわかった。

「実は頼みがある」

声のトーンが急に変わった。

「ベイシティの住民移動データ、なんとか見られないか？　内閣府によってロックされているって？　そこをなんとか解除できないか？　難民の中には専門にそれをやっている人間がいるはずだ。至急だ。重要なことだ」

何が至急で、重要なことなのか、と首を傾げながら、美和子は苦々しい思いでやりとりを聞いていた。

受話器を置くと、総一郎は上着を手にした。

「ちょっと、行ってくる」

「どこへ？」

「コミュニティセンターだ」

「あなた」

美和子は、総一郎の腕を無意識に摑《つか》んだ。

「一刻を争う」

短く言うと、総一郎はその手を振り払い車に燃料を入れ始めた。

「あなた、何しに行くの？」

叫んだときには、総一郎の乗った車は、爆音を立てて走り去っていくところだった。

美和子は、唇を噛《か》んで階段を上っていった。つきあたりの部屋のドアを開ける。コミュニティセンターの玄関にそそり立つドーリア式の柱と、そこの館長の顔が、交互に瞼《まぶた》に浮かんでは消えた。

「起きなさい」

不機嫌な声で、敬と律の毛布を剝《は》がす。

「今日も、学校行かないでいいんだよね」

敬が、目をこすりながら言う。立退《たちの》き命令が出て以来、学校はずっと閉鎖されている。それどころではない。かつて敬が通っていた学校は、すでに地盤からなくなって海に戻っているのだ。

「パパは？」

「女の人のところ」と言った後で、自分は母親失格だとまた自己嫌悪《けんお》を覚え「コミュニティセンター」と言い直した。

「ああ、あの髪の毛がきらきら光って、みっともなく腰がくびれた女の人のところか」

と敬は言った。

「知ってるの？」

「うん、パパと話してた。おっぱいがぜんぜん垂れてなくって、腰がきゅっと細くて、なんか変な体の人」

無言で美和子は部屋を出て、隣の部屋のドアを開ける。

妙な感じがあった。異様に静かだ。小夜子がいない。ソファは空になって、小夜子の寝ていたところは体重で窪《くぼ》んでいる。触れると冷たい。ずいぶん前に、いなくなっているのだ。

「小夜子」

悲鳴のような声で呼んだ。返事はない。美和子は階段を駆け降りた。

「小夜子」

階下にももちろんいない。

連れ去られた……。

全身から血の気が引いてくる。二日前に現われたタイガーストライプの制服を着た自衛隊のスカウトマンの姿を思い出した。筑波の超優秀児能力開発センターに連れて行かれた健のことを思い出し、痛みが胸によみがえる。

「いやよ、そんなの」

コンピュータ端末に飛び付く。コミュニティセンターのナンバーをインプットする。

呼び出し音の後、男が出た。

「斎藤総一郎の妻です。主人がそちらに行っているはずですので、呼び出してください」

美和子は叫んだ。

ディスプレイには、大会議場の様子が映し出されている。が、人影はまばらだ。シートを敷いて、ぐったり疲れた顔で座り込んでいた人々の姿は、だいぶ減っている。紙屑《かみくず》、食べがらの類《たぐい》の、夥《おびただ》しいゴミが床に散らばっている。

「あの、今、ちょっといませんけど」

男が答えた。

「館長室でしょう。すぐ呼んできてください。子供がさらわれたんです」

「えっ」と男は驚きの声を上げた。

「館長室は、ロックしてあって」

「鍵《かぎ》を壊して入ってください」

「いや、情報のロックであって、物理的なロックでないんで、連絡をつけるのがちょっと……」

「子供がさらわれたんですよ」

「あ、ちょっと待ってて」と男は言った。

「すいません、いや、ここにいないんです」

「館長も？」

美和子はとっさに尋ねた。

「はあ……」

「いいんです。わかりました」

美和子はスイッチを切った。怒りと不安で吐き気がした。流れてくる冷たい汗を袖《そで》で拭《ふ》いて、庭に出て、姑の部屋に通じるドアに向かう。それだけで息が切れた。お腹《なか》の子供は順調に育っている。しかしこんなときに思い通りにならない体が呪《のろ》わしかった。

ドアを乱暴にノックした。

あなたの息子がいけないのよ。こんなときに、女とどこかに行ったそうよ。なんて人なの。

心の中で叫びながら、こぶしでドアを立て続けに叩《たた》いた。

「どうなさったの？」

孝子が顔を出した。

「小夜子がいないんです」

孝子はちょっと息を吸い込み、視線を庭に向けた。

「そういえば、有賀さんもいないわね」と室内を見回す。どうやら昨夜はこちらに来ていたらしい。

「関係ないでしょう」

美和子は、癇癪《かんしゃく》を起こした。

「あの人は、きっとフェリーに乗ったのよ。ここを逃げ出し、故郷の紀伊半島に向かったんだわ。でも小夜子は……」

手が汗でぬるぬるして、息が切れた。

「有賀さんはフェリーには乗ってないわ。小夜子も大丈夫」

落ち着き払って、孝子は言った。

「なぜ？　どうしてわかるんですか」

「心が騒がないわ。いいこと、小夜子は血のつながった私の孫よ。何かあれば、私の心に訴えてくるわ。でも何も言ってこない。昨夜は安らかに眠っていたわ」

美和子は黙って、その場を離れた。呆れてものも言えない。孤独だ、と思った。夫も姑も、だれも頼りにならない。

家を出て近所を探し回った。

通りに人影はない。白壁の瀟洒《しょうしゃ》な家々は、内部を固められドアを溶接されたまま、どこも傷つくこともなく建っている。

無人の路面に朝の光が、白々と反射している。恐ろしいほどの静けさだ。不気味に荒廃した、世界の終末を思わせる光景だ。

「小夜子」という自分の声だけが響いた。

家に戻ったときは、陽が高くなっていた。最初に目に入ったのは大きな足だった。サイズが二十七センチに達して、合う靴もなく、総一郎のテニスシューズを履いた小夜子の足が見えた。うなだれ、下しか見ていなかったせいだろう。

小夜子は立っていた。安心とうれしさで、その場に崩れそうになるのを美和子は辛うじて留める。

「ママ、どうしたの。私たちを探しに、出かけたっていうから、かえって心配しちゃった」

大人びた、しっかりした口調で、小夜子は言った。

美和子は、あんぐり口を開けて、我が子を見上げた。

「今、なんて言ったの？」

「だから心配してたのよ」

一晩寝て、小夜子はまた数年分の成長を遂げてしまっていた。背丈は変わらないが、急速に大人びている。聞き分けがよくなった、どころではない。もう善悪の判断がつく。

ナリタニュータウンに引っ越したところで、もうなんの支障もない。しかし新たな問題が生じている。そちらに行った後、小夜子を待っているのは自衛隊からの執拗《しつよう》なスカウトかもしれない。

「どうしたらいいの……どうしたらいいのよ、ママは」

美和子は小夜子の両肩に手をかけ、涙をこぼした。

有賀がひょいと顔を出した。

「小夜子ちゃんと朝の散歩をしていたんですよ。海を見に行きました。ベイシティはどんどん解体されてますんで、岸辺が近くなっています。道々、ポケットコンピュータを使って、小夜子ちゃんに、いろんなことを教えました。これでも元は教員です。私にできることは、これくらいしかないですからな。小夜子ちゃんはすごい速さで、なんでも覚えてしまいますよ。長年、子供を見てきたけれど、こんな子は初めてです。ご主人の頭の良さを見事に受け継いでおられる。それと奥さんのお人柄も」

「ママ、私たち、ここから出ていくことなんてないわね」

小夜子は口を挟んだ。

「有賀さんから聞いたの。パパの仕事を奪ったのも、住んでたところを追い出して、ここに住まわせたのも日本国政府だって」

「この子に何をお教えになったの?」

美和子は有賀に尋ねた。

「ありのままです」

「私も筑波に行って、コマンドになるのはいや。戦うことは、ときには必要だけど、自分の判断でなしに、命令されて人を傷つけるのはいやだ。それじゃただの道具でしょ。ママたちもナリタニュータウンには行かない方がいいわ。見た目はきれいでも、ああいう都市は、不意の災害に弱いのよ」

驚きで声も出ない美和子に、有賀が言った。

「奥さん、私が与えたのは情報だけです。小夜子ちゃんは、そこからこれだけの判断を引き出したのです」

小夜子は、まっすぐに彼方《かなた》を見つめている。きれいに通った鼻筋と長いまつげには、大人びた表情が見える。すでに少女の時期も後半に入っているのだ。ギャングエイジも児童期もすさまじい速さでかけぬけてしまった。

美和子は目の前にいるのが、自分の子供とは別人であるような気がした。いや小夜子は昨日の小夜子とも、その前日の小夜子とも別人なのだ。

こうなってみると、ほんの数日前までのだだっこぶりが泣きたいほど懐《なつ》かしく思い出される。

あたりの空気をびりびりと震わせて、機械の音がしたのはそのときだ。美和子は慌《あわ》てて外に飛び出し、道の向こうに目を凝らす。三度目の代執行だろうか。

今度パワーショベルに乗り込まれたら、もうおしまいだ。頼りの総一郎はいない。しかし、どこにも金色に光るチタンの爪《つめ》は見えなかった。

そのとき空の一角に、銀色に光る機体が現われた。ヘリコプターだ。全身の毛が逆立つような気がした。いよいよ自国民へのなりふりかまわぬ攻撃が始まるのか……。

悲鳴を上げて家に飛び込んだ。子供たちをどこか安全なところに避難させなくてはならない。

有賀が駆け寄ってきて空を見上げ、首を振った。

「大丈夫、攻撃用ヘリではありません。第一、いくらなんでも住民に向かって、爆撃という形で表立った攻撃はしてきませんよ。公団の持っている調査用ヘリです。立退き後に始まる人工島撤去工事のための測量でもしているのでしょう」

そうは言われても、美和子は先程の恐怖が去らないまま、じっと窓の外に瞳《ひとみ》を凝らした。青空の一角、三浦半島方向に小型ヘリは飛んで行った。そして数秒後、急速に高度を落とした。

そのとたん地が揺らいだ。爆発音などなかった。しかしパイプオルガンの巨大なパイプが、一斉に不協和音を奏《かな》でたような不快な振動が、胃のあたりに響いた。目眩《めまい》を抑えながら、美和子は子供たちのいる二階によろよろと上っていった。

「まさか……まさか……」

呆《ほう》けたように有賀が、つぶやいていた。

敬と律は、ベランダから身を乗り出して、外を見ていた。

「だめよ、危ない。こっちに来て」

美和子は叫んだ。とっさに子供たちを連れ戻そうとベランダに出た。そのまま足がすくんだ。

緑と白い土の続く平坦《へいたん》な景色が広がっていた。今日くらい晴れていれば、三浦半島が見渡せるはずだった。しかし、今、視界はせいぜい二、三キロのところで閉ざされていた。白い煙が、渦巻き揺らぎながら上り、天を覆《おお》っていく。

美和子はその場に膝《ひざ》をつき、子供たちを両手に抱いた。

まさかあれが噂《うわさ》に聞く核というものなのか……。

再び、床が揺れ、タンスの中で何かが倒れる音がした。音のない振動が襲ってきた。

「おお」と背後で有賀が呻《うめ》くのが聞こえた。

小夜子と孝子も上がってきて、外の光景をぼんやりと眺めていた。

やがて白い煙は次第に濃度を落とし、視界が開けてきた。曇りガラスのような煙の向こうにあるのは、先程の白と緑の大地ではなかった。逆巻く水が見えた。海だ。うねり、泡立ち、霧のように噴き上げる汚れた海水があった。

一瞬の内に陸地が破壊され、海になってしまった。

「運動エネルギー増幅装置を使ったな。爆弾じゃない。ビル解体に使う装置だ。光も音も熱もなく、純粋な運動エネルギーで建築物を破壊する」

有賀が、片手をこめかみに当てて説明した。

「それじゃあの煙は？」

美和子は尋ねた。

「煙じゃありません。人工土や気泡性樹脂が、分子段階まで一挙に分解したんですよ」

膝が震えた。

「そんな兵器があったのね。悪魔だわ……」

有賀は首を振った。

「ですから兵器じゃなくて解体装置。採掘やビルの取り壊し用の。公団は、我々を攻撃したわけじゃない。撤去工事に着手しただけで……」

「でも、次にここをやられるかもしれないわ」

場違いに冷静な調子で、小夜子が言った。

「我々の体が、分解するだけですよ。攻撃の形態をとらない殺戮《さつりく》ですな。しかし一瞬のことだから、苦痛はないです。安心してください」

そこまで言うと有賀は、息を吐き出し付け加えた。

「死んだカミサンの元に行くのも悪くはないが、まだ死にたくない、というのが本音だね」

再びヘリコプターのローター音が近づいた。

美和子は両手に、律と敬を抱いた。その体を小夜子がすっぽり包み込むように引き寄せた。

美和子は固く目を閉じた。そして優しく子供たちに呼びかけた。

「恐《こわ》がらないでいいのよ。恐がらないで。痛くなんかないって、有賀さんもおっしゃったでしょう」

「ママ」

律が、見上げた。

「死んだら、どうなるの？」

「みんなで、こうして天国に行くの。みんな一緒に」

エンジン音は高まった。

「でも、パパは？」

律は尋ねる。

「パパが別のところで死んだらどうなるの？」

美和子は、ぎょっとして子供たちを抱き締める手に力を込める。

「天国で、パパを見つけられる？」

天空の雲の上を向こうから、レサと腕を組んで歩いてくる総一郎の姿が心に浮かび、美和子は舌打ちした。

いっそう大きな振動が体に伝わった。近い。音が聞こえないのに、平手で殴られたような衝撃とともに鼓膜が痛んだ。子供たちの体温を全身で受けとめながら、美和子は涙を流して声にならない声を上げた。

四十分あまり、彼らはそうしてうずくまっていた。

生きていた。美和子たちのいたブロックは攻撃を免れた。

「行ったみたいよ」という、小夜子の落ち着き払った声に、美和子は我に返った。小夜子の分厚い大きな手が、美和子を支え立たせた。ふらつく足で床を踏みしめ、まだ何が起きていたのか、信じられないまま、美和子は窓の外に目をやる。

コミュニティセンターの方は無事だったのか、と総一郎の身が気になった。しかし、そちらの方向は植込が邪魔をして見えない。

小夜子は身を乗り出すと庇《ひさし》に両手をかけ、懸垂《けんすい》の要領でひょい、と屋根に上ってしまった。

五分ほどしてから、どすんとベランダに飛び降りて、片手の親指と人差し指で丸を作った。

「無事よ。丘とセンターの建物が見えた。あっちのブロックもまだ、海になってはいない」

芝浦に向かう船の映像を見せられて、慌てて家を出た総一郎がコミュニティセンターに着いたとき、反対派住民の間で新たな動揺が広がっていた。当初は三百人近くいた難民のうち約三分の一が、日本国内に土地を持つ親兄弟か、あるいは祖父母を頼って、ここを出ていった。そして三十二世帯、百人強の人々が、これ以上ここに留まるのを諦《あきら》めて当局側の提示した条件を呑《の》み、ナリタニュータウンに向かった。

そして総一郎が建物内部に入ったこのときにも、五、六人の人々が互いに目くばせして廊下から腰を上げ、のろのろとシートを畳んで出口に向かうところだった。

しかしそうした人々を袋叩《ふくろだた》きにする光景はもはやない。「裏切り者」という罵声《ばせい》を浴びせかける者もいない。数日の間に人々は憔悴《しょうすい》し、ほとんどの家族は病人を抱えていた。胃炎や喘息《ぜんそく》、下痢などにたいていの者は苦しんでいる。

なにしろ抗戦状態など経験するのは初めて、という小市民の集まりなのである。そして戦いの緊張感以上に、広い議場や廊下に、仕切りもなく身を横たえることで、強いストレスにさらされていた。

そこに親兄弟祖父母で、土地を持っている者が国内にいれば、そこへの居住を認めるという、かなり譲歩した提案がなされたのだ。条件に適合する者にとっては、抵抗しここに留まったかいがあった、というところだろう。そして条件に当てはまらなかった人々にしても、ナリタニュータウンに移ったところで、必ずしも毒ガスでやられるわけではない。危険度が多少高いという程度だ。しかしここにいれば、確実に心身の健康がむしばまれる。住民がそろそろ逃げ出したくなるのは、当然でもある。

めっきり減ったメンバーの中に、ホームレスの姿がない。

「あの元哲学の先生は？」

総一郎は尋ねた。失笑とも、非難ともとれる奇妙な表情が、その場の人々の顔に浮かんだ。

「いっちゃったよ」

金色のコンタクトレンズをはめた、中学生くらいの少年が、ソーラー電池付きのポケットコンピュータをいじりながら言った。

「国内に実家でもあったのか」

「さあね」

少年の金の目は、総一郎には向けられていない。左右の手を忙《せわ》しなく動かしながら、ゲームをしている。ペンタゴンのコンピュータに侵入し、ミサイルを発射させてどこかの仮想敵国を滅ぼせば上がり、というゲームで、風紀上好ましくないとの理由で製造、販売は禁止されている。しかしそのソフトは、監視の目をくぐって、作りなおされ、バージョンアップされ、裏ソフトと呼ばれ流通している。

「いつでもそうでしょう。威勢のいいことを言って扇動するやつが、実は当局側の回し者ってことはありますよ」

白髪だらけの頭を振りながら、傍らの男が答えた。

その顔を見て、総一郎ははっとした。補償金を吊り上げるためにここに残っていると公言していた、あの元銀行員だが、別人と思われるほどに老《ふ》け込み、憔悴している。

「君は、残っていたのか？」

銀行員は口元にいびつな笑みを浮かべた。

「補償金は、私には払われなかったんですよ。おたくにはレアメタル採掘公団から個別接触してきませんでしたか？」

「個別接触？　国土交通省ではなくて公団が、か？」

総一郎が尋ねると、銀行屋は顎《あご》で回りにいる人々をしゃくった。

通路にいる数人が、こちらに背を向け、手の中にあるものに見入っている。コンピュータ機能つきの携帯電話だ。

一様に画面を見られまいとするように、背中を丸めて何かを打ち込んでいる。

「当局側はね、まず親と祖父母がいないか、いても土地を持ってなくて移れない者に、今度は別の条件を出して交渉し始めたんだよ。数人を選び出し補償金の上積みをし、今、承諾すればナリタでない別の土地に住まわせると約束している。住民が各自持っているコンピュータ携帯を使って個別にメールを送ってきた。この連絡のあったことを決して他の住民に言わず、必ずそこの一家だけで埠頭《ふとう》まで来るようにとね。補償金額に差がつけてあるらしい。千葉県側の住民には厚く、東京に近くなるほど薄かったり、市民のクラス別に差をつけたりしている。そうするうちに互いに腹の探り合いが始まって、気がついたら、一家族二家族と抜けていた」

だしぬけに、一人の男が立ち上がった。そして周りの者と視線を合わせるのを避けるようにうつむき、大股《おおまた》に去っていった。

天井のスクリーンが明るくなった。

船に乗ってベイシティを去っていく人々の姿が映る。しかし今度は船が違う。家を出るときに見た映像では、住民が乗っていく船はシーバスと呼ばれるタイプの双胴の平たいものだった。波のほとんど立たない湾内や、湖の遊覧のために使われるような船だ。しかし今、人々が乗り込んでいるのは、細長い船体の高速艇だ。海面からやや浮き上がり、時速二百キロで、海上を疾走する船だった。

「どこへ行くんだ?」と、総一郎は目を細めて、船とそれに乗り込む人々を見つめる。その中に、昨日とはうってかわってこざっぱりとしたホームレスの顔がある。

「あれ、彼は風呂《ふろ》にはいったのか?」と、藤原が首を傾《かし》げた。

意気揚々と船に乗るホームレスは、太陽の光を遮るように片手を額の上に当てた。その拍子に、またもやあの蛍光、実験動物としての情報が埋め込まれた痕跡《こんせき》が、見えた。

総一郎は小さく声を上げた。自分の推測が正しければ、ホームレスは当局側の回し者などではない。個別接触というやつに乗り、だまされてここを出ていくだけだ。

彼もまた出ていく直前に、健康診断と称してチップを埋め込まれたのだ。こざっぱりした顔は処置される際に、洗浄されたものだろう。

住民を乗せると、高速艇は白い航跡を残して、あっという間に遠ざかっていった。

「どこへ行くんだ……」

総一郎は、繰り返した。

「知りたい？」と金の目をした少年が、ゲームから目を上げた。

「坊や、知ってるのか？」

総一郎は尋ねた。

「その坊やっていうのは、やめてくれない？」

少年は言った。

「失礼。それはそうと君は、お父さんお母さんとは、はぐれたのか？」

「十八にもなりゃ、一人でここで暮らしたって不思議はないだろう」と少年は口を尖《とが》らせた。

「十八？」

表情といい、か細い手足といい、小さな背といい、どこから見ても十八歳には見えなかった。髭《ひげ》の剃《そ》り跡さえないのだ。少年は答えず、ポケットコンピュータを操作する。

「川元泉殿」とある。

「これがホームレスの本名だよ」と少年は説明した。少年のポケットコンピュータには、公団からホームレス宛《あ》てに入ったメッセージがそのまま写し取られていた。

「個人の通信データを盗むのなんか、ちょろいさ。銀行や一般企業はちょっと難易度高いけどね」と少年は金色の目を輝かせた。

メッセージは、ホームレスに対し生活費が死ぬまで毎月支払われること、移転地は特別にナリタ以外の土地を用意したこと、移転地に、新住民のための大学が現在建設中であり、ホームレスをそこの教授として迎えたいことなどが書いてあった。

移転先については、具体的な地名はない。しかし注意事項として、そこは冬の気候が厳しいとある。しかし住まいは断熱効果にすぐれており、衣服も支給されるので心配はない、とのことだ。檜《ひのき》の原生林が近くにある自然に恵まれた地で、近所には世界でもめずらしい一角獣が棲《す》んでいることなどが書き添えてある。

檜、一角獣。その言葉にひっかかりを感じた。そして冬の気候が厳しい。

頭の中で、すさまじい勢いで思考が回転する。寒冷地、檜、一角獣、高速艇。

「なんてところに連れていかれたのだ……」

総一郎は小さな声で呻《うめ》いた。

昔、裁判官になりたての頃、手がけた裁判の記憶がよみがえった。

ある政治家が夏の別荘用に四千坪の土地を買ったが、とりつけ道路も上下水道も電気もない原野だった、と言えば、単なる詐欺《さぎ》事件だ。しかし本当の不運はその政治家がそれなりの財力を持っていて、そこに小型発電所から道路に至るまで必要な設備を作り、別荘を建ててしまったことから始まる。原野のただ中で一夏を過ごした一族とたまたま別荘にやってきた客が、軒並み病気で倒れたのだ。それが昔の原発跡地だという新たな証拠が提出されたのは、判決が出る直前だった。

安全性の低い旧式原発の二十六個の廃炉が、七十年前の混乱期に放置され、一帯から住民はいなくなり、彼らの飼っていた小型馬だけが、野生化すると同時に奇形化して一本角を生やして細々と生き残っている土地だったのだ。もちろん国民に無用な混乱を招くという理由で、それは極秘事項とされたので、この事実を知っているのは当事者とその裁判にかかわった人間だけだ。

公団がナリタ行きを拒否した住民に代替地として提示したのは、そこだった。高い補償金をもらい高速艇に乗って去っていく人間のだれも、その土地については知らない。

ホームレスは決して元銀行員の言ったように政府側の回し者ではなかった。金に転んでここを去っていったわけでもなかった。学問への興味か、あるいは地位への執着か知識人としてのプライドか、とにかくそんなものが、彼を動かしたのだろう。しかし行った先で彼を待っているのは、そうした学究生活ではない。彼自身が学問対象、あるいは研究対象にされてしまうのだ。体にチップを埋め込まれ、おそらくそこに残留する放射能の人体への影響を測定されるために、彼はそこに送り込まれてしまったのだ。

「ナリタよりも危険な土地を当てがわれたとは……」

総一郎はつぶやいた。

「ナリタは、十分危険だぜ、おっさん」

そのときグリースの強烈な匂《にお》いとともに、背後で声がした。

紫や緑の光沢をつけた真っ黒な髪を固めてオールバックにした、脳味噌《のうみそ》から性器まで筋肉でできているような男が、ガムをくちゃくちゃと噛《か》みながら立っている。

「俺はな、おっさん、ちょっと前まで、そこを守ってたんだ。馬鹿《ばか》な野郎がシート敷設《ふせつ》工事の現場に入って、変な真似《まね》をしないようにな。なんせテロリストに一発爆弾をしかけられたら、また半径二十キロが不毛の地になっちまう。幸い、事件はなかったが。何かあったら警備している俺たちはイチコロだ。それでもいいように役立たずの俺が行かされた」

総一郎は、無言でその男を見上げた。

「不景気な面《つら》してないで、見回してみろよ、おっさん」とその紫と緑の光沢頭の男は、いきなり両手で総一郎の頭を挟んで左右に振った。

「役立たずばかりだろが、ここにいるのは？」

「失敬な」と総一郎は、その男の手を払った。

「だって、そうだろ。そこの金色目の坊やは、七つからおもちゃ屋でゲームソフトを作って、十一でクビになった」

「メーカーのゲームデザイナーと言え。それに僕は坊やじゃない」

少年が怒鳴った。

「君は、ゲームデザイナーだったのか」

総一郎はあらためて少年の顔を見た。

労働基準法の改正によって児童労働が無条件に認められた職種の一つが、ゲームデザイナーだ。子供用のソフトの開発には、柔軟で、既成概念に捕らわれない発想が必要だ。そしてその作業に頭角を現わす子供がいた場合、人生の貴重な一時期を月並みな学校教育で無駄にすることなく、活用しなければならないというのは、今や常識だ。ただしそうした才能は、たいてい二年ないしは、三年で枯渇《こかつ》する。しかし同様の才能を持った子供は多いから、現場では新陳代謝を行なうことによって一定の水準が確保される。いらない頭脳は排出し、新たな頭脳を常に補給するのが肝心だ。

この金色の目の少年も、こうして登用され、十分活用された後、廃棄された一人だ。しかしこうした仕事に携わっていた子供たちは、一般社会に適応できなくなっているし、大人向けソフトの開発もできない。また手垢《てあか》がついているとの理由から他の会社からも敬遠される。そのため彼らは一般には十代前半から、年金と保険と社会保障で人生の長い午後を生きることになる。

「この坊やのことはわかった、君はどうなのだ」

総一郎は、グリースで頭を玉虫色に光らせたその男に尋ねた。

「元陸上自衛隊整備部隊、三曹、名前はまあいい。なぜ、元かって？　クビになったからよ。今時の自衛隊は、俺みたいな下品なやつは浮いちまうのよ。何しろ世界一高潔で、礼儀正しく紳士的かつ非暴力的な軍隊になることで、韓国、中国始めアジア各国から認知されたわけだからな。アメリカ軍が世界の警察なら、日本の自衛隊は世界のホテルマンになれってわけだ。筑波出身の一握りの特殊戦コマンドは別にして、大多数の日本の自衛官はホテルマンみたいにならなきゃ、クビになるんだ。海外派遣されたとき、物の食い方が汚いの、捕まえたゲリラに暴行したの、アメリカ海兵隊の女兵士のケツを撫《な》でたのといちいち懲戒食らって、挙げ句に向こうの売春宿に入ったのがばれちまって、輸送機で日本に戻された。それであっさり配置替えだ。ナリタニュータウンの工事現場の監視なら、日本の恥をさらさないですむ。俺みたいなのを送り込むのが適当だと思ったんだろう。それで工事が完成したのと同時にクビだ」

総一郎は、この男と金色の目の少年をかわるがわる見ていた。有賀は退職校長、そして藤原も、あの元銀行員も、金色の目の少年と事情は違うが産業廃棄物の一人だ。

自分は……。考えたくなかった。

総一郎はエレベーターに向かって、歩き出した。自分が今日、ここに来たのは彼ら「役立たず」たちと無駄話をするためではなかったのだ。

エレベーターは最上階で止まった。

廊下の正面のドアを叩《たた》く。頭上のカメラが総一郎の姿を捕らえ、自動ドアが開いた。

「あら、こんな時間に……」

執務机の前で、レサが制御盤から顔を上げた。エナメルブラックの波打つ髪に、制御盤のランプの赤や緑が反射しきらめいている。

「まだ、そういう気分じゃないんだけど」

「いや、今日は頼みがあってきた。ここの人々の情報とベイシティの都市計画情報が欲しい」

レサは眉《まゆ》をひそめた。

「あなたと仕事の話はしたくないんだけど」

「君と仕事の話をしたいというのではなく、私はここ、コミュニティセンターの館長に用がある」

「もうここには、コミュニティセンターはないし、館長もいない」

レサはIDカードを胸ポケットから取り出し、オレンジゴールドのマニキュアをした指先でくるくると回した。

「情報は抹消された。私という職員も、市民も、国民も、存在しなくなったのよ。データ上は」

「いや、呼び出せなくなっただけだ。我々がもしもナリタに行ったら、そのとき我々の全情報は復活する。ここには少なくとも住民管理用データは、残されているはずだ」

総一郎は、レサの背後のキャビネットにある円盤形のディスクを指差した。

レサはかぶりを振った。

「みんなロックされてしまった。私が住民側に寝返ったときにね」

「ロックって？」

「だからノイズが入って、情報を呼び出せなくなったのよ」

「いや、できる」と総一郎は言った。「ハッカーがいるんだ」

レサは苦笑した。

「国の管理している情報を、ハッカーがどうこうできるはずがないでしょう、二十世紀のシステムじゃないんだから」

「相手は、ペンタゴンに侵入するほどのやつだ。今、呼んでくる」

そう言い残すと、総一郎はエレベーターに飛び乗った。

少年は議場の床に腹ばいになり、相変わらずゲームに夢中になっている。

「おい、ちょっと来てくれ」

総一郎はその肩を揺すった。

「待ってよ、あと少しで世界終末爆弾をピョンヤンに向けて発射できるんだから」

少年は、片手で総一郎の手を払った。

「遊びは後だ。男なら現実で勝負しろ」

少年は金色の目を上げて、総一郎を見た。

「今は、ペンタゴンにいる僕が現実の僕で、コミュニティセンターに置いてきた僕は、並行してやってるゲームの一キャラクターに過ぎないんだ」

「理屈はいい」と総一郎は、少年のか細く、小さな体を横抱きにし、エレベーターに乗った。

総一郎に館長室に連れてこられた少年は、レサにも部屋の造りにも一瞥《いちべつ》もくれず、不機嫌な顔で、まっすぐに制御盤の中央に埋め込まれたコンピュータのところに行った。そしてその前に座ると、勝手に住民管理データの入ったディスクを入れ、何か操作し始めた。

首を傾《かし》げながらキーボードやマウスをいじっている。

そのとき総一郎は部屋の隅に立てかけてある長さ二メートルほどの筒のような物に気づいた。もしやと息を呑《の》んだ。黒光りするチタンの筒。それはどう見ても最新式のミサイルだ。どんどん小型化され、性能の向上している歩兵携行用地対地ミサイル……。しかしどう見ても都道府県の出先であるコミュニティセンターの備品であるはずのないものだ。

総一郎は、レサの顔を正面から見つめた。

「君がここに残った理由はなんだ？　そして家の扉を溶接されてしまった住民をここに受け入れた理由はなんだ？」

レサは爪《つめ》と同じオレンジゴールドの口紅を塗った唇の端に笑みを浮かべ、髪をかきあげた。

「あなたと仕事の話はしたくないって言ったでしょう」

「君が館長職を解かれた以上は、これを仕事の話とは言わない」

「セックス以外の行為は、私にとって常に仕事よ」

「君、未成年がそこにいるんだ」

しかし金色の目の少年は、こちらの会話などまったく聞いていない。マウスとキーボードを同時に操り、そのうち目が疲れたらしく、いらいらした様子でコンタクトレンズを外し、きらきらと光るそれを無造作に机の上に置いた。瞳《ひとみ》の色が褐色に戻った少年の顔は、ますます子供じみて見えた。

総一郎は、レサとその背後のチタンの筒を見比べながら、詰問《きつもん》するように言った。

「君は今まで、自分のことを何も語らなかった。何を考えて、どうやって生きているのか、何一つ語ったことがない。僕たちは、命をかけてここに残った同胞だ。もう少し精神的つながりがあっていいんじゃないか?」

「あなたとは、そういう部分で話をしたくないのよ」

ため息とともに、レサは言った。

どこまでも男と女という次元で向き合いたい、という意味だと総一郎は解釈した。虚勢を張っているが、所詮《しょせん》は女なのか、と妙にいじらしく思えてきたそのとき、レサはぽつりと言った。

「東京メトロポリタンオフィスは、歴史を遡《さかのぼ》れば、地方交付税ゼロという輝かしい時代があるの。金も口も出すな、と行政から国の影響を締め出した時代がある。メトロポリタンオフィスのプレジデントが、国から来た通達を議会で破り捨てるなんてパフォーマンスをやったこともあるくらい。七十年前の地方自治制度の廃止は歴史上の悲劇だし、東京に住む者の胸に世代を越えても残る屈辱よ」

「そんなことはない。それは一部の前衛的政治感覚を持った中流市民の考えることだ。少なくとも私たちは、そんな考えに取りつかれはしなかった」

総一郎は反論した。

「だからあなたとは、そういう話をしたくないと言ったでしょう。とにかく私は、事実上東京メトロポリタンオフィスの権限を縮小させ息の根を止めた日本国政府のやり方には、ずっと疑問を持っていた。ずっと反撃のチャンスを狙《ねら》っていたの」

「反撃の手段はあれなのか?」

総一郎は、後ろに立てかけてあるチタンの筒を指差した。レサは、長い睫《まつげ》に囲まれた目をゆっくりと閉じた。

「あれは私にとっての神。あれがついている以上は、私は常に勝ち続ける」

「君はいったい……」

総一郎は息を呑んでレサの顔を見つめた。

そのとき少年が、ひゅうっと口笛を吹いた。

「ロックが解除されたのか?」

総一郎が近づいたとき、少年はドライブからディスクを引き抜いたところだった。

「洗面所ない?」と少年は尋ねる。

「シャワー室はそこ」とレサが後ろの扉を指差すと、少年は円盤状のディスクをくるくると回しながら、入っていった。

「何をしている?」

総一郎が尋ねても答えず、少年はバスタブに湯を張り始めた。

「シャンプーある?」

「右側の棚」とレサが答える。

少年はいきなり、ディスクをカバーから摑《つか》み出すと、シャンプーをかけてこすり始めた。

「何をする」

総一郎は叫んだ。

少年は平然とディスクを洗い続ける。やがてお湯で泡を流すと乾燥ルームにディスクを持ったまま入った。数十秒してそこから出てきてディスクをドライブに差し込むと画面にいきなり文字が出てきた。

「何がロックされただよ、ばかばかしい。汚れていただけじゃないか。あんた、何やったんだよ。そばで煙草《たばこ》でも吸ったの? 煙の分子がべっとりついてたよ」

少年はレサに向かって言った。

「煙草なんか吸うはずないでしょう」

レサは肩をすくめた。

「インドのお香を薫《た》いていたのよ。ヒーリングにはあれが一番」

「そんなもの、換気扇の真下で薫くのが常識だろ」

そんなやりとりを背後に、総一郎はディスプレイに映し出された文字に見入った。

ベイシティの住民データが出てきた。スクロールさせていくにつれて、総一郎は目眩《めまい》がしてきた。

……年廃棄　……年放出　……年除去　……年除籍
各世帯の世帯主名の脇《わき》には、すべてそう記載されている。

ひどく気分が悪い。こめかみが痛み出した。

廃棄も放出も除去も、事務手続上の区分に過ぎず、意味するところは同じ。「解雇」ということだ。つまりここの住民は、すべてなんらかの形で会社や社会から廃棄か、放出か、除去か、除籍されているのだ。つまり自分とその家族は、ベイシティというい らない人間の最終処分場に放り込まれた、ということだ。

斎藤総一郎という名で検索してみると、確かにあった。「成慶五十八年、二月十五日、廃棄」と記載されている。

裁判官を勇退したのは八カ月前。それは「勇退」であって、「廃棄」などではなかった。勇退しても、特A級市民としての義務と責任と名誉は残るはずではなかったのか。

データをすべて抹消したくなった。

世帯主名の頭に星印でチェックが入っているものが、九割程度ある。すでにナリタニュータウンに移転が済んでいる世帯ということだ。しかしそれはあくまでこのディスクがインドの香にいぶされて機能を止める直前までのデータなので、今はもっと割合が大きくなっている。

冷たい汗を拭《ふ》きながら、総一郎は住民データの閲覧をいったん中止した。これ以上そんなものを見ていたら、精神の平衡を失ってしまうと判断したからだ。

「君」と総一郎は少年を呼んだ。

「国のデータに侵入できるか?」

「むずかしいな」と少年は、外していたコンタクトレンズを入れなおし、再び金目になった。

「国土総合開発利用計画書を見たい」

少年は、無言で総一郎を押し退《の》け、キーボードを操作する。

「君は、決して役立たずとは思えないな」と総一郎は、少年の後ろ姿に向かってつぶやくともなく言った。

「ねじは、ねじ穴に合わなきゃ、使い道がないんだよ」と少年は、画面から目を離さず答えた。

「その受け答えには、歪《ゆが》んではいるが知性らしきものを感じる」

「できたよ。もともと有料で一般企業に公開しているものなんだから、ガードは緩いよ」

ありがとう、と総一郎は、公開された計画書を見る。

まずベイシティの項目を引く。開発計画書の概要が出てきた。我が国初の巨大浮き島都市であるため、浸水、ひび割れ、水没、地盤崩壊等の危険性についてシミュレーションを行ない、一応の安全が確認されたらその上でフロンティアとして余剰市民を五年間投入し、さらに十分な安全性が確認された上で、有用市民の定住地に切り替えていく。

「なんだって？　じゃあ私の一家は、ここに移転させられたときから……つまり……」

それきり総一郎は絶句した。レサは冷めた目でうなずいただけだった。

そもそもベイシティというのは、巨大な実験都市だったわけだ。職場から廃棄され、国と社会にとって「余剰市民」となった総一郎とその家族は、安全確認のための被験者として、もともとここに五年間だけ住まわせられることになっていた。しかしバナジウムが発見されたために、事態は変わった。ニュータウン計画は変更され、投入されたフロンティアは新たな実験のために、それより数倍、危険な地区に追いやられることになった。

総一郎は膨大な計画書を始めから読んでいく。国の国土総合開発利用計画は二本の柱からなる。一本の柱は、現在、政治、行政、産業の機能が集中しているいくつかの地域をさらに高密度に効率的、合理的に活用することであり、もう一本の柱は今まで有効活用されていなかった地域を開発することだ。

後者は、自然林や浮き島造成の可能な湾の開発の他に、なんらかの理由があって放置されている遊休地の再利用が含まれている。その代表的なものが、ナリタのように毒ガス漏出事故の跡地や、埋め立て失敗によってメタンガスが噴出する土地、それから廃炉が林立する旧原発跡地等、過去の中途半端《はんぱ》な科学技術によって使用不能となった土地で、業界では「事故遊休地」と呼ばれているところだ。

国内で、新たに開発できる土地は次第に少なくなり、この数年「事故遊休地」の見直しが進められていることは、総一郎もある程度は知っていた。計画書には、「事故遊休地」のリストがあった。

個々の土地の地番、広さ、地形、気候、地質等々の情報の他に必ずあるのは、人の居住に関する適、不適という項目だ。

ちなみにあのホームレスたちが意気揚々と高速艇で出発していった原子力発電所跡地については、「不適」とあり、ただし今後整備を進めることによって、居住可能とある。そしてナリタニュータウンは、「調査中」だった。今のところ恒常的な空気汚染は認められないが、突発的事故による汚染の可能性は否定しきれず、周辺地区には原因不明の肺癌《はいがん》と悪性リンパ腫《しゅ》の流行が認められた。

「この地域の産業及び宅地開発を禁止する。今後三十年に亘《わた》り、フロンティアを投入することにより、人体への影響力を観察、測定し、安全性が確認された上で、所定の手続きを取り、有用市民の定住を成慶八十八年より開始する」

殴られたような気がして、総一郎は首を振った。

「有用市民とはどういうことだ。我々は有用ではないのか……この私が有用ではないのか」

震えながらつぶやいていた。少年が肩をすくめ、「当たり前じゃないの」と言わんばかりに、レサがわざとらしいため息をついた。

自分が移転させられようとしていた土地が安全なところか否《いな》かというのが、問題なのではない。多少の覚悟はあったものの、あまりにも露骨に国家によって不用の烙印《らくいん》を押されたことには怒りよりは絶望を覚え、いったいどうしたらいいのかわからなかった。

なんの意味もないとは知りながら、総一郎は再び住民データを呼び出した。「斎藤総一郎」のページを呼び出し、「無意味だ、やめた方がいい」という理性の声を無視して、詳細画面を見た。

「世帯主　斎藤総一郎」とあって、そこにはプレスクールから今日に至るまでの健康診断、体力テスト、一般知能試験、各科目試験等々の結果を始め、人格成熟指数、国家社会貢献度数などの膨大な項目がある。しかし「斎藤総一郎」という男の現在は、たった一カ所に集約されていた。

「分類　余剰市民

裁判官として不用。職種における専門性が高く、人格的にも他産業への転用が難しいケース。性格、能力ともに汎用性《はんようせい》に乏しい」

自分が余剰市民などという屈辱的な言葉でくくられるとは、想像だにしなかった。

幼い頃から犯罪を繰り返し、七歳で殺人、十五歳で強姦《ごうかん》殺人の罪に問われた少年を総一郎は裁いたことがあった。その少年さえ、余剰市民とはされなかった。半年の再教育の後、彼は自動車メーカーのテストドライバーとして有効活用され、二十六歳で事故死するまで立派な業績を残した。現在の日本では、国家にとって危険な人物、犯罪者、人格破綻者《はたんしゃ》などは、むしろその突出した性格特性を生かし、貴重な人材として登用し厳しい管理のもとに、無駄なく活用するプログラムがある。しかし総一郎はそうしたところからもはじき出された、徹底した役立たずだったのだ。

役立たずは、実験台として体内にチップを埋め込まれて、有用な人々の健康と安全を守るために、毒の風の吹く町に「投入」される。

もはや能力別市民クラスも、出自《しゅつじ》も、家柄も、資産の有無も、個人的評価の上ではなんの影響も与えない。この国では、役に立つか、立たないかという二つのカテゴリーでのみ、人間は分類される。いや、役立たずも最終的には役に立つ。国民の一人も見捨てず、「役立たず」を、被験者すなわち実験動物として積極的に活用し「役に立たせる」システムを作ったという点では、この国の機構は評価していい。

リストの他のページを見ると、総一郎の他に家族についても評価が下されていた。「不用」の烙印の押されていない者が二人いる。小夜子と健だ。健はすでに筑波の超優秀児能力開発センターに送られたし、小夜子にも自衛隊のスカウトマンが勧誘にやってきた。この二人は、ナリタに連れていって実験動物代わりにするには、もったいない、と判断されたのだ。そして今、美和子の腹の中にいる胎児は、総一郎たち余剰人員とは、ややニュアンスの違う評価をされている。

「ナリタの総合環境における、催奇性検査を行なうにあたり非常に有用。妊娠継続に全力を尽くし、できる限り無事に出産させ、長期に亘り詳細なデータを取ること」とコメントがある。

総一郎は、怒りでくらくらと目眩がした。そしてシステムを終了することもせず、いきなり電源を切った。

「何をするんだよ」と少年が、甲高い声で叫んだ。

総一郎は、部屋を出た。出たような気がするが、はっきりした記憶はなかった。冷静なつもりではあったが、このときばかりはどうやって部屋を出て、エレベーターに乗り、擂鉢型《すりばちがた》ホールの中央に降り立ったのか、ほとんど覚えていない。

気がついたときは、マイクを握っていた。

そしてゆっくり息を吸い込み、宣言した。

この一月まで、法廷で判決を言い渡していたときそのままの厳かな口調だった。

「これより我々は、日本国政府に対し、宣戦布告する。場合によっては武力の行使も辞さない。最後の一人が息絶えるまで徹底抗戦する。我々と行動をともにするか、それとも当局の要請に従い、ここから立退《たちの》くかは、各家の家長の選択に任せるものとする。立ち去るものは立ち去れ。我々は最後まで闘う」

いくつもの同意といくつもの決意が、言葉にならぬまま、押し寄せてくるのを感じた。それがつい今しがた感じた深い絶望から、自分を救うもののように総一郎は感じた。俺はついに日本国政府と決別してしまったのだ、と総一郎はつぶやいた。国に牙《きば》を剝《む》くのだと思った。何か悪い夢でも見ているような気がした。

自分は裏切られた。自分は正義に従う。

「あのう……」

そのとき後ろから遠慮がちな声がした。技術屋の藤原がいた。

「武力行使といっても、武器なんかどこにあるんですか？　作るったって、ここには材料はありませんが」

「いや、できる」

総一郎は、答えた。レサでさえ、とてつもない武器を持っていた。もっと強力な武器をその気になれば作れる。もっとも刺し違える覚悟はいるが……。とてつもない物を自分は発見していたのだ、と今になって総一郎は思い出した。

ヘリコプターのローターの音が聞こえたのは、そのときだ。

「お……なんだ？」

総一郎は、窓のある廊下の方に目をやった。技術屋の藤原が怯《おび》えたように眉《まゆ》をひそめている。

議場にいた人々は、我先に廊下に飛び出した。そして窓にはりつき外を見る。

だしぬけに樹脂の廊下が傾《かし》いだ。総一郎は慌《あわ》ててしゃがみ込み、とっさに傍らにあった防火扉のストッパーにつかまった。窓の外を見ていた者たちが、一斉になぎ倒された。廊下のそこここから悲鳴が上がり、蝸牛《かたつむり》の殻のように回転しながら最上階まで上昇していく廊下から、女と子供が滑り落ちてきた。

二度、三度、廊下の壁面にぶつかりながら、彼らは落ちていく。下の方で悲鳴が上がった。低い振動を体に感じ、総一郎は無意識に両耳を押さえた。ガラスがびりびりと震え、数秒後に蜘蛛《くも》の巣のようにひび割れが入り、小片となって降ってきた。

「危ない、窓から離れろ」

とっさに総一郎は怒鳴った。窓際《まどぎわ》にいた男が両手で顔を押さえてうずくまった。指の間から血が滴《したた》り落ちる。

ガラスの無くなった窓から、表の世界が一面濃い霧に包まれたのが見えた。しかしそれにしては本物の水滴の喉《のど》を潤《うるお》す感触はない。いがらっぽく、ほこり臭い粉が鼻と口から侵入してきて、総一郎は体を二つ折りにして咳《せ》き込んだ。

「核だ、核を使いやがった」

だれかが叫んだ。廊下に尻《しり》をついたまま、立つこともできずに両手で後退《あとずさ》りする者、失禁したまま震えている者……。

「ばかね、核がこんな生易しいものであるはずないだろ。昔、使った催涙ガスのたぐいよ」

六十がらみの女が、ひだスカートをまくり上げて口を覆《おお》い、くぐもった声で言った。

「いや、催涙ガスじゃねえ。何か別の爆弾落としやがった」

グリースの匂《にお》いが、つんと鼻をつく。いつの間にか、あの元自衛隊三曹がいた。

「くそ、血が騒ぐぜ。あのローターのバラバラいう音。あれを地上から、ドンと、こういう具合に」

三曹は、傍らにある掃除用のモップをロケット砲のように肩に構えた。

「落ち着け」

鋭い声で総一郎は言い、再び咳き込んだ。

「恐れるな」

「恐れてるわけないだろう。腕が鳴ってるんだ。久しぶりだ、こんなに燃えたのは。生きてるって気がするぜ」

「だから、おまえは余剰市民の烙印を押されたんだ」

「おっさんだって、この土地にいるってことは同じ穴のモルモットだろ」

総一郎は言葉につまったが、三曹以外の人々に向かい、冷静な声で言った。

「攻撃されたのではない。工事が始まっただけだ。地盤撤去作業が始まったのだ」

悲鳴が止《や》み、しんとなった。

「もう一度言う。攻撃されたわけではない」

振動が収まったとたん、廊下にいた数組の家族が震える膝《ひざ》で立ち上がった。そしてよろよろと出口に向かって走り出した。

「待て」

総一郎が呼びかけた。

「放っといてくれ」

世帯主らしい男が、くるりと振り向いて叫び、そのまま出口に向かい歩いていく。

「待てと言ってるだろう。ここを出ていったら、大変なことになる。ナリタはシート一枚下が地獄なのではない。町全体が、まだ汚染されているんだ。いつになったら人が住めるようになるのか、我々を送り込んで様子を見るつもりなのだ。我々は、余剰市民とみなされ、実験動物として扱われているんだ。君たちは健康診断を受けさせられただろう。あれは健康診断ではない。体のデータを取られ、そのデータを書き込んだチップを埋め込まれ、国のコンピュータに情報が送り込まれ、環境測定に使われるのだ。わかったか、日本国は我々をそのように扱うんだ」

「だから、そうだって俺が初めから言ってただろが」と三曹が、肩をすくめた。

「しょせん、国の決めたことだ。庶民は逆らえない。意地張ってたってしかたない。行けというところに行くしかないだろ」

吐き捨てるように、先程の世帯主らしい男が言った。

老人が一人、関節炎で痛めたとおぼしい足を引きずりながら、出口に向かっていく。

「わからないのか、実験動物にされるのだぞ。命が惜しいという以前の問題だ。君たちと君たちの家の誇りにかかわる問題なのだ」

「誇りなんぞ持てるのは、あんただけだ」

老人が振り返ることもなく答えた。

「わしらN級市民は、最初から誇りなどどこにもない。遺伝子を残すことは許されず十四で去勢されりゃ、家の概念自体ないだろうが。一人で生きて一人で老いる。所詮《しょせん》は役立たず。それがおもしろくないから、一生に一度の抵抗をしてみたまでだ。死ぬまで養ってくれるなら御《おん》の字とでも思わにゃあ……」

総一郎はなすすべもなくその後ろ姿を見送った。人工地盤撤去工事用の運動エネルギー増幅装置の威力を間近に見せつけられて平然とかまえていられる方がおかしい。残っている者の大半は、逃げ出す気力も萎《な》えたように、光を失った目でぼんやりと中空を眺めている。

廊下が暗い。建物内の照明が消えた。微弱ながら聞こえていたエアコンの音もなくなった。完全に停電した。

総一郎は、つい先程まであった白い人工土壌の大地がなくなり、コミュニティセンターからほど近い駐車場に、波が打ち寄せる様をぼんやりと見ていた。

それから重要なことに気づいた。

急がなければならない。北部地域が破砕される前に手を打たねばならない。今となっては、唯一《ゆいいつ》の生命線であり、武力闘争の手段であるものが、そこにある。

「おい、動ける男は集まれ。トラックの手配をしろ。物を運ぶ」

総一郎は叫んだ。

怪訝《けげん》な顔で人々がやってきた。

総一郎は集まった人々に、彼がしようとしていることを説明した。

一瞬、息を呑《の》む気配があり、次にどよめきが上がった。疲れきり、もはや移転する気力さえ失って、ここに留まっているかのように見えた人々の顔に、生き生きとした表情がよみがえった。

「おっさん、なかなかやるじゃないか。そんな貴重な物を隠し持ってるとは」

三曹が言った。

「私が隠し持っていたわけじゃない。たまたま悪いやつが放置したものだ」

「ま、いい」

三曹は駐車場に向かい走っていく。トラックの運転席にひらりと飛び乗り、ギアを入れる。ばらばらと男たちが走ってきて、その荷台に飛び乗る。一目《ひとめ》で下層クラスとわかる主婦や娘たちも交じっている。

総一郎はその後ろに止まっていた大型トラックの運転席に座った。こちらの荷台にも男たちが乗り込んだ。発進しようとしたそのとき、「ちょっと待って」と女の声がした。ドアを荒々しく開けて、レサが勢いをつけて隣のシートに飛び込んできた。

二台のトラックは、ところどころ陥没した道路を疾走し、北部海岸線に向かった。

まもなく打ち捨てられた工事用車両がいくつも見えてきた。総一郎たちが、父の棺を抱えて上陸した地点だ。

幸運にも、あのとき総一郎たちが乗ってきたアトミックマフィアの船は、まだ無事にその場にあった。

「急げ」

総一郎は叫んだ。

人々はトラックの荷台から降り、船に突進する。

「おーし、おっさんは陸《おか》に残って指揮しろ。残りの男と、そこのケツのでかいねえちゃんと坊や、俺の後について船に入れ」

三曹が、手際よく指示する。

「名前があるんだよ、あたしには」

ねえちゃんと言われた、赤いエナメルで髪を染めた女が怒鳴る。

勢い込んで桟橋から船に飛び降りた人々が、鼻をつく腐臭に足を止める。そしてシートの下の膨れ上がった死体を見たとたん、後退った。

「ほら、何やってんだ。死体見物は後だ。早くしろ」と三曹が、どやしつける。

男たちは、シートを剝《は》いで甲板に丸め、その下にある巨大な鉛筆のような黒鉛棒と金属の鞘《さや》に包まれたウランを担《かつ》ぎ出し、船縁《ふなべり》に上げた。それを岸で待ち受けていた総一郎たちが受け取り、トラックに積み込む。

一時間ほどで作業は終わった。

「すげえ、これで恐《こわ》いもの知らずだ。俺たち」

三曹は目を輝かせる。

「この先が、正念場ですよ。技術屋にとっては」と藤原が、今までにないほど生き生きとした顔で舌なめずりしながら、黒い鉛筆のようなものを撫《な》でた。

一行がコミュニティセンターに戻ったとき、難民の数はさらに減っていた。小型船がまた一便迎えに来て、横浜に向けて出航したという。藤原が数えたところによると、子供やすでに動けなくなった老人まで入れて、ここには四十八人を残すだけになっていた。第一次行政代執行の後にここに集まった人数の約六分の一まで減った。しかし残留組の中に、あの元銀行員の顔がある。

「補償金を積み増しするって話が、私のところには来ませんからね」と彼は総一郎の顔を見るとうっすらと笑った。

「金の問題ですよ。それが悪いですか？　それが私という人間に対する唯一の評価基準なんです。他に計りようがありますか。私は在職中は、メール一本でどこにでも飛ばされた身です。あげくにメール一本でクビになった。しかし今は給料をもらっているわけではない。ここからナリタまで、この私を動かすのに、日本国政府はいったいいくら払うつもりなのか、答えによっては死んだっていい……」

それでは死ぬしかないだろうな、と総一郎は、つい先程、目にした国土総合開発利用計画書の内容を思い出し、つぶやいた。彼らにとってベイシティの住民は、最初から余剰市民であり、補償金が仮に支払われたとしたら、それはこの地を立退《たちの》くにあたってのものではなく、将来、有用市民に安全な生活環境を提供するために、その肉体を丸ごと検査に使うことへの対価だ。

「私はここで自分にはいくらくらいの評価が下されるのか、命がけで確認してやるつもりなんですよ」

元銀行員は体を前後に揺すりながら話し続ける。瞳《ひとみ》が熱を帯びたように光っていた。少し離れたところで、藤原が人々を集め、これからの作業手順について話し始めた。

ぷつりと音がして、斎藤家の居間は真っ暗になった。このところ一晩に何度もこんなことがある。しかも停電している時間はだんだん長くなる。予備電源を入れ非常用ランプを点《つ》けようとしたとき、闇《やみ》の中にヘッドライトが見えた。

「どなた?」

インターホンが使えないので、ドアのこちら側で尋ねる。

「私だ」

ため息にも似た声が聞こえてきて、慌《あわ》てて開ける。玄関の柱に片手をついて立っている夫の姿に、美和子はひどく切羽詰まったものを感じた。総一郎はもともと上背《うわぜい》の割には横幅はない方だったが、ふらつく足で玄関を開けて入ってきたときには、さらに一回り細くなって、月明かりに照らされた頬は真っ白だった。

「あなた……何があったの」

美和子は慌てて支える。無事に帰ってきただけでよかった。レサのことなど、もはやどうでもいい、と思った。

「何もない。疲れているだけだ」

総一郎は答えた。

夏物のジャケットには汚れがこびりつき、汗と機械オイルのにおいが鼻をつく。

「お風呂《ふろ》、入れてあげたいけど頻繁に停電するからもうだめ。今、固形燃料でお湯を沸かして体を拭《ふ》いてあげますから」

「いや、いい。しかしこんな事態はまもなく解消する。君は心配しないでいい」

「解消するって……あのヘリコプターの攻撃、ご覧になったでしょう」

「ああ」

気の無い返事をして総一郎はソファに上着を放り投げると、小夜子の相手をしていた有賀に合図して、隣の部屋を指差した。

「あの、あなた」

総一郎は、ちょっと振り返って目で制した。

来ないでいい、男同士の話だ。あっちに行っていろ。

そう言っているようだった。裁判官時代から変わらない。

男同士で決して不真面目《ふまじめ》な話をするわけではない。その反対だ。肝心な話だ。この場に残された家族の命にかかわるような話だ。だから女子供は排除される。今まで当然のことと思っていたのに、なぜかこのとき、ひどく淋《さび》しく腹立たしく、胸にこたえた。

閉めたドアから低いささやきが聞こえた。小夜子と敬と律がやってきた。眠りかけた律を軽々と抱いて、小夜子は落ち着いた仕草でソファに腰を下ろす。その仕草は、もう若い女のそれだ。

少し思いつめたような表情で、片手で髪をかきあげる。

「パパ、何を話しているの？」

敬がドアを叩《たた》いた。

「やめなさい。大人の話よ」と美和子はたしなめた。

「敬か」

総一郎が中から答えた。

「こっちに来なさい」

美和子ははっとして、敬を見た。敬は、うれしそうにドアを開け入っていく。

小夜子は鋭い視線で、母親を見た。

「ここに留《とど》まるに当たっての作戦でしょう。今日、コミュニティセンターの方で何か動きがあったんじゃないかしら」

美和子は呼吸が止まるかと思った。いったいこの子はだれなのか？

もはや自分の子供とも思えない。いきなり、見知らぬ頭の良い女子学生が、この家に侵入してきたような気がする。

「どうしたのママ？」

小夜子は不思議そうに、美和子を見た。

「いえ……」

十分ほどして総一郎たちが出てきた。

「パパ、今日は何があったの？」

はっきりした口調で小夜子が尋ねた。

「あ、いや。子供はいいんだ」と答えてから、美和子の方を見て総一郎は言った。

「明日から少しの間、忙しくなる。しばらく戻って来られないと思うが、子供たちをよろしくたのむ」

美和子は抗弁しようとしたが、言葉が見つからず、夫を正面から見つめていた。そのとたん、小夜子が鋭い調子のバリトンで言った。

「何があって、明日から何をするのか、説明して欲しいのよ、パパ。蚊帳《かや》の外に置かれてちゃ、何かあったとき、どういう行動を取ったらいいものか、判断がつかないじゃない。今日だってヘリに攻撃されるんじゃないか、とずっと生きた心地もしなかった。大人の話だと言うなら、ママにもちゃんと状況説明をしておくべきじゃないの？」

「え……」

総一郎は口をぱっくりと開けたまま、目だけを左右にきょろきょろと動かした。それから美和子の方を見て、必死で何か言おうとしては言葉を呑み込んだ。おそらくこの場で、総一郎に発せられるのは、「おい、こいつはだれなんだ?」という問いだけだっただろう。一日一緒にいた美和子でさえ、小夜子の変化は信じがたい。我が子の急激な成熟を理屈ではわかっていても、留守にしていた総一郎が実感として受け入れられようはずもない。

小夜子の顔と、その大きな足を交互に眺めながら、総一郎はうなるばかりだった。

「まず現在の状態から説明しておきましょうか」

有賀が事情を察して、今、総一郎から聞いたばかりの今日一日の動きについてかいつまんで話した。

すでにここベイシティに残っているのは、コミュニティセンターにいる四十八人と、美和子たちだけであることを有賀は話した。

「住民数は減ったが、たてこもるにはこのくらいの人数の方がちょうどいい」

総一郎は言った。

「たてこもる……少数で……」

美和子はそら恐ろしいものを感じた。もしや、夫はここを死に場所に選ぶ気でいるのだろうか。総一郎の知性を美和子は信じてきた。先を読み、困難に直面したとき、合理的な最良の手段を選ぶ、ということにかけて、彼に勝るものはいなかった。それが特A

級市民の知性だったはずだ。

「もう大丈夫だよ、心配しなくても」と総一郎は微笑《ほほえ》みかけた。

「どうして？」

「彼らはもうじき、僕たちに手出しできなくなる」

「私たち、どうなるの？」

不安な思いで美和子は尋ねた。

総一郎は目を閉じた。

「人はいつかは死ぬものだ」

予想していた最悪の答えだ。

「僕は今まで斎藤家の永続を願っていた。幸い、ここの土地以外にも、斎藤の人間はいる。筑波に行った健と四国に行った歩だ。彼らがいるかぎり斎藤家は、存続していく」

そこまで言って、総一郎は眉根《まゆね》に皺《しわ》を寄せ、苦しそうに家族を見回した。

「この間、パワーショベルにぶつかってみて、初めて気づいた。人にとって大切なものは、単に生き永らえることではなく、人間としての誇りを守ることではないだろうか」

美和子は愕然《がくぜん》とした。英雄、という言葉にこの人は狂ってしまった。家族の安全よりも、人の命よりも、英雄になる気分の良さ、女を含め、その後に与えられる栄誉と呼ばれる物に酔ってしまったのだ。

目の前に、巨大な崖《がけ》が現われたような気がする。その崖に向かって、総一郎が旗を振りながら転落していく。続いて美和子が、小夜子が、敬が……。先頭を金属光沢を帯びた長い髪をたなびかせたレサが、軽やかに飛び去っていく。昔、曽祖父《そうそふ》の口から一度だけ聞いたことのある「玉砕《ぎよくさい》」という言葉が、思い浮かんだ。

「私が聞いたかぎり、それって、誇りっていうより、ただの意地の張り合いじゃないかしら」

不意に、醒《さ》めた調子のバリトンが聞こえた。小夜子だ。

またもや、総一郎は口をあんぐり開いたまま、娘の顔を見つめる。腹の底に響くような重々しい声で正論を吐く身長二メートルを超える我が子に、さすがの総一郎も返す言葉がない。

ほんの一カ月前いたずらざかりを迎えたとき、体力に勝る娘を躾《しつ》けた彼の親たる威厳も、今はすっかり色あせていた。

「僕は、怖くないよ、パパ」

そのとき敬が言った。

「やめて」

美和子は泣き叫びながら、総一郎のシャツを摑《つか》んでいた。

「子供まで巻き込むのはやめて。私は命をかけるのなんかいやよ。お腹《なか》に子供もいるのよ。勝手に作っておいて、生まれる前に勝手に殺す気？　あなたにとっては三分のことだろうけど、私は、これで八カ月もお腹に入れてるのよ」

「三分以上はもった」

憮然《ぶぜん》として、総一郎は答えた。

「まあまあ」と有賀が中に入った。

「実は、今日、ご主人がコンピュータで中央の情報を呼び出したそうだ。それでわかったことだが、ここで白旗を掲げて移転を承諾したとしても、ナリタの土地の安全性は未《いま》だ確認されてない」

「そんなの説明会のときから、コミュニティのお母さんたちが抗議してたことじゃないですか。それをあなたは、バナジウムの採掘が大事だとおっしゃって」

美和子は総一郎に向かって言った。

「いや、あのとき与えられた情報より、ナリタニュータウンの状態は遥《はる》かに悪い。空気汚染や各種疾病《しっぺい》の危険があり、あの地域の産業及び宅地開発は、禁止されている。そして今後三十年に亘《わた》り、フロンティアを投入することにより、人体への影響力を長期間観察、測定し、安全が確認された時点で、所定の手続きを取った上、有用市民の定住を開始する。計画書にはそうあった。それで、そのフロンティアというのが我々だ」

「どういうこと……」

美和子は意味が呑《の》み込めないまま、総一郎の顔をぼんやり見上げた。

「日本国政府により不用と判断された人間、つまり余剰市民だ」

「不用って、あなたは特A級市民……」

「しかしこの国は、そうした真の評価ではなく、近視眼的に見て、国民を当座の役に立つか立たないかで分け、いらないと判断すれば、実験動物代わりに使う」

別に特Aとか Bとかいうのが真の評価とは思わないが、美和子はそうした事実を突き付けられた総一郎の胸の内を思うと、痛ましさを感じた。

「パパ、いらない人になっちゃったの」

ぽかんとした顔で敬が尋ねた。

美和子が慌てていると、「ま、そんなことはどうでもいいんだ」と有賀が言った。

「パパ、そんなの嘘《うそ》だよね」

「ま、そんなことはどうでもいいんだ」と総一郎も、苦し気な顔で言った。

「問題は」と小夜子が、言った。

「ここを立退いて、ナリタに行くことはできない。つまりここに留まる意義は、面子《メンツ》や家の名前を守ることじゃなくて、安全で健康的な生活を求めてのことね」

「あ、ああ、いや……」

我が娘を見て、総一郎は混乱した顔でうなずき、それからすぐに首を横に振った。そして気をとりなおそうとするように、何度か息を吸い込んだ後、言った。

「しかしすべての問題は、まもなく解決する」

「すべての問題?」

「ああ、電気の供給ができれば、生活上の不便の大半は解消する。食料の自給もできる」

「いったいどうやって」

「電力を自給するんだ」

「自給って……だいいち燃料が」

総一郎は微笑んだ。

「それがすべてのキーだ。金属ウランを使う」

えっ、美和子は小さな声を上げた。

小夜子は首を傾《かし》げている。発電についての知識までは、まだ有賀に与えられてはいないらしい。

「ここに来たときに乗ってきた船に黒鉛と金属ウランの燃料棒が積んであっただろう。あれを今日、運んできた。危ないところだった。あと数日遅れたら、敵方のヘリに発見されていただろう」

「パパ、ゲンパツを作るの？」

敬が尋ねた。

「ゲンパツという略し方は正しくない。それは二十世紀後半、まだ工業力が未熟だった時代に原子力開発に恐怖を抱いた退歩主義者が使った用語で、現在では原電と言う」

「で、あなた、その燃料棒なんかどこに置いてあるんですか？」

「コミュニティセンターの駐車場だが、明日、向かいの空き地に運び込む」

敬は、ひっ、と声を上げて飛びすさった。

「パパ、原発なんか作って、僕たち被曝《ひばく》しないの」

「子供のくせに、昭和生まれの年寄りのようなことを言うものじゃないぞ。現在の技術をもってすれば、原子力発電は、やかんでお湯を沸かすのと同じくらい安全なものだ」

美和子は、息子と総一郎の間に割って入った。

「それにしたって何も我が家の軒先に作ることは、ないじゃありませんか。コミュニティセンターの広場があるのに」

「敵の目は、もっぱら向こうに向いている。こちらなら発見される前に、ある程度、工事を進めてしまうことができる」

総一郎は答えた。

「だいたい、どうやってそんなものを作れるんですか？　材料もないのに」

「心配しないでいい」

斎藤家の家長は、こういう込み入った話を妻にはしない。

「すぐに冷蔵庫も給排水システムも使えるようになるし、もちろん食料供給に関する不安も解消する」

「食料の方はどうにかなりますよ」と有賀が言った。

「今日の午後、小夜子ちゃんに手伝ってもらって、芋とモロヘイヤを植え付けてきました。電気で合成したデンプンや蛋白質《たんぱくしつ》なんか、本来人の食物じゃありません」

「それはどうも」

総一郎は気のない返事をした。

「ゲンパツって、どうやって作るの？　僕知りたい」

敬が口を挟んだ。

「原電」と訂正してから、総一郎は答えた。

「君もまもなく十だ。明日からの作業に参加して、大人たちの手伝いをしなさい」

「はいっ」

父を見上げて敬が返事をする。

総一郎はコンピュータのスイッチを入れた。ディスプレイを黒板代わりにして、説明するつもりらしい。しかし画面は霧がかかったように、うっすらとぼやけて暗かった。

総一郎は、舌打ちして消す。予備電源の電圧が下がってきた。

しかたなく紙とペンを引っ張り出してきた。

「基本的な構造は、極めて簡単だ」

総一郎は説明を始めた。

「核分裂によって出てきた熱を交換機に通し、蒸気を発生させる。その蒸気によってタービン発電機を回す。それだけだ」

「なんだ、パパがやかんでお湯を沸かすのと同じって言ったのは、そういうことなんだ」

敬が納得したようにうなずく。

「いや、同じくらい安全だと言ったので、やり方が同じだとは言ってない」

「でも、同じだよね。僕が社会で習った発電のしくみっていうのは、核エネルギーをそのまま電力に変えるんだけど」と敬は少し不思議そうな顔をした。

「もちろん、パパだってこんな古色蒼然《こしょくそうぜん》たる方法はとりたくない。しかし今、この島で僕たちに与えられたものは、その大昔に使われた燃料なんだ。今の常温核融合のためのペレットはないし、もちろん高度な原子炉もない」

「パパでも作れないの？」と敬が尋ねる。

総一郎は少し哀《かな》しげな顔をした。

「確かに、パパは特A級の頭脳は持っている。でも、原電っていうのは、理論を理解する能力ではなく、工業力の問題なんだ」

「ふうん……」

敬は、納得のいかない顔をしている。敬にとっての父は、いつでもどこでも、なんでもできる人のはずだった。間違っても余剰市民などにはならないはずの人だった。

小夜子が、ひょい、と総一郎の書いたものを覗《のぞ》き込む。後ろから大きな影がさしたのでびっくりしたらしく、総一郎は振り返り複雑な表情で娘を見上げる。

有賀が小夜子を手招きして、自分のディスプレイを見せながら、原発についての知識を伝授し始めた。

「でもパパ、どうやって発電所を作るの？」

敬が尋ねる。

「この前の代執行で、この家を壊そうとしたパワーショベルが、まだ空き地に転がっていただろう。あれを使う。明日、コミュニティセンターに残ってる男の人を集めてきて、パワーショベルを解体するんだ。あれの主機械室部分にタービン発電機があるんで、それを使う。ここにいる人たちに必要な分の電気を供給するだけなら、それで十分だ。ただし炉については、パワーショベルのは加圧水型なんで、パパたちが手に入れた燃料棒が使えない。だから新しく作らなければならないんだ」

美和子は尋ねた。

「原子炉を作るんですか？」

「ああ」

総一郎は顔を息子に向けたまま返事をした。

有賀はまだ小夜子に説明している。小夜子の大きく見開いた目は、内面の並々ならぬ知性を映し出すように輝いていた。

9

成慶58年　10月7日	
やること	原子ろの解体(の手伝い)
やったこと	原子ろの解体(の手伝い)
ひょうか	とてもよくできた

やっぱり大人の男の書く日記というのは、むずかしい。どうやって書いたらいいのかわからない。というか、なにを書いたらいいのかわからない。

すごく情けないけど、子供の書き方をしてしまう。

今日、コミュニティセンターから、男の人たちがやってきた。

みんなで、パワーショベルを分解した。中から色々な部品が出てきておもしろかったけれど、運転席から人の死体を出して埋めたときは、こわくてぼくは家の中に入っていた。パパは、「原電ができたらこわいものはないよ」と言った。ずっと前、学校で、原子炉から出てくる灰で爆弾を作れるって習ったけど、もしかすると、パパはそれを作るんじゃないだろうか。そうしたらすごい。

パワーショベルからタービン発電機を出してくれたのは、三曹という人だ。本当の名前はだれも知らないそうだけど、しつこく聞いたら僕にだけそっと教えてくれた。

水上春樹《みなかみはるき》って言うんだけれど、絶対、人前でそう呼ぶなとこわい顔で言った。水上春樹さんは、元は自衛隊員で、外国に行って大きな機械や建物や、橋や道路が壊れたのを直していたそうだ。

G級市民なんだそうだけど、パパの胴体くらいある腕をしていて、髪の毛をグリースでオールバックにして、カラスの羽みたいにてかてかいろんな色に光らせててかっこいい。でも戦場に行くときは、クルーカットにするんだと言う。

春樹さんと、もう一人技師の藤原さんという人がいて、その二人がパパと原子力発電の設備を作るための打ち合わせをした。藤原さんは水上春樹さんとは全然違って、とてもおとなしそうなお兄さんだ。おとなしそうだけど、原子炉を作る話になると急にきりっとする。

前は、パパはC級以下の人とは話したりしなかったのに、コミュニティセンターに行くようになってからは、どこのクラスの人とでも、仲良くしている。

パワーショベルの分解が終わったときに、西村さんという女の人がやってきた。コミュニティセンターの館長で偉い人なのだそうだ。この前、パパと話しているのを見たときは、上を向いた大きなバストと細い腰が変だったけど、二度目に見たら変なことは変だけど、どうしてだか知らないけど、胸がどきどきした。

パパは、すごく優しい顔で西村さんと話していた。ちょうどママが、お茶を持って来たので、みんなと一緒に飲むのかな、と思ったけれど、西村さんの顔を見たとたん、ママは黙って僕たちを睨《にら》みつけて帰ってしまった。ママのあんなこわい顔を見たのは初めてだ。

午後からみんなで原子炉を作った。

「大昔の炭焼き窯《がま》と原理は同じだ」と藤原さんが教えてくれた。

炉は高さ二メートルくらいのベージュ色の物で、僕が足で蹴《け》っていたら、春樹さんに「割れるじゃないか、ばかやろ」と頭をげんこつで殴られた。パパは怒るとこわいけど、「長男には、厳しくしかし一目置いて育てる」と言って、絶対僕を叩《たた》いたりしないから、すごくびっくりした。

原子炉のしゃへいへきといういちばん外側の部分は、「素焼き」っていう素材だそうだ。植木鉢やおばあちゃんのお母さんが持っていた土鍋《どなべ》というものと、同じものらしい。けれど僕は見たことがないのでわからない。春樹さんや他の男の人たちは、それに水をザーザーとかけた。藤原さんが言うには、たっぷり水を含ませるのが肝心なのだそうだ。水が足りないと被曝《ひばく》するらしい。

水は、そばに井戸を掘って汲《く》み上げた。ベイシティは、海の上に浮かんでいるだけなので、土を掘って、地盤にドリルで穴を開ければ、すぐに塩水が出てくる。

今日はここまでだったけど、明日は、中に燃料棒の金属ウランと黒鉛を隙間《すきま》をあけながら、たがいちがいに入れていくそうだ。燃料はもちろんウランだけど、黒鉛はげんそくざいといって、核分裂が起きて飛び出してくる足の速い中性子にぶつけて、のろまな中性子にするんだそうだ。原子炉でウランをぶんれつさせるには、のろまな中性子の方が都合がいいんだって。それができたら、ウランと黒鉛の束を積み上げたてっぺんから長さ二メートルくらいの棒を何本も差し込む。せいぎょぼうといって、チタン合金でできているそうだ。ほんとは、カドミウムというものがいいんだけど、ここにはないのでみんなでゴルフクラブやコミュニティセンターで使っていたカーテンレールなどを集めてきて作るそうだ。このせいぎょぼうというものがないと核分裂でできてしまった中性子が、全部ウランにぶつかって、どんどん反応が進んで、しまいには材料から炉まで、全部熔《と》けてしまうらしい。そうなったら、この町だけでなく、日本全体、それどころか熔けたものが地面にしみ込んで、裏側のブラジルでマグマと一緒に飛び出して、大変なことになるんだ、と春樹さんが言っていた。そしたら藤原さんが、「君、百年も前の冗談を言って子供をこわがらせるのは、やめなさい」と言った。僕はちっともこわがってなんかいないし、もう子供じゃない。

それから春樹さんは、「坊主《ぼうず》、結局、原子炉の運転なんてもんはな、炉心にこうやって棒を突っ込んだり出したりすることなんだ」と、指を丸めてもう一方の手の人差し指を入れたり出したりしながらゲラゲラ笑った。

そうしたらパパが近づいてきて、「子供にいいかげんなことを教えるんじゃない」と春樹さんを怒鳴った。

でも僕たちはウランも黒鉛も見られない。炉の中は放射能でいっぱいになるんで、外から藤原さんの作ったクレーンで、リモコン操作する。クレーンには小さなディスプレイがついてて、それを見て中の様子を探るんだそうだ。でもクレーンは、操作が重たくて僕にはレバーが動かせない。藤原さんが言うには、材料がないのでレバーを軽くすることができないんだそうだ。パパも、藤原さんも重くて動かせない。

「できるのは俺だけだ」と春樹さんは自慢していた。

それで夜になってしまったので、みんなコミュニティセンターに戻った。僕とパパも、みんなとコミュニティセンターに行った。

パパがセッタイされている間に、春樹さんが、機械室に連れてってくれて二酸化炭素を入れる入れ物を見せてくれた。直径三メートルもあるカプセルで、明日、ボートで相模湾《さがみわん》に行って沈めて二酸化炭素を拾ってくるんだ。なんでも相模湾の下には、シャーベットみたいに固めた二酸化炭素が沈んでいるそうだ。拾った二酸化炭素は、今日作った原子炉にパイプで吹き込んで、中を冷やすのに使う。それであったまった二酸化炭素を使ってタービンを回して、発電をするんだ。

「蒸気で回すんじゃないの？」って聞いたら、春樹さんは「そんな高級なもん、材料がなくてここじゃ作れねえんだよ」と言った。

機械室から戻って来たら、パパも館長室から出てきた。さっきは、疲れた、疲れたと言っていたのに、とっても元気そうだった。きっと西村さんにおいしい物を食べさせてもらったんだろう。

そういえば、僕も春樹さんのガールフレンドからお菓子をもらった。春樹さんは「特A級の息子は、こんなもの食べたことないだろう」と言ったけど、おいしかった。春樹さんのガールフレンドは、小さくて優しそうな人だった。

発電ができるようになるのは、一週間くらいしてからだ、と藤原さんが言っていた。そうしたら、トイレも水道も今まで通りに使えるし、食べ物の心配もしないですむようになる、と西村さんは喜んでいた。コミュニティセンターの人も喜んでいて、みんなパパを尊敬している。僕もちょっと誇らしい気持ちがした。

原子炉を作り始めてから一週間が過ぎた。このところ頻繁に総一郎に呼び出しがかかる。センターでは喧嘩《けんか》やトラブルが後を絶たないのだ。喧嘩の原因はよくわからない。

斎藤家のように住むところがあればいい。しかし今、難民化した住民は当初よりは、人数が減ったものの、このところの電力不足で半ば腐りかけた乏しい食料を分け合い、不安に苛《さいな》まれながら命をつないでいる。

しかも仕切りのないだだっ広い床の上では、赤の他人が一緒に生活している。屋根はあってもプライバシーがないことでは路上生活と変わりなく、だれもが肉体的限界に近づき、疲れ、とげとげしくなってきている。

それでもここを動こうとしないのは、それぞれの理由があるからしい。強引な国家のやり方に意地になった者もいれば、元銀行屋のようにメール一本で日本全国を飛ばされ続けた紙飛行機のような自分の人生を、唯一《ゆいいつ》確かな物と彼が信じる金銭で計ろうとする者がいる。そして戦いの場を得て、自分の存在価値を確認しようとする男もいれば、レサのように地方自治復活の最前線になることを望む者もいる。

そうしたばらばらの目的と思惑の中で居座る人々の心が、総一郎の存在によって一つになる。平和時には必ずしもいらない絶対的な権威が、こうした状況下では必要になってくる。

総一郎の元裁判官にして特A級市民という権威は、国家によって完全に否定されてしまったはずだった。だからここに放り込まれたのだが、皮肉なことには、今、その否定されたはずの特A級市民の権威に英雄としての権威までが加わり、人々の総一郎に対する信頼はここでは揺るぎないものになっていた。

とにかく小さなトラブルを解決するためには、総一郎の鶴《つる》の一声こそ有効なのである。呼び出しは、総一郎が原子炉作製の作業をしている昼間も、家でくつろいでいる夜も、のべつかかる。そのたびに総一郎はいやがりもせず出かけていく。しかしレサが堂々と電話やコンピュータで、総一郎を呼び出すのは、美和子にとっては不愉快この上ない。

ヘリコプターのローターの音が次第に近づいてきたのは、総一郎が、トラブルを一件収めて戻ってきた夕方近くのことだった。

美和子は窓から外を見た。家の前で原子炉の組み立て作業をしていた男たちも、一斉に手を止めて空を見上げた。

スピーカーから声が降ってきた。

「こちらは、原子力安全委員会だ。諸君等は、今、核燃料物質及び原子炉の規制に関する法律に定める、総理大臣の許可を受けることなく、勝手に原子炉を作り、運転を行なおうとしている」

「なんでわかったんだ？」

藤原がつぶやくように言った。

一人の男が、いきなりあたりを見回して言った。

「この中にスパイがいるのか？」

一瞬、人々は沈黙し、空気が不穏なものになった。

「ばかなことを言うな」

総一郎が一喝した。

「衛星だ。衛星によって地上の様子をカメラに収め、画像解析をされたのだ」

「いくらなんでもなあ、おっさん」と三曹が言った。

「こんなとこ、衛星で写したりしないぜ。たぶんこのベイシティのあちこちにカメラとマイクがあるんだろう。それにネットのやりとりからもこっちの動きが読まれているんだろ」

「諸君等は、核燃料物質及び原子炉の規制に関する……」

ヘリコプターからは、同じ呼び掛けが繰り返されている。

「何が、原子炉等規制法だ。百年も前に定められたザル法じゃないか」

総一郎が、大空に向かって叫んだ。

「しかも君たちが作ろうとしているのは、もっとも野蛮にして危険なRBMK炉だ。百年前のチェルノブイリ原発事故を見ればわかるように、それは一歩間違えば、日本を含む広範なアジア太平洋地域を不毛の地とするおそれがある。ただちに建造物をそこに置き、静穏に立退《たちの》きなさい。平和的に撤退すれば、処分については十分な配慮をする」

「RBMK炉だと？　失礼な。そんな下劣なものを作るものか。確かに僕たちの原子炉は減速材及び反射材として黒鉛を使ってはいる。しかしこれはあんな中途半端《はんぱ》な軽水炉ではない。冷却材として炭酸ガスを使い、ガスタービンを回す由緒《ゆいしょ》正しい黒鉛炉なのだ」

藤原が毅然《きぜん》として空に向かい叫ぶ。

「よせ。もっと危険だ」

ヘリコプターから慌《あわ》てたような声が聞こえた。

「うるせえ、ばかやろう」

野卑な叫び声を上げながら、三曹が傍らのボルトを拾い、分厚い胸板をしならせてそれをヘリコプターに投げつけた。もちろん届くはずもなく、ボルトは夕焼け空に弧を描いて落ちてきた。

「若干の猶予《ゆうよ》を与える。静穏に立退けば処分について十分な配慮をする。立退きの意志がある場合は、全員屋内に入って待機せよ」

人の言葉はしゃべっているが、声色は奇妙に滑らかな電子音だ。

総一郎たちは、敢然と無視した。

ヘリコプターは、それから十数分間、頭上を旋回していた。

と、不意に高度を落とした。攻撃用ヘリの膨らんだ腹が迫り、手を伸ばせば摑《つか》めそうに近く、巨大に見えた。

そこに白い卵のような物が現われた。そして次の瞬間、それは機体を離れた。ヘリコプターが卵を産み落とした。

作業をしていた一人が絶叫した。一斉に息を呑《の》む気配がした。目を閉じてその場にくずおれるもの、口を開けたまま、どんよりした目に機体を映して立ち尽くすもの……。

爆弾だ。

時が止まったような静けさが訪れた。

ついに来るべきものが来た。

彼らは統計人口0になったこの島を、事実上の人口0にする気だ、と美和子は思った。数秒後に、白い巨大な卵は閃光《せんこう》を発し、東京ベイシティの残骸《ざんがい》となったこの島を、焼き尽くすはずだ。

美和子はとっさに子供達を家の陰に押し込み、少しためらった後、夫のそばにかけ寄った。膝《ひざ》をついたまま、両手を総一郎の体にからませた。総一郎は、背筋を伸ばして立っている。

夫の体温を両手に感じる。

今、総一郎のそばにいるのは、自分だけだ。

最後の瞬間、夫は国家のものでも、斎藤家のものでも、ましてやあのレサなどという女のものでなく、自分だけのものだ。

白い物は、ふわふわと舞い降りてくる。

周りの男たちは、頭を抱え、その場にうずくまっている。ただ一人、総一郎だけが両足を広げ、すっくと立ったままこぶしを握りしめ、対決するかのように落ちてくる物を見据えていた。

「あなた」

美和子は総一郎を見上げて呼びかけた。聞こえないかのように、総一郎は顔を仰向かせて天空を睨《にら》みつけていた。

「こっちを向いて、私を見て」

美和子は叫んだ。

次の瞬間、目を射る光と耳をつんざくような大音響がした。

目の前の地面に火柱が上がった。美和子は腹をかばいながら顔を伏せた。体が震えた。

皮膚が焼けているのか、鼓膜が破れたのかわからないが、痛みも熱感も何もない。

股間《こかん》を生温かいものが伝い下りていく。

そっと目を上げた。

地響きとともに、突然雲の間から巨大な戦車が現われ、こちらに向かってくる。高さ五メートルはあろうかというキャタピラが家々をつぶし、道路にいくつもの亀裂《きれつ》を作りながら突進してくる。

割れた路面から、海水が噴き出し、噴水のように天高く昇る。

木々が薙《な》ぎ倒され、軽い人工土が視野を覆《おお》い尽くして舞い上がった。

最後の光景だ、と思った。これが自分の見ることのできる最後の光景だと覚悟を決め、目をしっかりと開けた。

と、そのとき肩先を摑んで揺すられた。

「なかなか、よくできてるじゃないか」

夫が、低い声で語りかけた。ぎょっとしてその顔を見る。

揺れ動き、海水の噴き出す地面を指差し、総一郎は微笑《ほほえ》んでいた。

それから美和子の腕を自分の腰からさりげなく外して、周りの男たちに向かって怒鳴った。

「ホログラムだ。遊びはここまで、作業に戻ってくれ」

頭を抱えて震えていた男達は体を起こして、あたりを見回す。確かに地面は傾き、波打っているが、自分の体は真っすぐ立っている。炎に呑まれたはずだが、火傷《やけど》などどこにも負っていない。

「どういうことなの」

美和子は、おろおろと尋ねる。

「だからホログラムだと言っただろう」

「なぜ、わかったの」

総一郎は笑った。

「私たちが何を作っているか、わかってるのかい？　我々は爆弾など持つ必要はないんだ。今作っているこの窯に火をかければ、そのまま最終兵器になってしまうんだよ。いくら小型原子炉だって、これを爆破すれば都心は一瞬にして蒸発し、首都圏一帯が汚染される」

美和子は後退《あとずさ》った。

「しかも作りかけのこの状態がいちばん危ない。へたに震動を与えれば、金属ウランと黒鉛が崩れて暴走が始まる。そうしたらだれにも止められない。つまり僕たちは爆弾の上に座っているのと同じだ。攻撃のしかけようがないのさ」

総一郎は、晴れやかな笑い声を立てた。

「勝利したんだよ、僕たちは。日本国を相手にして」

目の前の小型原子炉は、ほとんど出来上がっていた。本体の炉もパワーショベルから取り出したタービンも、今はすっかりドーム形の外壁に覆われ、ホログラムの幻の炎に赤々と輝いている。

「攻撃を受けたところで、僕たちがやられるときは、首都も同時に滅ぶ」

総一郎の全身から歓喜が噴き上げているように見える。総一郎は傍らの箱を引き寄せた。プラスティックのふたを開けると中には、小さなボタンが並んでいる。

「遠隔装置だ。いざというときには、これで炉を爆破する」

「爆破するって、あなた……」

「そうだ」

背筋が凍った。

ついさっきまでの恐怖には、ある種の覚悟があった。しかしこれは違う。破滅の鍵《かぎ》を握っているのは、自分の夫だ。総一郎は武器を持った。自らの安全を犠牲にした武器は、とてつもなく強力なものになる。

そんな愚かしい知恵を男たちはなぜか遠い昔から持っていた。

男たちの間から、笑い声が起こった。笑い声だけで、だれも何も言わない。その笑いが子供だましの手段で脅しをかけてきた政府に対するものなのか、それともそれに怯《おび》えた自分自身に対する照れであるのか、美和子にはわからない。

ともかく男たちは、燃えさかり、打ち震え、ときに水柱を高く上げる地面の上で、作業を再開した。

律がいつの間にか家を飛び出し、地獄の光景を思わせる大地に走り出し、転げ回って遊び始めた。姑《しゅうとめ》の孝子は「なんだか気分の良いものじゃありませんことね」と言いながら、しゃがみこみ、揺れながら燃え盛る地面の幻影を指でかき回している。敬だけが、未《いま》だキッチンテーブルとドアの隙間《すきま》で、目を閉じて身を固くしていた。

総一郎の言葉通り、翌日もその翌日も、相手は沈黙していた。もちろん攻撃をしかけてくる様子もない。

三日目の午前中、出力計の針が、かすかに震え始めた。このところほぼ徹夜で作業を行なっていた元自衛隊三曹と藤原は、ほぼ同時に気づき炉に走り寄った。

「どうしたの?」

敬が、彼らの体の隙間から、メーターを覗《のぞ》き込んだ。

「反応が始まったぞ、坊主《ぼうず》」

三曹が、敬の頭を掌《てのひら》でぐりぐりと撫《な》でた。

「始まったんだ」

それから着ていた作業着を勢いよく脱ぎ捨て、他のメンバーのところに行った。

「おい、できた。俺たちの原発が動いた」

「原電だ」と総一郎が、言い直した。

作業を行なっていた人々は、奇声を上げて素焼きの窯《かま》の周りに集まった。

「できた。俺たちは原子炉を作ったんだ。奥さん」

男の一人が、美和子の方を振り返り言った。

「部屋中の電気をつけてくれ」

「まだです」

藤原が冷静な声で言った。

「反応が始まっただけです。反応が臨界点に達してからでないと、発電装置は動きません」

「臨界点……」

少しばかり気をそがれた様子で、彼らは静まった。

さらに丸二日が経《た》ち、原子炉を作り始めてから十四日目の早朝、ついに発電機がリズミカルだがけたたましい音を立てて動き始めた。

冷蔵庫が軽い唸《うな》りを上げ、予備電源で辛うじて点灯していた部屋の照明が、突然明るくなった。

動きを見守っていた藤原が、総一郎の家からコミュニティセンターに電話を入れた。会議場でこの瞬間を待っていた人々の間から、どよめきが上がったのが、受話器を通し、美和子の耳にまで達した。

受話器を置いた藤原の顔が不意に紅潮した。繊細なまつげが震え、涙が静かに頬を伝った。

「あら、どうなさったの」

美和子は驚いて駆け寄った。

「すいません」

藤原は、作業着の袖《そで》で顔を拭《ぬぐ》った。

「やったんだ、と思って。私は、産業廃棄物じゃなかった。生きててよかった。ここに留まってよかった。もしもナリタに行ったら、こんなチャンスはなかった。私の作った物がここにいるみんなを救う。私は決して不用な人間じゃないのだとわかったんです。生きててもいいんだと、思いました」

「はあ……」

複雑な思いで美和子は黙ってお茶を入れて、藤原に「まあ、どうぞ」と手渡した。

まもなく人々がコミュニティセンターから次々にトラックで乗り付けてきた。

電気はケーブルを通り、今頃はコミュニティセンターにも送られているはずだ。

「二週間ぶりに空調装置が動いてるんです。もう腐ったような空気を吸わないですみます」

「蛋白質《たんぱくしつ》合成装置も炭水化物合成装置も、正常に動き始めました。もう食物には困りません」

「新鮮な真水が出るようになりました。ようやく東京湾の臭い塩水から解放されます」

人々が口々に総一郎と藤原と三曹に礼の言葉を述べる。原発を作った空き地と総一郎の家は、にわかパーティー会場になった。

だれかが、手にした金属片を叩《たた》き、リズムを取った。歌い出す者がいた。

一滴のアルコールもなかったが、だれもが蛾《が》のように電灯の光に酔っていた。そのうち二、三人の男が、原子炉のそばでメーターを睨んでいた総一郎に駆け寄った。そしてその腕をとって道路の真ん中に連れてくると、さっと取り囲んだ。

「ばんざーい」

だれかが叫んだ。

「ばんざーい」と一斉に唱和した。

総一郎の長身の体は担《かつ》ぎ上げられ、高く放り上げられる。二回、三回……。もみくちゃにされながら、総一郎は微笑んでいた。

代執行のパワーショベルを潰《つぶ》して英雄になった総一郎は、今度は電力不足によって兵糧《ひょうろう》攻めにあおうとしていたベイシティを救った。それだけではない。相手が日本国政府であっても決して負けない、刺し違える覚悟さえあれば、考えうる限りもっとも強力な武器を手に入れた。

称賛と尊敬を集めて、斎藤家の家長は昔の誇りを取り戻していく。

美和子と孝子は家の中に入ると、家にあった材料をかき集め、簡単な料理を作り、それを向かい側の空き地に運ぶ。

原子炉の脇《わき》で始まった野外パーティーは最高潮に達している。

「皆様、ごくろうさまでございました」と孝子が、挨拶《あいさつ》した。酒がないので、お茶や健康飲料で乾杯する。

ようやく二十四時間の電気供給が可能になり、人間らしい生活が戻ってくる。しかし美和子の心はなぜかふさいでいた。

原発は玄関のドアを開けて、二十メートルと離れていないところにあるのだ。まさに斎藤家の人々の鼻先に核が居座っている。しかも現在の進んだ原子力発電設備ではなく、百年以上も昔の欠陥だらけの危ない原発だ。

そうした不安だけではない。今、危ない物を持った反逆者たちに、政府は手を出せないでいる。しかしここにいるかぎり睨み合いの状態は続く。しかもここの人々はそうした非常事態の中でこそ、自分自身の存在意義を見出《みいだ》したように見える。そんな緊張状態のただ中で、自分は子供を産み、育てていくのだろうか。

そのとき胴上げをしている人々から少し離れて立っていた男が、美和子の方を見て眉《まゆ》をぴくりと寄せた。

男はそろりとこちらに来た。初めて見る顔だ。華奢《きゃしゃ》な体つきをしていて、尖《とが》り気味の頭に髪は一本もない。

「あの……」と男は遠慮がちに、言った。

「そちらのお嬢さん、奥さんのお子さんで？」と小夜子を見上げた。

「はあ」

この数日で、また十以上成長してしまった小夜子は、もうりっぱな若い女の風貌《ふうぼう》になっていた。一見したところでは、美和子と小夜子の年齢差は十歳くらいにしか見えなくなっているので、母娘《おやこ》には見られないはずだ。

「お嬢さんのような容貌になる症例を私はいくつか見ておりましてね」

男は言った。

「失礼、私は永らく都内で検査医をしていました金川といいます。検査治療一貫のシステムが確立されたためにクビになって、こちらに来ました。お嬢さんを見たとたん、研究症例を思い出しまして」

金川という元医師は深刻な表情と裏腹に、目を輝かせていた。

「はあ……」

美和子は、いやな気がした。大きくなったのは小夜子が悪いわけではない。縮めて普通の大きさにする治療法があるというならともかく、そうでなければそっと無視するのが、小夜子のような者に対するいたわりではないか、と思った。

「成熟阻止の処置をしたときに、ホルモン事故を起こしたんです」

短く、そして不機嫌に美和子は答えた。そして、理由は言ったのだからそれ以上聞くな、と言わんばかりに金川から顔を背けた。

相手は、それにはかまわず無遠慮に小夜子を眺め回した。小夜子は平然としている。

「いや、このお嬢さんは体が大きいだけじゃない。なんというのか、若さと成熟の不思議な混合。幼児のように新しく瑞々《みずみず》しい肌と、周囲に対して激しい興味を持っていることを表わす瞳《ひとみ》の輝き、対照的に大人の容貌と思慮深い顔つき。奇妙で美しいアンバランス……。この症例に独特の容貌です」

「この症例?」

美和子は、何か不吉なものを感じた。

「ホルモン事故の事はわかっています。しかし問題はそれじゃありません。このお嬢さん、早く老《ふ》けましたね」

成熟が早いとか、早く大人になった、と言わず、老けたという言葉を使われたのが、ますます不愉快だった。

「なにかホルモン以外の処置をしましたか?」

「いえ」

首を振った後に、つけ加えた。

「姑《はは》が作ってくれる栄養ミルクを与えました」

「なんですか、それは」

「ピラルクという淡水魚の頭から取った天然の添加物ですが」

金川の顔に驚きの色が見えた。

「大した物ではありませんわ。主人も幼い頃、飲まされていました」

「いえ、そうではありません……その」

頭の地肌にうっすら浮かんだ汗を拭いながら、金川は続けた。

「健常者にとってなんでもないものが、ホルモン異常の者には決定的な影響を与えるんです。彼らは脳の成長を司《つかさど》る部位の感受性が極端に強くなっている。いくつかの物質が、それを刺激すると、こうした症状が現われることが知られていますが、どうやらこのお嬢さんの場合、そのミルクが脳下垂体を刺激してしまったらしい」

「悪いことではありませんわ」

美和子は遮った。

「あのままでしたら、今頃、数メートルの赤ん坊になっていたところが、大きくなるのは止まって、大人になり始めたんですもの」

「ええ、それはいいんです。しかし」と金川は首を振った。

「早く成長するということは、早く老いるということです」

「ええ」

だからなんなのだろう、としばらくの間、意味がわからなかった。受け入れたくないことだから、わかりたくなかったのかもしれない。

小夜子は眉を上げただけでうなずき、平静な顔で男を見て尋ねた。

「早く、死ぬ、ということですか」

「ま、そういうことです」

美和子は小さな、くぐもった悲鳴を洩《も》らした。

「なんてことを言うんです。なんてばかなことを。ミルクは、もうとうに止《や》めましたわ」

男は首を振った。

「ミルクが直接の原因ではありません。引き金に過ぎないのです。お嬢さんの体は今、普通の何倍もの働きをしているのです」

「だからなんだと言うのです？」

「つまり、百メートルを四秒台で走ることも、二百キロのバーベルを軽々と持ち上げることも可能ですし、超人的な知能を示すでしょう。ただしそうしたものの宿命として、早く老け、早く死んでいく。ほら、人生太く短くって、昔から言うじゃありませんか」

「どういうことですか？」

美和子は混乱して叫んだ。

「嘘《うそ》だわ。嘘。いえ、たとえ今の話が本当でも、私と同じ頃に死ぬだけの話じゃないの」

向こうで藤原たちとお茶を飲んでいた総一郎が怪訝《けげん》な顔でこちらを一瞥《いちべつ》した。その呑《のん》気《き》な表情に、美和子は腹を立てた。

「たぶん……奥さんよりも先でしょう」

元検査医は、きっぱり言った。

「そんなはず、ないわ」

「そんなはずないって言われたって……」

金川は困ったような顔をした。

「それじゃ、私たち、どうすればいいんですか？　いったいどうしたら？　これからすぐに東京の病院へ行けばいいんですか？」

金川は首を振った。

「残念ながら、東京の病院でも、助かる確率は少ないでしょう。うまくいったとして、大幅な知能の低下と情緒の欠落を覚悟しなければなりません」

「つまり命と引き替えに、そうしたことを覚悟しろ、と」

「いえ、うまくいった場合というだけで、ほとんどうまくいった例はありません」

美和子は、ぼんやりと金川を眺めていた。まだよく事態は理解されなかった。しかし理解できないまま、腹だけが立ってきた。

「あなた、それではなんのために、そんな事を私たちに言ったんです？」

金川は後退《あとずさ》った。

「いや、単に気づいたから……その……やはり現役の検査医時代の興味は、仕事を失ってなお、体の奥にしみついてまして、興味深い症例があるとついふらふらと……。悲しい性《さが》ですよ」

「ふざけないでください」

「それは……どうも失礼」

金川は逃げるように、その場から離れていった。

小夜子は静かな顔で、その後ろ姿を見送っていた。それからにっこりと微笑《ほほえ》みかけてきた。

「私は幸せよ、ママ。私とママたちとは、流れている時間が違うのよ。ママもパパも、私から見ると、ひどくゆっくりしているように見えるわ」

「ゆっくり？」

「ええ、話すのも、歩くのも、物を考えるのも、食べるのも。とてもゆったりしてて、たくさん眠って、のんびり平和に見えるの」

「あなたは走ってるの？」

小夜子は笑って首を振った。

「せわしないのよ。だからママたちが羨《うらや》ましくも感じるけどね」

「いやよ、そんなの」

美和子は、我が子の腕を握った。太い手首は、彼女の手に余った。そのままずっと握りしめていた。

やがてあることに気づき、ぎょっとして手を離した。異様に熱い手だった。薄い皮膚の下の動脈は、フル回転するエンジンのような力強さで、アレグロを刻み続けているのだ。規則正しく八回に一回の割りで、大きな拍動がくる。間の刻みは恐るべき速さだ。

「わかった？　私はその気になれば乗用車並みのスピードで走れるし、普通の人が一年かかって覚えることを半日で記憶できるの。ママが思っている一日は、たかだか天体の動きをもとにして、ママたちの生理を基準に考えた長さに過ぎないのよ。私には私の時間があるの。だから一生の間に持てる時間は、ママと変わらない。ただ、少し速く歩いて、みんなを追い越していってしまうだけ」

美和子は、大きく目を見開いたまま、小夜子を見つめていた。膝《ひざ》が震えた。そして「いやよ」と叫んだきり、小夜子の足元に崩れていた。

「いやよ、そんなの」

小夜子は、優しく母親の下腹に手をやった。

「次に生まれてくる私の弟か妹は、ママと同じ時間軸の上を生きる。安心して」

美和子は、総一郎の方を見た。道を隔てたところにいる夫には、金川の言葉も今のやりとりも聞こえてはいない。何も知らず、三曹の運転するトラックの助手席に飛び乗ったところだった。

美和子は涙を拭い、今にも走り出そうとするトラックの方に駆けていった。

「あなた」

呼びかけると、総一郎はちらりと美和子の方を振り返った。そして妻の涙を見て、いぶかしげに眉を寄せた。

「あなた……」

「すまん、これから大急ぎでコミュニティセンターに行かなければならん。今後の戦略を話し合わなければならないんだ」

「あなた、それどころじゃ……」

「話は、帰ってきてから聞く」

車は排気音を響かせて走り去っていった。美和子は唇を噛《か》んで、トラックの後ろ姿を見ていた。

孝子は部屋にこもったままで、有賀の姿もない。


総一郎がコミュニティセンターに着いたとき、円筒形の建物の窓という窓に、明かりが灯《とも》り、空調装置は新鮮な空気を力づよく内部に循環させていた。

廊下や議場を住みかにしていた四十数人の難民たちも、とりあえず新鮮な水と食料が確保されるめどがついて、落ち着きを取り戻している。

玄関の階段をレサがゆっくりと下ってくる。極端なウェーブを描いて両肩に広がった髪が、建物からこぼれる光を跳ね返して金属のようにきらめいた。

「お疲れさま」

オレンジゴールドのルージュを塗った唇から、ややかすれた声が洩れる。

「あ、いや」

総一郎は、少年のように照れて頭をかいた。

「待ってたわ」

レサはそう言うと、総一郎にくるりと背を向け階段を大股《おおまた》で上り、エレベーターに乗った。最上階で下りると、正面にある館長室のドアを片手で開け放した。

「どうぞ」

「失礼」

総一郎は、彼女に続いて中に入ってドアに鍵《かぎ》をかけ、内部の通信用カメラのスイッチを切る。

三十分ほどそこですごし、再びドアを開けて弛《ゆる》んだ頰を引き締めながら議場に戻ると、摺鉢《すりばち》の底に四十人あまりの人々が集まっていた。

「どうしたんだ?」

総一郎は、エスカレーターに飛び乗り、彼らのところに下りていく。人垣の中央にホストコンピュータがあって、そこに文字が打ち出されているところだった。

「レアメタル採掘公団からの通信です」

元銀行員がディスプレイを回転させ、総一郎の方に向けた。

「警告か、命令か」

だれに尋ねるともなく言って、それからはっとした。画面いっぱいに並んでいるのは、数字だ。

3066……1033……322……48……0
そしてディスプレイの地と文字の色が反転し、一瞬後にベイシティの地図が出る。

東京湾をその沿岸部だけ残してほぼ埋めた浮島だ。カチリと音がして、少しばかり画像が動いた。さらにもう一度、カチリと音がする。

なんだ、と総一郎はよく見ようと身を乗り出す。

また音がした。今度はわかった。周辺の土地がなくなった。さらに削られた。ベイシティは、太陽に暖められた池の氷のように、周辺部からなくなっていく。

画面下に、日付が出ている。一カ月くらい前から進み、だんだん今日に近くなってくる。そして今日の日付になった。浮島の姿は東西が削られ、すっかり細長く、コミュニティセンターと総一郎の家、すなわち小型発電所を結ぶ土地だけが残っていた。

そのまま三日間、日付は進み、地図は突然画面から消えた。いや違う、ベイシティが消滅した。一転して、画面には再び最初の数字が並んだ。3000から減っていった数字は、明後日の日付の部分で、0になった。

総一郎の背後で唾《つば》を呑《の》み込む音がした。

「つまり警告ではなく、今後の計画書だ」とだれかが言った。

「ふざけたものを送ってきやがって」と三曹が、吐き捨てるように言った。

「何が人口0だ。明日にどうやって人口0になんかなるんだ」

「いや、これは最後通牒《つうちょう》だ」

藤原が、重たい口調で言った。

「このままここに居座れば、人口0になる、すなわち皆殺しにするぞという意思表示だよ」

「そんな」

難民の中年女が、悲鳴のような声を上げた。

「いや」

元銀行員が、口を挟んだ。

「皆殺しにするぞという意思表示などしていない。みなす、ということだ。つまり人口0とみなし、今後の作業を進める。それに関しての危険については、一切の責任は負わない、という意味だ」

「違う」

藤原がいつになく強硬な口調で反論した。

「そんなことは、第一回目の地盤撤去工事のときからやっている。このメッセージには何か意味があるはずだ」

「攻撃が始まるということなんだよ」

三曹が、乾いた唇を舐《な》めた。

「今までのは、単なる警告で、いよいよ本格的な攻撃を始めるということだ。手始めは中性子爆弾でもお見舞いしてくるのかな。来るなら来やがれ。そのためにここに俺がいる」

場内はざわめいた。

「落ち着いて」

総一郎は、静かに言った。

「何も心配することはない」

それから彼は画面のモードを切り替えると、レアメタル採掘公団と国土交通省の両方に宛《あ》てて、メッセージを打ち込み始めた。

「我々は、核武装している。ただし我々の核は、初期における日本国憲法の基本理念にもとづいた、完全なる専守防衛型兵器として現在機能しており、我々のごく小規模なコミュニティの平和的存続が認められる限りにおいて、日本国並びにレアメタル採掘公団に対し一切の危害は加えない。しかし諸君らが、この平和なコミュニティにひとたび攻撃を加えたとき、我々は我々の所有する原子炉を即座に破損させ、首都東京に甚大《じんだい》なる被害を及ぼすであろう。この東京湾に眠る貴重な地下資源も、その大半が消滅するであろう。自らが首都東京を爆発させる一本の信管になることについて、我々に一切のためらいはない」

画面を覗《のぞ》いていた人々の間から、一斉に吐息が洩《も》れた。

すさまじく危険な物の上に居座ることによって、安全は確保された。

相手からはなんの反応も返ってこない。

もちろん人間同士が、リアルタイムで感情的ともいえる激しいやりとりをするというのは、昔と違い公的な場ではありえないことではある。

ややあってディスプレイの上に、特例措置によってもう一度だけフェリーが出るという通知が入った。出発時間は二十六分後、場所はコミュニティセンターの北東、四キロの海岸だ。

「どなたか、行かれますか？」

総一郎は微笑して見回した。

「有用市民のために体のデータを提供するくらいなら、ここで核と心中した方がいいわ」

摺鉢壁面のどこからか、女性の声がした。笑い声と無数の同意の声が続く。

「核と心中か……」と総一郎はため息をついた。

「平和と安全は、絶対的な力によってのみ保障される」と独り言を言って、それからふと気づいた。

これは実に半端《はんぱ》な脅しだ。

現在、地球を何百回となく吹き飛ばせるほどの核を日本を除く世界の国々が持っている。しかし実際に紛争解決の手段として使われたのは、未《いま》だにヒロシマ、ナガサキの二回だけだ。彼らは決してそれを使わない。逆に言えば核を抑止力として平和的に使うためには、中途半端なものでは無意味だということだ。たかだか小型の原発を一基抱え、何かしたら自爆してこのあたり一帯を汚染してやるぞ、と相手を脅すのは、絨毯《じゅうたん》を新しくしたばかりの他人の客間に上がり込み、ここで切腹してやる、と凄《すご》むのにも似ている。そうではなく、平和と安全を守るためには、必要最小限の攻撃用兵器を持たなければならない。

相手の喉元《のどもと》に刀の切っ先を突き付けないで、どうして武装といえよう。今、必要なのは切腹用の短刀だけではない。相手の喉元に突き付ける長刀《なぎなた》もいるのだ。

自分は国家権力と対峙《たいじ》することになった。いかなる理由があろうと、自分が反逆罪という大罪を犯したことは間違いないと総一郎は悟った。ここまで来てしまったら、ハンガーストライキを行なうのも、核爆弾をもって権力に対抗するのも、同じことだ。

「三曹、藤原」

総一郎は呼んだ。

「これは極秘だ。原爆を作製する」

藤原の顔が凍り付いた。三曹の目が輝いた。そして輝く目がもう一組あった。

「だれだ?」

総一郎は怒鳴った。

尋ねる前からわかっていた。椅子《いす》の隙間《すきま》から覗いた目は金色をしている。

「僕も入れてよ」

「だめだ。児童福祉法違反だ」

「僕は十八だと言ったろ」

甲高い声で少年は叫んだ。

「ゲームやるんじゃねえんだよ」と三曹が少年の頭を小突いた。

「いいけど……僕って友達として付き合うにはいやなやつかもしれないけど、敵に回したら、もっといやなやつだと思うよ。その気になれば僕は自分のポケットコンピュータで政府との交信に割り込むことができるし、情報に干渉することもできるんだから」

「自惚《うぬぼ》れるなよ、ガキ」と三曹が、少年の首に腕を回した。

「俺がちょいと力を入れれば、そのきれいな指は二度とマウスを握れなくなるんだ」

「まあまあ」と総一郎は、三曹の腕を摑《つか》んで、少年から離す。

「で、君は本気で作りたいのか？」

「僕が作りたいっていうよりは、それが出来上がって使うときになったら、僕が必要だと思うよ。正確に目標に向かって飛ばしたいなら、着弾点の計算は必要だし、どこにどう使うかもきちんとシミュレーションしなきゃ、意味ないだろ」

少年の金色の目は、心の高揚感を映してまばゆいばかりに光っている。

総一郎は、首筋あたりが粟立《あわだ》つような感じに襲われた。総一郎にとって、核を「持つ」ということが重要だった。原発を持つのと、原爆を持つことの間には限りない開きがあった。どれほど必要性に迫られたとはいえ、そしてそれがどんなに小型であっても、核爆弾は、総一郎にとっては最終兵器だ。しかしこの少年は、当然のように使うことを前提に、それもいかに効果的に使用するかということを考えながら爆弾作りに参加しようとしている。

「一緒に来てもいいが、私の指示に従ってくれ」

おもむろに総一郎は言った。

「アイデアを出しあった上で、一番良いと客観的に判断されたことが指示として出されるということだよね」と少年は金の目で総一郎を見上げた。そうすると天井の明かりが瞳《ひとみ》いっぱいに映り込み、夜行性の齧歯《げっし》類のように見えた。

「私一人の判断による指示だ」と総一郎は言った。

少年は何か言いかけたが、藤原たち他の大人も彼を排除したがっている気配を察したらしい。「わかったよ」と口を尖《とが》らせた。

「言っておくがこれはゲームじゃない」

念を押すように総一郎は言った。

「ゲームのキャラクターはもっと気がきいてるよ」と少年は口を尖らせ、小さくつぶやいた。

「僕が生きてるってのも、ゲームとどこが違うっていうんだ」

「行くぞ」と総一郎は、トラックに乗った。助手席と荷台に三曹と藤原、さらに少年が飛び乗る。

時刻は五時を過ぎ、短い秋の日はすっかり暮れていた。

斎藤家の向かいの空き地で原発は順調に動いている。

まず藤原が、手順を説明した。外からクレーンを使って、炉の中から使用済みの燃料を取り出す。まだ原発は起動して間もないので、使用済み燃料といっても少量しかないが、それでも、日本の心臓部を貫くには十分だ。

取り出したものは、加工するためにいったん冷まさなければならない。

藤原のマニュアルに従い、三曹がクレーンの操作を始める。

「あなた」という美和子の声が聞こえたのは、そのときだ。

「どうした?」

三曹がクレーンの重たいレバーを押し上げるのを見ていた総一郎は、振り返った。眉《まゆ》を寄せ、美和子が立っていた。また何かが起きたのだろうか。台所の床に傷がついたか、律が転んで膝《ひざ》をすりむいたか。いずれにしても家庭内の雑事にかかわっている暇はない。

「コミュニティセンターの方は明かりもつくし、エアコンも順調に動く。給排水システム、通信システム、すべて順調だ。こっちもうまくいっているだろう」

総一郎は美和子の言葉を封じるように、早口で言いながら上着を脱ぎ、「家に持っていってくれ。これから作業するんでじゃまだ」と妻の方に放り投げる。

受け取った美和子が眉をひそめた。

「香水の匂《にお》いがするわ」

「ボディシャンプーの匂いだ」

炉を作るときに掘った井戸のスライド式の蓋《ふた》を藤原と一緒にどかしながら、総一郎は屈託なく答えた。

美和子は数秒間沈黙した後、尋ねた。

「接待はいかがでした。あの館長の」

「気持ち良かった」

なぜそんな当たり前のことを今さら妻が尋ねるのか不思議だった。

確かに気持ちが良かった。かつてない試練のときを迎えているというのに、いや、だからこそ気力が体に満ちてくる。充実した人生というのは、命をかけた戦いと厳しい仕事と、その間に挟まれるロマンに満ちた享楽《きようらく》的時間によって構成されるものだ、と総一郎は実感していた。

「私にとって、気持ちのいいことなど、人生のどこにもないわ」

美和子は恨みがましい視線を総一郎に向け、低い声で言った。

総一郎にとっては、妻の言葉は不可解の一語につきる。出産と子育てというすばらしい仕事と、母になるという愛とロマンを抱えて、女として生まれてこれ以上に充実した人生があるはずはない。彼はそう考えている。

「あなた、話があるの」

再びクレーンの方に戻りかけた総一郎を美和子は追ってきた。

「すまないが、家庭内の話なら後にしてくれ」

総一郎は、クレーンを操作している三曹の手元を凝視したまま答えた。

「あなた……」

クレーンが中の燃料棒を摑んだ。

「離れろ」

総一郎は、低い声で言った。

「あなた、重要な話なのよ」

「離れろと言っているのが、聞こえないのか。被曝《ひばく》したらどうする。君は妊婦なんだ」

総一郎は厳しい声で叫んだ。

「あなた……何をしているの？」

クレーンが持ち上がり、焼けた使用済み燃料棒がゆっくりと炉の上から顔を出す。

「離れろ。子供が胎内被曝したらどうする。それでも君は母親か」

一瞬、美和子の頰が赤くそまった。そしてくるりと総一郎に背を向け、大きな腹を持て余すようによたよたとその場から離れていった。

それきり総一郎の頭の中から、妻の姿は消えた。

燃料棒は外に出され、一呼吸置いて原子炉を作るときに掘った井戸にゆっくり沈められる。真っ白な湯気が上がり、水の泡立つ音がした。


「小夜子のことよ」

総一郎たちは、いったん家に入り、これからの手順を確認することにした。

居間に入ると見知らぬ女が、ソファで本を読んでいる。

総一郎は、それが我が子であることを理解するまで少し時間がかかった。総一郎の中では、未《いま》だに小夜子は巨大な三カ月児だ。そうでなくてさえ、最近は家にいることが少ないので、異常な速さで成熟の進む我が子の姿を受け入れろと言われても、理屈ではともかく、感覚がついていかない。

そこにいるのは成熟した体の線の美しい女だ。均整が取れているが、顔も頭も手も足も、普通の人間より二回りほど大きい。ギリシャの神殿の女神像のようだ。総一郎のシャツを着ているが、胸の部分は足りなくなって、横皺《よこじわ》が寄っている。

「あら、パパ」と落ち着いた動作で、小夜子はソファの背もたれから体を起こした。

腰の下でソファがきしむ。

「あああ……」

後ろで少年が悲鳴のような声を上げて、外に出ようとしていた。藤原や三曹と違い、彼は原子炉を作りにここには来ていなかったので、小夜子とは初対面なのだ。

「娘だ」と総一郎は、戸惑いながら小夜子を少年に紹介する。

「初めまして」と小夜子は、少年の手をやんわりと握った。

少年は、言葉にならない声を上げながら、口をぱくぱくさせている。

「今、読まれていたのは、確か物理学の本のようでしたが」と藤原は、小夜子に尋ねた。

「ええ、パパが作った原子炉について、多少は知っておきたかったので。我が家の真ん前にあるものだから。確か、原子炉の設計をなさったのは、あなたでしたね」

「設計が必要なほど高度な原子炉ではありませんが」と藤原は、頭をかいた。

「もっと仕組みなどを勉強したいので、本があればお借りできません？」

「小夜子……」

総一郎はたしなめるように口を挟んだ。

藤原は、自分のポケットコンピュータを小夜子に渡した。

「どうぞ。そのハードディスクに情報が入っています。代執行でドアを溶接される直前、命がけで持ち出したものですよ。『もっと役に立つものを持ち出してくれればよかったのに』とみなさんには後からさんざんなじられましたが、おかげで原発をここに作ることができました。ただしダイアリーは読まないでください。個人的なつまらぬ独白が入っていますので」

ドアが開いて、不機嫌な顔の美和子がお茶を入れて持ってきた。

「そこに置いて上に行っていなさい。それに小夜子も」

美和子は意外なほど素直に「はい」と答えると、小夜子を連れて階段を上っていく。

少年の強《こわ》ばった表情はようやく元に戻った。

「それでは、まず藤原さん、原理と作製マニュアルについて、ちょっと説明してください」

　総一郎は、おもむろに言った。もちろん特A級市民である総一郎は原発の原理も、原爆の原理も知っている。しかし三曹や少年のためにも、一応の説明が必要だと判断した。

「それじゃ、これお借りします」

　藤原は居間に置いてある斎藤家のコンピュータを起動する。

「まず原理ですが」と藤原が画面に、爆弾作製マニュアルを書いていく。

「ちょっと、待って」と金目の少年が、つかつかと近づきいきなりコンピュータを初期画面に戻した。

「不用心だよ。敵に覗《のぞ》かれるだろ、ファイアウォールをかけなきゃ」

　キーをいくつか操作して「はい、ＯＫ」と画面を元に戻した。

「敵」という言葉をごく自然に使った少年の感覚に総一郎は抵抗を覚えた。

　藤原が画面に球形の立体像を出した。爆弾本体の図だ。

　そのとき「パパ、僕は入れてくれないの？」と敬が部屋に入ってきた。

「だめだ」

　総一郎は、短く言った。

「でも……」

「ママたちと二階に行ってなさい」

「僕はもう子供じゃなくて男だって、パパ言ったじゃないか」

「だから二階で、ママや妹たちを守るんだ」

敬は、納得したように「はい」と返事をした。そして階段を上りかけ、ふとコンピュータの画面に目を止めた。

「あ……原爆だ」

総一郎はぎょっとして、敬の方を見た。

「パパたち、原爆作るの？」

「声が大きい」

「原爆作って、悪いやつをやっつけるんだね」

「敬」

総一郎は言った。

「ちょっと来い、敬」

それから少し息を吸い込み、言った。

「おまえは男だ、秘密は守れるか？」

「守れるから、ここにいていい？」

一瞬、返事につまった。どういう目的で作るにせよ、これは大量殺戮《さつりく》兵器だ。それを作ろうとする場に、子供を立ち会わせていいはずはない。しかし必要とあれば戦い、女子供を守らねばならないのが男でもある。

「いろよ」

そのとき三曹が言った。

「坊主《ぼうず》、中学校の入試に出るかもしれないぞ。原爆の作り方を説明しなさいってな。世の中、なんでも知ってるにこしたことはない。どうせここにはもう一人子供がいる」

「失礼なこと言うな」と少年が金色の目をつり上げた。

かまわず藤原が説明を始めた。数式がディスプレイに並べられていく。総一郎にとっては1足す1は、2というくらいの式だ。しかし他のメンバーにとっては難解なもののようだった。

「かったるい説明すんなよ、おっさん」といきなり三曹が、藤原の説明を遮った。

「ぶっちゃけた話、どうやって爆発させりゃいいかってことだろ」

「ですからですね、プルトニウムの原子が……」

「つまりプルトニウム原子の一個一個が、かんしゃく玉のようなもんだと思えばいいんだろ」

「かんしゃく玉って、あなたね」

「ただし普通の状態にしておくと何万年もかかる。ところがお互い離れている原子を近づけちまえば、パンパンパンってな感じで連続して弾《はじ》けて、あたりの物を全部ブッ飛ばしたり火を噴かせたりできるって、それだけのことだろ」

「ま、まあ、考え方として間違ってはいませんが……」

藤原はうらめしげに、総一郎の方を見た。敬は身を乗り出して話を聞いていた。

「それで原子を互いに近づけてやるために、いろいろな方法がありまして」と藤原は説明を続けた。

原理の説明については、全員が理解できたかできないか、よくわからないうちに終わり、次に作製マニュアルの説明に移る。

材料としては、まず金属プルトニウムだが、これは原子炉から先程出して冷却しているものから取り出す。そのための溶解・分離・精製といった作業は、コミュニティセンターにある蛋白質《たんぱくしつ》合成装置を使って藤原が行なうと言う。

「なんだって、人工肉を作る装置でプルトニウムを作るんだ」

三曹が目を剝《む》いた。

「使用済み燃料を溶かすための硝酸も、プルトニウムを分離するセパレーターも揃《そろ》っているからですよ」

こともなげに藤原は答える。

「まさか、プルトニウムを採取するのに使った後で、また人工肉を作るんじゃないだろうな？」

今度は総一郎が目を剝いた。

「お望みなら」と肩をすくめて、藤原は言った。「センターの蛋白質合成装置は、二千人対応用に十基ありますが、現在稼働中《かどうちゆう》のものは、一基だけです」

ほっとして総一郎は、胸をなでおろした。あとは火薬、信管、それに爆弾本体を包むた。


「そんなものなんだっていいんだろう、これはどうだ？」

　三曹は、いきなり半球形のステンレス合金のランプシェードを二つ、壁からむしりとった。

「何をする」と総一郎が叫んだがもう遅い。

「これをこう合わせて溶接すれば、球形になる。簡単なもんだろうが」

「被曝したいんですか？」

　冷ややかな調子で藤原が、言った。

「いつまでも持ってないで、できたらすぐに使えば被曝の心配などないじゃないか」と金目の少年が、言った。

　総一郎は、咳払《せきばら》いした。

「とにかく殻にはベリリウムか、ボロンを使おう。コミュニティセンターに行けば、建物かインテリアのどこかに使ってあるはずだ」

「で、東京まで飛ばすミサイルは？」

「それなら心配ない」と総一郎は答えた。弾頭のないミサイル本体が、館長室に飾ってあったのを思い出した。

　一通りの説明が終了したときは、深夜になっていた。一行は材料を揃えにコミュニティセンターに再び戻ることにした。

車に乗ったとき、総一郎は二階の窓から美和子が顔を出しているのに気づいた。どんな表情をしているのかまではわからない。

コミュニティセンターに着くと、総一郎はレサに頼んで地下倉庫と、最上階機械室の電子ロックを解除してもらった。その二カ所に建物と館内設備修繕に必要な資材と道具が、一通り揃っている。特に地下倉庫は四層に分かれており、それぞれの階に二千基の棚が据え付けてある。棚と棚の間に隙間《すきま》はなく、物の出入は専用クレーンで行なうが、人が中に入るときには棚をレールに沿って滑らせ、通路を開くという集密庫である。そして棚にはそれぞれ三十個のコンテナが収めてある。つまり二千個の棚に三十個のコンテナ、それが地下一階から四階まであるのである。阿房宮《あぼうきゅう》のような倉庫に、ないものはない、と言っていい。

レサは「何をするの?」とは、尋ねなかった。彼女は原発が起動し、電力が安定的に供給されるようになったことで、当面の問題は解決されたと考えているようだ。そして相変わらず、総一郎とは「仕事の話」をしようとはしない。対日本国政府への戦略と戦術については総一郎に一任し、彼女はその他の難民たちの食料配分や生活の管理責任者としての務めを果たしている。

爆弾作製のための材料が倉庫のどこにあるのかコンピュータで検索し、リストに書き込むのは金目の少年の役目だ。倉庫にある二十四万個のコンテナのどこにもないものは、別のもので代用する。

材料は意外に簡単に揃った。

殻になる特殊金属は、重要ディスクその他を保管してある行政資料室の内壁に使ってあったので、三曹が剝《は》がしてきて球に成型した。

「火薬」は地下第四層の奥の棚にあることがわかり、総一郎と敬が取りに行った。入り口でボタンを操作すると一斉に棚が滑り出し、海が割れるように二人の前に人一人通れるくらいの道ができた。それをたどっていくと、やがて赤いランプのついたコンテナの前に行き着く。「火薬」は合成樹脂のコンテナに無造作に突っ込んであった。

それを取り出し、総一郎は注意深く蓋《ふた》を開けた。紅白に輝く物が目に飛び込んできた。特殊繊維でできた式典用垂れ幕だ。

敬と顔を見合わせ、両手でそれをのけると、今度は紅白のバラの造花がぎっしり詰め込んである。

確かに自分は「火薬」を検索したはずだ、と首を傾《かし》げながら、さらにそれも退《ど》かす。手に真っ赤なリボンが絡《から》みついてくる。銀のはさみも出てきた。

そのとき総一郎はようやくそれがなんの箱か理解した。

当初のシティ計画では、来年の春に、最後のブロックが整備され、ここは晴れて新しい町として登録されることになっていた。この倉庫にあるのは、ささやかな式典とコミュニティの祭りのための用具一式だ。そうした祝祭アイテムの一番下から求めるものは出てきた。ずしりと持ち重りのする、直径十センチほどの、真っ黒な真球が八個。式典用打ち上げ花火だ。

「わ、爆弾だ」と敬が後退《あとずさ》りする。総一郎は笑いながら、その玉とワンセットになっている筒を手にした。花火を空に向かって打ち上げるための火薬は別に用意されていた。今回必要なのは、その普通の火薬の方だ。

一時間足らずで、準備は整った。

爆弾作製は、明朝から取りかかることに決めた。

しかしそのとき、再びコミュニティセンターの大スクリーンには、政府の役人の立体像が映った。

「諸君、立退《たちの》き期限は迫っている」と表情も変えずに役人は言うと、たちまち消えてしまった。

「よし、すぐに始めよう。今日は徹夜だ」と総一郎は、三曹たちに言った。

「だめです」

藤原が静かな口調で異議を唱えた。

「コンディションを整えてから、作業にかからないと。私たちは生身です」

「我々のプルトニウム爆弾作製の動きが摑《つか》まれたのかどうか、今の通告からは判断できないが、いずれにしてもぐずぐずしている暇はない」

「いえ」

藤原は硬い表情で首を振った。

「根《こん》をつめる作業です。作っている最中に暴発したら終わりです。私の手元が狂わないとは保証できません」

「わかった」

総一郎はしぶしぶ同意し、それぞれ三時間の休憩を取った後、作業にかかることになった。

藤原と少年は床にマットを敷き横になると、すぐに寝息を立て始めた。三曹は特大のコンドームをこれ見よがしに振り回しながら、議場の端で待っている恋人の元に駆けていく。

総一郎は藤原と少年の寝ているマットを指差し、「そこで寝てなさい」と息子に言った。敬は素直にうなずき、藤原の隣に横になる。そして「パパは？」と尋ねた。

「パパはまだ寝られない」

「どうして？」

「もう一つ、仕事が残っているんだ」

おやすみ、と言い残し、エレベーターに乗る。

館長室のドアを開けると、内部には濃く香の煙が立ち込めていた。

「待ってたわ」とレサは言った。

「いや、今夜はそのために来たわけではない。君に借りたいものがあるんだ」と椅子《いす》の後ろに飾ってある金属の筒を指差した。

「どうぞ」とレサは微笑する。

「それであれを使用するに当たり、一応、我々の作戦について説明しておこう」と総一郎は言った。

「仕事の話はあなたとはしない、と言ったはずよ」

レサは遮って、総一郎の首に手を回した。目眩《めまい》のするようなムスクの香りがした。

「いや、三時間後に重要な仕事がある。これ以上は疲れるわけにはいかない」

「疲れたのは私も一緒よ」

レサは、机の上を指差しながら、下半身を押しつけてきた。

数々の統計、館内で起きたさまざまな問題に関する報告書などが、机に山積みになっていた。

「スポーツのように爽《さわ》やかに汗をかくためのセックスもあるけど、ヒーリングのためのセックスもあるのよ。身体《からだ》と精神を癒《いや》して、明るい気を魂の中心に引き込むの。漫然と眠るよりずっと疲れがとれるわ」

部屋の中に立ち込めているのは、ゆっくり吸い込むと、頭の芯《しん》から溶けてくるような不思議な薬物効果をもたらす香りだった。

「すてきよ、最高」

レサの吐息が耳たぶをくすぐった。

三時間後、総一郎たちはトラック二台に分乗し、コミュニティセンターを出た。

夜が明けかけた人工樹脂舗装の真っ白な道を二十分ほど走って、原子炉のある斎藤家の向かいの空き地へ行った。

このところ秋の晴天が続いている。早朝の空気は冷たいが、雨が降ってくる気配はなく、大気は乾いていた。

万一の事故の場合、子供を身ごもっている美和子だけは、被曝《ひばく》させたくないので、総一郎は屋外ですべての作業を行なうことにした。

あらかじめ炉から出して水につけておいた使用済み燃料棒は、ほどよく冷えている。冷えてはいても、未《いま》だに放射能を出し続けるそれを切断する作業をだれがすべきなのか、総一郎は一瞬迷った。しかし呻吟《しんぎん》する間もなく、少年がペンチでそれを掴み、電気カッターで葱《ねぎ》でも切るように端から切り始めた。

「君、これを」と総一郎は、少年に鉛の防護服と手袋を手渡した。原子炉を作ろうとしたとき、レサが藤原に手渡したものだそうだ。

「こんな不様《ぶざま》なもの、着られるわけないじゃない」と少年は防護服を放り出した。

「何を言うんだ。君のことを心配しているんだ。格好がどうこう言ってる場合か」

めずらしく藤原が声を荒らげた。

「僕の命が、あんたとどういう関係があるの？　人生はゲームだ。いつかはゲームセットになるんだよ。ドカン、ボーンて、火花散らしてさ」

総一郎も藤原も絶句した。少年は彼らの方を見ることもなく、パチリパチリと使用済み燃料棒を切り続ける。

「確かにな、私もこんなものには、死んでも袖《そで》を通さないだろうな」

総一郎は足元に転がっている防護服を見下ろして言った。

鉛の防護服は小型原子力発電装置を内蔵した工事用車両や工作機械から、妊娠中の女性作業員を守るためのマタニティドレスで、身につけるとぷっくりと腹の膨れるシルエットに成型されている。

敬が近くにやってきて、「僕もやっていい？」と少年に尋ねた。

「ああ、やってみるか」と少年は電動カッターを手渡そうとした。とっさに総一郎は、「敬、すまないが家に戻って、工具箱一式、持ってきてくれ」と大声で言っていた。

「何するの？　工具ならここに全部あるじゃない？」と敬は不思議そうに尋ねた。

「いや、足りないんだ。それから裁縫箱と救急箱と茶碗《ちゃわん》を、コンテナに入れてきちんと並べてから、ここに持って来い」

敬はきょとんとして、父親を見上げている。

「命令だ。聞こえないのか」

総一郎は怒鳴った。とにかく一刻も早く、息子を燃料棒の近くから離さなければならない。怒鳴った後で、自分の子さえよければ、というまるで母親のような偏狭な愛情をこの長男に注いでいることを少しばかり恥じた。

一センチほどの長さに切断された燃料棒は、藤原が鉛を張ったケースに入れてコミュニティセンターに運ぶ。

そこまで終わったときに、敬は息を弾ませて戻ってきた。そして総一郎の顔を見ると、神経質な素振りで小さく顔を背けた。何か隠し事をしているときの動作だ。

「どうした？」

総一郎は息子に尋ねた。「何が？」と敬はひどく不自然な口調で尋ね返してきた。

しかし今、それを問い質《ただ》している余裕はない。息子との対話は後に回して、今はみんなが気持ちを一つにして、作業に集中しなければならない。

翌朝、藤原は金属プルトニウムを手に、斎藤家に戻ってきた。もっともプルトニウムは、ウランに比べても毒性が非常に強いため、合金のケースに閉じ込めボール状に加工してある。

待っていた三曹が、それを受け取り、ベリリウムの球形の殻に起爆剤となる黒色火薬を詰め、その中心部に丁寧に埋め込んだ。

「なんでこんな大昔の爆弾の材料みたいなものを使うの？」

敬は、黒色火薬を見て質問した。作業に集中している三曹に代わり、藤原が答えた。

「今でも、この中心部のプルトニウムは少しずつ壊れて、放射能を出しているんですよ。放っておくとこのまま何万年もかけて壊れるんだけど、爆発させるためには、連鎖反応を起こしてやらなければならない。そのためには、原子同士の距離を近くする必要がある。そのために周りの黒色火薬で、まずは普通の爆発を起こして、プルトニウムを圧縮してやるんです」

短い昼食時間を挟んで休むこともなく作業を続け、まもなく夕方が訪れようとした頃、「よし、できた」と三曹が言った。

プルトニウムは、無事に周りを火薬で取り巻かれ、ベリリウムの球形の殻に包まれていた。殻の周りには海胆《うに》のように信管が飛び出している。見たところ大きさはせいぜいグレープフルーツほどで、これがそれほど大きな打撃を敵方だけでなく、使った本人たちにまで与えるようには見えない。しかし現代兵器などというのは、大方こうしたものである。

長い刃や、刺《とげ》だらけの鉄球や、巨砲の類《たぐい》で相手を威嚇《いかく》できた時代の戦いなどというのは、おそらくかなり牧歌的なものだっただろう。今、ビタミン剤と見まがうような爆弾が、数万の人間を一瞬にして殺し、蝶《ちょう》の羽のように美しく軽やかな地雷が一個師団を吹き飛ばす。それに比べれば、グレープフルーツほどの大きさで、ずしりと持ち重りのする爆弾は、まだそれなりに凶悪な顔をした古めかしい兵器ではある。

「じゃ、もう一個いくか。おい、ちょっとセンター行って、も少し、金属プルトニウムを作って来い」と三曹が、藤原の方を向いて言った。

「何を言う。こんなものは一つで十分だ」

総一郎が慌《あわ》てて言った。

「どうせなら、一個作るも十個作るも一緒だ」

「うん。一個作るも十個作るも一緒だよ」

目の下に隈《くま》を作り、金色のコンタクトレンズを外した少年が、小鳥のような声で同意した。

「ばかな。わかってないのか、核兵器を持つという意味が」と総一郎は言った。

「材料が余ってるんだから、作っておけばいいじゃないか」と三曹は、出来上がった爆弾の横に置いてある信管を生やしたベリリウムの殻を指で弾《はじ》いた。

「こん中に材料を詰めれば、出来上がりなんだぜ、おっさん」

「いなり寿司《ずし》を作ってるんじゃない」

たまりかねて、総一郎は声を荒らげた。

「まあまあ、みなさん」と藤原が、中に入った。

「もう日が暮れますよ。興奮しているから気づかなかっただけで、みなさん疲れています。こんなときに作業を続けたら、思わぬ事故につながります。ここはいったんコミュニティセンターに戻って、明日の英気を養いましょう」

三曹と少年はしぶしぶ出来上がった爆弾を車に積み込む。

「ちょっと、家に上がって休んでいってくれ」と総一郎は、三曹たちに声をかけた。

「遠慮なく」と藤原が答え、一行は斎藤家の居間に入ってきた。

しかしこんなとき、食事や飲み物を用意して待っているはずの美和子がそこにいない。

かわりに小夜子がいた。

「小夜子、ママは？」

総一郎は尋ねた。

「二階よ」

「すぐに下りてくるように言ってきてくれ」と総一郎は言った。

小夜子はそれには答えず、総一郎の顔を正面から見つめた。金目の少年が息をつめている様子が背後に感じられた。

静寂の中で、秋虫の声だけが聞こえる。

小夜子は、コンピュータの端末の前に座り、太い指で打ちにくそうに数字を入れた。

「何をしている？」

総一郎は尋ねた。

「原子炉について調べているの」

「どれどれ」と藤原が後ろから画面を覗《のぞ》き込む。

小夜子は別の画面を開く。ローマ字と数字のわけのわからない式が並んでいる。

「これは？」

「この前いただいたハードディスクにあったデータ」

小夜子は答えた。

藤原は小夜子の顔と画面をかわるがわる見る。

「パパたち、おととい燃料棒の出し入れをしたんでしょう」

「燃料棒を出したって、なぜ、知ってるんだ？」

総一郎はそう尋ね、ふと思い出して「敬」と呼んだ。敬は壁にはりついて、青い顔をしていた。一昨日、彼を放射能から離すために、部屋にどうでもいい物を取りに行かせたが、戻ってきたときの様子がおかしかったことを思い出した。

「僕は、秘密を守ったよ……原爆を作るなんて、お姉ちゃんに言わなかった」

「彼女は、小夜子は、君の姉じゃなく、妹だ。末の」

自分も混乱しそうになりながら、総一郎は遮る。

「何をしているんだって、あの人が恐《こわ》い顔で聞くんだもの……だからこの前、炉から取り出した燃料棒を切って、プルトニウムを取り出すんだって」

「あの人って、彼女は君の妹なんだが……」

総一郎は口ごもりながら、言った。いずれにしても燃料棒からプルトニウムを取り出すなどと聞けば、小学生でも何をしようとしているのかわかる。

「ま、それはいい。それよりママを連れてきて、お茶と簡単な食事を用意してもらってくれ」

「いいですよ。私たちは、コミュニティセンターに戻りますんで」と藤原がこの家の内部の異変を感じ取ったらしく遠慮がちに言った。

そのとき画面がいきなり切り替わった。国土交通省の役人の顔が立体画像になって飛び出してきた。

「どうも、ごぶさたいたしております」

「なんだね、君は。失敬な」

総一郎は振り返って、立体画像に向かって言った。

「私の顔は見えてますね」と相手は、画面から鼻を突き出してしゃべった。

「ああ……見えてるよ、残念ながら」

「私からもおたくの顔が見えます。しかし我々はずっとこうした形で話し合ってきた。どうもお互いに、生産性に乏しい論理を振りかざし平行線をたどってきたのは、今ひとつメディアに頼りきって、人間的に理解しあうことができなかったからだろうという結論に達しましてね」

「我々、余剰市民を人間的に理解するんですか？」

総一郎は皮肉ともなく言った。

「余剰市民だなんて、そんな結論を出したのは、コンピュータであって、我々人間ではありません。それでですね、まるで昔の国際会議のようではあるのですが、こうした画面を通じてではなく、コミュニティセンターで円卓を使いまして対等な形で話し合いを持ちたいと思っておるわけです」

「ほう、円卓会議ですか」

「話し合いについては、まったくフェアな形で行なわれるということを知っていただきたいのと、もし市民の方々の要望ないしは質問があれば、その場で取り上げたいと思いましてですね、全員に議場に来ていただきたいのです」

「全員というと?」

「ですから家族全員ということです」

「妻や娘までが、そんなものを傍聴してどうするんですか?」

「確かに、特Aクラスの家庭では、女性はそうした場には出ませんが、社会の大半をしめるGからMクラスの家庭では、説明会や公聴会等々で我々をいびりに、失礼、要望を述べるためにやってくるのは、主に主婦の方々です」

「うちはGからMクラスではない」

「それは存じています。しかしそれはそれとして、これはお願いになりますが、なんとか奥様、お嬢様方にもお越しいただいてですね、ご理解を深めていただければ、と考えております。今回はこちら側としても、ベイシティの方々の十分納得のいくような解決策をご用意いたしておりまして、より安全な移転地を提供するとともにですね、場合によっては超法規的措置といたしまして、移動の自由を完全保証するということも考えているわけで、それはすべて円卓会議の場において、フェイスツゥーフェイスで、話し合っていきたいと思います」

「わかった、行こう」と総一郎は答えた。

円卓会議という方法も、相手の大幅な譲歩も、おそらくはこの家の前にある原発によって引き出しえたものだ。これを破壊するという脅しがきいたのだ。品のない方法だったが効果はあった。

相手は二十分後の会議開催の時刻を指定して画面から消えた。準備をして霞が関からジェットヘリで飛んでくるとすれば、ちょうどいい時間だ。

「大丈夫なんですかねえ」と藤原が眉《まゆ》をひそめた。

「あの役人、確か特Aのエリートだったな。俺は上流の連中の言うことは、どうも信じられん」

三曹が、片手で何かをもてあそびながら、言った。

「話し合ってみなければわからないじゃないか」と言いながら、ふとその手元を見て総一郎は仰天した。原爆だ。

「ばかな、そんなものを家に持ち込むな」

三曹はにやにやしながら、それを手の中でくるくると回し、「それ、パス」と総一郎に投げてよこした。

うわっと悲鳴を上げ、受けてみると軽い。余っていた金属の殻だけだった。舌打ちして総一郎はそれを傍らのソファに投げ出す。

「議場で会おう、おっさん」と三曹は出ていく。

「行きますか、それじゃ」と藤原も少年に声をかけ、外に出る。

そのとき二階から下りてくる足音がした。

「あなた、終わったんですか？」

妻だ。

「なんだ、今頃」と総一郎は不機嫌な顔を妻に向けた。

「お話があります」

「だめだ、緊急の用事が入って、至急コミュニティセンターに戻らなければならん」

「大事なことですのよ」

「後だ」

美和子は、じっと総一郎を見つめたまま、くるりと体の向きを変えると玄関のホールに横向きに立った。あまり広くないドアは美和子の腹にふさがれて、総一郎は出られない。

「どきたまえ」と総一郎は言った。美和子は一歩も動く様子がない。

「今日という今日は、申し上げておくことがあります」

「別に今日でなくてもいいだろう、ばかばかしい」

やりとりを聞きつけて藤原が、美和子の肩ごしに顔を覗かせた。

「まだ時間はありますから、ごゆっくり。我々はトラックで先に行きます。もう一台の小型の方で、後から来てください」

「待て、私も一緒に行く」

「円卓会議の傍聴には、奥さんやお嬢さんも出席されるのでしょう。いずれにしても、あと一台が必要ですよ」

「彼女たちをそんなところに連れていく気はない」

「なぜです？」

美和子は、迫《せ》り出した腹で総一郎の体を押した。総一郎は、後退《あとずさ》った。

「レサとかいう人がいるからですか？」

「そんなことではない。君たちが会議などを傍聴する理由がない」

しどろもどろに答えながら、総一郎は美和子の腹に押されて、室内に後退していく。表でエンジンのかかる音がする。それが男のこぶしなら、立ち向かう。一喝して相手をひるませるだけの自信もある。しかし崇高な「母」の象徴、子供を宿した出っ張った腹には、総一郎は抵抗するすべがない。銃口を突きつけられたように総一郎は両手を上げ、「行かなければならない。君たちが考えているのと違い、これは重要な会議だ」と訴え続けるしかなかった。

総一郎は時計を見た。あと二分で会議が始まる。とうてい間に合わない。それでも相手が住民代表の遅刻に腹を立てて、席を蹴《け》って帰ってしまうということはないだろう。とりあえず原子炉という武器をこちらは抱えているのだ。そして今、彼らが予想もしていない積極的な武器をも手に入れた。だからその点についての心配はない。しかし時間を守らないというのは、人間としての誠意と信用を疑われることだ。

焦《あせ》る気持ちを抱えた総一郎の前で、美和子は戸口に踏ん張ったまま、てこでも動かない様子だ。

まもなくコミュニティセンターの円卓についた役人から、「斎藤総一郎さん、斎藤総一郎さん、開始時刻です。すみやかに円卓におつきください」という画像つきのメッセージが入るだろう。

「頼む、そこを退《ど》いてくれ」

総一郎は哀願するように言った。

「とにかく一国の運命を左右するような会議なのだ」

「おおげさな」と美和子は無表情に言って、両足をさらに広げた。

しかし一分過ぎ、二分過ぎてもコミュニティセンターからはなんの連絡もない。

「ちょっと、失礼」と総一郎は外へ出るのを諦《あきら》め、居間の中央に戻ると小夜子をコンピュータの前から退かし、通信ソフトを起動する。

コミュニティセンターの会議室を呼び出した。

画面に出たのは、元銀行屋だ。

「円卓会議開始の時刻になったが、緊急事態が発生したので、少し遅れる。これからすぐ家を出るので、待っててくれるように役人に言ってくれ」

総一郎は早口で言った。

「いえ、まだ向こうからはだれも来てないんですよ。まさか時間を忘れているってことはないでしょうから、巌流島《がんりゅうじま》をやる気なんでしょうかね、彼ら？……ああ、プロペラの音がしてます。やっと着いたな」

「わかった、今すぐ行く」

慌《あわ》てて通信を切ろうとしたとき、だしぬけに美和子が近づいてきて、画面の中の元銀行員に向かって怒鳴った。

「悪いけど、館長を出してちょうだい」

「えっ」と総一郎は、慌てた。

「ちょっと、待て」

美和子はかまわず、「小夜子」と娘の方を振り返り言った。

「ちょっと、隣の部屋に行ってなさい」

「はい、ママ」

素直に小夜子は立ち上がり、部屋を出ていく。それを見届け、美和子は腹で総一郎を押しやり、コンピュータの前にどさりと座った。

「何やっているんだ」

総一郎は慌ててキーボードに手を伸ばして、通信を切ろうとしたが、その前に「あら、どうなさったの」と画面の中に、レサが出た。しかしこちら側が、総一郎ではなく美和子だとわかると、「こんばんは、お元気ですか」とまったくこだわりのない調子で挨拶《あいさつ》をした。

美和子はそれには答えず、いきなり画像を消し音声だけのモードに切り替えた。

「おい、やめろ」

総一郎は叫んだ。

美和子は、総一郎の方をくるりと振り返った。

「小夜子についてあなたにお話しする前に、彼女に言っておくことがあります」

「ばかな……」

美和子は、画像の消えたスクリーンに向かい、「斎藤の妻です」と落ち着き払った声で言った。

「いつもご主人には、お世話になっています。で、何かご用ですか？」

レサの、平然として歯切れのよい言葉が戻ってくる。いつも総一郎に話しかけてくるセクシーな口調とはまったく違う。語尾のしっかりした低い声に、人生に対する積極的で攻撃的な姿勢と、なんとも言えない気迫が感じられて、総一郎はたじろいだ。

「こちらこそ」

負けず劣らず気迫に満ちた声で美和子が挨拶を返した。

「で、ご用件は？」

そのとき通信に雑音が交じった。

「館長、ヘリコプターがそのまま戻っていきましたよ」というインターコムの声が入った。

「まあ、おかしいわね、調べてみてくれる」

レサが答える。

総一郎は慌てた。代表である自分がいないので、彼らはいったん引き揚げたのかもしれない。しかしそのままヘリコプターが戻っていったというのは、少しおかしい。

「あ、何か玄関前に落としていったようです。メッセージボードのようです。ひろってきましょう」

「気をつけて」とレサが鋭い声で言った。

「おい、画像を出せ」

総一郎は怒鳴った。

「彼女の顔など見たくもありません」と美和子は首を振った。

「レサの顔を見るのではない。何か異変が起きたようだ」

そのとき再び、レサ宛《あ》てのインターコムの声が聞こえてきた。

「メッセージボードじゃありませんよ。なんかバスビーズみたいなきれいな玉です」

「取り扱いに気をつけて、何かあったら教えてちょうだい」と返事をして、レサはインターコムを切り、美和子との通信に戻ってきた。

「お待たせしました。ご用件は？」

レサは、事務的に言った。しかし最後の単語で少し声がかすれ、咳《せ》き込んだ。

「主人をさしあげます」

美和子は抑揚のない口調で言った。

「くだらんことを」

総一郎は舌打ちした。

スピーカーからヒーという喘息《ぜんそく》に似た吸気の音が聞こえ、それから激しく咳き込む音が聞こえた。続いて「どういう意味ですか?」というかすれながらも、冷静な声が聞こえた。

「主人をあなたにさしあげます、と申し上げたのよ」

美和子は微笑さえ浮かべている。

「動物の雄は、交尾した後は去っていくということを聞いたことがあります。今まで私は、そうした動物の雄のことをなんて無責任な、なんてひどい、と思っていたんです」

「お話は簡潔明瞭《めいりよう》にお願いします」

レサが遮るように言い、また咳き込んだ。

「でも、今は、ひどいとは思っていません。気がついたのです。女が妊娠したら、もう殿方は必要ないのだと。精子をいただいたら、もう家にいてもらってもしかたがないと。必要のない方が、家にいて、父親だとか、責任を負うとかいうのがおかしいことだと」

総一郎はびくりと体を震わせた。必要ない人間という言葉に対し、このコミュニティの秘密を知って以来、過敏になっていた。

「論点をまとめて、お話しください」

レサが短く言った。

「だから、主人をさしあげます」

「お断りします」

間髪入れずにレサが答えた。

「なぜです。あなたは主人を愛しているのでしょう」

「奥さん、画面を出してください。互いの目を見て、話し合いましょう」

「いいえ、声だけで十分です。それに私は奥さんという名前じゃありません。斎藤美和子です。それもつい先程まで。まもなく旧姓の高村に変わります」

「おい、いい加減にしろ。画面を議場に戻せ」

総一郎は、叫んだ。

「それじゃ高村さん、改めて言いますが、ご主人を丸ごと譲渡されてもこまります」

スピーカーからレサの声が聞こえた。

「なぜです？　欲しいから主人とあんなことをなさったんでしょう」

「あんなことという言い方は鄙猥《ひわい》です。性交、あるいはインターコースときちんと言ってください。ご主人は、理想的なパートナーです。ただし性交を行なう上でのみです」

「なんだ……」

総一郎は混乱した思いでふらふらと立ち上がった。

「どういうことですか？」

「だからご主人、斎藤総一郎氏は、私の性交を行なうためのパートナーだと申し上げたのです」

「あなた……主人を玩《もてあそ》んでいたのですか」

「玩ぶ？　そんな不謹慎な気持ちで性交をできるはずはないでしょう」

「どういうつもりなの？　いったい何を考えてるの？」

「哲学です。身体《からだ》をもちいた哲学の方法です」

そこまで言って相手は、木枯らしのように鋭く、不吉な音を立てて息を吸い込み咳《せき》をした。

「風邪をひいているのね」

「ええ、そうみたいね。空気交換がうまく作動してなかったせいでしょう。でも、もう大丈夫」

あえぐようにレサは続けた。

「私の言う哲学とは、抽象的で思弁的な西欧哲学とは一線を画した、叡知《えいち》に富んだ実践の哲学です。ご存じの通り、人は一生の間、その持てる能力、エネルギーの一割も使わずに終わっていくものなのです。体と精神を解放することによって、到達できる境地があるのに、むざむざ迷いの中をさまよって老いを迎えるのです。まず必要なのは、眠っているエネルギーを呼び覚ますことです。エネルギーの始原的姿は荒々しく動物的なもので、性交によって解放されます。しかしエネルギーとは、もともとは大欲、人を向上させるかと思えば堕落させもする欲望から、成っているわけです。人の中で一番大きな欲望は、言うまでもなくセックスに対することで、たとえば私たち女性は、男体を抱くことにより、無我の本体に到達し、エネルギーを解放するのです。これを大菩薩《だいぼ》性《さっせい》を得るとも言います。ペニスを自分の体内に導き入れることによって、相手の気を自分の菩《ぼ》提《だい》に感化させるのです。また相手の菩提を得るようにこちらからも、自分の気を分けてあげることを大慈悲と言います。もともと男は方便に長《た》けていても、根本的な知恵には到達しえない動物です。一方女は知恵はあっても、方便を駆使して現実に働きかけるという肉体的、物質的な場面では男に劣ります。つまりその方便と知恵を一致させること、その理想的な交わりのうちに、エネルギーは性器から臍《へそ》に集まり、さらに心臓に、呼吸器に、そして最後に頭頂部に達して宇宙に向かって放出されます。このエネルギーを気と呼びますが、こうして気が体内を昇っていく内に、私たちの魂は浄化され、肉体に力がみなぎるわけです」

口調はしばしば苦しげな呼吸に乱れた。

「けっこうな理屈ですこと。で、主人には、そういうことをお話しになったの？」

美和子は言った。

「え？」

相手は意外そうに尋ねた。

「なぜ話をする必要があるんですか？」

「だって、あなたたちはそういう関係なんでしょう？」

「ご主人はペニスを使って、私に気を供給してくれればいいのです。いちいち無関係な話をしたり、説明したりするのは時間の浪費です」

「なんだと」

総一郎はつぶやいた。

「ペニスくらいだれだって持ってますでしょう。なぜ、うちの主人を使うんです」

美和子は言った。

「非常に優秀な気を持っています。その上、気の質が上品です。さすが特A級市民は頭だけでなくセックスにおいても優秀です。私の気を解放するには、理想的な性のパートナーが、必要なのです」

そこまで言って、レサはまた激しく咳き込み、嘔吐《おうと》するような音をたてた。

「理屈はたくさんよ」

不快な咳の音をかき消そうとするように、美和子は甲高い声で叫んだ。

「そんなご立派な身体哲学があるなら、風邪くらいすぐに治したらどうなの。それより、私が聞きたいのは、あなたは主人を愛してるんでしょう。愛してるから誘惑したんでしょう」

「は？」

「主人に男としての魅力を感じたんでしょう。違うの？」

「ご主人の気とペニスに関して言えば、たいへん魅力を感じました」

「そうじゃなくて、主人という一人の男、一人の人間が魅力的だったのでしょう、と聞いているのよ」

「男としてのご主人？」

相手はぜいぜいと喉《のど》を鳴らし、咳き込んでから、きっぱりと言った。

「問題外ですね」

そのとたん、機関車のような激しい呼吸とともに再び咳き込んだ。

「もういい」

総一郎はつかつかとコンピュータに歩み寄ると、システムを終了させることもなく、いきなりスイッチを切った。そしてそのままソファに崩れるように座り込むと、「あの女……」と歯軋《はぎし》りしながら、両手で顔を覆《おお》った。

目を上げると、美和子がじっと見ていた。勝ち誇った笑みはない。哀れむような表情が見えた。

「あなた」

美和子は何か言いかけた。

「なんだ」と総一郎は咳払いした。

「いえ、いいのよ」

「そういえば、小夜子のことで相談があるって言ってただろう」

体からレサの言うところの「気」のすべてが抜けていくような気がして、総一郎は力なく言った。

「いえ、いいんです」

美和子はゆっくりと二階に上がっていった。

「何が、気だ」

総一郎は、何も映っていない画面に向かって、つぶやいた。

後ろから大きな影が射《さ》したのに気づき、総一郎は振り返った。

「パパ……」

小夜子だった。

「ママも今は何かと不安定な時期だし、パパも今夜は、どこへも行かずここで待機していた方がいいかもね」

「そうだな……」

総一郎は素直にうなずいた。

役人を乗せたヘリコプターは、どういう理由か戻っていったらしい。円卓会議が中止になり緊急の用事がないなら、ここにいてもいいだろう。そう判断して、総一郎は、もう一度コミュニティセンターに連絡を入れた。回線はいきなり館長室につながった。

「あら、こんばんは」とレサが平然として挨拶《あいさつ》した。目が落ち窪《くぼ》み、髪の艶《つや》もいつもほどではない。

「藤原君を出してくれ」

画像を素早く消して、総一郎は言った。彼もまたレサの顔をこれ以上見たくなかった。

「はい、藤原……」

ひどく弱々しい声が答えた。

「私だ。そちらの様子はどうだ？」

返事の代わりに聞こえてきたのは、ため息だった。総一郎は慌てて画像のスイッチを入れる。画面いっぱいに、藤原の上気したような顔が映った。

「酒でも飲んだのか？」

「飲めるような酒がここのどこにありますか？」

藤原は不機嫌に顔をしかめた。

「熱が出ているんですよ。ここじゃ風邪が大はやりしてるんです」

最後まで言い終えることなく、藤原は咳き込んだ。

「困ったな、そちらの様子など聞きたかったのだが」

「別に……。円卓会議は開かれませんでした。役人を乗せたヘリが、ここの上空でUターンしていきまして。すぐにそちらに連絡を入れたんですが、お話し中でつながらなかったんです」

「ああ、ちょっと取り込んでいて……。で、今、そちらはどうだ？　格別混乱はないか？」

「風邪がはやってますが、空調設備が動いているから大丈夫でしょう。館長からさっき、薬が配られましたよ。とにかく今夜は寝かせてください。疲れましたよ。風邪に疲労は大敵です」

「ちょっと待ってくれ、円卓会議が開かれなかったことについて、政府側から何か釈明は？」

「ありません」

「思い当たることはないか？」

「さあ、機体のトラブルか何かじゃないんですか」

「それにしたって、なぜ連絡もないいんだ」

「知りません」

「何か魂胆があるのではないだろうか」

「あったって、こちらには何にも負けない強力な武器がありますからね。これ以上の安全保障はありません」

「まあ、そうだな」と総一郎はうなずいた。確かに我が家の正面には原子炉、コミュニティセンターには、原爆があるのでは、相手も手の出しようがあるまい。

「もし何か動きがあったら、連絡をくれ」

「ええ。喉が痛いんで、これ以上しゃべらせないでください。寝ますよ」

それだけ言うと、藤原は床の毛布の上にごろりと転がり、もう一枚の毛布を頭まですっぽり被《かぶ》ってしまった。

「まったく……」と舌打ちして総一郎は、館長室に回してくれるように頼んだ。藤原は返事もせずに、回線を切り替えた。

藤原たち一般住民には連絡がなくても、館長であるレサは何か情報を摑《つか》んでいるかもしれない。もう「あなたとは仕事の話はしたくない」などとは言わせない。こちらは彼女とは、仕事以外の話を二度としたくはないのだ。二度と睦言《むつごと》を交わすことはしない代わりに、必要な情報はすべて報告させてやると意気込んでみたが、レサが出る様子はない。五秒後に「DON'T DISTURB」と表示が出た。

総一郎は、キーを叩《たた》きつけるようにして通信を切った。

10

「もしもし、起きてますかぁ」

玄関のドアを勢いよく叩《たた》かれ、総一郎は飛び起きた。

藤原でなくても疲れがたまっていたらしい。昨夜はコンピュータの前で、ソファに寄り掛かったまま眠ってしまった。毛布をかけてくれたのは、妻なのか小夜子なのかわからない。

のろのろと玄関に歩いていくと、美和子が追い越してさっとドアを開けた。

有賀が両手に泥だらけの葉を持って立っている。

「あれ？」

総一郎は寝呆《ねぼ》け眼をこすった。

「昨日、コミュニティセンターの方はどうでしたか？」

「ああ、あれね。円卓会議やるから出て来いって連絡があったけど、スカイラインはガス欠だし、他に乗って行く車もないので、失礼させてもらいました」

有賀は、シャツの胸や旧式の作業ズボンにはね上がった泥をはたきながら、手にした葉を差し出した。

「どうぞ。チシャの野生種です。生育が早く丈夫なんでね、もう収穫できました。原発よりこっちの方が、私の性にあっているようだ」

「はあ」と受け取り、美和子に渡す。

「まあ、ありがとう」と美和子が昨日とは打って変わって上機嫌の声で礼を言った。

そのとき有賀の後ろから、「おはよう」と孝子が顔を出した。流れる汗と泥で、有賀同様汚れている。

「まっ」

美和子と総一郎は、ぽかんと口を開けたまま孝子の笑顔を見つめていた。さらにその後ろから、全身泥だらけの律が飛び出した。

「おもしろかったねえ、畑、するの」

孝子は孫に話しかける。律がうなずいて、こぶしを美和子に突き出した。手を開くと、足長蜘蛛《ぐも》がふわり、と飛び出した。美和子は悲鳴を上げて飛びすさった。

「大丈夫、刺したりしませんよ。害虫駆除に役立ってくれます。この人工島にも、こうした生物が棲《す》みつき始めました。だんだん人が生きやすい環境になってくる」

有賀が笑いながら言った。

「律、シャワーを浴びてきなさい」

総一郎は言った。それから「お母さん、ちょっといいですか」と有賀にぴったりと寄り添っている母親を呼んだ。

美和子は何か察したらしく、泥だらけのチシャを洗いにキッチンに入った。

「いったいなんですか?」

孝子は総一郎について隣の部屋に来た。

「昨夜、有賀氏はコミュニティセンターに行かなかったと言ってましたね。こちらにも泊まっていません」

「だからどうしたというんです?」

軽く咳払《せきばら》いして母親は言った。

「だから、その……分別だけは、失わないでくださいと言いたいのです。お父さんが亡くなり淋《さび》しいのはわかります。しかし僕も美和子もいるんですよ。家族なんだから、変な気兼ねはいりません、どうせ一つ屋根の下なんだし、向こうを引き払ってこっちで暮らしたらどうです?」

「あたくし、別に淋しくはありませんよ」

孝子はうなじを起こして、唇を引き締めた。皺《しわ》の寄った唇には、うっすらとピンクのルージュが載っている。

「しかしですね」

「あたくしなら、結婚以来初めて、だれに気兼ねもなく暮らしているんですから」

「だったら有賀氏に、こちらで泊まるように言ってください。何もないのはわかるが世ずかしいとは思いませんか？」

「そういうことでなくてですね、自分の心に対して、そしてお父さんの御霊《みたま》に対し、恥

「ここのどこに世間があるんです？」

間はそう見ない」

「子供に、あれこれ指図されるいわれはありませんよ」

ピンクの艶《つや》やかな唇をへの字に引き結ぶと、孝子はくるりと息子に背を向け、さっさと有賀の待つ部屋に帰ってしまった。

そのとき音を立てて閉められたドアの脇《わき》に、奇妙な物が立て掛けられているのに総一郎は気づいた。プラスティック製のサーフボードのようなものが一枚とやはりプラスティックの板が数枚。何かを作りかけて放ってある。孝子がそんな大工仕事のようなことをするはずがないから、有賀の仕事だろう。

首を傾《かし》げていると「あなた」と美和子に呼ばれた。

「ちょっとあなた、朝ご飯できたわよ」

はっと我に返った。

「悪いが、のんびり朝食を取っている暇はない」

コミュニティセンターの方が気にかかる。何か新しい動きがあれば、通信が入るはずだが、今のところそれはない。それがかえって不安でもある。

「ちょっと行ってくる」と出ていきかけた総一郎の腕を美和子が摑《つか》んだ。

「朝ご飯くらい食べていったら」

「いや……」

「館長室で召し上がるの？」

総一郎は憤然として妻の顔を見て、開けかけたドアを乱暴に閉めた。

食卓では子供たちが待っていた。久しぶりに囲む家族の食卓だ。テーブルの上には、サラダや卵料理の皿が並んでいる。切り口から乳白色の汁のにじみ出てくるチシャは、このところ、合成蛋白《たんぱく》や人工炭水化物を食べている舌には、粗野で荒っぽく感じられた。が、嚙《か》みしめてみると、独特の苦みといくらかあくっぽい風味に爽快感《そうかいかん》があって、体が目覚めてくるような心地良さがある。

「もしかして原発より、農耕が大事かもしれないわ」

美和子がつぶやいた。

「それは、たぶん感傷にすぎないと思うね」

総一郎は答えた。

「なぜ？」

「農耕に使う真水の供給はどうする、農作業の後に使うシャワーのお湯はどうやって沸かす？　こうした天然農作物はあくまで嗜好品《しこうひん》だ。恒常的に主食となる炭水化物や蛋白質、そして各種ビタミン類は、天候やその他に左右されず、安定的に供給されなければならない。首都圏大地震の後、度重なる領空・領海侵犯を受けて、日中関係がそれまでにないほど悪化した。一方、北米大陸では、地球温暖化の影響により大規模な干魃《かんばつ》があった。米の国内消費の四割をカリフォルニア米、四割を中国米に頼っていた日本では、アメリカの米作の壊滅的な被害と、中国の禁輸措置によって最終的に二十万人近い餓死者を出した。栄養不良から他の病気で倒れた者は数知れない。確かにその大部分は外国からの出稼ぎ労働者と、日本人としてのＩＤ番号のない浮浪者やフリーターだったから統計には載ってないが。開発されたばかりの合成澱粉《でんぷん》は、技術が未熟だったからベトベトと舌に貼《は》りついてまずかったらしいが、それが多くの日本人の命を救った。足りない分は、アジア各国から輸入したエンバクとシコクビエでしのいだが、それらの国でも穀類を日本に輸出したために、餓死者が出た」

「それは田畑をアスファルトやコンクリートで塗り込めて、道路や駐車場やレジャー施設を作ってしまったことに原因があるんじゃやなくて？」

美和子は、チシャの葉をかじりながら答えた。敬はきょとんとした顔で、父と母を交互に見ている。小夜子が鋭い一瞥《いちべつ》を父親にくれた。どうもこの大きな娘は、扱いにくい。

「君と朝食の席で、議論をする気はないよ」

総一郎は、話を打ち切り、人造肉にソースをかけて口に運ぶ。

律は「あー、苦い、苦い」と顔をくしゃくしゃにしてチシャを噛んでいる。

小夜子が、何か考えごとをしている。眉間《みけん》に縦皺が寄って、唇の両端が下がっているのに、総一郎は気づいた。その顔からは、すでに昨日までの若い女特有の颯爽《さっそう》とした生命の輝きは失《う》せていた。落ち着きと濃厚なエロティシズムの複雑に混交した女盛りの顔がある。人生経験などろくにないはずの小夜子に、なぜこんな表情が現われるのかは不思議だが、今、総一郎にはどう見てもこの娘が母親の年齢を追い越してしまったように思えた。

「何を考えてるの？」

美和子は、娘に尋ねる。

「いろいろね、気にかかることもあって」

総一郎は、妻の耳《ふ》に唇を近づけ、ささやいた。

「小夜子、少し老けたんじゃないか？」

美和子は、咀嚼《そしやく》するのを止めた。そして怒りを含んだ目で、総一郎を見つめた。

自分は何か無神経なことを言ったのだろうか、と総一郎はとっさに首をひねったが、思い当たるふしはない。妻に向かい「君、老けたね」と言ったわけではない。何を怒っているのだろうと考えていると、美和子は「あなたは何も知らなかったのね」と哀《かな》しげに笑った。そういえば、妻は何か小夜子について話があると言っていたっけ、とそのときになって総一郎は思い出した。

尋ねようと思ったやさき、小夜子が口を開いた。

「気になることの一つはね、日本国政府は、ここをこのまま放置するかということなの。原子炉を爆破する、という脅しは確かに有効だし、パパたちは核兵器も持ったけど。そのためにここの人々は何か悪い方向に変わってしまうのではないかしら」

敬が泣きそうな顔になり、美和子が無言のまま、総一郎の顔を見つめた。

「あなた、核兵器って……」

総一郎は、口の中の物を飲み下し、背筋を伸ばした。

「昨日の段階で、ここ、ベイシティは完全核武装した。確かに国際条約によって日本は核を持つことを禁止されている。禁止された兵器を持ったのはアンフェアであるし、核兵器の使用が非人間的な戦争手段であることは認める。しかしすでに持っている国においては認められ、未《いま》だ持たぬ国の保有は認められていないということは、すなわち既得権を徹底して守るということであり、この点は極めて不平等なものと考えざるをえない。したがって、我々が核を所有することとそれ自体に関していえば、不法ではあっても、不当とは言い切れないだろう。むしろ保有することによって、絶対的権力を有する日本国政府と勢力を拮抗《きっこう》させることができ、それによって極めて対等な形で交渉を進めることが可能になるという点でむしろ、条理にかなったものと言えよう」

「そう?」と小夜子がつぶやくように言った。

「なんだ?」

「パパの考え方に疑問はあるけど、それはそれとして実際的なことを言えば、確かに原発と原爆を持っていれば、攻撃をしかけることはできないと考えられる。でも、攻撃イコール、爆撃や銃撃とは限らない。攻撃それ自体に気づかないうちに、こちらが原子炉爆破のスイッチを押したり、核ミサイルを飛ばしたりする前に無力化させられる可能性もあるんじゃないか、と気になるのよ」

総一郎は、ぎくりとした。三カ月児からいきなり大人になった娘が短期間に身につけた知識と思考力について、驚くと同時に不気味なものを覚え、一方でその言葉に思い当たるものがあって急に落ち着かない気分になった。

食卓から弾《はじ》かれたように立ち上がり、総一郎はコンピュータを起動させる。通信モードにして、コミュニティセンターの会議室を呼び出す。

だれも出ない。

館長室に切り替える。

「DON'T DISTURB」のままだ。

何かがおかしい。しかし回線がつながるということは、建物や器材は破壊されてはいないということだ。

上着を摑んで、表に飛び出した。

「どこへ行くの」

美和子が尋ねた。

「コミュニティセンターへ」

「なぜ?」

「気になることがある」

美和子は迫《せ》り出した腹を片手で押さえて、その後を追った。表にトラックがある。一昨日の夜、総一郎が乗ってきたものだ。美和子は助手席にはい上がった。

「降りろ。お腹《なか》の子に悪い」

総一郎が怒鳴った。

「大丈夫よ」

「降りろ。今はおまえ一人の体ではない」

「あなたに関係はないわ」

「ちょっと、待った」

そのとき孝子の世帯のドアが開いて有賀も駆け寄ってきて、フロントガラスを叩《たた》いた。

背後には、小夜子が立っている。

「乗せてくれ」と言いながら、勝手に後ろの荷台によじ登る。その後を小夜子がひとまたぎで乗り込んだ。

「僕も……」

まだ片手にチシャの刺さったフォークを摑んだまま、敬も駆けてくる。

「だめだ」

とっさに総一郎は言った。行く先に何か異様なことが起きていることを直感していた。

運転席の窓を開け、総一郎は、敬の目を見た。

「まず、そのフォークを置きなさい」

「え、あ……」と初めて気づいたらしく、敬はそれをそっと足元に置いた。

「いいか、君はここの家の長男だ。パパはこれからコミュニティセンターに行く。君はここにいて、律とおばあちゃんを守る、それが君の役目だ」

「はい、パパ」

「それから、もう一つ。もしかするとパパたちは、もう帰ってこられないかもしれない」

「あなた」

美和子が驚いたように、総一郎の方を見た。

「もしそうなら、斎藤家の新しい家長は、君だ」

「いやだ、パパ、そんなの」

敬の顔がくしゃくしゃになった。

「君は男だろう。冷静に聞きなさい。君は妹とおばあちゃんを守り、それと同時に君自身の誇りと人間としての尊厳を守り、立派に生きていきなさい。そして万一……万一のことだが、攻撃を仕掛けられたときには……」

総一郎は言葉を切って、原子炉の方を指差した。

「原発運転マニュアルが、ハードディスクに入っている。それを呼び出し、緊急対応0の項を見るんだ。そしてこれ」と総一郎は、小さな箱のようなものを息子に示した。

「これは原子炉の爆破装置だ。これをマニュアル0項にある通り操作すれば、原子炉は爆発する。炉心が高熱で燃え出し、溶け出したものは下へ下へと流れ出す。普通の地盤なら地中深く潜っていくが、ここの人工地盤の下は海だ。地盤を貫き、溶けたものが水に接した瞬間大爆発を起こす。一瞬にしてこの島は砕け、放射能を帯びた水が津波となって、東京湾に接した地域のすべてを洗う」

「あなた、やめて」

美和子が叫んだ。

敬は悲壮な顔で、うなずいた。

「さよなら、パパ」

「いってらっしゃい、とおっしゃい」

美和子が甲高い声で叫んだ。

「さよなら、なんて許さないわ。決してあたしが許さない」

総一郎は、トラックを発進させた。

白い舗装道路は磨かれた大理石のように朝日に光っている。快晴だ。道の両脇《りょうわき》は、一週間ばかりの間に、雑草が丈高く生い茂り、緑の炎のように無人の家々を押し包んでいる。

遮る物もない道をトラックは疾走していく。

二十分も走った頃、丘の上にコミュニティセンターの円筒形の建物が見えた。

総一郎はスピードを緩めた。

奇妙な感じがした。澄みきった空に屹立《きつりつ》する円筒形は、輪郭が強過ぎて白い影のように見える。異様に静かだ。

そのとき不吉なものが、目に飛び込んできた。背筋が凍った。円筒形の建物の最上部にアンテナのようなものが突き出ており、そこにランプがついていた。

降り注ぐ陽光の中でさえ、目に刺さるようにきらめく強烈な光だ。

「あれは何？」

美和子が尋ねた。

「全員、避難済みのサインだ」

公共の建物のほとんどには、今ではこのランプがついている。緊急災害時に、人々を避難させたとき、中にまだ人が残っていないかどうかを確認するシステムである。内部の生命反応が探知されなくなると、ランプがつく。

「つまりみんな、降伏してここを出ていったのね」

「昨夜のうちにみんなここを去った、それならいいが……」

総一郎は呻《うめ》いた。

「いったいどんな立退《たちの》き条件が示されたのかしら？」

美和子が独り言のように言った。

丘を巻きながら上っていく道にトラックを止め、総一郎は運転席から飛び降りた。

荷台から有賀と小夜子も降りる。日差しの眩《まぶ》しさに顔をしかめて、センターの方を見やる。

「パパ、あれ」とそのとき小夜子が指差した。

ユリカモメだ。埋立地からそのまま移ってきたらしく、このあたりではよく見かける鳥だ。しかし、草の上にうずくまった白い体は微動だにしない。

「死骸《しがい》だな」

有賀が言った。小夜子は別のところを指差した。草むらに四つ、転がっている。さらにドバトの死骸もある。

フロントガラスごしにこの光景を見ていた美和子が、降りようとしてドアを開けた。

「入ってろ」

総一郎は怒鳴った。

死骸の周りには、元気なユリカモメが数羽舞い降りている。

「まさかガス弾を使われたのか」

総一郎は身震いしながら、センターの塔のような建物の方を見た。

「の、ようですな」

沈鬱《ちんうつ》な表情で有賀が腕組みした。

総一郎は昨夜のレサや藤原の苦しげな呼吸を思い出した。あれは風邪などではなかったらしい。ヘリコプターが何かを落としていった、というインターコムの声がしたが、落としていったのは、小型の毒ガス爆弾だったのかもしれない。

「なんてことだ」

総一郎はこぶしを震わせた。

あのときヘリコプターがやってきて、着陸しないまま去っていった。何かを落としただけで。円卓会議だ、などと呼び出しておいて、コミュニティセンターに住民を集め、一気に人口0を達成しようとしたのではないか。

「最後通告はこれか。化学兵器禁止条約を八十年も前に批准《ひじゅん》した日本が、自国民に対して使うのか……」

「それでセンターからみんな避難したわけですな」と有賀が、点灯しているランプを見上げた。

「避難できたのなら、いったい彼らはどこにいるというんだ」

総一郎は我知らず、尖《とが》った声を出してあたりに散らばる鳥の死骸を見回していた。

「たとえ建物から漏れ出したガスでも体重の軽い鳥にとって致死量なんでしょう」

有賀が屈《かが》み込んで、鳥の死体をひっくり返す。

「とりあえず、我々は建物のところまで行くが、君たちはここで待っていなさい」と総一郎は美和子と小夜子に言った。

「いやよ」

妻と娘は同時に言った。

説得している余裕はなく、総一郎はトラックに戻り家族を乗せたままコミュニティセンターに向かう巻き道をゆっくり登っていく。心は急くのだが、妻の体とまもなく生まれる子供のことを考えると飛ばすわけにはいかない。

両脇の植込の枝はベイシティの撤去が決まってから、メンテナンス業者が入っていないためすっかり伸びきり、道に覆《おお》いかぶさってフロントガラスを叩く。下からははっきり見えたセンターの建物は、視界を緑に閉ざされ見えなくなった。

丘を登りきると、道は突然切れた。正面は駐車場になっている。

ステンレスの柱が林立する玄関の前で、総一郎たちは車から降りた。

あたりに人影はない。少し下がってみると、内部の生命反応0を示すランプが、稲妻のようなまばゆい光を放って点滅しているのが見える。

総一郎は入り口の階段を駆け上り、巨大なドアに手をかけた。その後を小夜子と有賀が追う。

「来るな。離れて待ってろ」

総一郎は叫んだ。

「まだ内部にガスがたまっているかもしれん」

勢いよくドアを開け、そこから飛び退《の》いた。有賀と小夜子が慎重な足取りで近づく。

異臭も目への刺激もない。

三人で、そろりと中に足を踏み入れる。

ガスは完全に抜けた後なのだろうか。やはり何も感じない。振り返ると、美和子が重たげな体を助手席から降ろしたところだ。

螺旋状《らせんじょう》に上昇する磨きぬかれた大理石の廊下を総一郎たちは、駆け上って行く。その後を重たい腹を抱え、美和子はどたりどたりと続く。総一郎が、ちらりと振り返り叫んだ。

「何をやっている。車に戻れ。待ってるんだ」

いつになく甲高い声が、あたりに反響した。

美和子は足を止めた。腹が重く、ひどく息切れがした。総一郎たちの姿はたちまち湾曲した廊下の向こうに消えた。

足手まといなのはわかっているが、放っておいたら総一郎は、とんでもない判断をしてしまうような気がする。何かあったとき、ブレーキになって等身大の現実に夫を引き戻せるのは、自分とまだ生まれ出《い》でぬ子供の二人分のこの重たい体しかない。

気がつくと目の前にエレベーターのドアがあった。

これで上って、総一郎たちを待っていればいい。美和子は、上りボタンを押した。

少し待っているとランプが点滅し、銀色のドアがきしみながら開いた。カーゴの床の上に、人の顔が見えた。戦慄《せんりつ》が体を走り、美和子はすくんだ。

男が、頭をこちらに向けて、寝転がっている。顎《あご》を仰《の》け反らせ、蒼白《そうはく》の手を喉《のど》にあてて、大きく目を見開いている。

「なにしてるの？」

我知らず、間の抜けた問いを発していた。

乾いた大きな目に、すでに生命の気配は感じられない。

美和子は震える両手を口元に当てた。指の間から、自分のものとも思えないくぐもった悲鳴が洩《も》れ、廊下をこだました。

いくつもの足音が入り乱れ、まず総一郎が先頭を切り、転げそうな勢いで戻ってきた。

美和子は黙って、エレベーターを指差した。

総一郎は、閉まりかけた銀色のドアを止め、小さく呻いた。すぐにエレベーターの中に入り、ねじまがった男の体に手をかけて揺する。

「なんてこった」

続いて入った有賀が叫んだ。

「こりゃ、銀行屋さんじゃないですか」

「見たところ、外傷はない」

総一郎が、有賀を振り返った。銀行屋は喉をかきむしるような格好で倒れ、血の交じった粘液を口と鼻から垂らして絶命していた。

「気の毒に、奥さんと坊っちゃんがいたのに」

有賀が両手を合わせる。

小夜子は無造作に死体に手をかけ、軽々とエレベーターの外に引き出し、「さ、乗って」と総一郎たちに短く言った。

「議場に、だれかいるかもしれないわ」

総一郎と有賀がうなずいて乗り込む。確かに議場にもだれかはいるかもしれない。しかしそのだれかが、生きてはいないことはすでに屋上のランプが示している。

生命探知ランプは、「全員避難」ではなく、「全員死亡」のメッセージを送っていたのかもしれない。

有賀の後について美和子が乗り込もうとしたとき、小夜子は大きな掌で制した。

「だめよ」

「大丈夫」

「お腹《なか》の赤ちゃんにもしものことがあったらどうするの。車で待ってなさい」

口調は中年女のそれだ。

「だれに向かって物を言ってるの」

美和子は、一声怒鳴り、小夜子を押し退けて中に入った。

どんなに大きかろうと、どんなに老けていようと、そしてどんなに知識と勇気があって、思慮深かろうと、小夜子は娘だ。自分が産み、お乳を与え、巨大なおしめを当てて育てた娘なのだ。

エレベーターは上昇し、最上階で止まった。

議場の重たいドアを押し開くと、だれもが想像した通りの光景があった。

ベッドのように倒した椅子《いす》から、いくつもの体が、ねじ曲がり、ずり落ちて、片手で空《くう》を摑《つか》んでいた。顔を仰け反らせて絶命している死に様は、エレベーターの中の男と同じだ。

「呼吸器中枢《ちゆうすう》のマヒかな」と有賀がつぶやいた。

「いや、血の交じった粘液を垂らしていることからして、呼吸器そのものを破壊されたのだろう」

総一郎が蒼白の顔で答える。

死体を見ているうちに、美和子は吐き気がこみあげてきて、大理石の床に胃液を吐いた。

小夜子が屈み込んで、死体のそばから何かを拾い上げた。小さな樹脂製のカプセル、風邪薬だ。

その隣の椅子には、がくりと首を後ろに倒した女の遺体がある。握っているのは体温計と薬の包みだ。口元を汚した粘液が乾いていないところからして、彼女は先程までは生きていたらしい。生きて、重症者の介護をしようとしていた形跡がある。女の傍らに皮膚が青黒く変わった幼児の死体があった。美和子は胸が詰まった。

「見ろ、これを」

だれに言うでもなく、総一郎が震える声で言った。

「これが人口0ということだ……昨日の通知はこれだったのだ。こんなことまで、こんな卑怯《ひきよう》な手段をとってくると、だれが想像しただろう。だが、我々は生きている。決して人口は0にならなかった」

美和子は気が遠くなった。その体を小夜子が支え、軽々と抱き上げた。

議場を出た総一郎は最上階にあるオーク材のドアを押し開いた。館長室だ。レサはこちらを向いていた。椅子の背に上半身をもたせかけ、仰け反った顎と剝《む》き出しになった首は透き通るように白く、微動だにしない。総一郎は近寄ることもせず、急いでドアを閉めた。

螺旋状の廊下を少しばかり下りたところに、毛布を被《かぶ》った人型の塊があった。傍らに金色にきらめくものが二つ落ちている。少年のコンタクトレンズだ。それと一メートルも離れていないところに、藤原の固まったような蒼白の顔があった。

総一郎とのコンピュータ通信を終えてから、いったい何分後のことなのか、口を半開きにして息絶えている。

「みんな逝《い》ったのか」

総一郎は押し殺したような声でつぶやいた。

もう一度エレベーターに乗り、最上階に行き議場脇《わき》のごく狭い機械室に入る。

機械だけは生きていた。人が死に絶えた建物の中で、さまざまな計器類がリズミカルに振動し音を立てている。狭い通路を通りぬけ、屋上へ出るドアに手をかける。

そのとき外から、かすかに金属をひっかくような音がした。

総一郎はドアについた半透明の樹脂の窓に目を凝らす、何かの影が動いた。とっさに振り返った。有賀と美和子を抱いた小夜子がついてくる。

「離れて」と唇の形だけで言い、電子ロックを外し、ゆっくりとドアを開く。

影がふらふらと立ち上がった。

三曹だった。彼は生きている。総一郎はとっさに、屋上のポールの先についている生命探知ランプに目をやった。あれは館内だけに有効で、屋上は守備範囲外だったらしい。

青白い顔をした三曹は、総一郎に向かって何か言いかけ、大きく息をついた。

湿っていてひどく熱い吐息だ。発熱しているらしい。

「みんな、死んだか？」

大きな体を機械室の外壁にもたせかけて、三曹は苦しそうな息づかいで尋ねた。

総一郎はうなずいた。

「君だけ、ガスから逃げられたわけか」

「ガス？」と問い返した後に、三曹は首を振った。

「ガス弾を落とされたら、俺だって無事じゃないさ」

「違うのか？」

「ウィルスだよ。風邪のウィルスにやられた」

「風邪？」

「初め、子供たちがぐずり出した。まもなく大人たちが咳《せき》を始めた。喉と鼻がひどく痛み、痛みはどんどん胸深くなってきた。体が冷えて震えがきたと思うと、みんな機関車のような音を出して呼吸を始めた。それからだ。一人、また一人と死んでいった」

「伝染病だったのね……」

美和子は、無意識に自分の両腕を抱えた。

「普通の感染症じゃない」

総一郎が低い声で言う。三曹がうなずく。

「そう。潜伏期間がほとんどなく、発病して四時間でみんな死んだ。しかしおたくらは無事だろ」

「そういえば……」

「ウィルス兵器の特徴だ。早くカタがついて、すぐに無毒化される。占領地に味方の軍隊がすぐに入れるようにするためだ」

「ウィルス兵器だと？」

「ああ」と三曹はうなずいた。

「ヘリが落としていった、小さな飴玉《あめだま》ほどの、きれいな玉だ。ウィルス爆弾だ」

「しかしそれなら館内の爆発物感知装置が反応するはずじゃないか」

「あんた、知識人とはいっても、兵器についちゃ素人《しろうと》だな」と三曹は首を振った。

「近頃のウィルス爆弾は感知装置に反応しないように植物の細胞膜にウィルスを閉じ込めて、内部でウィルスが一定の数に増えると破れて飛び出すしくみにしてあるんだ。感知装置は爆弾を一般生物とみなして作動しない」

「どこまで狡猾《こうかつ》になっていくんだ」

総一郎は唇を噛《か》みしめた。兵器はこの数十年で目覚ましい発達を遂げた。一発で地球を吹き飛ばすような核爆弾も、天文学的精度を誇るミサイルも、実用性という点においてはもはや過去の遺物でしかない。

最新式兵器は、だれがやったのかわからない、ということを要求される。さらに言うと、使用されたのがわからないということだ。地下資源や道路や橋などの社会資本、生産設備は無傷で、大量の人間を速やかに、そしてあくまでそっと殺せ、しかもそれが天災か人災か、まったく区別がつかないことを求められる。攻撃の事実が、国連や周辺諸国に知られて、トラブルを拡大させないということが、肝心だからだ。その点からもバイオ兵器というのは、今世紀初めから見なおされ、建前上、使用禁止でありながらも武器の花形となっている。

「しかし、君はよく無事だったね」

総一郎は、まじまじと三曹の顔を見た。

「さすが良い体しとるだけあって、丈夫なんですな」

有賀も感慨深げに口を挟んだ。三曹は、苦しそうに肩で息をついた。

「俺は昔、国連軍の施設部隊にいた。派遣先はアラビア半島、その前は中央アフリカだ。わかるか、国際協約にある甘ったるい建前と理想論は通用しないところだ。そこで対細菌戦に備えて、七十二種類混合の遺伝子組み換えワクチンを打っている。副作用がきつくて、七日間気絶したままだったがこんなところで役に立つとは思わなかった」

「つまり日本政府というのは、表向きは戦争時においても使用を禁止されている兵器を、ここで使ったというわけだな」

総一郎は三曹と離れ、屋上の端まで行った。視界いっぱいに海が飛び込んできた。

灰色にどろりと濁った海だ。周辺部を切り取られたベイシティは、コミュニティセンターや斎藤家のある中央部だけになっている。北側は東京本土で二百階建のビルが林立している。巨大な煙突のようなそれらを透かして、下方遥《はる》かに、国会議事堂の屋根がシルエットのように見える。

後を追ってきた美和子は、近くまで来てすくんだように止まった。

屋上は通常、立入禁止になっていて手摺《てす》りはないのだ。

「目標は、あれか」

三曹が横に立ち、いびつな笑みを浮かべて言った。

「目標？」

有賀が首を傾《かし》げる。

総一郎は、小さくうなずいた。

「東京湾開発法などというばかな法案を提出し、それを通したのがあれだ」

総一郎は、ビルの間の国会議事堂を指差した。

「国民を役立たずとそうでない者に二分し、我々に余剰市民の烙印《らくいん》を押し、実験動物のように危険地帯に追いやった。こともあろうにその余剰市民の中に斎藤総一郎を含めたのは、あの議員の中から選ばれた行政府の者だ。いや、日本という国家そのものだ」

「なんだか違うような気がするんだけど……」と美和子がつぶやいた。

強い南風にあおられ、マタニティドレスの裾《すそ》がバタバタと音を立てて翻《ひるがえ》った。

「我々が生き残ったのは、ちょっとした偶然だ。たまたま斎藤家の人間と、その隣の一人が、ここにいなかった。それだけのことだった。我々だけが生き残ったことに心が痛む」

「俺も生き残ってるよ」と三曹が言った。

「ああ、我々を生かしておいたのが、彼らの大きなまちがいだったな」

総一郎は三曹に向かってうっすらと笑いかける。

「どうだ、動けるか」

「当たり前だ。このまま済ませるわけがないだろう」

三曹は、かすれた声で答えた。

「武器はあるか？」

総一郎が尋ねる。

三曹は肩で息をしながら、「この体だ」とこぶしを突き出した。

「そうじゃない。ミサイルだ。ミサイルを議事堂に向ける」

「ミサイル？」

有賀と美和子は同時に同じ調子で言った。小夜子だけが無表情のまま、ぴくりと眉《まゆ》をひそめた。

三曹はにやりとした。

「確かに、ライフルの届く距離じゃない」

「何をするの、パパ？」

小夜子が尋ねた。

「見ていればわかる」

短く総一郎は答え、三曹と連れ立って屋上を後にした。

「どこ、行くんです？」

有賀が、追いすがって尋ねる。

「歩兵携行用の複合誘導型ミサイルがあるんだ」

総一郎は答えた。

有賀は、目をしばたたかせた。

「ちょっと斎藤さん、ここはシティのコミュニティ施設でしょうが。なぜ武装する必要があるんです。大体そんなもの自衛隊でもなければ持ってないでしょう。民間であるとすれば、核の売買で稼いだ関西系暴力団のオフィスくらいなものですよ」

「いや、ある。私はここに来るたびに目にしていたのだ」

総一郎は、歩調を緩めずに歩いていく。

「長さ二メートルほどの地対地ミサイルで、肩に担《かつ》いで発射できるものだ」

「俺も見た。館長が肩に担いで、夜空を睨《にら》んでいた」

三曹が、吠《ほ》えるように言った。

「それを国会議事堂に向けて発射するんですか？」

「相手の出方しだいではな」

低い声で総一郎は言った。

総一郎は館長室の扉を開けた。もはやあの心身を癒《いや》すという香の濃厚な煙は漂っていない。まだ死臭もなく、妙に乾いた感じのする部屋の中央に、さっきと同じ姿勢でレサが仰向けに反っていた。総一郎は静かに近づきそっとその目蓋《まぶた》を閉じさせたが、指を離すとすぐに虚《うつ》ろな目を開いた。

少し遅れて、美和子と小夜子もやってきた。

「この人は無事に宇宙の生命と融合する事ができたのかしら？」

つぶやくともなく美和子は言い、遺体に向かい手を合わせた。

三曹は、館長の私物のロッカーを開けた。中には総一郎の言葉通り、鈍く輝く金属製の筒があった。大きな筒の上についている短い筒が、照準器らしい。筒の下部に大きな銃底のような物がある。ここに肩を当て、照準を合わせ、レバーを引くと、中性子ビーム装置を搭載した小型弾頭が飛んで行くはずだが、今はその弾頭はついていない。

そのとき「あっ」と有賀が声を上げ、笑い出した。

「何がおかしいんですか」

むっとして総一郎は尋ねた。

「いや……ちょっとね」

三曹は窓の外に筒の先端を向け、照準器を覗《のぞ》き込もうとした。

「いかん」

そのとたん有賀が飛び出して来て、三曹に体当たりした。重たい物を抱えたまま、三曹の大きな体が飛ばされ、壁に激突した。

「何をしやがる、このじじい」

三曹はてかてか光る前髪を逆立てて怒鳴った。

「目を焼かれたいのか、あんた？」

「へ？」

三曹は、太い眉をひくつかせ、いぶかしげに有賀を見る。

「あんた、国連軍とは言っても、実戦経験はないな」

「ああ、壊れた橋を直したり、病院を建てたりしただけだ。遠い昔からの伝統で、我が日本国自衛隊は自衛のためのオートマチックピストル以外の携帯を許可されていない。おかげで入隊六カ月目でたいていはマゾヒストになる」

有賀は今度は、総一郎の方を振り返った。

「あんたの軍事技術に関する知識も、紙の上のもののようだな」

「データベース上のものだと言ってくれ」

有賀は畑の土の真っ黒に詰まった爪《つめ》で筒の先を示した。

「よく見なさい。ただし照準器に目を当てないでな」

先に気づいたのは、総一郎の方だ。

「なんだ、これは」

「そうだよ」

有賀は肩をすくめた。

「最新式の天体望遠鏡だ。新設中学校の理科室に行けば、どこにでもある」

「望遠鏡?」

三曹が、小柄な有賀の頭ごしに手を伸ばして筒を引き寄せる。有賀は続けた。

「ああ、館長は占星術やら、宇宙の神秘的エネルギーやらに凝っていた。いつまでも子供を作らんインテリ女性が陥りやすい趣味だ」

「くそ」

三曹は手にしたものを床に投げ出した。

「しかたない」

総一郎は、低い声で言った。

「作るしかないな」

「何を？」

有賀が尋ねる。

「だからミサイルを」

「ばかな」

「弾頭はすでにある。誘導装置と、推進装置。ミサイルの構造は極めて簡単だ。理論的には」

三曹は両手をこすり合わせた。

「原子炉に比べりゃ、ちょろいものだ。ただし材料さえあれば」

「ああ……」

美和子が震える声でつぶやいた。

「原子炉を作った人たちは、もういないのね」

三曹が筋肉質な頬を痙攣《けいれん》させた。

「もうだれもいやしねえ。まもなくここにいる俺たちもいなくなる。そして向こうからもいなくなる。みんなみんな蒸発するんだ。ぽっと、消えてなくなるんだよ。一瞬だ。あの金目の坊主《ぼうず》の言う通りだぜ。人生はゲームだ。ゲームと違うのは、ボスッ、ドカーンなんて音もなくゲームセットになるだけのことだ」

「まさか」

美和子が叫んだ。

「ちょっと、本気なんですか？」

有賀が叫んだ。

「ああ、花火を飛ばすんだよ」

三曹が言った。言った後で、げらげらと笑った。

総一郎たちは機械室に入った。ここにめぐらされたパイプを一本外して、ミサイルの筒部分を作るのだ。

変電装置、空調装置、給水装置、澱粉質合成装置《でんぷんしつ》、もろもろの機械類が低いうなりを上げている脇《わき》を一行が体を横にして進んでいくと、突き当たりに中央制御室があった。

グレーの壁に、無数の計器類とモニターが並んでいる。傾斜のついた操作盤は、ジェット機のコックピットにどことなく似ていた。

三曹はいらついた様子で歩き回っている。機械のシートを剝《は》がしては、乱暴に元に戻す。

「どうした？」

「いや」

そうして三十分も何か探し回っていたが、とうとう諦《あきら》めて舌打ちした。

「ない。レーダーに使えそうな物はまったくない。これではかなめになる誘導装置が作れない」

確かに、と総一郎は、うなって腕組みをした。

「ここから国会議事堂まで、何キロだったかな」

「約二十キロ」

小夜子が答えた。

「そうか」

三曹は手を打った。

「それっぽっちなら誘導装置なんか、いらないじゃないか。しかも目標は固定されている」

「大丈夫か？」

不安気に尋ねた総一郎に、三曹は自分の胸をこぶしで叩《たた》いて見せた。

「まかしておけ。実戦経験はなくたって、入隊当初は富士で対戦車砲を射《う》っていたんだ。コツはわかってる。ビルの合間をぬって命中させりゃ、高度が低すぎてレーダーにもひっかからない」

不敵な笑いを浮かべてそう言うと、片手に金属カッターを持って機械の間に姿を消した。まもなくバリバリという耳をつんざくような音が聞こえてきた。

戻ってきた三曹は、長さ二メートルほどの合金の筒を手にしていた。

「なんですか、それは」

遅れて機械室に入ってきた美和子が驚いたようにその金色に輝く物を眺めた。

「飾り柱だよ、奥さん。廊下にあった」

「何をなさるんですか、それで?」

「推進装置だ」と三曹は、短く答えた。

「何も柱を切り取る必要はないじゃないか。不用な機械のパイプを使えば済むものを」

と総一郎は呆《あき》れて言った。

「あんたにゃ、わからないだろうよ。自動小銃さえまともに撃たせてもらえない日本国自衛隊にいた者にとっちゃあ、ミサイルなんざ夢のまた夢なんだ。他国との合同演習のたびに涙がでるほど憧《あこが》れたものだ。そのミサイルをようやく持てるんだ。持つだけでなくて発射できるんだ。薄汚いパイプなんか使えるか」と言いながら、三曹は美和子の方を向いた。

「ミサイルっていうのはだな、奥さん、つまりはロケットのことなんだ。ロケットってわかるだろ」

いびつな笑いを浮かべると、いきなりズボンの前にその直径二十センチほどの合金の筒を押し立てて見せた。

「作用反作用、という古典力学で飛ぶんだよ。古典力学だ。今の時代に古典力学だ。燃料と片側が塞《ふさ》いである筒さえあれば飛ぶだろ。ぴゅうっ、と、こんな具合に」と腰を前後に振ってみせた。

「やめたまえ」

総一郎が一喝した。

「女たちにミサイルの説明などしないでけっこう。黙って作ってくれ」

三曹は美和子に向かってウインクすると、筒を自分の下腹部から外し、その他の材料を調達しに行った。

館内にロケット燃料はなく、推進エネルギーとしては、軽自動車用の固形燃料を使うことになった。酸素剤を配合したロケット燃料に比べスピードは落ちるが、うまく低空を飛ばせば、レーダー網に引っ掛からないという利点もある。しかもスピードが遅すぎて、だれにもミサイルだとは感づかれないという点もいい。

「すまないが、ちょっと下の駐車場に行って、放置された車から固形燃料を抜いてきてくれ」

総一郎は有賀に言った。

「何をするんで？」

「だから、花火を飛ばすんだよ」

「軽率なことはしない方がいい」と言いながらも、有賀はエレベーターホールに向かって歩いていく。

父親たちの動きを小夜子は突っ立ったまま表情も変えずに眺め、美和子だけがどうしたらいいものかわからないまま、茫然《ぼうぜん》と壁にもたれている。

「さて肝心の弾頭は？」

総一郎が尋ねると、三曹はにやりとした。

「大事なものだからな、ここに持ってきた日に、地下倉庫に保管した」

「やめてよ」

美和子が叫び、総一郎の腕にしがみついてきた。

「やめてよ、あれを使うなんて。東京だけでは済まないわ。何万という人が死ぬわ。私たちだって、放射能のシャワーを浴びてすぐに死んでしまう」

両手で夫の腕を摑《つか》み揺すった。総一郎はため息をついて首を振った。

「相手の出方次第では使う、ということだ。命を捨てても守らなければならないものがある……」

「この体に宿っているのは、あたしの命だけじゃないのよ」

「わかってるよ」

総一郎は、うなずいた。

「しかし私たちは、追い詰められたのだ、卑怯《ひきよう》な手段で。これは戦争だ。勝算のない戦争だ。私たちが持っているのは、あれだけだ。中性子ビーム発射装置や運動エネルギー変換装置といった近代兵器はない。卑怯な国家と政府に対して刺し違える覚悟で相対するしかない」

「追い詰められた、ＡＢＣＤ包囲陣、宣戦布告無き奇襲攻撃、どっかで聞いた話ね」

突然、小夜子が言った。総一郎は驚いてその顔を見る。

おまえ、だれだっけという問いを必死で打ち消す。

目尻《めじり》や口元に小皺《こじわ》の寄った年配女性の顔。その醒《さ》めた口調。ほんのわずか前の、大きなおしめを当てて、太い声で咆哮《ほうこう》するように泣いていた三カ月児の姿をそれに重ね合わせ、総一郎は一瞬、自分の認知感覚が内側から崩れていくような不安と不気味さを覚えた。

そのとき、奥のコントロール室から三曹の吠え声がした。

「どうした?」

総一郎が走っていくと、三曹は気が狂ったようにキーボードを叩いている。

「おい、どうしたんだ」

「地下倉庫の検索システムが立ち上がらない」

「なぜだ」

「俺に聞くな」

三曹が立ち上がって、机を叩いた。その拍子にコンピュータ本体がぐらりと揺れた。

「こんなときに、金目がいてくれたら……」

「言うな」

総一郎が制した。

「今は、忘れるんだ。それよりこんなものを頼りにしていないで、直接倉庫に入って探せばいいじゃないか?」

三曹は、カーソルが点滅するだけで、いっこう変わらぬ画面に目を据えたまま、笑いを浮かべた。

「探すって？　どうやって探すんだ。地下四層、一層あたり二千基の棚、それぞれの棚に三十個のコンテナが置いてあるんだ。その四かける二千かける三十、合計二十四万個のコンテナの一つ一つを探せというのか？　しかもいちいち棚を動かして通路を作らなきゃ人が通れない集密構造なんだぞ」

「どこに入れたんだ」と総一郎は尋ねた。

「覚えていない」

「何層に入れたかだけでも思い出せ」

「覚えていないと言っているだろ。俺に頭だの、記憶力だのというものを要求するな。とにかくこれこそ切札だと思ったからこそ、すぐにバーコードを貼《は》って、検索すれば確実に見つかるようにして、コンテナを棚の……棚の……とにかく棚のどこかに置いた」

「ばかな」と総一郎は、つぶやいた。やめておけ、という神の啓示かもしれないとも思ったがすぐに、弱気になってはいけない、と自分を叱咤《しった》し、「行こう。地下室に行って探すんだ」と三曹に呼びかけた。

「で、棚は上の方か下の方か？」

総一郎は尋ねた。

「中間だ」

三曹は、ぼそりと言った。

「中間って……」

「梯子《はしご》を二、三段昇ったところに入れたから、たぶん一番上でも、一番下でもない」

「本当に二、三段か？」

「覚えてないって言ってるだろ。四、五段かもしれない」

いらついたように、三曹は役に立たないコンピュータを殴りつけた。

総一郎たちはとにかくエレベーターに乗り込み、地下に下りた。総一郎たちは一層から、三曹は四層から、コンテナの一つ一つを見ていく。ベージュに塗られた壁に、樹脂の棚が組んであり、コンテナの色はそこに入れる物によって異なる。

センターはもとより、このコミュニティの行政全体にかかわるあらゆる書類、あらゆる器材を収めたこの倉庫を管理するのは、物品や書類の一つ一つに貼り付けられたバーコードであり、そのバーコードに対応する物品情報である。膨大な物品の中で必要な物は、本来ならコンピュータで物品検索した二秒後には、画面上の地図に所在位置が表示され、すぐに取り出すことができるはずだった。しかしそのシステムがなんらかの理由で立ち上がらない今、この倉庫は巨大なブラックボックスと化している。

一時間近く探した頃だ。

「パパ……」と小夜子の声が、入り口近くでした。

「あったわよ、パパ。これでしょ」

小夜子が信管を海胆《うに》の刺《とげ》のように生やした球を手にして立っていた。

「おお、確かにこれだ。しかし、どうやって見つけた?」

「たまたま」と小夜子は微笑した。

「よくやった。さすがに英雄の娘だ」

背伸びして小夜子の肩を叩き、総一郎はインターコムで三曹を呼び出し、弾頭が見つかったので、すぐにミサイル作りに取りかかるように指示した。

三曹は小躍《こおど》りしてやってきて、ひったくるように小夜子からそれを受け取った。

「ありがとうよ、探してくれたあんたのために、精度百パーセントのミサイルを作ってやるよ」と言いながら、屋上に向かう。作業の続きはここで行なう。

待っていた美和子は、三曹の手の中の物を見て後退《あとずさ》りした。

「これが……原爆というものなのね」

「ああ、持ってみるか、それっ」

三曹がソフトボールのように投げるふりをした。

「悪ふざけはやめんか」と総一郎は怒鳴る。

屋上の端にたたずんで、本土側を不安気に眺めていた有賀が、こちらを振り向いた。

「それは?」

「だからプルトニウム爆弾だ」と総一郎は低い声で言った。

「気でも違ったのか……」

有賀は口を半分開いたまま首を振った。

「それより、じいさん、固形燃料を持ってきたかい」

有賀は手にしていたビニール袋をとっさに後ろにした。

「ほら、もったいつけてねえで、貸すんだよ」と三曹は、その手から袋をむしり取る。

「あんた、悪いことは言わない。ばかな真似《まね》はやめなさい。そんなもの使ったら、我々の世代だけで悲劇は終わらない」

「最大の悲劇はな、じじい」と三曹は言った。

「ここで起こったんだよ」と足元を指差した。

「あんただって、ここに来るまで見てきただろ。大勢の人間が死んだ。ここを出ていかなかった、やつらの言う通りおとなしく毒ガスの上に移転しなかった、それだけの理由で殺された」

「それを破裂させれば、あたしらだって敬くんたちだって無事じゃないんだぞ。爆心地から二十キロも離れているから、爆発で死ぬことはない。しかし散らばった中性子やガンマ線が間違いなく、あたしらの体をむしばむ。一日ばかり経《た》つと、放射能を含んだ真っ黒な雨が降るんだ」

有賀は総一郎の両手を摑んで揺すった。

総一郎は、早く作業にとりかかるように三曹に指示しながら、有賀の両手を自分の体から丁寧にはがした。

「有賀さん、やつらがどういう手段を使うかわかってるでしょう。円卓会議なんて初めから絵空事だった。相手ののどぶえに銃口を押しあてるような真似をしなければ正常な話し合いさえできない。これが現実なのだと理解してほしい」

有賀はかぶりを振り、ため息をついてしゃがみ込み、頭を抱えた。

あたりが夕闇《ゆうやみ》に包まれる頃、直径二十センチ、長さ二メートルほどの金色に輝くミサイルが出来上がった。

まず発射装置を屋上の端、本土に面したところに取り付け、照準器とコンピュータを接続する。それにミサイル本体を取り付けようとした寸前、総一郎が言った。

「尾翼をつけた方が、方向の誤差は少なくなるんじゃないか」

「確かに」と三曹が、階下に駆け戻り、どこからか金属板を持ってきて削り始める。何度か金色の筒に押しつけては削り直してから、本体に接着した。

出来上がったものは、ミサイルというよりは先程、三曹が言っていたとおりロケットに近い。事実、構造的にはこれは旧式のロケット砲に他ならない。しかしミサイルもロケットも所詮《しょせん》は運搬手段だ。弾頭を目標に確実に当てられればそれでいい。肝心なのは弾頭だ。

プルトニウム原爆。前世紀の半ばに使われたおそろしく原始的な核爆弾。それでも短時間に膨大なエネルギーを放出し、数百万度の超高温状態を一瞬にして作り出す。高温に熱せられた空気が急速に膨張し、衝撃波を作り半径三百メートル以内のコンクリート建物を一瞬にして破壊、人間は蒸気となって消える。

空中に火の玉が出現し、半径二・五キロメートル以内の人体を含め、すべての可燃物に点火する。

反応時に放出される中性子とガンマ線による放射線効果及び、分裂反応により生成された放射性同位元素による放射能降下の範囲は広すぎ、正確な測定は不能。

高層化された人口密集地に落ちたときの威力は想像以上のものだ。

今、深い紺色をした空に、鈍い金色に輝くミサイルが屹立《きつりつ》している。

数分後、総一郎たちは制御室にいた。操作盤の前に座り、通信システムを首相官邸につなぐ。

「犯行声明を出すのね。パパ」

小夜子が尋ねる。

「宣戦布告だ。まだ、何もやっちゃいない。だいいち私たちは過激派じゃない」

相手方が出た。

「東京ベイシティ、最後の住人で、斎藤総一郎というものです」

総一郎は、重々しい口調で言った。

「はあ?」

「首相を出して欲しい」

「東京ベイシティ?」

「首相を出してください」

総一郎は繰り返した。

「おりません」

木で鼻をくくったような返事だ。

「前最高裁判所裁判官の特A級市民の斎藤総一郎です」

「だから、いません」

相手は、はなから相手にする気はないらしい。

「すぐに調べてください。私はこの春、東京ベイシティに強制移住させられ、その後、再び立退《たちの》き要請があったが、拒否して、ここに居残っているのです」

「東京ベイシティの人口は0。住民は残っておりません。何かの間違いじゃないですか」

「いいから、私の名前を調べなさい」

「はあ……」としばらく沈黙があった。

「なるほど」

相手はようやく納得したように言った。

「ちょっと前にクビになった裁判官ね、おたく。コンピュータに仕事を取られた腹いせで、そんなところで嫌がらせしてるんですか」

総一郎は憤然として言った。

「首相と話をしたい」

「選挙の応援で、大分に行っています」

総一郎が何か言おうとしたとき、音声が乱れ始めた。中央のモニターに男の顔が映った。と、見る間に男の鼻が盛り上がり、顎《あご》が突き出し、ぬらぬらと濡《ぬ》れた唇が動いた。

「また君か、手を焼かせるのはいい加減にしてくれ」

モニター画面からぬっと首を突き出し、相手は言った。前に交渉にやってきた国土交通省のキャリアだ。

「人の通信に、勝手にホログラムで割り込むのはやめてくれないか。気色悪い」

総一郎は吐き捨てるように言った。

「で、君は何をしようというのだ?」

「何をしようとしているだと? この前の円卓会議のご招待ありがとう」

「ああ、すっぽかして、大変申し訳ない」と相手は頭をかいた。

「それだけか?」

「いや、そこまで行ったのだが、急用ができて引き返さざるを得なかったのだ。すぐに電話を入れようとしたが、間に合わず失礼した」

「それだけか、と聞いているのだ。引き返すとき何をした? いや、そのヘリコプターには、最初から君は乗っていなかったのだろう。自衛隊か、そうでなければ公安なのだろう」

「なんの話か、よくわからないが」

「とにかく役人と話していてもしかたない。首相を出したまえ」

「だから、大分に行っていていないと言っただろう。だいいち首相に電話して、何をしようというのだ」

「日本国からの独立を宣言する。今後、東京ベイシティにおける我々の自治を全面的に認めよ。もし受け入れられない場合は宣戦布告する。君に用はない」

総一郎は、目の前に突き出された官僚の首に向かって言った。

キャリアの唇の両端が、引き上げられた。

「君はそれを首相相手に宣言するのか？　それでどうする。内閣総理大臣の判断と発言など、すべて我々官僚の与える台本の通りだというのを忘れているのか。我々の想定問答集がなければ答弁の一つもできないのが、我々が各種取り揃《そろ》えた大臣だし、その筆頭が首相だ。元最高裁裁判官が、そんなことも知らないわけじゃないだろう」

「何事にも正式な手続きが必要だ」

「我々への事前の根回しがなければ、宣言も手続きも無意味だよ」

「つまり」

総一郎は咳払《せきばら》いした。

「先程言った通りだ。もし拒否すれば、君のところにプルトニウムが飛んでいく」

「原子炉、か……」

さすがに相手の声が少し硬くなった。

「いや、爆弾だ。できたばかりのとびきり新鮮なやつ」

「はったりはやめたまえ。そんなもの、君たちにどうやって作れる？」

「原子炉で金属ウランを燃やせばプルトニウムができる。プルトニウムの周りで火薬を燃やせば、プルトニウムはいっぺんに燃える。小学生でも理解できる理屈だ。有り合わせの材料でゴム鉄砲を作るのより簡単だ。すでに完成しミサイルは国家の懐《ふところ》を狙《ねら》って据え付けてある」

相手は黙った。おそろしく大量の情報が優秀な頭脳をかけめぐり、対応を考えているのだろう。少し経ってから、口元をもぞもぞと動かした。

「我々の行動はすべてお見通しじゃなかったのか。どこかにカメラがあって、画像情報が送られているんだろう」

「確かに……しかし上空からリモコンカメラで捕らえた映像を解析した結果では、君たちの行動はキャンプをしているようにしか、見えなかった」

「あまりにもプリミティブな爆弾だったからか」

相手は数秒間、沈黙した後、口を開いた。

「本当の目的はなんだ」

役人はゆっくりと尋ねた。揶揄《やゆ》する口調は消えている。

「先程、言った通りだ」

総一郎はそう答えた後に、ふとわからなくなった。

要求することはただ一つ。すこぶる単純だ。ここに住まわせろ。しかし初めからこの土地にしがみつきたかったわけではない。いやいやながら来た土地だ。それに立退きの話が来たのちも、納得のいく条件があれば、動くつもりだった。

なぜこういうことになったのだろう。いつからこういうことになったのだろう。

実験台として、ナリタに送られるのはいやだ。しかしそんな小市民的見地に立ったものではない。

意地、恨み、仇《あだ》。違う。あえて言うなら責務か。日本人としての責務、家長としての責務、特A級市民としての責務、そしてコミュニティのリーダーとしての責務。

何かが違うような気がする。どこかで、行動の指針を誤った。軌道修正がきかないいま、突っ走ってきてしまったのはなぜか。

自分はなぜ、ここに留まったのか？　移転先に問題があったから、人権無視の政策に怒りを覚えたから……。しかし最大の理由は、留まることに意味があったからだ。留まり、戦うこと自体が目的だった。そうした状況下でのみ、斎藤総一郎の存在意義があったから。

ナリタに移転すれば、体内データを提供するのみの実験動物としての人生しかない。有賀の故郷に逃げ出したにしても、有用か不用かわからない、ただの匿名《とくめい》の一市民としての暮らしが待っているだけだ。しかし抵抗運動高じての国家との戦いのただ中にいれば、自分は英雄だ。

どこからか袋小路《ふくろこうじ》に迷い込んだようだ。しかしここまで来てしまった以上、もはや方向転換はできない。

官僚はにやりと笑った。その笑いに総一郎は我に返った。

「第一に……」

総一郎は口を開いた。

「我々は、国家の手による犯罪を糾弾する」

「なんだね、それは」

「君たちは、外国人労働者でもフリーターでもない日本国籍を有する純粋な日本人を、国際条約でも使用禁止されているウィルス爆弾によって殺した。そしてコミュニティセンターから離れて住んでいた私と私の家族をも一緒に殺すために、コミュニティセンターに円卓会議という名目で誘い出そうとした、そしてそれ以前に、我々をあきらかな危険性が指摘されている土地に移転させ……」

「憶測でものを言うのは、君のクラスにふさわしくないな」

相手は最後まで聞かずに遮った。画面から突き出している鼻の頭の吹出物が、ひどく大きく見えた。

「だれがウィルス爆弾をしかけたというのだ？　そんな証拠がどこにある。コミュニティセンター内部の様子は、こちらのモニターカメラで映し出されたので、何が起きたのかわかっている」

「あの様子をゆっくり見物していたのか?」

総一郎は、唖然《あぜん》として言った。

「日本の国土で起きていることを常に把握しておかずに、官僚が務まると思うのかね。救援を出したかったが間に合わなかった。もともとあの劣悪な居住環境下だ。伝染病が発生したらひとたまりもない。胸が痛むが、今となってはいたし方ない。素直にナリタに移ってさえいてくれたら、彼らもあんな死に方をしないですんだ」

「自分で行なった殺戮《さつりく》の模様を、画面を通して高みの見物していたというのか」

総一郎は怒鳴った。

「唾《つば》を飛ばすな。機械が傷《いた》む。我々がやるわけないだろう。鳩《はと》か、カモメか、病原体を持った渡り鳥が原因だ。ま、二十世紀末から、つぎつぎに変な病気が出てきたことだし」

三曹がやにわに立ち上がり、官僚の突き出した顎にこぶしを叩《たた》き込んだ。ガラスの割れる音がして、火花が散った。

「斎藤さん。あなたともあろう方がG級市民を飼っているなら、檻《おり》を貸し出しましょうか?」

スピーカーから音声だけが聞こえてきた。

「一つだけ言っておこう」

総一郎はスピーカーに向かって呼びかけた。

「君たちは、今から数分後、後悔することになるだろう。これからさしあげるものは、君たちに廃棄処分された人々、実験動物としておとなしく移送されていった人々と、ここに立てこもり処分された人々からの熱く重いメッセージだ。心を鎮《しず》め、全身で受け止めたまえ」

総一郎は背筋を伸ばし、いくらか足を開き気味にして屋上に立った。彫像のような姿だった。

「いよいよだな」

そうつぶやいて半開きの目で、弾頭を見上げる。

美和子は、この少し後に起きるカタストロフを思い浮かべ、全身が震えるのを止めることができなかった。

「思い直すなら、今ですよ」

有賀が皺《しわ》だらけの指を総一郎の肩にかけた。

微笑しているのは小夜子一人だった。肩まで伸びた豊かな髪が夕風を含んで巻き上がる。その髪の、花と獣脂の入り交じったような甘やかな香りが、ここにいる人々の心を不思議と落ち着かせる。

結果の無意味さは総一郎もわかっているのだ、と美和子は思った。しかし武器というのは強力であればあるほど、一旦《いったん》持つと使わずにはいられなくなる。破滅するとわかっていても使いたい、という抗《あらが》いがたい誘惑にかられる武器の魔力とはなんなのだろう。

そのとき屋上入口近くにある電話機が鳴った。

だれもが体を硬くした。いよいよ日本国政府が最後通告をしてきたのだろうか。

有賀が走っていって出る。

「ああ、どうしたんですか？　はいはい、じゃママを呼びましょう」

敬からだ。

美和子は慌《あわ》てて受話器を取った。

「ママ、ジュースの素《もと》、もうないんだけど、どうすればいいの？」

「それどころじゃないのよ。おばあちゃんは？」

「いるけど、自分の部屋の台所じゃないから、置き場所がわかんないって」

「もう、こまったわね、水飲んでなさい」

「やだよ。だいたい夕飯のときに、ママがうちにいないからいけないんだ」

「サンドイッチ用意してあるでしょ」

「なんで夕飯にサンドイッチしか食べれないんだよ。律だってこんな夕飯、いやだって言ってる」

「ママはあなたの女中じゃありません」

「女中って何？」

「とにかく、粉末ミルクがあるからそれをお水で溶かして飲んでなさい」

「ミルクなんか嫌いだ。ジュースが欲しい。ママが夕飯のときにどっかに行っちゃうからいけないんだ。テーブルだって、さっき律がくっつけたバターでべたべたになってる。おばあちゃんもぜんぜんやってくれないし」

美和子の頭に血が昇った。

「だれに向かって言ってるの」

「僕は、パパの代わりにおばあちゃんと妹を守らなくちゃいけないんだ」

「いいかげんにしなさい」と怒鳴ったとき、それどころではなかったのだ、と思い出した。ミサイルは東京の中心部、日本国の心臓に向かってまさに飛び立とうとしている。

「ちょっと貸せ」とそのとき総一郎が、美和子の手から受話器を受け取った。

「あなた、叱《しか》ってやってください。敬が母親の私に向かって」

最後まで言い終わらぬうちに、総一郎は低く、重々しい口調で話し始めた。

「敬か？　いいか、しっかり聞くんだ。悲しいことだが、パパたちはもう君には会えないだろう。パパは日本の国に宣戦布告した。しかしこれは反逆者ということではない。日本国の再生を願いながら、現在の腐敗した国家に対して、誇りと命をかけて最後の抵抗をしようとしているのだ。これからパパは、日本の国会議事堂に向けてプルトニウム原爆を搭載したミサイルを飛ばす。二十キロ離れているから、この地にいる僕たちが即座に爆風や熱にやられるということはない。しかし放射能によって遠からず、全身をむしばまれていくだろう。しかしそれよりも早く、おそらく命中してから数十秒後には、彼らは報復措置に出る。核はないが中性子爆弾か、あるいは細菌か、それともヘリコプターによる機銃掃射か。自衛隊より遥《はる》かに強い公安の精鋭部隊がやってきて、鎮圧に当たるだろう。そのときには……敬、覚悟を決めるんだ。まだ小学生の君をこんな目に遭わせるのは、パパも辛《つら》い。しかし敬、勇気を持て。最後まで毅然《きぜん》としているんだ。それからおばあちゃんや律には何も知らせるな。この運命については、自分一人の胸に納めろ……そう、いい返事だ。敬、偉いぞ」

「あなた、やめて」

美和子は取りすがって叫んでいた。

「子供になんてことを言うの。敬はほんの子供なのよ。社会経験もなければ、知識もない子供に」

「敬は、立派だった。少しも恐れてはいない。もう立派な男だ」

「ふざけたこと言わないで、一人で粉末ジュースも探せない、テーブルについたバターさえ拭《ふ》くことのできない、躾《しつ》けそこなったバカ息子だわ。大義のためにあなたが死ぬのは勝手よ。でも子供まで巻き添えにしないで……。ああ、あのとき有賀さんに頼んで、ここを脱出させていれば」

有賀は、眉《まゆ》を寄せてため息をついた。

「ねえ、あなた」

美和子は、夫の腕を握り締め、低い声で言った。そしてその手を取り、自分の腹に当てた。

「触って」

総一郎はびくりと手を震わせた。

「命が宿っているのよ……あなた」

三曹が舌打ちして向こうを向く。

総一郎は静かに答《い》えた。

「これから生まれ出でる多くの新しい命のために、僕は正しい日本を取り戻し残してやりたい」

美和子は呆《あき》れ果てて、自分の腹から総一郎の手を離した。

「小夜子」

美和子は、娘を呼んだ。

一人で東京湾を眺めていた小夜子は振り返った。

「パパになんとか言ってやってよ、ねえ」

美和子は訴えた。しかし小夜子はすっかり諦《あきら》めたのか、むしろさばさばとした顔で、笑っている。

風が止《や》んだ。三曹と総一郎は視線を交わし、うなずきあった。

誘導装置がないだけに風があると進路を変えられてしまう。彼らは先程から無風状態の来るのを待っていたのだ。

「やめて、お願い」

美和子は絶叫した。駆け出そうとして屋上の段差につまずき転びそうになったのを有賀が抱き留めた。

「やられる前に叩く。私たちに残された道はただ一つだ」

総一郎は、厳かな口調で言った。

オフィスビルの林の向こうに、明かりが見える。国民総意の象徴として、数年前から国会議事堂は、イルミネートされている。昼間は霞《かす》んで見えた前世紀の低層建物は、襲撃してくれ、と言わんばかりに金色に浮き上がって見えた。

その右側に日本最大の霞が関官庁ビルが建っていて、さらにその向こうに最高裁が、巨大な墓石のように夜空を背景に黒々と暗い影を浮かび上がらせている。

総一郎は、自分のポケットコンピュータに目標物の位置を打ち込んだ。そして三曹に向かって言った。

「後はリターンキーを押すだけだが、いいか」

「俺にやらせてくれ」

三曹が近づく。美和子ははっとしてその顔を凝視する。突き出た額のあたりに悲壮さと狂暴さがないまぜになった、異様な怒りが見えた。

「風邪のウィルスにやられた中に、馴染《なじ》んだ女がいたんだ……」

総一郎は、とっさに手の中のコンピュータを後ろに隠した。

「これから行なうことは、私憤を晴らすことを目的とするものではない」

「その女と、一緒になるつもりだった」

「ちょっと待て……」

「世界最弱の軍隊、日本国自衛隊さえクビになった俺でも、廃棄処分にされてこんなところに送り込まれた俺でも、いいって言ってくれたんだ、あいつは。あいつのためなら、日本どころか世界を敵に回して戦ったっていいと思っていた」

「そういう次元の問題では……」

三曹は、沈黙したまま、少しの間総一郎の顔を見ていたが、コンピュータとミサイルとの接続線に手をかけるといきなり引きちぎった。

「何をする」

総一郎が叫んだ。

「やるときは、俺の手でやる」

「よせ」

三曹は、笑った。

「そっちに下がって、ハラボテのかあちゃんでも抱いてろ」

「ばかなことを」

摑《つか》みかかろうとした総一郎を有賀が制した。三曹の手はすでに発射装置にかかっている。

「風が出ているんだ、斎藤さん。コンピュータ照準でも、これではうまく当たるかどうかわからんよ」

有賀はかすれた声で言った。

三曹は照準器を覗《のぞ》きながら、砲台を微妙に動かしていく。

美和子は震えながら見つめる。どこに当たろうが、そのビルで働いている多くの人々は、一瞬のうちに蒸発する。少し離れたところにいる人々の体も火に包まれる。やがて空は曇り、人々の体をむしばむ黒い雨が降る。

残してきた子供達のことで、頭がいっぱいになった。

「いや」

首を振り、大声で叫んでいた。山村留学した歩、筑波《つくば》に連れていかれた健、何も知らずに家に残っている律、父の言葉を信じて小さな心と小さ過ぎる頭脳で幼い覚悟を決めてしまった敬。

実家に戻ればよかったと、今、しみじみ後悔していた。つまらぬ意地を張らずに子供達を引き連れ、実家に帰ればよかった……。

次の瞬間、なんの前ぶれもなく金属の筒は飛び出していった。

爆音も、光も、何もない。鋭く短い、圧搾《あっさく》空気に似た音を残しただけで、金色の筒は夜空に吸い込まれ、後は海上を一直線に国会議事堂めざして飛んでいく光が見えるだけだった。そしてその光もあっという間に対岸のビルの林に吸い込まれていく。

そのとたん、光が揺れた。

「ビル風だ」

総一郎が、悲鳴に似た声を発した。

光の進路が変わった。ミサイルは、霞が関に向かって飛んでいく。

「かまいやしねえ」

三曹が、低い笑い声をたてた。

「みんな、みんな、死んじまえ」

「確かにな。どちらかというと、最初から向こうを狙《ねら》った方がよかったな」

総一郎は、その進路を凝視した。

「連中、まだ仕事してるだろう。官僚全滅だ。無能な代議士が死ぬより日本の損失は大きいが、害悪も減る」

突風が吹いた。

あおられて、美和子は小夜子の腕にしがみつく。

光の進路はさらに変わった。

総一郎は喉《のど》の奥から悲痛な声を出した。

「皇居に向かっている」

「くそ」

三曹が舌打ちした。

「やつらが死んだって、屁《へ》にもならん」

「なんだと」

総一郎が、三曹の襟首をつかむ。

「君には日本人としてのアイデンティティはないのか」

三曹は、分厚い掌《てのひら》の一撃で総一郎の腕を払いのけた。

「アイデンティティもくそもあるか。好きな女の命に勝るものがどこにある。あんたなんかには、わからないだろうよ。永遠にわからない」

再び突風が吹いた。

光はきりもみしていた。ホタルのように不定形の軌跡を描きながら、ミサイルはいきなり高度を落とした。そしてそのまま真下にある巨大な墓石、最高裁の屋根に激突した。

まばゆい光が散った。数秒遅れて、地を揺るがすような音が響いてきた。

祈ることも、叫ぶことも、恐怖さえ忘れ、美和子は立ちつくしていた。

一撃で最高裁の輪郭は、削り取られたようにぎざぎざになった。

そこからエメラルドグリーンの星がいくつも飛び出した。

「なんだぁ?」

総一郎が、瞬《まばた》きした。エメラルドグリーンの星は一瞬で消え、そこから真っ赤なネオンサインのような朝顔が花びらを広げた。直径、百メートルはあろうかという深紅、紫、金、銀の花々は、あとからあとから現われ、色を変えていく。

あらゆる色が交錯し、光が入り乱れ、天空いっぱいに描かれた無数の花が開いては散っていく。夜空全体が銀を帯びた藤色に輝いていた。

花火だった。

かつてだれも見たこともないほど豪華な花火だった。

「どういうことだ」

三曹が目を見開いたまま、自分の頭をこづいている。

「知らん」

総一郎が、何度も首を振る。

音と光の饗宴《きょうえん》は、どれくらい続いただろうか。最後にもうもうと立ち昇る白煙を透かして、いくつかの文字が、空に浮かんだ。

「祝　トウキョーベイシティ完成」

「おい……」

ようやく気づいたように、総一郎は小夜子の方を振り返った。

「すりかえたのか……式典用の打ち上げ花火に、原爆のパッケージをつけたのはおまえか」

「きれい」

小夜子はうっとりしたように、夜空を仰いでいる。

「もしかして、コンピュータの物品検索システムを壊したのもおまえだったのか……」

「ねえ、パパ。きれいね」

一秒ほど夜空に貼《は》りついていた「祝　トウキョーベイシティ完成」の金色の文字は、やがてホラー映画の看板文字のように崩れ、闇《やみ》に吸い込まれていった。

三曹は、あんぐりと口を開いたまま、へたへたとその場に座り込んだ。

まもなく夜が明ける。

自衛隊も公安も報復攻撃を仕掛けてはこなかった。

総一郎が宣戦布告した相手の日本国政府も、あまりのばかばかしさに呆れ果てたのか、それとも次には本物が飛んでくると思っているのか、沈黙している。

一時間後に、総一郎のポケットコンピュータに通信が入った。最高裁判所経理局庶務課　施設営繕・管理係というところからだ。

「諸君等のパフォーマンスによって、当方の建築物および室内備品等は甚大《じんだい》な損害をこうむり、明朝からの執務に重大な支障を生じるおそれがある。現在把握している被害は以下の通りであり、速やかな弁償と謝罪を要求するものである。

記

破損箇所　弁済額見積もり

屋上部分床コンクリート及び防水樹脂

屋上部分手摺《てす》り

屋上部分給水タンク　二基
外壁用特殊タイル　二千四百六十三枚
最上階ＬＥＤ電球　六百二十五個
最上階女便所便器　二個
最上階給排水パイプ　六カ所
内壁剝《は》がれ……」
総一郎は、ぼんやりとしたまま、つぎつぎに繰り出されてくる文字を見ている。
後戻りはできない。先も見えない。
とりあえず、命だけは助かった。
「どうするの」
美和子は尋ねた。総一郎は無言だ。三曹がふらふらと立ち上がって、屋上から中に入ったが、惚《ほう》けたようにまた床に座り込んだ。
「ま、こうしててもしかたない。いったん、帰りましょうや。敬君たちが待ってるだろう」と有賀が総一郎の肩を叩《たた》いた。
総一郎は、うなずいて腰を上げ「行くぞ」と、美和子と小夜子に呼びかけた。
一行はエレベーターで階下に下りる。
「それで、仏さんたち、どうしましょうかね」
有賀が、廊下を指差して尋ねた。

「放っておくわけにもいかないだろう」

総一郎は重い口調で言った。

「四十体以上あるから、葬《ほうむ》るのも一仕事だね」

「一旦《いったん》戻って、子供たちの様子を見たら、また来て埋めてやろう」

総一郎は外に出て車の運転席に乗り込み、美和子も助手席によじ登る。小夜子と有賀は荷台に乗り込む。

三曹だけが惚けたように立ち尽くしている。

総一郎が荷台を指差した。

「乗りたまえ。埋葬は後にして、うちに来て一休みした方がいい。ここに一人でいるのもなんだし、今日からしばらくの間、我が家を提供しよう」

白みゆく夜明けの大気を通して、美和子には三曹がうっすらと微笑《ほほえ》んだのが見えた。

三曹は首を振った。

「遠慮はいらない。狭いところだが、君一人迎えるくらいのスペースはある」

三曹は、なおも首を振った。

「俺のことは、捨てておいてくれ」

「そうもいかない」

「行ってくれ」と三曹は、助手席のドアを勢いよく閉めた。

「どうする気だ」

総一郎は窓から首を出して叫んだ。

「今日一日、女についてってやって、そしたら埋葬する。あんた達は、戻って来なくていい。連中の墓掘りくらい俺一人で十分だ」

「そうもいかん」

「いいから、行け」

「どうする気だ?」

「俺はここで暮らす」

三曹の濃いまつげに囲まれた瞳《ひとみ》から荒々しさが消え、どこか安らいだような表情が見えた。

「だめだ。君一人、置いていくわけにはいかん」

「大きなお世話だ」

吐き捨てるように言って、三曹はくるりと背を向けた。

「終わったんだよ。もう戦争ごっこは終わりだ」

三曹は長い息を吐き出し、のびをした。それから振り返ることもなく大股《おおまた》で玄関の階段を上っていった。

「待て」と言いかけた総一郎を美和子は押し留めた。

「そっとしておいてあげたら、しばらくの間。恋人の遺体を抱いて一人で泣きたいのかもしれないわ」

「そうかな……」

わかったような、わからないような顔でうなずき、総一郎は車を発進させる。

坂のヘアピンカーブを曲がった拍子に、何かがころころと座席の下から転がってきて踵《かかと》にぶつかった。何気なく拾い上げようとして、美和子は悲鳴を上げた。

「あなた、あなた、あなた」

本物の方のプルトニウム爆弾だ。総一郎が、慌《あわ》ててブレーキを踏んだ。

美和子は助手席の窓を開け、それを外に放り出そうとした。

「ばか、手榴弾《しゅりゅうだん》じゃないんだ」

総一郎が慌てて、片手でそのグレープフルーツほどのものを取り上げる。

「ああ……」

美和子はまだ震え続けていた。

「小夜子」

総一郎は、窓から首を出し、荷台にいる娘に向かって言った。

「君か、これをセンターの倉庫からここに持ち出したのは?」

「ええ。たぶん」

手すりに体をもたせかけ、外を見ていた小夜子は、視線だけ総一郎の方に向けた。

「向こうに着くまで、君の責任で持っているように」

かろうじてそれだけ言ったものの、気力が失《う》せていた。小夜子は素直にそれを受け取った。

坂を下りきり、一般道路に出たときのことだ。

後方で、何かうなりのような音が聞こえた。数秒後、それは地鳴りにも似た轟音《ごうおん》に変わった。

「きた」

有賀と総一郎が同時に言った。報復措置だ。美和子は無意識に下腹部を抱き身を硬くする。こんどこそ最後かと目をつぶった。

地面が揺れる。総一郎は急ブレーキをかけ、振り返った。

美和子もおそるおそる振り返る。

白煙が見えた。後部座席で小夜子と有賀が、叫び声を上げた。

コミュニティセンターの円筒形の建物が、ゆっくりと中心部に向かい崩れ落ちるところだった。

運転席から飛び降り、総一郎は棒立ちになった。

美和子は総一郎の体にしがみつくようにして、そっとその肩先からその様を眺めていた。

「なんてことだ」

有賀が悲痛な声で言った。

「やつら、爆撃してきたのか」

「あなた、三曹さんは……ああ、無理にでも連れてくればよかった」

「違う」

総一郎は悲痛な表情で首を振った。

「違う、爆撃されたんじゃない。自爆だ。彼が自分でビルの解体工事のプログラムを作動させたのだ」

「そんな……」

総一郎は唇を噛《か》んで、巻き上がる建材の白い煙を眺めている。有賀が合掌して頭《こうべ》を垂れた。三曹は、恋人の遺体を埋める代わりに、それを抱いて自分も一緒に、瓦礫《がれき》の下に埋まってしまったらしい。

「行きましょう、パパ」

茫然《ぼうぜん》としてコミュニティセンターのあった空間を見つめている総一郎の肩に、小夜子がそっと手をかけた。

「大丈夫だ」

総一郎は、ふと小夜子の顔を見上げた。いぶかしげに眺めていたかと思うと、急に険しい表情になった。

「おい、どういうことだ……」

明け方の光が分厚い雲を通して、淡く白くあたりのものを照らし出している。その光を正面から浴びた小夜子の白い額に横皺《よこじわ》がくっきりと刻み込まれ、口元には深く縦皺が寄っていた。

頬は落ち、口元も目尻《めじり》も下がった顔には、思慮深げな表情だけを見出《みいだ》すことができる。ふさふさと肩を覆《おお》って揺れていた髪には、何本もの白髪が交じり、その一本一本が枯れ枝のように跳ねて、髪の流れから飛び出している。

美和子は、そこに実家の母親の面影を見つけだし、不意に涙が滲《にじ》んできた。この正月に、里帰りしたときに会った母に、その下がった目尻も頬のたるみ具合もそっくりだった。

そしてそれは自分の未来を暗示する顔でもある。嫁ぐことで絶えたと思われた実家の血が、我が子の中に濃く流れているのを美和子は感じた。

「どうかしたの？　二人とも」

小夜子は微笑した。低く、穏やかな声だ。紛れもない実家の母親の声だった。

辛《つら》いわ、ママ。どうしてこんな事になってしまったの？

こんなはずではなかったのに。

美和子はつぶやくように言った。その胸に額を押しつけ、泣きたかった。

「小夜子……」

総一郎がようやく口を開いた。

「おまえ、体は、なんともないのか。だるかったり、痛んだりしないのか？」

「あなた」

美和子は総一郎の顔を正面から見つめた。何度となく切り出しては、話しそびれたことだった。

「いいわ、ママ」

穏やかな声で小夜子が制した。

「自分で話すわ。私のことですもの。車に戻りましょう」

小夜子は前の座席の総一郎と美和子の間に座った。そしていくぶん嗄《しわが》れたバリトンで、父に自分の体に起きている異変について話し始めた。

「そんな、ばかな」

総一郎は途中でブレーキを踏んだ。

「どうすればいい？　そうだ、すぐに本土に戻って病院へ行け。なんとかなる、おまえ一人なら」

小夜子はかぶりを振った。

「治療の手段はないのよ。今のところ。いいえ、治療はそもそも必要ないの。病気じゃないもの。ママにも説明したけれど、私は他の人より速く人生を歩いているだけなの。脈も速いし、体温も高い。力もあるし、ものを覚えるのも速くて、それで人より速く成長して、老《ふ》けてしまう、それだけなのよ」

総一郎は、両手で頭を抱え、首を振った。そしてそのまま顔を覆った。

「小夜子……」

美和子は、ぽつりと呼びかけた。

呼びかけるだけで、言うべき言葉は何もない。間もなく彼らの隣を掠《かす》め、永遠の闇に去っていく我が子の名を気が済むまで呼んでいたかった。

「少し眠ってて、ママ。ずいぶん無理をして疲れてるんじゃない」

小夜子は言った。その口調は美和子の実家にいる「ママ」そのものだった。

美和子は小夜子の、たるみ、皺の刻まれた頬を両手で挟んだ。

「とりあえずは、生きているのね、あなたも、私たちも……」

「ええ」

「あなたがあれを花火にすり替えてくれたおかげで」

有賀が微笑んだ。

「私たちの目的はこの場所で人間らしく暮らして行くこと。互いに破滅に向かって進んでいくのは愚かなことよ」

小夜子は言った。美和子は、老成した我が子の横顔を無言で見つめた。そこには皺とともに叡知《えいち》も刻み込まれていた。

家に戻ると、子供たちと孝子が飛び出してきた。

「パパ、パパ、生きていたんだね、敵の攻撃で殺されたりしなかったんだね」

信じがたいという顔で、敬が何度もまばたきした。

「敵の攻撃？」と首を傾《かし》げて、総一郎は言った。

「生きているよ、当たり前じゃないか」

つい数時間前、電話で覚悟を決めろと言ったことなどすっかり忘れているようだ。

「悪いやつにミサイルをぶつけたんだね、パパ。ここからも見えたよ。格好よかったよ。でもプルトニウム原爆って、本当にきれいでびっくりした。それにあんな字まで空に書けるんだ」

「いや、あれは……その」

きまずい顔で総一郎は長男の肩を抱き、そばにいた律を抱き上げた。

「どうだ、おばあちゃんを困らせたりしなかったか」

「ママたちが死んじゃうって、夜中に泣き出して大変だったのよ」と、孝子が小声で言いながら、律の柔らかな髪を撫《な》でる。

律は物心ついたときから、かんの強い子供だった。きっとあの狂気じみた出来事を、離れてはいても、心のどこかで察知していたのだろうと美和子は思う。少し経《た》ってから孝子たちが、そこに立っている年配の女性に気づいたのは、少し経ってからだ。

「小夜子……」

茫然とした表情で孝子がつぶやいた。敬と律が目を丸くした。彼らは美和子たちと違い、丸一日離れていたので、小夜子の容貌《ようぼう》の変化がよりいっそう際立《きわだ》って見えたのだ。

小夜子は穏やかに微笑した。

「驚かないで。私の中では、時間があなたたちより少しだけ速く過ぎていくのよ」

「時間が速く過ぎていくって……」

孝子が息を呑《の》んで小夜子を見つめる。

「速く成長し、速く物を考えたり判断したりすることができて、速く動くことができて、そして速く死んでいく。他の人からは短い一生に見えるかもしれないけど、私にとっては十分に長いの」

「で、みなさん、あまり時間もないようなので、ちょっと提案です」

有賀が斎藤家の人々の間に割って入った。

「この前もお話しした件です。熊野へ行きませんか、一緒に」

総一郎が何か言いかけたのを遮り、有賀は続けた。

「この前とは状況は変わっています。ここの人々はみんな殺され、今、残っているのは我々だけです」

「なぜ？　何があったの」

孝子は悲鳴のような声で尋ねた。

「あんたには後でゆっくり説明するが、とにかく今は一刻を争う。ここはひとつ年寄りの言うことを聞いてください」

有賀は言った。

「せっかくですが、遠慮させていただきます」

総一郎が答えた。

「あなた、また、ばかなことを」

美和子が叫んだ。

「ここで出ていったら、コミュニティセンターで亡《な》くなった人々、そして一緒に日本国に向かいミサイルを飛ばした三曹が報われません。短い間だったが、一緒に戦った彼らに申し訳がたたない」

「愚かだわ」

「あんた、そんなこと言ったって、犯罪者になったんだよ。我々は」

有賀が、落ち着いた声で言った。

「犯罪を犯したのは彼らだ。ここで我々が逃げていったら、我々がまさに犯罪を犯したと認めることになる。私だけじゃない。あのコミュニティセンターで殉じていった仲間すべてが、罪を犯したと認めることになってしまう。それに我々はもう逃げる必要はない。今、ここに我々は核を保有している」

そこまで言って総一郎は急に不安になったように、「小夜子」と呼んだ。

「捨てたりしてないだろう、あれを」

「原爆の不発弾なんかどこに捨てられるの」と小夜子は笑いながら、それを見せた。

美和子が、ひっと悲鳴を上げて後退《あとずさ》る。

「そうだ。この正義と倫理の火としての核を保有しているかぎり、彼らは我々に手出しはできない」

「悲観させて悪いが」と前置きをして、有賀は話し始めた。

「昨日、わしはちょっと、あたりを車で走ってみた。建物や丘がどこにも見当たらない。変だと思っているうちに道が突然切れてしまった。ここは削り取られているんだよ。汚水だめのような東京湾が、だんだん広がっている。彼らはそっと、囲りを切り離しているんだ。ここはだんだん痩《や》せこけていく。こんなところで、どうやって暮らすんだ？まあ、小型ながら発電所はあるし、私の作った畑にはいろいろな作物を植えておいた。しかし敬君や律ちゃんの学校はどうする。奥さんの産婦人科病院は？　小夜子ちゃんだってすぐ老人になるのだから、いろいろ病気もするだろう。意地でたてこもるのもそろそろ限度だ。さいわいまだ脱出は可能だ。かんたんなボートを私が作った。しかしいずれにせよ、時間の問題だ。まもなくわしはここを出ようと思う。どうだ、一緒に熊野に行って百姓をやらんか？」

熱を帯びた眼差《まなざ》しで、有賀は続けた。しかしその視線は一点に注がれている。拒否の表情を崩さず腕組みしている総一郎ではなく、その母親に。孝子は凍ったような無表情で、じっとうつむいていた。

あたりは気味が悪いほど静かだ。

新たな攻撃の気配はない。コンピュータも沈黙したままだ。

そのときかすかなカタカタという音がした。耳をすますとサイドボードの中のクリスタルの器が震えているのがわかった。人々は互いに顔を見合わせた。かすかな振動。人の感覚では捕らえられないような振動に、クリスタルの一つが共鳴している。

「攻撃……」

美和子がつぶやくように言った。

「いや」と総一郎が短く否定した。

「原子炉だ」

「原子炉？　もしや……」

小夜子がつぶやくように言った。

「あっ」と敬が、叫び声を上げ震え出した。

「だって、だって、パパが言ったもん。敵の反撃が始まったら覚悟をきめろって。だから、僕、コミュニティセンターの方からドッカーンって音が聞こえてきたとき、パパに言われた通り、オンにしたんだ。原子炉爆破装置を。パパが言った通り勇気を持って、毅然《きぜん》としてたよ。恐かったけど、パパが、このことはおばあちゃんや律には言うなって言ったから、僕一人の胸におさめろって言ったから、一人で判断して、一人でオンにした。でも、なんにも起こらなかったから、僕は一人じゃうちの原子炉も爆破できないんだって、ちょっと落ち込んで……」

小夜子が立ち上がった。眉間《みけん》に縦皺を刻み、目を大きく見開くと飛ぶように玄関を飛び出していった。それを追って総一郎もドアに体当たりするようにして出ていった。

「ねえ、どうして？　どうして原子炉はすぐに爆発しなかったの？」

「君は何をしたんだ？」

有賀が尋ねた。

敬は一枚のプリントアウトした用紙を見せた。総一郎が、攻撃されたときにはこの方法で原子炉を爆破するようにと言い残してでかけた、あのマニュアルである。

「すぐには爆発するわけじゃないんだ」と有賀は首を振った。

「君は冷却用の二酸化炭素の循環ポンプを止めてしまったんだよ。出力は徐々に上がり、やがて炉が暴走する。あの原始的な原子炉はもともと危ないんだよ。燃料の金属ウランは、マグネシウムより燃えやすいものだし、そこへもってきて減速材も炉の壁になっている反射材も黒鉛だから、まるでご飯を炊《た》く釜《かま》全体が燃料でできているようなものなんだ。温度が上がれば、いや、空気が入っただけで本体が燃えてしまう。……」

敬が震え始めた。

クリスタルのグラスもカタカタと音を立てている。

「じゃあ、僕たち、パパも、ママも、ここの島も、みんな、みんな、原子炉と一緒に爆発してしまうんだね」

「いや、今、小夜子さんとパパが止めにいってる。大丈夫だ。きっと間に合う。早く気づいてよかった」

有賀が、悲痛な声で言った。

「どうにかなる……」と美和子は祈るような気持ちでつぶやいた。

不意にグラスの震えが止まった。

「うまくいったらしいな」

有賀が言った。そのとたん、緊張が弛《ゆる》んだらしく、孝子が崩れるように前のめりに倒れた。

「お、いかん」

有賀がその体を支えた。

「孝子さん、孝子さん」

有賀が抱きかかえると、孝子はうっすらと目を開けた。

「まあ、私としたことが恥ずかしい。下ろしてくださいませ。みんな見てますから」

孝子が弱々しい口調で言った。

「じゃ、これで」

有賀は孝子を下ろさずに、大股《おおまた》に外に出ていく。

「ちょっと、有賀さん」と美和子が声をかけると、「心配ない。疲れたのだろう。ちょっと休ませてきます」と向こう世帯の部屋に行く。

「おっと、その前に」と有賀は振り返った。

「ちょっと、来てくれませんか。見せたいものがあるんですよ」

孝子を抱きかかえたまま、有賀が案内したのは、いつかパワーショベルで潰《つぶ》された彼の家の庭だった。土台から根こそぎひっくり返された彼の家の隣に、透明樹脂で固められた家の内部が、生活時間がそのまま止まったように転がっていた。

そしてその隣に、鮮やかな暗紫色に輝いている、二メートル四方の板が落ちていた。

「太陽電池だよ。屋根に取り付けていたのだが、奇跡的に無事だ」

敬が駆け寄って、目を輝かせその表面を撫でる。

「すごいや、これで発電できるんだ」

「残念ながらバッテリーは家の中にあったんで、もう使えないんですが、昼間なら雨の日でも十分に使える。なに、もともと人間は夜は寝るものだ。何もしないで暗くして寝る方が人間らしい。万一、原子炉がだめになっても、これでなんとか斎藤さん一家くらいなら、暮らせるでしょう」と言う。

その太陽電池の脇《わき》に、一艘《そう》の釣り舟のようなものがある。

「あら」と美和子はそれに手を触れた。まるで泡でできているように、それは片手でふわりと持ち上がった。

「ここの人工地盤を切り出して作ったんですよ。軽くてよく浮きますよ」と有賀は笑った。

「で、これは?」

美和子は尋ねた。

「ごらんの通り、船ですよ。方舟《はこぶね》ってやつですかね」

孝子がにっこり笑って、有賀を見上げた。

有賀と孝子はそれきり向こうの世帯に行ってしまい、美和子は子供たちと部屋に戻った。

生理痛に似た、引きつるような痛みが下腹に走ったのは、居間のソファに疲れた体を横たえたときだ。

筋が縮んでくるような痛み。美和子は軽く息を吸い込み、ゆっくり吐き出す。馴染《なじ》んだ痛みだった。

とうとう来た。だが、今回は医者がそばにいない。病院のベッドもない。

もう一度、鼻から息を吸い込み、唇を丸めてゆっくり息を吐き出す。

やがて痛みは遠退《とおの》いていった。まだしばらく大丈夫だ。慌《あわ》てて孝子を呼ぶほどのこともない。

少し休んだ方がいい。じゅうたんの上に腰を下ろすと、敬と律が不安気にそばにきて、ぴたりと寄り添った。

不意に、このまま子供たちと生まれてくる子供と自分だけがこの世に残されてしまうのではないか、という激しい不安が突き上げてきた。

しかし今までも、ずっとこの家族構成だったような気もする。子供が生まれてからは、総一郎とは寝室は別になった。母親は子供と一緒だ。それが特Aクラスの家庭の分別だ。総一郎が隣に来るのは、月に一度、排卵日だけだった。

まもなく敬が、律が、そしてこれから生まれる子供が成人し、独立する。そのときずっと赤ん坊の状態でいるはずだった小夜子は、もうこの世にいない。それどころか、自分よりも早く老衰し、死んでいく。気が狂いそうな気分になった。

クリスタルグラスのカタカタ鳴る音が、鼓膜の底で響くような気がした。美和子は無言で敬と律の体を抱き締めた。

再び痛みが襲ってきた。先程より強かったが、間もなく消えた。

何度となく痛みが来ては退いていく。だんだんその間隔は短く、痛みは激しく、鋭くなってくる。順調だ。これでいい。床の上に一人でビニール製のマットを敷いた。

もう少し一人で頑張れる。

そのとき総一郎と小夜子が戻ってきた。

「大丈夫だったのね、原子炉は」

美和子は尋ねた。

「ああ、冷却用二酸化炭素のポンプを作動させて、制御棒を炉の中に入れてきた」

「あの炉の中に、あなたがそのなんとかって棒を入れて、運転を止めたの?」

「運転は止めてない。核分裂を促進する中性子を吸収する制御棒ってものをクレーンを使って炉の中に押し込んだんだ。ただしクレーンは材料がなくて油圧装置が作れなかったもので、私の力では動かない。前はずっと三曹に操作を頼んでいたのだが」と言って、小夜子を見る。

腕力の勝る小夜子が、代わって引き受けたのだ。

とたんに陣痛が来て、美和子は顔をしかめた。

「おっ……いよいよか、おふくろを連れてくる」

総一郎が行こうとするのを美和子は引き止めた。

「まだ、大丈夫。お姑《かあ》さん、疲れたみたいだからしばらく休ませておいてあげて。あなたがついててくれればいいわ」

美和子は総一郎の胸に体を寄せる。

「男の子か、女の子か。病院に行っていれば今頃とうにわかっていただろうな」と総一郎は腹を撫《な》でた。

とたんに痛みが、突き上げてきた。美和子は両手を総一郎の首に回した。息を吸い込む。唇を丸めてゆっくり吐き出す。

総一郎は体を硬くした。

「大丈夫よ。出産は病気じゃないって、あなた、言ったでしょう」

「やはり、おふくろを連れてくる」

おずおずと美和子を抱き、今にも絶えそうな声で総一郎は言った。

「いやよ、こうしていて」

美和子は言った。総一郎は、慌てた様子で美和子の手を振りほどこうとした。

「よせ。子供たちの前だぞ。それに有賀さんにでも見られたら、いちゃついていると思われる」

「それがなぜいけないのよ」

美和子が、総一郎の体を離したとき、小夜子が聞き耳を立てるように、鋭い表情をしたと思うと早口で言った。

「パパ、原子炉、見に行ってくるわ」

その顔をあらためて見て、美和子は言葉を失った。目と頬が窪《くぼ》んで、背が丸まっている。グレーの髪をした大柄な老女……。小夜子は加速度的に老《ふ》けていく。美和子は喉《のど》が詰まるような、激しい愛惜の思いにかられた。

そのとき総一郎が止めた。

「私が行く。おまえはママを見ていてくれ。もう少したったらおばあちゃんを連れてくるんだ」

小夜子は首を振った。

「クレーンのレバー、パパ、動かせるの?」

「それは……」

総一郎は少しばかり悔しそうな顔をした。

クリスタルグラスが不吉な音を立て始めた。小夜子の皺深《しわぶか》い顔から、血の気が引いた。

丸まった背筋が、ぴんと伸びた。

「それじゃ頼む。パパもすぐに行く」

総一郎はそう言うと、小夜子と同時に玄関を出た。

孝子の世帯のドアを何度も叩《たた》いている音がする。

二分ほどして、総一郎が戻って来た。一人だった。

「いない……」

茫然《ぼうぜん》とした表情でそれだけ言った。

右手に白い封筒を持っている。

「あなた、何、それ？」

はっとしたように、総一郎は封を切って目を通し、唇を噛《か》みしめた。

「なんだ、これは……なんて事だ」

美和子はひったくるようにして、それを取って読んだ。

今どき見たこともない美しい毛筆の書き置きだった。

「人生、明日は何があるかわかりません。納得できる生き方をしなければ、あの世まで悔いを残すような気がします。もとより私は、渡辺家の女。遡《さかのぼ》れば旗本の家柄です。三十九年前、私は、何も疑問を感じることなく斎藤になりました。だから今、何の疑問もなく、有賀になります。女は、そうしたものなのです。斎藤家の嫁の役目も、潤一郎の妻の役目も、母の役目もすべて終わりました。一人の女に戻って、有賀さんについていきます。どうかお元気で。体に気をつけてね」

総一郎は頭を抱えて、しばらく何か呻《うめ》いていた。それから美和子の前に這《は》いつくばった。

「すまない。本当にすまない。おふくろは、こんな無責任な女じゃなかった」

「何してるの。土下座したって、子供を産む助けにはならないのよ」

美和子は、痛みを忘れて怒鳴った。

「いや、おふくろがいないことには……」

「お姑さんの子じゃないわ。あなたの子だと、何度言わせるの」

下腹に激痛が走った。額から、脂汗《あぶらあせ》が落ちた。

「あなた父親でしょうが」

総一郎は、表情を硬くした。

「わかった。こうなったら、僕だって斎藤家の家長だ。子供くらい産ませてみせる」

頭上でクリスタルグラスが、いっそう騒がしく鳴った。

子供たちが心配して駆け寄ってくるのを総一郎が制する。

「敬、バスタブとおけにお湯を入れろ。律、家中のタオルを集めて来い」

「ママ、ママ、死んじゃうの。ママ、死んじゃやだ」

律が、目と鼻から涙を流した。

「赤ちゃんが生まれるんだ。死んだりしない」

総一郎は言った。

長く激しい痛みが来た。分娩《ぶんべん》も近い。ゆっくり息を吐き出す。

しかし蒼白《そうはく》の顔をした総一郎の息遣いの方が、ぜいぜいと荒い。

美和子は下着に手をかける。総一郎が一瞬、目を背ける。

「何やってるの。手伝って」

「ああ……はい」

そろそろいきんでいい頃だ。いきみたい。病院なら、医者が教えてくれるが、今はそのタイミングを自分で判断しなければならない。

総一郎の手を摑《つか》んだ。いきむ。軽く、軽くだ。今のうちは。

そのとき地響きのような音とともに、床が揺れた。

子供たちと美和子は、同時に悲鳴を上げた。

「あ、あなた、爆発したわ、もう終わり」

「大丈夫」と総一郎が思いの外、冷静な声で言った。

「原子炉が爆発したのなら、僕たちは今頃生きてない。またこの人工島の一部が切り離されたのだ。しかし大丈夫。ここまでは来ない。もしもここを爆破すれば、原子炉も爆破することになり、東京も貴重な地下資源も消える」

確かに揺れが収まってみると、再びあたりは元の静けさに戻った。同時に痛みが感じられてきた。

呼吸が乱れる。顔に浮いた汗を敬が拭《ふ》き取る。律は恐ろしそうな顔をしながらも、じっと様子を見守っている。

痛みの波が来た。一層強く、総一郎の手を握り締める。呼吸は、短く激しいものに変わった。すでに子宮口はだいぶ開いているはずだ。

「いいわね。出口を見てて。頭が出かかったら、皮膚がさけないように下の部分に手を当ててるのよ。そしてそっと押さえ、自然に出てくるまで待って」

切れ切れの息の下で、総一郎にそれだけ伝える。

「わかった」

痛みが全身を貫き、頭に昇ってくる。とたんに総一郎の手から力が抜けた。

青ざめた顔に冷汗を浮かべ、総一郎はその場にがくりと膝《ひざ》をつき、前にのめった。白目をむいている。ショックを起こしたらしい。

「あなた、しっかりしてよ」

浅い呼吸の下から、美和子は声をかぎりに叫んだ。

頭が出かかっているはずだ。

総一郎は、のろのろと体を起こした。何度か口に手を当て、吐きそうな格好をしながら、妻の足の間に目を凝らす。

「手をかけて。保護して」

ようやくそれだけ言った。

つるりという感覚があった。はっきりと何かが通り抜ける感覚。痛みを突き抜けた快感に近いもの……。

濡《ぬ》れた感触。そして産声《うぶごえ》。

「おい……男の子」

総一郎が、床にぺたんと尻《しり》をついたまま、血まみれのものを抱いていた。腰がぬけたらしい。それでも自分を励ますように言う。

「律、はさみを取ってくれ。それとタオル」

刃物の触れ合うかすかな音がした。それから小さな体を恐る恐る抱き上げた総一郎の顔が見えた。

男の子は元気な泣き声を立てている。総一郎は生まれたばかりの赤ん坊を敬にあずけた。

「ぬるま湯で、洗ってくれ。頭を支えてな」

それだけ言って、外に飛び出した。

原子炉は、地響きに似た異様な音を立てていた。窯の周りから陽炎《かげろう》のように熱気が上がっている。

小夜子が狂ったようにレバーを操作している。

「どうした？」

総一郎は、クレーンに近づきレバーに取りつく。が、少し前まで、全体重をかけなければ動かないほど重たかったレバーは、このとき総一郎が手をかけたとたんに、頼りなくくるりと回転した。後ろから静脈と老人斑《はん》のいっぱいに浮いた大きな手が伸びてきて、それを掴む。

「だめだわ」

皺深い口元を歪《ゆが》めて、小夜子は言った。

クレーンは破壊されていた。先程異常に内部の温度が上がったせいで、制御棒とクレーンの接続部分が溶けていたのだ。

「緊急冷却装置は?」

「さっきの地盤破壊の震動で、バルブの一部に負担がかかってひびが入って……」

「まさか……」

「緊急冷却用の二酸化炭素が空気中に逃げちゃった」

総一郎は頭を抱えた。なんとかクレーンを直せないものかと、その支柱部分を見る。

頼りの藤原も三曹も今はいない。

このままでは、炉心の温度が上がり、容器が破壊される。わずかなひびでも容器に入れば、そこから酸素が入り、金属ウランと黒鉛に火がつく。

炉を冷やしたいが、予備の二酸化炭素はない。そばの井戸から海水を汲《く》み上げて冷やそうとすれば、水蒸気爆発が起きる。

唯一《ゆいいつ》、爆発を防ぐ方法は、大量の土をかけて埋めることだが、ここは下が海だ。溶けだした炉心が下がり、地盤を貫通して海水に接触したとたん、やはり大爆発だ。

そのとき小夜子が脱兎《だっと》のごとく家の方に駆け戻っていった。そしてすぐに大きな荷物を抱えて帰ってきた。総一郎の冬物のコートやどてらの類《たぐい》だ。それを水で濡らしている。

「何をする？」

それに答えず、小夜子は原子炉から少し離れたところに用意してあった大量の制御棒を持ってきた。

「どうする気だ？　クレーンもないのに」

小夜子は無言で、濡れた衣類を体にまとう。

「いかん」

総一郎は怒鳴った。かまわず小夜子はそれらのものをつぎつぎと身につける。

「だめだ、やめてくれ」

総一郎は渾身《こんしん》の力を込めて、小夜子の胴体に取りすがった。小夜子は身震いを一つすると総一郎の体を乾いた白土の上に、跳ねとばした。

そして制御棒のありったけを担《かつ》ぎ、原子炉に突進していった。

口と鼻と目に土が入り、むせて涙を流しながら、総一郎はそちらの方に目をやった。

三曹が置いていった鉄パイプを杖《つえ》にして、今、小夜子は遮蔽体《しゃへいたい》に駆け登っていった。そしてクレーンの先が制御棒に接続している炉の頂上に上がった。

クレーンの先を鉄パイプで制御棒から外す。

炉の熱気が五メートル以上離れた総一郎のところまで届いた。分厚く小夜子の体を覆った衣装から炎が上がるのが見える。

「やめろ、下りてこい」

総一郎は叫んだ。

火に包まれながら、小夜子が、渾身の力を込めて制御棒を突っ込む。

一本、二本……。

「だめだ、俺がやる」

総一郎は、駆け出した。しかし遮蔽体に登ろうとしたとたん、熱気に阻《はば》まれ地面に伏せた。再び顔を上げたとき、すべての制御棒を炉に落とし込んだ小夜子が、よろめきながらこちらにやってくるところだった。総一郎は駆け寄り、抱きつくようにしてその体の火を消した。


グラスの振動が止まった。

数分後に、電灯が消えた。

空調装置の音が無くなった。

敬が慌《あわ》てて窓を開ける。淀《よど》んだ空気とともに、蚊が入ってきた。

停電だ。

「原子炉が止まったのかな……」

敬がいぶかしげに、外を見た。

「まさか、爆発したんじゃ……」

二階のベッドに腰かけ、生まれたばかりの子供に、授乳しながら美和子が不安気に言った。

「だったら、僕たちこんなことしてられるはずないじゃないか」

敬は言った。

腕の中のやわやわとした赤ん坊の頬に、美和子はちょっと鼻を押しつけた。甘酸《あまず》っぱい匂《にお》いがした。

「ねえ、もし電気が使えなくなったら、どうしようかしら」

美和子が言うと、敬が答えた。

「有賀さんが言ってた太陽電池があるよ」

「夜は真っ暗ね」

「寝ちゃえばいいんだよ。三百年前の人間みたいにね」

美和子は、赤ん坊を抱き直した。

「抱っこ、抱っこ」と律が、両手を差し出した。

「はい、はい」

美和子は片手を律の背中に回す。

「違うの、律が抱っこするの」と柔らかい髪を額にまつわりつかせ、律は手を差し伸べる。その姿を見ていると、美和子はふと、何か誇らしいような気分になった。自分の人生は間違っていなかったのだ、と確信した。

ふと窓の外に目をやると、庭を横切り、ゆっくり戻ってくる二つの人影が見えた。

ぎくしゃくと片足を引きずっている前かがみの体を、一回り小さなもう一つの体が支えている。

支えている方が総一郎で、総一郎の体につかまって、よたよたと歩を進めているのが、小夜子だ。

戻ってきた。美和子は赤ん坊をそっとベッドに下ろし、まだ少し痛む腹をかばいながら、階段を下り玄関に出た。

ドアを開け、美和子は悲鳴を上げた。焼け焦《こ》げた皮膚、落ち窪《くぼ》んだ眼窩《がんか》……。亀裂《きれつ》の入った頬が何か言おうとするように、ゆっくりと動いた。

「お帰りなさい」

かすれた声で美和子はそこまで言って、その場にがくりと膝をついた。そして小夜子の手を握ろうとして悲鳴を上げた。一皮むけて、真っ赤な傷口から血がしたたっている。

「大丈夫」

ろれつの回らない口で、小夜子は言った。

美和子は後退《あとずさ》った。不憫《ふびん》さと何やら得体の知れない罪の意識に苛《さいな》まれ、涙ばかりがこぼれた。

「この子が、破滅から救った」

総一郎が、うつむいてぼそりと言った。

「外からでは手の施しようもなかった」

「爆発したの？」

「いや」

総一郎は悲痛な声で、小夜子を見た。

「彼女が、窯《かま》のてっぺんに登り、制御棒を大量に突っ込んだ」

美和子は両手で口元を覆ったまま、焼けただれた我が子の姿を声もなく見つめた。

「原子炉は、もうだめだ」

「いいのよ、そんなことは」

大きな我が子の焼けた衣装に手をかけ、美和子はソファに寝かせる。

「止めたのね、一人で原子炉を……」

「止まりはしない」

総一郎は、小夜子の大きな体の脇《わき》にひざまずいた。

「だが、反応が緩くなっている。炉を分解して燃料を取り出さない限り、反応は止められないんだ。しかし中は放射能だらけで、とても蓋《ふた》を開けるわけにはいかない」

「まあ……」

電気の供給は止まっても、炉は止まらない。この先も半永久的に、炉は必要ないエネルギーと死の灰を吐き出し続ける。

小夜子は、どんよりと青みを帯びて濁った視線を階段に漂わせて、かすかに笑った。

「私に、弟ができたのね、ママ。冥途《めいど》の土産に見せてちょうだい」

そう言うと、ソファの肘《ひじ》掛けに両手をかけて、よろよろと立ち上がった。美和子は慌てて支える。

「あなた」

放射能を浴び、火傷《やけど》を負った老人を左右から支え、両親は階段を上っていく。

美和子は、肩で息をしながら、呼びかけた。

「そろそろ、降伏するときかしら。限界だわ」

総一郎は、聞こえない様子だった。もう一度繰り返そうとしたとたん、「潮時かもな」と低い声で呻《うめ》いた。

「確か、反逆罪は、死刑か無期懲役だったたな。いや、待て。これでは反逆罪は成立しないか？　やはりナリタに送り込まれて実験台か？　いずれにせよ、筑波に行った健や山村留学した歩の様子を、一目《ひとめ》、見ておきたかったたな」

ベッドの上では、うっすらとした巻き毛を額にはりつけて、赤ん坊が天井を見ていた。小さな口元が濡れている。小夜子はベッドのそばに膝をついた。そして幸福そうな笑みを浮かべた。

美和子は、いたたまれずに窓の外に目をやった。秋の大気は澄み切って、はるかかなたまで見渡せる。

はっとした。海が見える。海の向こうにあるのは見慣れた東京のオフィスビル群ではなく、工場の煙突やパイプや巨大なタンクだ。

景色が変わっている。こんなものがあるのは……三浦半島近辺だ。

今、彼らが目にしているのは、首都圏大地震の折りの薬品タンク大爆発事故以来、打ち捨てられて久しいコンビナートだ。

なぜこんなものが、窓から見えるのだろう。しかも塗装の剝《は》げたコンビナートのタンクが、ゆっくりと動いている。パイプも工場ビルも、何もかもが流れるように動いていた。

次の瞬間、美和子は悟った。

相手が動いているのでなく、自分が動いている。

「あなた……」

総一郎の腕に手をかけ、震える手で窓の外を指差した。総一郎の奥二重の目が、怜悧《れいり》な光を放って、少し細められた。

「そういうことか」

二、三度瞬《まばた》きすると、彼は視線を赤ん坊と小夜子の方に戻した。

東京ベイシティは、囲《まわ》りのほとんどを削られ、ほどよい大きさの浮き島になっていた。

そして何物かに曳航《えいこう》されて東京湾を追い出されようとしていた。

何坪あるのか、あるいは何ヘクタールあるのか、日本国政府が、彼らに残してくれた土地の大きさを今、測ることはできない。しかし斎藤家は、庭つき一戸建住宅と肥沃《ひよく》な畑と、出来損ないの原発と、プルトニウム爆弾一発を乗せて、今太平洋に追放されようとしていた。

小夜子は皺《しわ》だらけの顔を上げ、目やにの浮いた目をまぶしげに何度も瞬かせた。

「天気がいいわね……」

「ええ、すばらしい秋晴れだわ」

美和子は赤ん坊を抱き上げ、今、まさに息を引き取ろうとしている老女の隣に座った。大きな焼けこげた体を、老女は甘えるように美和子に押しつけてきた。片手をその背中にかけて抱きよせ、美和子は総一郎に向かって低い声で言った。

「あなたの家族よ、この先もずっと」

成慶五十八年　十一月四日

今日、初めて雪が降った。すごく寒い。家から一歩出ると、鼻水まで凍りそうだけど、パパとママは、一日に一回かならずおじいちゃんと妹のお墓参りをしている。

それから、山村留学している歩と筑波にいる健に、みんなで手紙を書く。書いた手紙は、びんに入れ海岸まで行って流す。だれか拾った人が、日本に送ってくれるように、パパがちゃんと英語の手紙も入れてくれた。

僕と律は毎日、冬休みだ。このあいだ、パパが海岸まで釣りに連れて行ってくれた。流氷がぷかぷかしていたけれど、大きな魚が釣れた。本物の魚なんて、だれも見たことがなかったから大騒ぎだった。ママが焼いてくれたらとてもおいしかった。でもパパはいつまでも、こんなことをしていてはいけないので、もっと寒くなったら、氷の海を渡って大陸に行き、アンカレッジにある学校に行かせたいと言っている。でもママは、無理しないで来年の春まで待って、バンクーバーかサンフランシスコに流れついてからでもいいと言う。

どっちにしても、英語を勉強しなくちゃいけないなんて、少し気が重い。僕はずっとずっと、このまま海の上を流れていたいのに……。

解説
「コスパ」「タイパ」の時代に『斎藤家の核弾頭』を読む

ブレイディみかこ

過去のある時点から未来を想像して描いた小説を読んで、「マジすごいんですよ、この本に書かれた通りになっているから」みたいな感想を書くのはいかにもありがちで、芸がない。

だから、できればそのようなことは書きたくない。違う切り口を見つけなければと血眼になって本作を読んでいたが（考えてみれば、解説を書くとか、推薦文を書くとかいう目的があって小説を読むのは、なんともさもしい、侘《わび》しい行為である）、しかしもう、わたしは諦めるしかなかった。芸がどうとか言っていられないぐらい、本作に書かれたことが今（ところで、今は２０２４年の夏の終わりだ）ニュースやネットを騒がせていることに酷似していて、わたしはその事実に屈服せずにいられない。

この物語の主人公（たち）は、由緒ある家柄である斎藤家の人々だ。当主の総一郎は裁判官として日本のために働いてきたのだが、職をコンピュータに奪われたために引退させられ、国家から「役にたたない」人間の烙印を押されてしまう。本人がこれになかなか気づかないのがいかにもエリートらしいところだが、斎藤家の人々はいきなり先祖代々の土地を追われ、家族で人工島へ移転することを余儀なくされる。本作は、「家族」というミクロな単位の人々の日常を通して、その背後に浮かび上がる「国家」のマクロを描く。いたいけな少年の手記から始まりながら、「家族の物語」みたいな小さな話ではないのだ。

本作の中で描かれた日本は、平成二十三年に首都圏大地震が発生することになってお り、政治も経済も混乱の頂点を迎える。おりしも、前世紀からの「悪平等主義」「猿に導かれた民主主義」のために家庭が崩壊し、小学生はランドセルに覚醒剤を入れて登校し、出産による女子の中学中退者が激増。青年層はセックスとドラッグと酒に耽《ふけ》るようになって出血性激症性感染症が大流行した。経済混乱による超円安が進み、モノ不足、食料不足など、日本は次々と深刻な問題に襲われたという。

翻ってリアル日本を見渡せば、近年になって増えている「梅毒」や、ネットを賑わす「止まらない円安」、米不足、物価高など、本作を読んだ2024年の日本に暮らす人々には、えっと思う言葉が並んでいるはずだ。

本作中の日本では、このような未曽有の国家危機の中で、カオスと暴力が社会に蔓延したので、ウルトラ保守主義と呼んでもいい、倫理規範に基づく家族主義を単位とする国家主義が、一世紀を経て復活することになった。「故なき差別」は悪いが、「理由ある区別」は秩序ある幸福な国には必要とされ、国民能力別総分類制度、つまり「国家主義カースト制」が設けられる。特A級の男性は（何人の女性と）何人子どもを作ってもよいが、B級は4人まで、C級は3人、D級は2人に制限され、それ以下の階級（いわゆるアンダークラスだ）では一人子どもが生まれたら去勢される。他方、女性は特A級の男性と結婚してたくさん子どもを産むことが出世の道だ。自立して働く女性は下層の女と呼ばれ、結婚を拒んだり、子どもを産みたがらない女性は人格障害者扱いされる。

このA級、B級などの階級にしたって、近年ネットで使われている「上級国民」「二級国民」を髣髴《ほうふつ》とさせるし、「結婚と出産は『高所得層の特権』」という近年の若者たちの声を思い出す。国家がカースト制を敷いているわけではないが、すでに日本はそうなりつつある。

ほかにも、「事故遊休地」（過去の中途半端な科学技術によって使用不能になった地）の代表的なものとして「埋め立て失敗によってメタンガスが噴出する土地」があげられている箇所では、どうしたって大阪・関西万博用地、夢洲《ゆめしま》でのメタンガス発生を連想させられる（しかし、本書の中の日本では、こうした問題のある土地に送られるのは、国から用済みと見なされた人々だが、リアル日本は、世界中の人々を招いて万博をやろうというのだから、現実のほうがスラップスティックかもしれない）。

日本だけではない。本作のウルトラ保守主義を読んでいると、米国大統領選で話題になっている「プロジェクト２０２５」みたいだと思わずにはいられなかった。「プロジェクト２０２５」は、米国の保守系シンクタンク、ヘリテージ財団が主導するプロジェクトで、第二次トランプ政権が発足した場合、その運営資源になるとも言われる政策提言書だ。あまりに悪名高いので、トランプ本人は距離を置きたがっているようだが、このプロジェクトは、「米国を急進左派の支配から救う」ことを目的とし、対気候変動規制の撤廃や勤労者保護の縮小、トランプ氏への忠誠心を選考基準とする公務員の入れ替え、教育省の解体などラディカルな米国政治の再編成を提案する。さらに、DEI（多様性、公平性、包括性）に反対する立場を鮮明にし、人工中絶規制の強化、ポルノの禁止などが含まれている。トランプが指名した副大統領候補のJ・D・ヴァンスは、民主党のハリス大統領候補について「子どものいない女性」と発言していたことで話題になったし、「閉経後の女性の存在意義は孫の育児を手伝うこと」と述べた音声も発見されて女性たちを怒らせた。こうした言葉を発したヴァンスは、70代や80代の政界の長老ではない。まだ40歳の若手議員だ。彼のようにWOKE（社会的不公正、人種差別、性差別などに対する意識が高い人々）が米国をダメにしたと考える保守派は多い。WOKEへの反動として「いつの時代なんだよ」というようなウルトラ保守思想が支持を広げ、「プロジェクト2025」はそうした思想を政策に落とし込んだものだ。

ところで、J・D・ヴァンスは、『ヒルビリー・エレジー　アメリカの繁栄から取り残された白人たち』という自伝を書いて有名になった人だ。同書の中で彼は、産業の衰退が進む米国のラストベルトの貧しい地域で育った自分の生い立ちを赤裸々に描いた。離婚と結婚を繰り返し、薬物に依存してシングルマザーになった母親に振り回された幼少期。育児放棄する母親のもとから離れ、祖母と暮らすようになって彼は家族愛や道徳を教わり、勉強して軍隊に入り、大学に行って弁護士になるという、いわゆるエリート層への仲間入りを果たした。彼のように荒廃した貧しい地域で育った人が、保守的な家族観に基づいた社会を構築しようとする姿は、『斎藤家の核弾頭』に登場する日本が辿った道のりとよく似ていないだろうか。

とはいえ、本作の日本と現代の米国には大きな違いがある。米国はトランプという独裁的な人物を使ってウルトラ保守的な政治を実現しようとしているのに対し、2075年の日本は、ある極めて日本的なシステム（日本の人々が大好きなシステム）に依拠することによってそれを実現しているからだ。本作にはこう書かれている。

波乱の時代から七十年、紆余曲折《うよきよくせつ》を経て現在の日本では独裁主義でも民主主義でも、資本主義でも社会主義でもない極めて日本的なシステムが作り上げられた。あえて主義という言葉を使うなら、国家効率主義とでもいおうか。

ちょっと背筋がヒヤッとする文章ではないか。日本社会には、すでにその萌芽があちこちにある気がするからである。「タイパ」「コスパ」といった言葉の流行がまずそうだ。そして、何かと声高に叫ばれる「最適化」。「ハック」や「チート」だって、既存のシステムやその穴をいかにずるく利用して利益を上げるかということなので、「最適化」の一つであることに違いはない。

もともと日本は二大政党があって右へ左へと政権交代を繰り返してきた国ではない。ほんの短い例外期間を除けば、戦後は一つの政党が政権を担ってきたので、右派とか左派とかいう政治イデオロギーにも、一般の多くの人々は関心が薄い。右派と左派がネットでいつも喧嘩していたとしても、多数派の人々から見れば、どちらも「極端な考えを持つ変な人たち」でしかない。

資本主義、社会主義にしても同様である。戦後の日本は、企業が国になり代わって被雇用者に手厚い福利厚生を与えてきた「日本型社会主義」で驚異的な経済成長を遂げたと言われることもある。資本主義と社会主義が曖昧《あいまい》に混ざり合ってきた国なのだ。そんなところに、西洋式の右と左が両側から綱を引き合うイデオロギーの政治は根付かない。現代はSNSの影響で、政治イデオロギーの闘争が繰り広げられているように見えるが、これは狭い島宇宙の中での現象に過ぎないだろう。

ネットの外も含めた日本には、正義やイデオロギーよりも多くの人々に求められ、あまねく尊ばれる概念がある。それが効率性なのだ。

効率の良さを追求していけば、世の中の役に立たなくなった人間は社会から退場していかねばならなくなる。斎藤家の父親、総一郎は、コンピュータで代替されるようになった裁判官の職を追われ、専門職の超エリートだからこそつぶしのきかなさが災いし、廃棄物扱いにされる。バリバリの家父長制では父親が社会の廃棄物にされると家族も同じ道を辿るしかない。それが崩壊に繫がっていくのだが、斎藤家と日本の行く末を変える人物が一人いる。

小夜子である。読み始めたとき、最も魅力的なこの登場人物は、本書のゴジラなのかなと思っていた。人間の歪《ゆが》んだ欲望による過度な自然への介入によって生まれた巨大生物が暴れまわり、家族も日本もぶっ潰す、みたいな結末を予測していた。しかし、小夜子は暴れない。逆に、たった一人で破滅の危機に立ち向かう。

考えてみて欲しい。小夜子ほど、「コスパ」と「タイパ」の悪い子どもはいない。とんでもない量の食料が必要だし、めちゃくちゃな速さで成長して老いていくのだから、むしろ時間を有効に使う暇すら与えられていないのだ。「最適化」にいたっては、土いじりをしたらブルドーザーみたいになってしまったり、「いやいや」をしながら親の腕に触れたら体ごとふっとばしてしまうのだから、これほど環境に適応できない子どももいない。

だが、その小夜子だけが２０７５年の日本で果たすことのできた役割がある。「失われた30年」が始まったばかりの１９９７年に出版された本作を、２０２４年に読む大きな意義が、そこにあるようにわたしは思った。「この小説に書かれた通りになっている」だけではなく、「これから」への提言として。

（ぶれいでぃ　みかこ／作家）

斎藤家《さいとうけ》の核弾頭《かくだんとう》

朝日文庫

2024年11月30日　第1刷発行

著　　者　篠田節子《しのだせつこ》

発 行 者　宇都宮健太朗
発 行 所　朝日新聞出版
〒104-8011　東京都中央区築地5-3-2
電話　03-5541-8832(編集)
03-5540-7793(販売)

印刷製本　大日本印刷株式会社

Published in Japan by Asahi Shimbun Publications Inc.
定価はカバーに表示してあります

ISBN978-4-02-265177-8
落丁・乱丁の場合は弊社業務部(電話 03-5540-7800)へご連絡ください。
送料弊社負担にてお取り替えいたします。